徳間文庫

執行

深谷忠記

徳間書店

目次

登場人物

須永英典　堀田事件弁護団・弁護士
赤江君子　堀田事件の被告人・赤江修一の妻
水島ひとみ　赤江修一の娘。須永の恋人
水島肇　ひとみの弟
荒木啓介　東西新聞記者
鈴川翔太　弁護士。須永の友人

滝沢正樹　刑務官
森下裕次　同右。滝沢の従弟
田久保菜々　森下の婚約者

鷲尾淳夫　東京高等検察庁検事長
久住芳明　鷲尾の高校の同期生
宮之原佑　鷲尾、久住の高校の後輩。元刑務所長

宮之原早苗　宮之原佑の妻
津山正則　警視庁刑事部捜査一課管理官
盛永勲　同捜査一課殺人犯捜査第五係長
大野謙一　盛永の部下
平岡郁夫　本駒込署刑事課捜査係主任
杉本明日香　平岡の部下

＊

神社の境内に男性の遺体
警視庁、殺人容疑で捜査

十二日午後九時十六分頃、東京都文京(ぶんきょう)区千駄木(せんだぎ)二丁目の春木(はるき)神社境内に男性が倒れている、と通りがかった男女から一一〇番通報があった。

駆けつけた警察官が確認したところ、男性の倒れていた横には大量の血が流れ出た跡が見られ、男性はすでに死亡していた。

男性は身元を示すようなものを所持していなかったが、年齢は六十歳ぐらいで、中肉中背。胸と腹に刃物で刺されたと見られる傷があり、警視庁は殺人事件と見て捜査を始めた。

男性の倒れていた場所は、賽銭箱(さいせんばこ)の前から三メートルほど離れた砂地の庭で、無人の小さな社殿と庭は杉や椎の木立に囲まれている。しかも、灯りは、南側の道路に面して立っている鳥居の脇にある外灯だけ。そのため、かなり暗いが、神社が南北に抜ける近道になっているため、近所の住民の中には夜でも通る者が少なくないという。男性の遺体を発見した男女も、南側から北側へ抜けて帰宅しようとしていた近くのマンションに住む夫婦だった。

現場は、東京メトロ千代田線の千駄木駅からも南北線の東大前駅からも七、八百メートルの距離にある、不忍通りと本郷通りに挟まれた一角。近くには森鷗外の住んでいた観潮楼跡（現森鷗外記念館）や夏目漱石の旧居跡などもあるが、暗くなると人通りがほとんどなくなる閑静な住宅街である。

この素っ気ない記事は、平成も残すところ五十日足らずとなった二〇一九年（平成三十一年）三月十三日、東西新聞都内版の朝刊に載った事件の第一報である。東西新聞は全国紙の一つだが、他紙の扱いも似たり寄ったりだった。

が、その日の午後になって被害者の身元が判明するに及び、翌十四日の朝刊は、各紙が競って社会面のトップで事件を報じた。

2014年初夏

第一章　従弟

1

駐車場にレンタカーを駐めて、森の中の小道を百メートルばかり進むと、前方に妙見埼灯台が立っていた。

周囲に何もなく、澄み切った朝日を全面に浴びて五月晴れの空と藍色の響灘をバックに屹立している白い姿は、どこか凛々しく感じられた。

灯台の向こう側、黄土色をした斜面を下った先に海へ向かって突き出している磯が遠見ケ鼻。その名が岩屋漁港の北側、この辺り一帯の地名にもなっていた。

この小さな半島は三方を磯に囲まれていて、陸地に切れ込んでいる湾処も多く、磯釣りをする者には人気のスポットだった。

滝沢たちが今日狙っているのはチヌ（クロダイ）だが、他にもグレ（メジナ）、マダイ、アジ、サヨリ、アオリイカなども釣れるため、いつ来ても釣り人の姿を見ないことはない。

「天気が好くて、よかったな」

滝沢が足を止めて振り向くと、裕次も立ち止まり、「うん」と気のない返事をした。

「この前のように、また大物が釣れるといいな」

滝沢は従弟の気を引き立てるように殊更に明るい声で言ったが、相手は全然乗ってこない。撒き餌を入れたバッカンが重いとはいえ、たいして歩いたわけでもないのに、身長が百八十センチ近くある男が、しばらく日に当たっていないために白くなった顔に玉の汗を浮かべ、でくの坊のように突っ立っている。

十二年前、東京での生活を見限って郷里へ帰ってきた滝沢に海釣りの楽しさを教えてくれたのは裕次だ。裕次は子どもの頃から口数が少なく、生真面目で不器用で、調子のいい滝沢とは対照的な性格だった。そんな彼でも、ひとたび釣りの話になるとたんに顔がほころび、口もなめらかになった。だから、釣りに誘い出せば、少しは気持ちが晴れるかと思っていたのだが……。

地裁と高裁で死刑の判決を受け、最高裁に上告中だった島淵透が、三月上旬、二舎の独居房で首を吊って死んでから二カ月余り。この間の裕次の落ち込みようは尋常ではない。裕次の班が巡回警備を担当していた夜間に起きた出来事で、彼が第一発見者だったとはいえ、半ば不可抗力だったのに。

滝沢の母親と裕次の父親が姉弟なので、滝沢たちは従兄弟同士。共に北九州市若松区にある北九州拘置所に勤務している刑務官だ。

年齢は裕次が三十一、滝沢が三十三と滝沢の方が二つ上だが、職場では裕次の方が先輩だった。裕次が高校を卒業してすぐに刑務官採用試験を受けて任官したのに対し、滝沢は東京の私大を中退して一年半ほど会社勤めをしてから郷里へ帰り、刑務官になったからだ。階級は裕次が主任看守で、滝沢はただの看守である。

全国の刑務所や拘置所に勤務する刑務官は法務省矯正局に所属する国家公務員で、滝沢の正式な官名は「法務事務官（看守）」だ。刑務官の階級は上から、上級管理職の矯正監、矯正長、矯正副長、看守長、中級管理職の副看守長、そして一般職員の看守部長、主任看守、看守と続く。

このうち主任看守は正式な階級ではなく、警察官の巡査部長と巡査の間に置かれている巡査長と同様に名誉的な呼称にすぎない。

また、知らない者には偉そうに聞こえる看守部長が看守長や副看守長より下位にあることは、警察官の巡査部長の地位が下から二番目である点と似通っている。

同じ刑務官の仕事でも、刑務所に勤務する場合と滝沢たちのように拘置所に勤務する場合とでは、かなり違う。刑務所が裁判で刑が確定した者（受刑者）を収容し、その刑を執行する矯正施設であるのに対し、拘置所は有罪になるか無罪になるかがまだ決まっていない者（被疑者、被告人）と、刑は確定してもそれがまだ執行されていない者（死刑囚）を留め置く留置施設だからだ。

刑務所の仕事としては、受刑者の更生を促すための職業訓練などが大きな比重を占めている。それに対し、拘置所の役割は、裁判が公正に滞りなく行われるように被告人を〝確保〟しておくことと、死刑囚が収容されている全国七カ所の拘置所・拘置支所では、刑の執行がきちんと執り行われるようにすることである。

そのため、拘置所の場合、刑務官の最も重要な仕事は、被収容者の逃亡を阻止すること、被収容者を自殺させないこと、そして証拠の隠滅を防止すること、だった。

刑務所でも、受刑者が逃亡や自殺をしないように見張るのは当然だが、刑がすでに決まっているので、証拠隠滅に気をつかう必要はない。それに対し、拘置所の場合、（死刑囚を除いた）被収容者は、裁判が開かれる前か裁判中のため、証拠の隠滅を防ぐのが大きな仕事になる。だから、舎房の窓越しの会話（通声）や、被収容者同士の不正連絡、外部の人間との交通（面会、手紙の遣り取り、物の遣り取りなど）に常に目を光らせている必要がある。

それはともかく、拘置所において絶対にあってはならないとされている〈逃亡〉〈自殺〉〈証拠隠滅〉のうちの一つ、自殺が、裕次が夜間勤務していた舎房で起きてしまったのである。しかも、彼は死体の第一発見者として所長や総務部長に、さらには拘置所からの通報を受けて駆けつけた福岡県警の刑事たちに、繰り返し事情を聴かれたのだ。

　だから、裕次がショックを受けて落ち込んでいるのはわからないではない。彼は元々、自分の気持ちを気軽に誰かに打ち明けられるような性格ではなく、一人でいろいろ考えすぎるようなところがあったし。

　とはいえ、出張ってきた刑事たちは島淵の死に事件性はないと判断し、石塚所長、宮之原総務部長、平沼処遇部長のトップ3も〝半ば不可抗力の出来事〟だった、と認めた。そのため、裕次は石塚から口頭で厳重な注意を受けただけで、停職や減給の処分を食らったわけではない。だから、もうそろそろ立ち直ってもよさそうなものなのに、いまだに青白い顔をして、何かを思い詰めているような深刻な表情をしているときが多いのだ。

　それは、今年の秋に結婚する予定になっている田久保菜々と会っているときも変わらないらしい。それだけではない。十日ほど前、菜々が妊娠した事実を告げると、裕次は苦しげに顔を歪め、「すまないが堕ろしてほしい」と言ったのだという。菜々は裕次も当然喜んでくれるものと思っていたので、信じられない思いで、どうしてかと半ば責めるように訊いた。と、裕次はすまない、すまないと繰り返し、自分は親になる自信がないと答えたのだという。

　そのため、菜々はこれまで以上に心配になり、裕次という人間がよくわからなくなった、と滝沢に電話してきた。そして、滝沢になら裕次が心を開くと思うので、彼の思っていること、考えていることを訊いてみてほしい、と訴えた。

滝沢は、裕次の休日と自分の明けが重なった日――二人は担当している舎房が異なっている――を待って早速会い、質した。せっかく子どもができたというのに、どうして菜々を悲しませるようなことを言ったのか、と。すると裕次は、これ以上はないという苦しげな顔をして、菜々には「親になる自信がない」と言ったが、本当は「自分には人の子の親になる資格がないのだ」と答えた。そして、あとは滝沢がどう尋ねようと、何を言おうと、黙り込むか、心配をかけてすまないと繰り返すだけだったのだ。

そんな裕次を見ているのは、滝沢も辛かった。滝沢と裕次は、他人から見れば仲の良い従兄弟同士にしか映らないはずだし、滝沢に対する裕次自身の気持ちもそれ以上のものではないだろう。が、滝沢にとっては、裕次は特別の存在だったからだ。

滝沢が自分の性的指向が周りの友人たちと違うようだと薄々感じ始めたのは、中学二年生か三年生の頃である。といっても、まだ裕次を特別の目で見ることはなかったのだが、滝沢が高校二年、裕次が中学三年の夏、一緒に海水浴に行ったときを境に一変した。当時の裕次は、色は白いがきりりとした顔立ちで、古い言い方だが〝凛々しい若武者〟といった表現がぴったりの少年だった。その赤く日焼けした均整の取れた美しい肉体を目の前にして、滝沢は思わず勃起し、強い戸惑いを覚えると同時に〝恋に落ちてしまった〟のだ。そのときはもちろんのこと、それ以後も滝沢は裕次に自分の気持ちを伝えたことはない。

というより、気づかれないように細心の注意を払ってきた。子どもの頃から心を許してきた従兄が同性愛者で、自分をその対象者として見ていた——もし裕次がそうと知ったら、きっと嫌悪感を覚えて離れて行ってしまうにちがいない、と思ったからだ。ただ、自分の気持ちを伝えられないまま裕次のそばにいるのが辛く、高校を卒業した後、東京へ逃げ出した。裕次を忘れるため、アルバイトを通じて知り合った男と三カ月ほど一緒に暮らしたこともある。が、結局、また裕次のいる郷里へ戻ってきて、彼と同じ刑務官になった。そして今は、時には馬鹿じゃないかと自分を嘲笑(あざわら)いながら、片想いでもいい、ずっと裕次のそばにいて、彼と彼の未来の家族のために力になりたい——裕次に菜々を紹介されたときはショックだったが——、と思うようになっていたのだった。

その裕次が、このままでは本当に病気になってしまうのではないかと思われるほどにやつれ、菜々もどうしたらいいのかわからずに困っているのである。

そのため滝沢は、裕次を元気づける良い方法はないかとさんざん思案を巡らせた。が、結局、釣りに連れ出すぐらいしか思い浮かばず、渋る裕次をチヌ釣りに誘い、自分の勤務シフトを替えて彼の休日と合わせ、遠見ヶ鼻へ行く計画を立てたのだった。

滝沢たちは灯台の方へは向かわず、左の斜面を下った。

六時に起きて牛乳を飲み、昨夜借りておいたレンタカーで官舎を出てきたのだが、途中で釣具屋に寄ってエサを買い、撒き餌の解凍オキアミと配合エサを店で混ぜてきたので、時刻は間もなく七時半。左手のひときわ深く切れ込んだ湾処の向こう側ではすでに三人の男女が竿を出していた。

みな、滝沢たちと同じチヌ狙いのフカセ釣りのようだ。

そちらの磯は広く、まだ竿出しできる余裕はあったが、滝沢たちは彼らに背を向け、誰もいない反対側のこぢんまりした磯へ進んだ。平らなところを選び、（クーラーボックスは車の中に置いてきたので）バッカンや竿のケースを下ろした。

その右側の湾処と沈み瀬が、去年の夏、裕次が五十二センチの〝年無し〟を釣り上げたところだった。

滝沢はそのときの話などをして、何とか裕次の気を引き立てようとしたが、裕次は「うん」とか「ああ」とか答えるだけ。そして、海水を汲んでバッカンの撒き餌を練り始めたので、滝沢も自分のバッカンの蓋を開けて腕まくりし、彼に倣った。

これがなかなか骨の折れる作業なのだが、いつもの裕次なら今にも鼻歌でも出そうな顔をして楽しげにやる。だが、今日は修行僧のような硬い横顔を見せ、黙々と腕を動かし続けていた。裕次の心の内を考えなければ、そうした彼の姿も、滝沢には魅力的に映らないではなかったが……。

撒き餌が十分に練り上がったところで、二人は足場の善し悪しを見極めながらそれぞれのポイントを決め、仕掛けを作った。

刺し餌はオキアミだが、エサ盗りが多いときはコーンに替えるつもりだった。

二人は竿やバッカンを持って、それぞれのポイントに移動。まず杓に三、四杯の撒き餌を撒いてから、仕掛けを投げ入れた。

出だしは上々で、それから三十分足らずの間に滝沢が三十五センチ前後の、裕次が三十センチ前後のチヌを一尾ずつ釣り上げた。

しかし、幸運はそこまで。撒き餌を撒き加えながら同じ場所でさらに一時間ほど粘り、その後、灯台の先やかんぽの宿の下の方へ移動。十時半を回ったところで、コンビニで買ってきた弁当を食べ、撒き餌がなくなる午後一時近くまで釣り続けたが、チヌは初めの二尾だけ。あとはカワハギが三尾釣れただけだった。

今日は裕次を元気づけるのが目的なので、釣果はどうでもいいと言えば言える。とはいえ、釣れれば裕次の気持ちが高揚し、少しは憂さも晴れるのではないかと考えていたので、当てが外れた。実際、裕次は、滝沢が見ていても、ちっとも楽しそうではなかった。ぼうっとしているわけではなく、撒き餌を撒いたり、時々竿を上げてポイントを替えたりはしていたのだが、半ば機械的に慣れた動作をしているといった感じで、そこにはかつての生き生きとした裕次の姿はなかった。また、滝沢が時々言葉を投げても、短い返事が戻ってくるだけで、会話は続かなかった。

滝沢たちは竿を収めて駐車場へ戻り、日帰り利用できるかんぽの宿で温泉に入ってから帰途についた。

帰りはどこにも寄らなかったので速かった。二十分ちょっとで拘置所の敷地内にある官舎に帰り着いた。

同じ官舎でも所長の住まいは別格で、広い敷地に建てられた一戸建てだが、あとはみな集合住宅だ。滝沢と裕次は、そうした集合住宅の同じ棟に住んでいる。五階建てで裕次は四階、滝沢は一階だ。所長、部長、課長といった管理職は官舎に住むことが義務づけられているが、滝沢たち下っ端刑務官にはそうした義務はない。とはいえ、非常招集がかかったときすぐに駆けつけなければならないため、近くに実家でもないかぎり、官舎に住むことが奨励（というよりは半ば強制）されている。

官舎に住めば通勤は楽だし、家賃は只同然。それはもちろんいいのだが、ただ、勤務時間以外のときも二十四時間、拘束されているようで、窮屈なのは否めない。

しかも――新しく造られた施設や改築された施設などでは個室が多くなっているようだが――滝沢たちの勤務している北九州拘置所は古く、単身者用の部屋がない。だから、一人に一部屋割り当てられることはほとんどないと言っていい。実際、裕次は三ＤＫの部屋に他の独身刑務官二人と住んでいたし、滝沢は二ＤＫの部屋にやはり別の独身刑務官と一緒に住んでいた。

滝沢は裕次と別れ、自分の荷物を部屋へ運んだ後、車で五分ほどのところにあるレンタカー会社へ車を返しに行った。

この間に、釣ったチヌとカワハギをさばいて裕次が調理しておくことになっている。今日は滝沢の同居人が昼夜勤で明日の朝まで帰らないため、滝沢の部屋で一杯やるのだ。裕次は料理が好きで得意だったし、酒も嫌いではなかったから、滝沢のこの提案にはすんなりと乗った。

滝沢がレンタカー会社に置いておいた自転車に乗って帰り、缶ビール（といっても安い第三のビール）や焼酎、コップ、刺身用の小皿と醤油、ワサビ、箸、お湯を入れたポットなどの準備をしてからテレビを観ていると、裕次がじきにやってきた。タッパーウエアを三つ重ねて入れたレジ袋を提げ、コンビニからでも帰ってきたかのように。

裕次がレジ袋からタッパーウエアを取り出してダイニングテーブルに載せ、蓋を開くと、二つにはチヌとカワハギ、それぞれの刺身が綺麗に並べられており、あとの一つにはチヌの煮つけが汁と一緒に入っていた。

「お、美味そう！　相変わらず、裕次は料理が上手だな」

滝沢が覗き込んで言うと、裕次が今日初めてちょっと嬉しそうな顔をした。

滝沢は台所からもう一枚ずつ取り皿を取ってきて、裕次と向かい合って掛けた。

「じゃ、大漁を祝ってまずは乾杯といくか」

裕次の方へ「のどごし〈生〉」の五百ミリリットル缶を一本押しやり、自分も一本取った。

二人でそろってプルタブを引き開け、缶を軽く触れ合わせた。

「乾杯！」

滝沢が殊更大きな声で言うと、裕次も少し遅れて、「乾杯」と小さく声を出した。

のどごし〈生〉の後は二人とも麦焼酎のお湯割りを飲んだ。

裕次は初めのうちは、相変わらず沈鬱（ちんうつ）な顔をして、滝沢が話しかけても言葉少なに答えるだけだった。が、アルコールが身体に回り始めるに従って少しずつ表情がゆるみ、口数も多くなっていった。そして、三杯目のお湯割りが空になる頃には駄洒落（だじゃれ）や冗談を連発しては、自分でケラケラと笑い出した。

明日は二人とも日勤なので、朝までアルコールが残ったら大変である。大目玉を食らうぐらいでは済まない。だから、それほど酒に強くない裕次にこれ以上飲ませるわけにはいかなかったが、久しぶりに楽しそうにしている彼にもう飲むなとは言えなかった。

そこで滝沢は――こうなると裕次がじきに寝てしまうのを知っていたので――これまでより薄いお湯割りを作ってやった。

案の定、裕次はそれを半分も飲まないうちに居眠りを始めた。

椅子から落ちたら危ないので、滝沢は裕次の腕を取って、一つしかないソファに移してやった。

そのまま寝顔を見ていると、滝沢の下腹部に熱いものがみなぎり、強い欲望を覚えた。が、もしここで裕次の身体に触れたら歯止めがきかなくなり、すべてを失う結果になるのが目に見えていた。

滝沢は誘惑を断ち切って裕次から離れ、テーブルに戻った。今日を境に裕次が少しは元気を取り戻してくれたらいいのだが……。祈るように心の内でつぶやいた。

2

裕次と釣りに行ってから十日余りが過ぎた日の午後、滝沢は北九州拘置所の最寄り駅である鹿児島本線の折尾駅――拘置所があるのは若松区だが、折尾駅は八幡西区――から電車で小倉まで行き、小倉城口から歩いて五分ほどのところにあるカフェで荒木啓介と会った。

荒木は東西新聞北九州支局の記者で、痩せてひょろりとした男だった。年齢は滝沢より四、五歳下の感じだから、三十少し前か。滝沢は昨年の夏に一度会い、取材を受けていた。〝刑務官の日常〟といった記事を書きたいので話を聞かせてほしい、と知人を介して言ってきたのだ。

滝沢には迷惑な話だったが、その知人には郷里へ戻った際世話になっていたから、断るわけにいかない。刑務官には守秘義務があるので、本やネットなどにすでに書かれているような話しかできないがそれでもいいのなら、ということで引き受けた。もちろん滝沢の名を出さないという条件で。

そのときは、荒木が小倉から折尾まで出向いてきたので、駅近くのファミリーレストランで会った。

が、今度、滝沢が——快速なら二十分だが各駅停車なら三十二、三分かかる——小倉まで行ったのには、当然わけがある。

荒木が滝沢に会いたいと最初に言ってきたのは一週間ほど前だった。といって、荒木と言葉を交わしたわけではなく、留守番電話にそう入っていたのだ。

刑務官は、勤務中は携帯電話を持ち歩けない。だから、勤務が明けた後、滝沢はその伝言を聞き、今度はいったいどんな用事かと多少気になった。

ただ、できればマスコミ関係の人間とは関わりたくない。

話したことが記事にされ、それを流したのが自分だと知られたら、たとえ秘密にしなければならないような内容でなかったとしても、上司に嫌みを言われて睨まれるし、勤務評定に影響しないでもない。

だから、滝沢は、連絡がほしいという荒木の伝言を無視していたのだが、翌日、今度は滝沢が官舎の部屋にいるときにかかってきた。

もちろん居留守を使うこともできたが、何度もしつこくかけてこられたら煩わしい。それに、ちょうど部屋にいるのは自分一人だったし、荒木の用件が気にならないでもなかったから、滝沢は電話に出て、どういう用事かと訊いた。

すると荒木が、北九州拘置所に勾留されていた島淵透が先々月死亡した件に関してちょっと話を聞きたいので会ってくれないか、と言った。

想像もしていなかった話だったので、滝沢は驚いた。同時に、島淵が死亡した件に関して荒木は何を知りたいのか、と気になった。が、そうした件で新聞記者と会って話すのは危険である。滝沢は好奇心を抑え、そういう件なら自分に話せることは何もない、と言って断った。

——そんなことを言わずに、会うだけ会ってくださいよ。場所と時間を指定してくれたらどこにでも行きますから。

と、荒木が言葉を継いだ。

——会ったって仕方ないでしょう、何も話せないんだから。

——話せないということは、島淵の死には不審な点があるんですか？

——そんな意味じゃない。刑務官は、所内の出来事を勝手に外部の人間に話すことを禁じられているんだ。

——いや、やはり島淵の死には不審な点があるからでしょう？

——やはりとは、いったいどういう意味だ？

滝沢は荒木の言い方に引っかかり、思わず声を荒らげた。

——警察の発表では、島淵は首を吊って自殺したという話ですが、もしかしたら違うのではないかという噂(うわさ)を小耳に挟んだんですよ。

——どんな噂だ？　自殺じゃないとしたら、じゃ、島淵はどうして死んだと言っているんだ？

——誰かに殺されたんじゃないかと……。

——なんだと！　馬鹿も休み休み言え。そんなことは不可能だし、警察がちゃんと調べているんだぞ。

——僕が言っているわけじゃありません。

——なら、どこの誰がそんなことを言っているんだ？

——噂の出所(でどころ)は知りませんが、別の社の記者から、刑務官のことを書いたおまえなら何かもっと聞いて知っているんじゃないかって言われたんです。

そんな噂を流しているのはいったい誰なのか、と滝沢は怒りを感じた。そうでなくても、裕次は自分の不注意から島淵を死なせてしまったと責任を感じて落ち込んでいるのに、もしそんな噂が耳に入ったらどうなるか。立ち直れなくなるかもしれない。

この前、一緒に釣りに行って、滝沢の部屋で酒を飲んだときは、駄洒落を連発してケラケラと笑っている裕次を見て、これで吹っ切れて少しは元気になるかもしれない、と滝沢は思った。だが、それは希望的観測に過ぎなかった。翌日、アルコールが切れると、裕次はまた元に戻ってしまった……いや、前夜の反動か、前よりいっそう暗い、幽霊のような顔つきになっていたのだった。

――何も話せなくてもいいですから、とにかく会うだけでも会ってくれませんか。

荒木がねばった。

そう言われると、滝沢も会うだけ会ってみてもいいか、と思い始めた。

というのは、島淵は殺されたのかもしれないなどという噂の出所が気になっていたからだ。

荒木に会って話を聞けば、それに関する何らかの情報が得られるかもしれない。

誰であっても、島淵を殺すのが不可能だったことは、拘置所の職員ならわかっているはずである。といって、外部の人間がそうしたデマを飛ばしたとも思えないから、火元は所員である可能性が高い。

では、所員だとしたら、誰がそんな出鱈目（でたらめ）な話を流したのか？

考えられるのは、幹部たちの遣り方に不平、不満を抱いている者か、裕次個人を妬（ねた）むか恨んでいる者であろう。

荒木と話したからといって、犯人が突き止められるとは思えなかったが、そんなデマを流したヤツに少しでも迫れれば……。

滝沢はそう考え、結局、荒木に会ってもいいと答えたのである。ただ、新聞記者と一緒にいるところを知った人間に見られたらどんな噂を立てられるかわからないので、自分が小倉まで行くことにして。

その日は夜勤明けの日だったので、滝沢は官舎へ帰って四時間ほど睡眠を取った後、買ってあった焼き鳥といなり寿司とカップラーメンで昼食を済ませ、小倉へ行った。

荒木の指定したカフェに着いたのは約束の二時半より十五分ほど前だったが、荒木はすでに来て待っていた。

簡単に挨拶を交わして、滝沢がコーヒーを注文すると、

「島淵が殺された可能性は本当にないんですか？」

と、荒木がいきなり核心に切り込んできた。

「ない」

と、滝沢はきっぱりと答えた。「電話でも言ったとおり、それは所員が調べてそう判断したわけではなく、所轄署と県警本部から刑事や鑑識、検視官が来て調べ、そう判断したんだ」

「警察の発表では、島淵が水道の蛇口に結び付けた紐で首を吊っているのを見つけたのは巡回中の刑務官だったそうですが」

「そうだ」

滝沢だって現場を見たわけではない。が、彼の場合、裕次から話を聞いていたので、他の刑務官が知らないようなことも知っていた。

「そのとき島淵はまだかすかに息があったので、刑務官はすぐに蘇生処置を施したが、間もなく駆けつけた医務官によって死亡が確認されたとか……？」

「うん」

「警察は、死体と現場の状況などから自殺と判断したということですが、そのへんのところを具体的に教えてくれませんか」

「それはできない」

と、滝沢は答えた。「理由は電話で言ったとおりだ」

「ですが……」

「もしあんたにそうした話をすれば、俺は処分を受ける」

「そうですか」

「それより、今度の件をあんたに話したという別の社の記者に、この話を誰から聞いたのか、質してくれたか？」

それが、今日荒木に会うのを承諾した滝沢の条件だった。

荒木が「ええ」と答えたものの、自分の質問を撥ねつけられたからか、不満そうな表情をした。

「で？」

「彼は同僚から聞いたんだそうですが、その同僚によれば、島淵の弁護人あたりが火元じゃないかという話です。一審、二審と死刑の判決を受け、最高裁に上告していた人間が自殺したなんておかしい、と不満を漏らしていたそうですから」

なるほど、弁護人の線もありうるか、と滝沢は思った。

「滝沢さんは、その弁護士の疑問をどう思われますか？」

荒木が訊いた。

「上告したといっても、島淵の場合、死刑判決が覆る可能性はほとんどないと言われていた。それは島淵自身わかっていたと思うんだ。だから、最高裁で死刑が確定した後、毎日脅えて暮らすぐらいならいっそ今のうちに……と自殺を決意したとしても不思議はない」

「遺書はなかったんですね？」

「ああ。だが、事故死の線はありえないし、殺人も不可能という状況だった。とすれば、動機がどうあれ、あとは自殺しかないだろう」

「殺人が不可能だというその状況が、我々には何も知らされていないわけですけどね」

「弁護人は警察から説明を受けたはずだよ。だから、本当はわかっていると思うね。島淵の弁護人は八十歳近い国選で、あまりやる気のない人だったみたいだから、自分が何もしなかった言い訳にそんなことを言っているんじゃないのか」

島淵の死については、拘置所内でもはじめいろいろ取り沙汰（ざた）された。中には、殺されたのではないかと言う者もいた。上告審で死刑判決の覆る可能性が極めて低かったとはいえ、最高裁の判断が下る前に死んだということに違和感を覚えたからであろう。が、詳しい情報が伝わるにつれ、そうした噂は消えていった。外部の人間はもとより、たとえ拘置所内部の人間であっても、自殺に見せかけて島淵を殺すのはほとんど不可能だし、だいたいその前に、一生が台無しになるかもしれない危険を冒してまで被収容者を殺さなければならない動機を持っている所員など、およそ考えられなかったからだ。

拘置所や刑務所でこのような〝事件〟が起きた場合、一般の刑務官にその詳しい事情が知らされることはない。とはいえ、情報は様々なルートを通じて伝わってきたし、今度の件では、滝沢は当事者である裕次から直接話を聞いた。

それらを総合すると、〝事件〟の顚末（てんまつ）は次のようなものだった。

宮崎（みやざき）県延岡（のべおか）市の民家に押し入り、留守番をしていた小学三年生の少女を――悪戯（いたずら）をした後――殺し、そこへ帰ってきた母親もナイフでメッタ刺しにして殺害した、いわゆる「延岡事件」の犯人、島淵透（五十一歳）が独居房の中で死亡していたのが見つかったのは、三月七日金曜日の午前零時二十分頃だった。

三畳分ほどの広さの房の左奥にある洗面台の前に、紐のようなものに首を掛けて顔を下向け、両脚を投げ出して膝から上が宙吊りになっていたのだという。

見つけたのは巡回中の裕次である。

九時の消灯後、収容者は眠くなくても布団に入って横になっていなければならず、起きていることは禁じられている。裕次が三十分前に巡回したときには、島淵も、廊下の方に頭を向けて敷かれた布団に横たわり、寝ていた。彼は眠れない眠れないと何度も訴え、半月ほど前から睡眠薬を処方されていたから、就寝前にそれを飲み――裕次の渡した錠剤を一個、決まりどおりに裕次の目の前で口の中に入れ、水で飲み込んだ――、軽いいびきをかき、熟睡しているようだった。

ところが、その島淵が布団から出て、妙な格好をしていたのである。

点いているのは薄暗い電球が一個だけだが、首に布を縒ったようなものが巻かれており、頭部も両腕もだらんと垂れていて、水道の蛇口に結わえ付けた紐で首を吊っているように見えた。

といって、いきなり房の中へ入るわけにはいかない。死んでいるように見せかけ、襲いかかってこないともかぎらないからだ。

裕次は、他の房の収容者を起こさないように、小声で二度呼びかけたが、返事がないし、島淵の身体はぴくりとも動かない。

裕次はここで廊下に設置されたスイッチを押して、一緒に夜間勤務に就いていた看守部長の石黒正也を呼ぶべきだったのだが、まずは自分一人で島淵の状態を確認してからでも遅くはない、と考えた。

刑務官は、収容者などの暴力から身を守り、相手の行動を封じるため、日頃から矯正護身術（逮捕術）の講習を受けている。また、刑務官には武道（柔道か剣道）の訓練が義務づけられており、元々中学、高校で柔道部に入っていた裕次は柔道三段。しかも、身体は小柄な島淵に比べるとかなり大きい。だから、万一相手が襲ってきたとしても一人で抑えられる自信があった。

隣や向かいの房に入っている者たちの目を覚まさないようにそっと鍵を開け、房内へ入った。もちろん十分用心していたのは言うまでもない。

おいと声をかけながら近づくが、島淵はまったく反応を示さない。やはり、紐を首に巻いて一度交叉させ、その両端を蛇口に固く括り付けてあるようだった。死亡しているかどうかまでははっきりしないが、意識を失っているのは確実に思えた。

その時点で、裕次は部屋の隅にある非常ボタンを押して仮眠中の石黒を起こし、事態を伝えた。

石黒が当直業務監督者である庶務課長に連絡を入れてから駆けつけたので、裕次が島淵の身体を抱き支え、石黒が蛇口の下のところで紐を切った。

二人して島淵を布団の上に横たえ、身体がまだ温かかったので、首に一巻きされた紐を緩めてから交代で人工呼吸を繰り返した。

間もなく庶務課長が到着。それから十分ほどして医師である医務課長が、少し遅れて処遇部長、総務部長、所長といった最高幹部たちが官舎から続々と駆けつけた。

が、結局、島淵は息を吹き返すことなく、死亡が確認された。

あとはその処置だが、「刑事収容施設及び被収容者等の処遇に関する法律」や「刑事施設及び被収容者の処遇に関する規則」には、

《刑務所や拘置所などの刑事施設内で死亡した者については、その長が検視を行い、変死または変死の疑いがあると認めるときは、検察官および警察官たる司法警察員に対し、その旨を通報することとする》

とあり、具体的な方法については、法務大臣の訓令によって定められている。

島淵の検視はその訓令に従って、医務課長立ち会いのもと、所長代行の宮之原総務部長によって行われた。

それが済むと、石塚所長が福岡地方検察庁の検察官と若松警察署に検視の結果、死者の

人定事項、罪名などを電話で知らせ、必要事項を記した書面をファックスで送った。

通報を受けて、まず若松警察署の複数の署員が駆けつけ、一時間ほどして福岡県警察本部から検視官、捜査一課員、鑑識課員が到着した。

こうして、島淵透の死は、福岡県警の刑事、鑑識課員たちによって他殺・自殺両方の可能性を念頭に調べられた。

まず、もし島淵が誰かに殺されたのなら、次のように考えられた。

犯人は、裕次が十一時五十分頃に巡回して他の階に行った後、島淵本人はもとより近くの房の収容者にも気づかれないように――収容者はみな、島淵の房で起きた異変に気づかなかったと証言した――そっと島淵の房に入った。そして、廊下を通る刑務官から見えるように畳んで置いてあった予備のパジャマ（上下）を用いて素早く首吊り用の〝紐〟を作り、裕次が次に回ってきた零時二十分頃までの間に島淵を殺害した。具体的には、島淵の首に輪を掛け、彼の背中側に立つようにして一気に引き上げ、彼に抵抗する間を与えないうちに意識を失わせた。その後、彼の身体を流し台の下まで引きずって行って下を向かせ、上体を浮かせたまま〝紐〟の他端を蛇口に掛け、引き絞るようにしてしっかりと縛り付けた――。

このように考えれば、他殺の可能性もないではない。

が、拘置所外部の人間は論外として、たとえ拘置所内部の人間であっても、宿直勤務の裕次にも石黒にも気づかれず鍵の掛かった二舎に入り、さらには島淵の独居房に入るのは不可能、と判断された。

となると、島淵の死が他殺なら、殺したのは裕次か石黒しかいないが、二人のどちらが犯人だったとしても、犯行は時間的に極めて難しいことが判明した。

とはいえ、可能性がゼロではなかったため、刑事たちは、裕次と石黒が共犯かあるいは口裏合わせをしている可能性も含めて——二人の供述が嘘なら犯行時刻は裕次の巡回時刻より前だった可能性がある——、彼らの上司や同僚に当たって慎重に調べた。

しかし、二人とも、島淵との間に刑務官と被収容者以上の関わりが見つからなかっただけではない。勤務態度や性格にも特に問題はなく、被収容者の殺人という、露見すれば己の未来のすべてを失うと言っても過言ではない危険を冒す動機は、どこをどう捜しても出てこなかった。

そこで刑事たちは、遺体の状況と裕次たちの話から次のように考え、彼の死を自殺と判断したのだった。

一、島淵はかなり前から自殺しようと考えており、自殺を決行するとき見回りに来る刑務官を油断させるため、どうしても眠れないからと言って、前もって睡眠薬の配薬を受けていた。

二、当夜は、消灯直前に裕次が渡した睡眠薬を彼の目の前で飲み、その後はぐっすりと眠っているように装った。
三、裕次が十一時五十分頃に巡回して去り、他の収容者たちが一番深く眠り込んでいると思われる頃、島淵は起き出し、予備のパジャマを使って一本の〝紐〟を作った。ズボンの脚の部分、腰の部分、もう一方の脚の部分と一本に伸ばして縒ったものと、上着の二本の袖を合わせて縒ったものを繋いだのだ。こうして〝紐〟ができると、一方の端（ズボンの部分）で首を入れる輪を作って固く結び、もう一方の端（上着の胴体部分）を水道の蛇口に巻き付け、解けないようにやはり固く縛り付けた。
四、首を輪に入れて洗面台の手前で下を向き、洗面台に掛けた両腕で体重を支えながら、徐々に足を引いて重心を後ろへ移動していき、背中が伸びたとき、洗面台を押すようにして両腕を一気に離した（刑務所あるいは拘置所の被収容者が似たような方法で自殺した例は過去にもあったので、島淵がそうした知識を持っていたとしても不思議はない）。
荒木は滝沢の対応が不満のようだった。

若いが、優秀な記者なのか、何とか少しでも具体的な事実を聞き出そうと、巧妙な質問を仕掛けてきた。

しかし、滝沢としては、自分の聞いている〝島淵が死んだときの状況〟を話すわけにはいかない。

結局、荒木は粘っても無駄だと諦めたらしい。「今日は小倉まで来ていただいて、ありがとうございました」と礼を述べたものの、どこかむすっとしたような顔をして先に帰って行った。

電車の時間まで少し間があったので、滝沢は店に残ったのだ。

彼はコーヒーをもう一杯注文し、裕次のことを考えた。裕次が一日も早く以前のように暮らせるようになるにはどうしたらいいだろうか、と。

滝沢にとっては、島淵がどうして自殺したのかといった問題はどうでもよかった。裕次さえ、あれは不可抗力の出来事だったのだと自分の気持ちを整理し、元の元気を取り戻してくれたら。そのためになるなら、自分はどんなことでもする用意がある。

あれこれしばらく考えたが、これといって巧い方法は思い浮かばず、結局、時が流れるのを待つしかないのかもしれないという結論に至った。そして、自然に裕次の心が癒やされるまで焦らずに待とう、と思った。やがて夏が過ぎて、秋、菜々と結婚する頃にはきっと元気を取り戻し、我が子が間もなく生まれてくることも喜んでいるにちがいない、だから、それまでは静かに見守っていよう……。

しかし、滝沢は裕次の元気になった姿を二度と見ることができなかったのだった。

滝沢がそのことを知ったのは、荒木と会った次の次の夜勤明けの日だった。

朝、勤務を終えて帰り支度をしていると、その日、日勤のはずの裕次が始業時刻の七時半を一時間以上過ぎても出てきていないらしい、という話が伝わってきた。

それが最初の情報で、次は、上司である主任（主任矯正処遇官）の橋爪（はしづめ）副看守長が裕次の携帯に電話しても繋がらず、同室者に尋ねたところ、昨日実家に帰り、そのまま帰ってきていない、という話。続いて橋爪が宗像（むなかた）市の裕次の実家に問い合わせると、昨日の昼過ぎにふらりと訪ねてきたが夕方五時半頃には帰った、という父親の返事だった——。

真面目な裕次は、いつもなら始業の三十分前には出勤しているし、これまで無断欠勤したことは一度もない。その裕次が連絡もなしに出てきていないというので、この時点で、事務室はちょっとした騒ぎになっていた。

島淵の自殺騒動の後、裕次が沈んでいるのはみな知っていたからである。

もちろん滝沢も、いったいどうしたのだろうと心配になり、叔父である裕次の父親に電話してみた。

が、新しいことは何もわからない。

居ても立ってもいられなくなり、官舎の部屋には寄らずに折尾駅へ行き、ちょうどやってきた下りの電車に乗った。

裕次の実家は宗像市の東の外れにあった。最寄り駅は鹿児島本線の教育大前。折尾からは快速で十五分ほどだ。

電車が駅に着くと、滝沢はドアが開ききらないうちにホームへ飛び出し、階段を一段置きに上った。

裕次の実家は、線路を挟んで福岡教育大学のある方とは反対の南側。橋上(きょうじょう)駅の改札口を出て、歩いて六、七分だった。

方形の屋敷の一角に着くと、生け垣に沿って四十メートルほど歩き、扉の付いていない門を入った。

奥に建っている入母屋(いりもや)造りの大きな平屋に向かって庭を突っ切って行くと、中から見ていたのだろう、音もなく玄関のガラス戸が開き、叔父(おじ)と叔母(おば)が出てきた。二人の顔は土気色をしていて、不安この上ないといった表情だった。

叔父は福岡市の肥料会社に勤めているのだが、今日は休んだのだろう。

叔父は、特別養護老人ホームに勤めている菜々と、電話番号のわかっている裕次の知り合いに電話したが、誰も裕次の行き先を知らなかったのだ、と言った。菜々は、一昨日(おととい)の晩、裕次が電話してきたので十分ほど話したが、特に変わった様子はなかったし、どこかへ行くといった予定も聞いていない、と言ったのだという。

「ただ、菜々しゃんは、そんとき裕次がどっか無理して元気に見しぇとった感じがしぇんでものう、今思うとそいがちょっと気になる、とも言うとったけん、わしもそいの気になっとうじゃが」

裕次の両親と十分ほど立ち話をした後、滝沢も自分が知っている裕次の友人、知人に電話したりメールしたりして裕次の所在に関する情報を求めた。

だが、成果はゼロ。

いよいよ裕次の身に何かあった可能性が高いかもしれないと思ったが、叔父と叔母の前でそれを口にするわけにはいかない。

かといって、気休めを言うこともできなかった。

どうしたらいいのか？

三十過ぎの大の男が半日ぐらい連絡が取れないからといって、警察に捜索願を出すわけにはいかなかったし……。

最悪の知らせが入ったのは、滝沢たち三人が打つ手に窮して頭を抱えていたときである。

裕次の実家は裏に小さな山を背負っているのだが、そこの小道を散歩していた近所の老人が、男が首を吊って死んでいる、と血相を変えて庭へ駆け込んできたのだった。

老人は男の顔をよく見ていなかったが、裕次としか考えられない。

滝沢と叔父は叔母を家に残し、鎌を持って裏山へ走って行った。そして、椎の木の枝にロープを掛けて首を吊っていたのが裕次に間違いないのを見届けると、二人して裕次の身体を抱き支えながら鎌でロープを切り、彼を下草の上に下ろした。

死亡しているのは明らかだったから、救急車は呼ばず、叔父が警察に知らせ、滝沢が拘置所に連絡した。

裕次の遺書は、彼が着ていたジャケットの内ポケットから見つかった。

それは三通あり、両親宛、菜々宛、それに滝沢宛とそれぞれ別々の封筒に入れられ、封がされていた。両親宛と滝沢宛は薄い定形封筒だったが、菜々宛はそれより一回り大きな封筒で、厚みも三、四倍あった。

葬儀社を呼んで裕次の遺体を自宅へ運んだ後、叔父が自分たち夫婦に宛てた一通を手元に残し、あとの二通を滝沢と、勤務先から軽乗用車で駆けつけた菜々に手渡した。

もちろん、菜々が裕次の遺体に対面し、しばらくして、少し落ち着いてからである。

そのとき、叔父は滝沢と菜々に、家へ持ち帰って読んだ後、どういうことが書かれていたか、差し支えない範囲で教えてほしい、と言った。

叔父夫婦と滝沢は、裕次の実家で執り行われた通夜と葬儀が済んだ後、それぞれに宛てられた遺書を見せ合った。

封筒の表、中央に、裕次独特の丸っこい文字で「お父上様　お母上様」と記された両親宛の遺書には、

《大事に育ててくださったこと、心より感謝いたします。お父上様に対してもお母上様に対しても、まだ何一つご恩に報いるようなことをしていないのが心残りでございますが、

先立つ不孝、どうかお許しください。お二人がいつまでもお元気に長生きされますよう、草葉の陰からずっとずっとお祈りしております。》

と書かれており、滝沢宛の遺書には、

《今度のことでは正樹(まさき)兄さんに大きな迷惑をかけてしまい、すみませんでした。正樹兄さんは僕にとって実の兄以上の存在でした。これまで、いろいろお世話になり、本当にありがとうございました。菜々も他の誰よりも正樹兄さんを信頼しています。これからは、どうか菜々の力になってやってください。そして、菜々にもし子どもが無事に生まれたら、どうかその子にも力を貸してください。勝手なお願いですが、どうかどうかよろしくお願いいたします。》

と書かれていただけで、どちらにも、相手に読まれたらまずいような文言はなかったからである。

しかし、菜々だけは、遺書には裕次と自分の個人的な事情がいろいろ書かれているので申し訳ないが……と言って、滝沢にはもちろんのこと、裕次の両親にも見せなかった。ただ、彼女は、そうした事柄の他には「すまない、すまない」と繰り返し書かれていただけで、裕次がどうして自分にも何も話さずに死を選んだのかがわからず、困惑している、と言った。

捜査Ⅰ　２０１９年

1

百人を超す刑事、鑑識課員たちが壇上を向いて掛けている背後のドアが開き、米原警視総監が講堂に入ってきた。

昨年の九月、警察庁警備局長から警視庁のトップに就いた、ずっしりとした体軀の猪首の男である。

米原のあとには島刑事部長、沢田捜査一課長、岩井理事官、砂川本駒込署署長が続いていた。

津山正則がいるのは、フロアより十五センチほど高くなった演壇の手前下である。そこには長テーブルが横一列に並べられ、津山の他に捜査一課殺人犯捜査第五係長の盛永勲、本駒込署刑事課課長の谷村忍が着席していた。

三月十三日（水曜日）、時刻は午後七時を五分ほど回ったところである。あと一週間余りで春分の日だが、今年の春は例年になく寒く、講堂には暖房が入っていた。

米原たちは、津山たちから見て左側の壁際を通って演壇の方へ近づいてくる。

津山はこれまで長く捜査一課殺人犯捜査係（殺人班）の係長として、二年前からは捜査一課の管理官として、五十件以上の捜査本部事件に関わってきた。だが、本部の設置と同時に警視総監が会議に顔を出すといった事件にはぶつかったことがない。それだけに、いつもの捜査本部の開設時以上に緊張していた。被害者がどういう人物であっても関係ない、自分はやれるかぎりのことをやるだけだ、と一方で思いながらも。

今から五時間ほど前、ここ警視庁本駒込警察署に、《東京高検検事長殺人事件　特別捜査本部》の設置が決まった。捜査本部長は島刑事部長、副本部長は沢田捜査一課長と砂川本駒込署署長である。だが、日常的に捜査の指揮を執るのは津山と盛永と谷村の三人だった。

米原たちが近づいてくるのを待って、長テーブルの下手（しもて）側の席に掛けていた津山ら三人は腰を上げて彼らを迎えた。米原がテーブルの中央に、その並びに島、沢田、岩井、砂川が順に腰掛けるのを待って、自分たちも腰を下ろした。

「始めますが、よろしいでしょうか？」

津山が米原たちの方を向いて問うと、米原がうなずいたので、津山は立ち上がり、前に居並ぶ本部員たちに向かって第一回捜査会議の開会を宣言した。

その後、米原が立って、警視庁の威信にかけても早急に犯人を逮捕し、事件の解決に向けて頑張ってほしい、と訓示。続いて、島が米原の言葉を受けて捜査の基本方針を説明すると米原は退席し、盛永が進行役になって、これまでに判明している事実の報告から実質的な会議に入った。

事件が起きたのは昨日十二日の午後九時前後、遅くとも九時十五分までの間だった。文京区千駄木一丁目××番地、春木神社の境内で男性が殺されたのだ。

同神社は、南側の道に面して鳥居が立っており、鳥居をくぐって四十メートルほど進んだところが砂地の庭と社殿だった。社殿は古くて小さいが、社殿と庭を囲んでいる杉や椎の林は結構広く、神社全体がこんもりとした杜(もり)のようになっていた。明かりは鳥居の脇に外灯が一本立っているだけなので境内は薄暗いが、参道が南北に抜ける近道になっているため、近所の住民の中には夜でも通る者がいるらしい。男性が倒れていると一一〇番通報してきたのも、境内を通り抜けて自宅へ帰ろうとしていた、神社北側のマンションに住む四十代の夫婦だった。

一一〇番通報があったのは九時十六分。すぐに最寄りの交番から警官が駆けつけて確認したところ、男性はすでに死亡していた。年齢は六十歳ぐらいで、中肉中背。俯(うつぶ)せに倒れている死体のそばには大量の血痕(けっこん)があった。そのため、当初、男性は刃物で刺されて死亡したと考えられたが、検視によって、首に索条痕のあることが判明。男性は胸と腹を鋭利な刃物で刺された後、紐状のもので首を絞められた可能性が高くなった。

が、死因が刃物で刺されたことによるものか、首を絞められたことによるものかは、解剖の結果が出る明日まで待たないとはっきりしない。

現場には凶器として使われた刃物やロープ等は残されておらず、境内を隈無く捜しても見つからなかった。また、被害者の財布やカードケース、スマートフォンなどもなかったので、犯人に奪われた可能性が高い。

そのため、すぐには死者の身元はわからなかったが、英国製の高級生地によるスーツとバーバリーのコートを着ており、スーツの胸の裏には〈A.W〉のネームが入っていた。

そのことを、今朝、公表すると、十時のニュースの後、東京高検検事長・鷲尾淳夫の妻、美世子から一一〇番に電話があり、テレビで報じられた男性はもしかしたら夫かもしれないので詳しい話を聞かせてほしい、と言ってきた。

彼女のその話は直ちに本駒込署に伝えられ、刑事課長の谷村が鷲尾美世子に電話した。

そうして美世子から事情を聴いたところによると、昨夜、鷲尾淳夫は退勤後、九州から上京した久住芳明という高校時代の友人に会うので帰りが遅くなる、という話だった。しかし、午前零時を回っても帰らない。彼は美世子からの電話を嫌がるので彼女は我慢していたが、零時半になっても連絡がなかったので、彼のスマートフォンに電話した。ところが、電源が切られているらしく、通じない。心配になったが、それでも午前一時まで待ち、なおも帰らず、電話も通じなかったので、静岡にいる長男に電話をかけ、どうしたらいいかと相談した。静岡地裁の判事補をしている独身の長男（二十八歳）は寝入りばなを起こされたからか、不機嫌そうな声で応対。母親の話を聞いて、事情はわからないが、たぶん心配ないと思うのでとにかく朝まで待とう、と応えた。一晩帰らなかったぐらいで大騒ぎし、何事もなかったら父親の顔を潰すから、と。そう言われても、美世子は心配でたまらず、布団に入ったもののまんじりともしないで朝を迎えた。

六時を過ぎても、相変わらず携帯電話は通じず、夫からは何の連絡もないため、長男と、結婚して横浜にいる長女（三十一歳）に連絡した。二人は飛んできたものの、彼らとて父親が行っている可能性のあるところなど想像がつかず――昨夜会うと言っていた旧友の名前と勤務先は聞いていたものの自宅の電話、携帯電話の番号はわからなかった――、九時になるのを待って長男が東京高等検察庁に電話した。しかし（というか、案の定というか）、電話を代わった村松彰という鷲尾の秘書は、検事長はまだ出勤していないし、遅れるという連絡もないという。

村松に続いて、長男は夫の旧友・久住芳明が専務理事をしている福岡経済振興会にも電話した。だが、相手は、〝久住は東京へ出張していて午後から出勤するので彼に用があるならその頃かけ直してほしい〟と繰り返すだけ。申し訳ないが彼の携帯電話の番号は教えられない、という。

三十分ほどして、村松が鷲尾のもう一人の部下と一緒に自宅へ駆けつけてきたが、二人とも、鷲尾が昨夜どこへ行ったのかは知らなかった。二人によると、鷲尾はこれから友人と会うので車での送りは必要ないと言って六時頃に退庁したので、（その言葉が事実なら）友人との待ち合わせ場所へは電車で行ったのではないかと思われる、という。

長男と村松たちは、すぐに警察に届けるべきか、それとももうしばらく様子を見た方がいいか、を協議した。

長男も村松たちも、何らかの事件か事故に巻き込まれた可能性が高いかもしれないと考えながらも、一方で、もしそうでなく、鷲尾がひょっこり帰ってきた場合、鷲尾の立場を悪くするのではないかと恐れていた。美世子は、夫にかぎってそんなことはないと信じていたが、長男と村松はどうやら鷲尾が親しくしている女性の部屋で急病になり、連絡不能になっている、といった場合を考えているようだった。

結局、午後、久住芳明の話を聞いてから決めようということになり、村松たちはひとまず役所へ引き上げ、長男も勤務先の静岡地裁に事情を説明するため、席を外した。

そうして、美世子が長女と二人で居間にいたとき、朝電話した夫の親族から電話があり、年齢や体付きなどが鷲尾に符合していないでもない男性が昨夜文京区の神社境内で殺されたらしい、と言ってきた。今、テレビのニュースで見たのだが、その後、鷲尾の所在はわかったのか、と。その親族が言うには、殺された男性は英国製の高級生地で仕立てられたスーツとバーバリーのコートを着ており、スーツの胸の裏には〈A.W〉のネームが入っていたのだという。

その話を聞き、美世子は顔から血の気が引くのを覚えた。夫が文京区の神社などへ行くわけがないと胸の内で必死に否定しながらも、スーツとコートは夫が着ていたものに間違いないと思えたからだ。

こうして、美世子は、長女が長男を呼びに行って戻ってくるまで待てず、自ら一一〇番に電話をかけ、詳しい話を聞こうとしたのだった。

彼女の通報内容は直ちに本駒込署に伝えられ、谷村刑事課長が美世子に電話して簡単な経緯を聞き、部下の平岡郁夫（ひらおかいくお）部長刑事と杉本明日香（すぎもとあすか）刑事の二人を目黒（めぐろ）の検事長官舎へ急行させた。

鷲尾宅には、鷲尾淳夫の妻、美世子と長男の匡（ただし）、長女の三井桃代（みついももよ）、それに再び駆けつけた鷲尾の秘書、村松彰らが待っていた。そして、平岡たちが持って行った死者を撮った写真を見るや、鷲尾淳夫に間違いない、と証言。ここに被害者の身元が確定したのだった。

東京高等検察庁検事長・鷲尾淳夫。一九五六年九月、福岡県久留米（くるめ）市生まれの六十二歳。一九七九年に東大法学部を卒業し、八一年四月に検事任官。以来、順調に検察・法務官僚としてエリートの道を歩んできて、二〇一七年の七月、六十歳で東京高検検事長に就任した。

法務省・検察庁における東京高検検事長の序列は、法令では他の七つの高検検事長と同列で、最高検察庁・次長検事の下である。が、俸給が検事総長に次ぐ二番目であるように、実際の扱いはナンバー2。これまで、検事総長に就いた者の多くは、東京高検検事長から昇進していたし、鷲尾の場合も、特別の事情が生じないかぎり、六十三歳の定年を迎える直前の本年八月、現検事総長の後任に就くことがほぼ決まっていた。

そうした超エリートが、今回殺された被害者だと判明したのである。

平岡と杉本明日香は、あらためて、鷲尾淳夫の家族と部下から昨夕から今朝にかけての事情を聴き、その後で平岡が福岡経済振興会に電話した。そして、こちらの氏名、身分と殺人事件の捜査のためだという事情を説明し——警視庁の本駒込警察署に電話して確認されてからでもよいと伝え——、久住芳明の携帯電話の番号を聞き出した。

久住は、広島と小倉の間を走っている山陽新幹線の下り「のぞみ5号」の車中にいた。平岡が警視庁の刑事だと名乗り、昨夜、鷲尾淳夫が殺されたことを伝えるや、絶句。しばしの沈黙の後、

——いったい、どういうことでしょう？

と、驚きと混乱の冷めやらぬ声で訊いた。

——それをお話しする前に久住さんに伺いたいんですが、久住さんは昨夜、鷲尾さんに会われましたか?

平岡は尋ねた。

——ええ、会いました。

——何時頃どこで会い、どうされたのか、いつどこで別れられたのか、といったことを話していただけませんか。

——会ったのは夕方の六時五十分頃で、場所は東京駅の八重洲(やえす)中央口です。七時の約束だったんですが、私も彼も少し早めに着いたんです。そこには、鷲尾が連絡した、私たちの二年後輩だった宮之原佑(たすく)君も来ていて、三人でちょっと立ち話をした後、私と鷲尾だけ、歩いて五分ほどのところにあるSホテルへ行きました。宮之原君はその日が奥さんの誕生日だとかで、私に挨拶するために見えただけでしたから。

——ホテルへ行かれてからは?

——レストランで軽く一杯やって食事をしました。別れたのは八時半頃、ホテルの玄関です。鷲尾はそこからタクシーに乗り、私は歩いて予約しておいた別のホテルへ向かったんです。

——鷲尾さんと会って食事をするというのは前から約束されていたわけですね?

——そうです。ただ、一週間ほど前、私の上京が決まって電話したときは、久しぶりに銀座でゆっくり飲もうという話だったんですが、昨日になって彼の方から電話してきて、急に顔を出さなければならないところができてしまったので申し訳ないが食事だけにしてほしい、と言ってきたんです。この埋め合わせは次に上京したときにするから、と。

――急に顔を出さなければならないところというのがどういうところか、鷲尾さんは説明しましたか？

――いや。私はべつに尋ねなかったし、彼も本当は自分が行かなくてもいいところなんだが……と言っただけです。

――八時半に鷲尾さんはSホテルの玄関からタクシーに乗り、そこへ向かったわけですね？

――当然そうだと思います。

――場所はどこだと……？

――赤坂と言ったかな……。

しかし、鷲尾はそれから九時十五分までの一時間足らずの間に、文京区千駄木一丁目で殺されたのである。

この事実をどう見るか？

鷲尾が赤坂で短い時間どこかに顔を出し、その後で千駄木へ向かった可能性もないではない。が、それよりは、久住に言った赤坂というのは嘘で、直接千駄木へ向かったと考えるのが妥当だろう。

ただ、どちらにしても、久住に電話する前に平岡たちが鷲尾美世子や村松彰に尋ねたところ、千駄木か千駄木周辺に鷲尾の知人がいるとは聞いていないし、どういう用事で彼がそこへ行ったのかは見当もつかない、という話だった。

——昨夜、鷲尾さんとの話の中で文京区とか千駄木とかといった地名は出ませんでしたか？

——出なかったと思いますね。

——久住さんと鷲尾さんは高校時代からの友人だというお話ですが、何という高校ですか？

平岡は参考までに訊いた。

——福岡市にある県立博多中央高校です。クラスが同じになったのは二年のとき一回だけですが、三年間、同じ柔道部でした。……ああ、先ほど話した宮之原君も柔道部だったんです。

——鷲尾さんとは卒業後もずっと親しく交際されていたんでしょうか？

——いや、ずっとというわけじゃありません。高校を出て、鷲尾は東大へ、私は九大へ進んだんですが、それでも学生時代は鷲尾が帰省するたびに会ってましたし、夏休みには一緒に旅行したりもしていました。ですが、大学を卒業して鷲尾が検事になり、私が福岡県庁へ入ってからは、お互い仕事や結婚や子育てで余裕がなく、たまに電話で話す程度でした。それがまた一年に一、二遍会って酒を酌み交わすようになったのは、三年前、博多で還暦を祝う同窓会があり、そこで再会してからです。

博多中央高校といえば、鹿児島出身の平岡も名前だけは知っている。旧制中学時代からの名門で、福岡県で一、二を争う進学校だった。

他に確かめておくべきことはないかと平岡が考えていると、今度はそちらの話を聞かせてくれないかと久住が言い、

――鷲尾はいつ、どこで、どうやって殺されたんでしょう？　犯人は捕まったんでしょうか？

と、矢継ぎ早に訊いた。

平岡は、犯人がわからないので捜査しているのだと答え、殺されたおおよその時刻と場所、胸と腹を刃物で刺されて首を絞められていた状況を説明した。

――九時前後ということは、私と別れて一時間も経たないうちに……！

久住がまた驚きを口にした。

――そうです。

――私に赤坂へ行くと言ったのは嘘だったんですね。

――たぶん。

――鷲尾は文京区のその神社で犯人と待ち合わせたんでしょうか?

――そのへんの事情はわかりません。境内は神社の南側と北側を結ぶ近道になっているので、通り抜けようとして襲われた可能性もあります。

――神社で犯人と待ち合わせたのでないとしたら、鷲尾はどこへ行こうとしていたんでしょう?

――そうしたことはまだ何もわかっていないんです。

――そうですか……。

久住が沈んだ声で応じた。

平岡は、今聞いた情報を早急に上司に報告しなければならないからと断り、礼を述べて電話を切った。

平岡たちが久住芳明から聞いた話により、被害者の鷲尾淳夫は昨夜九時前後にタクシーで現場付近まで来た可能性が高くなった。

その後、犯行現場の近辺に設置されている防犯カメラの映像を調べていた班により、鷲尾が根津裏門坂――不忍通りから根津神社の北側を通って本郷通りへ抜ける道――の中途にある日本医大前の交差点で、不忍通りから坂を上ってきたタクシーを降りたことが突き止められた。

鷲尾がタクシーを降りた時刻は八時五十四分。Ｓホテルから赤坂を経由して日本医大まで行った場合、三十五分前後はかかるので、その時刻は、八時半頃Ｓホテルの玄関で久住と別れた後、鷲尾がそこへ直行した事実を示していた。

タクシーを降りた後の鷲尾は、横断歩道を南側から北側へ渡り、日本医大付属病院に沿った道を北へ入って行くのが、やはり防犯カメラの映像から確認されている。日本医大前の交差点から春木神社までは三百メートル足らず。その後の鷲尾の姿を捉えたカメラの映像はないものの、九時十五分には死体となって発見されている事実から推して、タクシーを降りた後、彼は真っ直ぐ春木神社まで歩いて行ったものと考えられた。

鷲尾の写っていた防犯カメラには、鷲尾の後を尾けたと見られる人物は写っていなかった。神社の南側はほとんどが戸建ての住居なので、防犯カメラを設置した家はあっても、そこに写っていたのは門前の狭い範囲だけ。そのため、それらのカメラの映像からも、鷲尾の正確な足取りだけでなく、肝腎の犯人に関する情報――犯人ではないかと見られる人物の背格好、服装、おおよその年齢、性別、いつどこを通って神社へ行ったのか、どちらへ逃げたのか、といった点――も得られなかった。

また、何よりも不可解なのは、鷲尾が妻や部下に何も話さず、また久しぶりに会った旧友に嘘までついて、どうしてそんな場所へ行ったのか、という点だった。

神社の境内で誰かと会う約束をしていたのか、あるいは、神社を抜けた北側に住んでいる誰かを訪ねようとしていたのか。

どちらかだったと思われるが、東京高検検事長の彼が、夜、自宅から離れたほとんど名の知られていない小さな神社の境内で人と会う約束をしていたとは考え難い。

とすれば、彼は春木神社の近くに住んでいる誰かを訪ねようとしていた可能性が高く、その人物は、妻や部下だけでなく旧友にも話せない相手だったということになる。

そう考えると、彼がタクシーで相手の住まいまで行かず、誰かに目撃されるのを警戒して、少し離れたところで降りていた点も説明がつく。

では、そんな彼が誰に、なぜ春木神社の境内で殺されたのか。たまたま近道をしようと神社の境内を通行していたとき、強盗に襲われたのか、それとも、彼の行動を予測して神社で待ち受けた人物に殺されたのか。

現時点ではどちらとも言えないが、もし後者だった場合、目的は彼を殺害することであって、現場に彼の財布やスマートフォンなどがなかったのは、強盗の犯行に見せかけようとして犯人が持ち去った可能性が高い。なお、スマートフォンは電源が切られているらしく、現在それがどこにあるのかを突き止めることはできなかった。

本駒込署の平岡部長刑事らによる、これまでに判明した事実とそこから考えられる状況の報告が終わると、しばらく質疑応答が行われ、その後、津山は当面の捜査について次のような方針を示した。

事件が、強盗による突発的なものだったにせよ、被害者を待ち受けていた犯人による計画的なものだったにせよ、被害者ならびに犯人と思われる人物の目撃者を見つけ出すこと、同様の目的から防犯カメラの映像についてさらに詳しく調べること、犯人が逃げるときに凶器や返り血を浴びた衣類などを捨てた可能性があるので、神社周辺の植え込みやゴミ集積所などを徹底的に捜索すること、被害者が神社を通り抜けてどこかを訪ねようとしていた場合、それは北側のマンション、戸建ての民家、アパートのいずれかだった可能性が高い。だから、それらの一戸、一戸に対して聞き込みを徹底し、彼が訪ねようとしていた相手を突き止めること、被害者の家族、部下、友人・知人に当たり、被害者に強い恨みを抱くか、被害者を殺すことによって大きな利益を得る者がいなかったかどうかを調べること、また、被害者が昨夜現場を通るのを知っていた者、あるいは知り得た可能性のある者がいないかどうかも同時に調べること、被害者が契約していた携帯電話会社の協力を得て、紛失したスマートフォンの電話とメールの発信・受信履歴を閲覧し、そこに犯人あるいは昨夜彼が訪ねようとしていた相手に関する情報がないかを調べること。

津山に続いて、島刑事部長が立って捜査員たちの奮起を促し、彼と沢田捜査一課長、砂川本駒込署署長は退出。その後、班編制が行われ、第一回捜査会議は散会になった。

2

翌朝、鷲尾淳夫の遺体を解剖したT医大の医師から死体検案書が届いた。

それにより、死亡時刻は一昨夜九時から九時半までの間——といっても死体が発見されたのは九時十五分だから、犯行時刻は九時から九時十五分の間——、死因は胸と腹を刃物で刺されたことによるものではなく、紐状のもので首を絞められたことによる窒息死、と判明した。

つまり、犯人は二種類の凶器を準備して被害者に襲いかかり、まず刃物——傷の深さと形状から刃渡りが十三センチ以上あるナイフか細身の包丁だった可能性が高い——で相手の胸と腹を刺した後、紐を取り出して首に巻きつけ絞殺した、と考えられた。

では、犯人はなぜ二種類の凶器を使ったのか。刃物で刺すだけだと、絶命させる前に大声を上げられるおそれがあるし、まだ息があるのに死んだと思って逃げた後、誰かが通りかかる可能性もあった。だから、そうした危険を回避するために、刃物で刺して相手の抵抗力を奪ったあと首を絞めて確実に息の根を止めた、ということであろうか。

正確なことは犯人の口から聞き出す以外にないが、その理由がいかなるものであったにせよ、そこから言えるのは強盗による犯行の可能性は低い、ということである。というより、ないと考えていいだろう。

とすれば、犯人は被害者と何らかの関わりのある人間か、その意を受けた者である可能性が高い。そして、被害者の予定をつかむか、行動を予測し、刃物と紐の両方の凶器を用意して被害者を待ち受け、襲った、と考えられる。

それなら、と津山は思った。被害者の公的ならびに私的な生活の周辺を調べると同時に、一昨夜、被害者が訪ねようとしていた相手を突き止めれば、容疑者が浮かんでくるにちがいない。

第二章　手紙

2015年夏

1

終業時刻の五時四十五分になるのを待って、ひとみは「お先に失礼します」と上司と同僚に挨拶し、控え室へ引っ込んだ。急いで制服の上着を脱いで、ブラウスの上に麻のサマーニットを着る。ロッカーの鏡に顔を映して口紅だけちょっと塗り直し、バッグを持って裏の通用口を出た。

駐めてあった自転車を押して表通りの歩道に出ると、道路の反対側に建っている、住宅販売会社と整体院と進学塾の入った三階建てのビルが夕陽に赤く染まっていた。

今日は六月二十五日なので、夏至を過ぎたばかり。六時十一分発の上りN行きの電車に乗れそうだから、日没前に悠々、堀田市の三橋法律事務所に着けるだろう。

ひとみはそう思いながら、自宅とは反対の駅の方へ向かって自転車を漕ぎ出した。

夕方になって、歩道を行き来する人が多くなっていた。年寄りや自転車に乗った小・中学生も少なくない。一緒に暮らしている祖母（戸籍上の養母）が、この前、中学生の自転車を避けようとして転倒したので、十分注意して漕いだ。

ＪＲ蓮池駅には六時五分に着いた。広場から外れた有料駐輪場に自転車を駐め、Ｓｕｉｃａで自動改札を入った。

朝は堀田市やＮ県の県庁所在地であるＮ市方面へ向かう乗客が多いので、上りのホームは混雑する。が、今はクラブ活動の帰りらしい大きなスポーツバッグを持った高校生――駅から歩いて十四、五分のところに、ひとみの卒業した県立高校があった――の姿が目立つ程度だった。

蓮池市は平成の市町村合併で市になったものの、人口は三万人足らず。駅前に大型スーパーが、郊外の国道沿いにホームセンターやファミリーレストランがあるものの、これといった産業はない。かつては農村地帯だったので、昔からの住民の多くは兼業農家だし、十数年前に団地ができてよそから移り住んだ者は、大半がＮ市や東京に通勤するサラリーマンの家族だった。

ひとみの一家――戸籍上の養父母である祖父母とひとみ、弟・肇の四人――は、二十年前、ひとみが小学校二年生になる直前、同じＮ県内の田島町から引っ越してきた。祖父はその二年前に永年勤めた郵便局を定年退職していたが、ひとみには経済的に困窮したという記憶はないから、一家四人、祖父の退職金と年金で何とか暮らせたのだろう。もっとも、新築したばかりだった前の家は現在の古家の二倍ぐらいで売れたらしいし、今の家には庭続きに畑があって、野菜はほとんど自給できたが……。

九年前、ひとみは高校を卒業すると、祖父の勧めでゆうちょ銀行に就職。一年後に祖父が亡くなってからは、ひとみが一家の柱になった。といっても、祖母には祖父の遺族年金があったし、生活がちょっと大変だったのは、三つ違いの肇が高校を出て調理師専門学校に進み、そこを卒業するまでの短い間だけだった。因みに、調理師学校を出た後の肇はN市にあるホテルに就職し、今はN市内のアパートに住んでいる。

蓮池から四駅目の堀田には、定刻通り六時三十八分に着いた。

堀田市は人口が十二万人余り。地方法務局や簡易裁判所などがあり、この辺りの中心都市だが、交通が発達した現在はN市の衛星都市としての色合いが濃い。ひとみにとっては、生まれてから祖父母の幼女になる六歳まで暮らした地であり、現在はビルの清掃の仕事をしている実母——祖父母の一人娘——が独りで暮らしている。

が、ひとみは今日、須永英典と会って彼の話を聞いたら、母に会わずに真っ直ぐ蓮池へ帰るつもりだった。足腰の弱った祖母を夜一人にするのが不安だからだ。自分では昔どおりに何でもできると思っているが、この前など、ひとみが残業をして遅く帰ると、浴室で転んで起き上がれなくなっていたのだ。

久しぶりに会う須永は、話の後で一緒に食事をしたいと思っているにちがいない。それでも、ひとみが祖母の事情を話せば、彼は嫌な顔一つせず、そうか、わかったと応えるだろう。

そんな須永にはすまない、とひとみは思う。須永が自分に好意を持ってくれているのをいいことに、彼を利用しているだけなのだろうか、と自分を責めるときもある。

しかし、どう思ったところで、ひとみにはどうしようもなかった。ひとみも須永が好きだし、彼と少しでも長く一緒にいたいが、彼女の中では、常に自分の幸せより上位に母と祖母に対する感謝があったのだから。

母と祖父母のバリアーがなかったら、ひとみも肇もどうなっていたかわからない。少なくとも現在の生活はなかっただろう。特に母は、世間の冷たい視線と差別的な扱いを一身に受け、それがひとみと肇に向かうのを防いでくれたのだった。

ところで、今日須永から電話がかかってきたのは、ひとみが同僚と交替で昼の休憩に入り、弁当を食べようとしていたときだった。昨日〝山川夏夫(やまかわなつお)を名乗る人物から堀田事件弁護団宛(あて)に二通目の手紙が届いた〟と知らせてきたのである。

堀田事件とは、一九九二年二月に堀田市で起きた幼女殺人事件のことである。小学一年生の少女二人が登校途中、何者かに連れ去られ、翌日、郊外の崖下(がけした)で絞殺死体で発見されたのだ。それから二年七カ月後の九四年九月、ひとみの父、赤江修一(あかえしゅういち)が容疑者として逮捕。

父は無実を主張したが、殺人の罪で起訴され、翌九五年二月、N地方裁判所で公判が始まった。父はその後も一貫して犯行を否認し続けた。それにもかかわらず——また父の犯行を裏づける直接的な証拠が何一つなかったにもかかわらず——九九年、死刑の判決が下された。そして、東京高裁への控訴、最高裁への上告といずれも棄却され、二〇〇六年の九月に死刑判決が確定。二年後の〇八年十月、判決が確定してからわずか二年と十数日という異例の早さで刑が執行された。

その事件でひとみの父の弁護を引き受けたのが、三橋法律事務所の所長、三橋昌和弁護士である。三橋は父の潔白を信じ、無罪を主張して闘ったが、一審のN地裁は有罪の判決を下した。その後、判決に疑問を覚える弁護士たちが三橋のもとに集まって弁護団を結成。控訴審、上告審に臨んだが、結局、初めの有罪判決は覆らなかった。

父が死刑に処せられた後、堀田事件弁護団——団長の三橋以下二十数人の弁護士が名を連ねている——は、「父の無実を示す証拠」を発見。二〇一〇年六月、死亡した父に代わって母・赤江君子が、N地裁に再審を請求した。以来、弁護団はDNA型鑑定や目撃証言に関しての新証拠を提出し、父の無罪を証明すべく闘っているのだが、その中心になって活動しているのが、三橋法律事務所の弁護士、須永なのだった。

三橋法律事務所は、堀田駅からバスで十分ほど行った簡易裁判所の近くにあった。五階建ての小さな雑居ビルの三階で、他の階には社会保険労務士事務所や行政書士事務所などが入っていた。

弁護士は所長の三橋を含めて三人というこぢんまりした事務所である。

ひとみがエレベーターで三階まで上り、事務所のドアをノックしようとしたとき、中からドアが開き、原田という色の黒い中年の弁護士が出てきた。

「こ、こんにちは」

ひとみが慌てて挨拶すると、

「やあ、いらっしゃい」

原田が相好を崩し、「僕は帰りますが、須永先生が待ってますから、どうぞ」と、開けたドアをそのまま押さえていてくれた。

原田は堀田事件弁護団には加わっていなかったが、顔見知りだった。

三年前、ひとみも母の反対を押し切って父の冤罪を晴らす運動に関わるようになってからは、堀田事件弁護団の事務局がある三橋法律事務所を何度も訪れていたからだ。

「ありがとうございます」

ひとみは礼を言い、「それじゃ、失礼します」と、原田の横をすり抜けて部屋の中へ入った。

自分の机でパソコンに向かっていた須永が立ち上がってきた。

事務員の神代茜の姿はなかったから、帰った後なのだろう。所長の三橋は奥に個室があるので、在室しているのかいないのかわからない。

「掛けていてください」

須永が左側の給湯室の方へ行きながら、反対側を目顔で示した。

ひとみは勝手知ったる応接室へ入り、手前のソファにバッグを置いて腰を下ろした。応接室といっても、本棚と半透明のパーティションに仕切られた四畳半ほどの空間にすぎない。そこに簡素な応接セットが置かれているのである。

須永が紙コップに入った二人分のコーヒーを運んできて一つをひとみの前に、もう一つをローテーブルの反対側に置いた。が、彼は腰を下ろさずにもう一度出て行き、二通の封書を手に戻ってきたところで前に掛け、「どうぞ」とコーヒーを勧めた。

童顔で、丸っこい小柄な体付きのため、実際より若く見えるが、二十七歳のひとみより五つ上である。法廷ではともかく、普段はあまり能弁とは言えないが、誠実な人柄で〝熱い心〟の持ち主だった。

経歴は少し変わっていて、音楽大学出身である。オペラ歌手になることを夢見て、秋田県横手市から上京して音大に通っていたが、自分の才能の限界を見せつけられて、声楽家への道を断念。一念発起して法科大学院に入り直し、二度目の挑戦で司法試験に合格したのだという。

堀田事件と関わるようになったのは、司法修習を終えた後、N市にある、県下で一、二を争う大規模法律事務所に勤めていたとき。ひとみの父の冤罪を訴える三橋昌和の講演を聞いて共鳴し、堀田事件弁護団に加わった。そして、それからしばらくして三橋法律事務所へ移り、現在は三橋の下で弁護団の事務局の仕事をしていた。

　ひとみが須永と知り合ったのは、三年前、三橋法律事務所に出入りするようになってからである。

　実はそのとき、ひとみは祖父母の姓である水島（みずしま）から赤江姓に戻り、周囲の者に赤江修一の娘であることを明らかにしようとした。父の無実を信じるなら、そうするのが自分自身に対して筋を通すことだと思って。それに、成人した今なら周りの者にどう思われ、言われようと耐えられる自信があったからだ。

　だが、ひとみが自分の決意を母に打ち明けると、母は……よく決心したわねと喜んでくれると思っていたのに、だめだと強く反対した。父が殺人犯人として逮捕されてから、「お父さんは人殺しなんかじゃない。無実なのに警察に無理やり犯人にさせられたのだ。だから、おまえはお父さんを信じなさい」と一貫して言い続けてきたにもかかわらず。

　反対する理由は、そんなことをしても父の冤罪を晴らすうえで何の益にもならないばかりか、ひとみが想像している以上の苦難が押し寄せる、そうした経験は自分だけで十分だから、というのだ。

　幼い女の子に悪戯（いたずら）をして殺したとされている犯人の身内を名乗ることは、おまえが考えている何倍も大変なことで、今の職場にいられなくなるかもしれない。いや、たとえおまえ自身は差別や偏見をはね返して頑張れたとしても、おまえがカミングアウトすれば、その影響はおばあちゃんと肇にも及ぶ。老い先短いおばあちゃんはこれから毎日近所の人の冷たい視線と噂話の中で暮らしていかなければならなくなるし、肇も上司や同僚の差別に耐えきれなくなってホテルを辞めてしまうかもしれない。もしそんなことになったら、おまえと肇をおじいちゃんとおばあちゃんの養子にして、自分がお父さんの無実の罪を晴らすために頑張ってきた甲斐がなくなってしまう。

　母はそう言うのだった。だから、おまえはお父さんの無実を信じて、自分が幸せになる道を見つければいい、と。

　しかし、それでは、ひとみの気持ちが収まらない。当面、カミングアウトするのは見送ったとしても、父の無実を証明するための運動にだけは関わりたいと訴え、母に渋々認めさせた。

　こうして、ひとみは三橋法律事務所に出入りするようになって須永と知り合い、互いに好意を寄せ合うようになったのである。

　須永は、すぐにとは言わなかったが、ひとみとの結婚を望んでいた。これからの人生をひとみと共に歩んでいきたいのだ、と。

　その気持ちはひとみも嬉しかった。が、ひとみは、須永にはすまないと思いながらも返事を引き延ばしていた。須永は事情を察して、祖母と一緒に住んでもいいと言ってくれたが、ひとみが結婚に踏み切れない理由は祖母の問題の他にもう一点あり、実はそちらの方が大きかった。結婚して子どもが生まれたとき、母親が赤江修一の娘だと知られたら、子どもがどんな辛い目に遭うかわからない、という恐れである。自分のことはどうあれ、生まれてくる子どもにだけは無用のリスク、苦難を背負わせたくない。

ひとみが来たとき、三橋が在室していればたいがい顔を出す。それが見えないということは、どうやら不在らしい。

ひとみがそう思いながら、

「三橋先生は……？」

一応確かめると、

「午後、N地裁へ行かれ、今日はもう帰ってきません」

と、須永が澄んだバリトンで答えた。「夜は東京で人と会う用事があるようです」

「二通目の手紙が届いたこと、三橋先生はご存じなんですか？」

ひとみは、テーブルの中央に並べて置かれた二通の封書――同じ白い定形封筒だったが、一通目、二通目と書かれた付箋が貼られていた――に目をやり、訊いた。

「ええ。ただ、一度目を通されただけなので、後でじっくり検討しようということになっ

ている んです」

「見せてもらっていいでしょうか?」

「どうぞ」

ひとみは今日届いたという二通目の封書を手に取って裏返し、一通目と同様に、差出人の名は山川夏夫になっているが住所は書かれていないことを確かめた。

それから表の消印を見ると、「宗像」とある。

「投函されたところが前と違いますね」

「ただ、どちらも福岡県ですけどね」

山川夏夫と名乗る人物——偽名にちがいない——から、堀田事件弁護団宛に「八幡西」の消印が押された初めの手紙が届いたのは、昨年の五月中旬である。

黒のボールペンで手書きされたその手紙には、N県堀田市で起きた堀田事件の犯人は自分だと冒頭で述べた後、次のような内容が書き記されていた。

初めは警察が無実の赤江さんを犯人に仕立て上げるのを見て笑っていたが、赤江さんに死刑の判決が下され、刑が執行されたのを知り、すまないことをしたと思うようになった。同時に、警察と検察、そして裁判所に対して強い憤(いきどお)りを感じた。なんて出鱈目(でたらめ)でひどいんだと腹の底から怒りを覚え、このまま黙っていたら自分も同罪だと思い始めた。

とはいえ、自分が犯人だとわかれば今度は自分が死刑になる。

堀田事件が起きた一九九二年当時の殺人罪の公訴時効は十五年だから、二〇〇七年に時効が成立していたと思われるかもしれないが、自分には四年近く外国に行っていたという時効の停止期間があって、時効の成立は二〇一一年まで延びていた。だから、二〇一〇年四月の刑事訴訟法改正によって時効は永遠に成立しなくなっていたのだ。

そのため、なかなか名乗り出る勇気が出ないでいたが、やっと真相を明らかにする決心がついたので、まずはこの手紙を書き、事実を知らせておく次第である。

なお、次の手紙では、赤江さんが犯人でないことを示す証拠の品を送るつもりでいる。それによって、裁判所と検察、警察がぐるになって赤江さんに着せた無実の罪が晴れるものと確信している。

その手紙が届いたとき、堀田事件弁護団の大方の見方は、時効に関する法改正などについてよく知っている人物による悪戯だろうというものだった。次の手紙で赤江さんが犯人でないことを示す証拠の品を送るつもりだということも、こちらに気を持たせるための嘘にちがいない、というのである。

ひとみは君子とともにここを訪れ、三橋と須永から手紙を見せられ、彼らの考えを聞いたのだった。

ただ、三橋はそのとき、弁護団の見解をひとみと君子に伝えた後で、こうも言った。

——多分に希望的な観測ですが、悪戯ではない可能性もゼロではありません。赤江さんが犯人でないかぎりは、どこかに真犯人がいるわけですから。その犯人がこの手紙を送ってきた可能性があるわけです。悪戯だと考えた場合、今更誰が何のために、という大きな疑問がありますし、手紙がN県から遠く離れた九州から送られてきた点も引っかかります。とにかく、次の手紙がくるかどうかを待ちましょう。もしこれきりなら悪戯の可能性が高いでしょうし、たとえ二通目の手紙がきたとしても、そこにまた思わせぶりなことしか書かれていなかったら、やはり悪戯だったらしいと判断できますから。

その後、ひとみと君子は、〝悪戯ではない可能性もゼロではない〟という三橋の言葉に希望をつなぎ、二通目の手紙が届くのを待っていた。

だが、それも梅雨から夏にかけての頃までで、暑さが峠を越し、やがて秋風が吹き始める頃には、やはり悪戯だったのかと多少がっかりしながらも、もうほとんど期待していなかった。そしてやがて秋から冬になり、年が替わってからは、もうそんな手紙がきたことさえ忘れかけていたのだった。

ところが、初めの手紙から一年一カ月余りも過ぎた今日、二通目の手紙が届いたのである。

「宗像って、どの辺かしら？」

ひとみは消印を見ながら言った。

「調べたら、北九州市と福岡市の間にある市でした。とにかくこれで、山川夏夫を名乗る人物が福岡県に住んでいる可能性が非常に高くなりました」

と、須永が答えた。

「で、肝腎(かんじん)の中身ですけど……」

「昼、電話でちょっと話したように、堀田事件の犯人だと自称する山川自身のものだという毛根の付いた髪の毛が五、六本入っていました」

「でも、それが本当に堀田事件の犯人のものかどうかを判断する材料はどこにもないわけですね」

「今のところ、そうです」

「では、山川夏夫を名乗る人の言っていることの真偽を判断するためには、どうしたらいいんでしょうか？」

「まず、その人物を突き止める必要があります。すべてはそれからですね。読んでもらえばわかりますが、実は手紙には、堀田事件の犯人だという山川夏夫と手紙の差出人である山川夏夫が同じ一人の人間だと考えると納得できない点があります。ですから、それらは別人だと思われます」

「えっ、ということは山川夏夫という人は二人いる！」

「ええ」

「つまり、誰かが、自分は堀田事件の犯人である山川夏夫だと称して、手紙を書いて送ってきた……？」

「そうです。あとは読まれてから説明しますので、とにかく手紙に目を通してみてください」

ひとみはわかったと答え、封筒から三つ折りにされた二枚の便箋（びんせん）を取り出した。

便箋を開くと、間に、畳まれたラップに包まれた髪の毛が押し花のように挟まれていた。

ひとみはその髪の毛をテーブルに置き、手紙の書き出しに目をやった。

一通目と同様に手書きである。

丸っこい小さな文字なので男が書いたのか女が書いたのかはっきりしないが、一通目の手紙を見たときは、山川夏夫という名から男だと考えていたのだった。

《拝啓　長らくご無沙汰（ぶさた）しましたが、昨年五月にお手紙した山川夏夫です。あれからだいぶ間が空いてしまいましたが、約束どおり、赤江さんが犯人でないことを示す証拠の品を送ります。

前の手紙では、赤江さんが死刑にされたのを知って、すまないことをしたと思うと同時に警察と検察、裁判所に対して強い怒りを感じたが、もし自分が犯人だとわかれば今度は自分が死刑になるので、なかなか真実を明らかにする勇気が出ないでいた――と書きました。ですが、そこには虚偽がありました。実は、堀田事件に関して口を噤み続けたとしても、私はある別の事件の犯人として死刑になる可能性が非常に高いのです。ただ、そうはいっても、私の死刑はまだ百パーセント決まったわけではありません。そこに、堀田事件の犯人でもあると明らかになれば（時効が成立していないことは前に書いたとおりです）、それは百パーセント確実になります。そのため、迷いと葛藤があり、前の手紙から一年余りが経ってしまったのです。ですが、ようやく決心がつきました。そして、どうせ死刑になるのなら赤江さんの無実の罪を晴らし、同時に裁判所と検察と警察の横暴さ、出鱈目さを白日の下に晒してやりたい、そして奴らの鼻を明かしてやりたい、そう思ったのです。

赤江さんが犯人でないことを示す証拠の品というのは、同封した私の毛髪です。

赤江さんは、犯行を示す直接的な証拠がないにもかかわらず、いくつかの「状況証拠」を寄せ集めて有罪にされた――と私は聞きました。そして、それらの中でももっとも有力な証拠とされたのが、非常に問題の多い手法によるＤＮＡ鑑定の結果だった、と。

もしそのとおりなら、真犯人である私の毛髪があれば、赤江さんの無実を証明するのは難しくないはずです。なぜなら、当時より数段進んだ方法によって、被害者の衣類に付着していたという血液と私の毛髪のＤＮＡ鑑定をすれば、両者は完全に一致するはずだからです。

どうか、一日も早く検察と警察の陰謀を暴き、赤江さんの無罪、無実が明らかにされますよう、祈っております。

最後に、赤江さんが亡くなられる前に真相を明らかにできなかったことを深くお詫びします。》

ひとみは読み終わった手紙から目を上げ、須永を見た。手紙に書かれていることは本当かもしれない……もし本当ならと思い、胸の昂りを感じながら。

そんなひとみに、

「どう思われましたか？」

と、須永が感想を求めた。

「もしかしたら、手紙は悪戯ではなく、髪の毛は本当に犯人のものかもしれない、と思いました」

「そうですね。僕もその可能性があるかもしれないという期待を抱きました」

「あ、ただ、堀田事件の犯人と手紙の差出人が同じ一人の人間だと考えると納得できない点がある、と先生がさっき言われたことは、手紙を読んでも、私にはわからなかったのですが」

「それじゃ、もう一度手紙を見てください。堀田事件に関して口を噤み続けたとしても、自分はある別の事件の犯人として死刑になる可能性が非常に高い云々、と書かれているところです」

ひとみは言われたとおり、手紙に目を戻し、須永の言った部分を読み返した。

「そこから、この人物が現在どういう状態に置かれているのかが想像できると思いますが、いかがですか？」

「まだ確定ではないが、裁判で死刑の判決を受け、拘置所に収監されている……？」

「そのとおりです。ですが、ひとみさんもご存じのように、その手紙には検印がありません」

「あ、そうか！　そうですね」

ひとみも父の手紙を見ているので、拘置所に収監されている者が書いた手紙には便箋の一枚一枚に検印が押されていることを知っていた。

「それに、拘置所から出された手紙なら、封筒の裏に差出人の住所である拘置所の所番地が書かれていなければならないのに、それもありません」

「そうか、それで、堀田事件の犯人だという人がこの手紙を書いて出したのではなく、別の人がその人に成り代わってこの手紙を書いて出した、つまり山川夏夫という人は二人いる、と先生は考えられた……」

「そうです」

「それでも先生は、この手紙が悪戯ではない可能性があるかもしれないと思われたわけですね」

「ええ」

「それはどうしてでしょうか？」

「書かれている内容の印象と、もう一点は悪戯にしては手が込みすぎているからです。髪の毛を同封したり、一年以上も間をおいて二通目の手紙を寄越したり、と。もし悪戯なら、相手が忘れるほど間を置くことはないように思います」

「そうですね。……で、肝腎の点ですが、私たちはどうしたらいいんでしょう？」

「まずは、堀田事件の犯人だという人物を突き止める必要があります。あとはすべてそれからです」

「できるでしょうか？」

「手紙に書かれていることが事実ならできると思います。その人物は一審か二審で死刑の判決を受け、勾留中らしい、という手掛かりがありますから。それと、手紙が北九州市八幡西区と宗像市で投函されているという事実もあります。手紙を書いたのが別人であっても、その地名は大きな手掛かりになるはずです」

「犯人だという人が突き止められたら、その後はどうするんですか？」

「会えることならその人に会って、直接話を聞きます。もし会えない場合は、送られてきた毛髪がその人のものに間違いないかどうかを何らかの方法で突き止め、その活用を考えます。ただ、活用といっても、ひとみさんもご存じのように、手紙に書かれているようなＤＮＡの再鑑定は不可能なわけですが……」

そうなのだ。手紙には〝被害者の衣類に付着していた血液と送られてきた毛髪のＤＮＡ鑑定をすれば、両者は完全に一致し、父の無実が証明できるはず〟と書かれている。だが、それがそのとおりにはいかないのだ。

肝腎の〝被害者の衣類に付着していた血液〟が無いのである。嘘か本当か、鑑定を行った科学警察研究所の技官がその試料をすべて使い切ったと言っているのだ。須永たち弁護団によれば、百回は優に鑑定できる量があったはずだ、というのに。

検察はこれまでも、いくつかの著名な冤罪事件で自分たちに都合の悪い証拠、証言を隠してきたという。だから、今回も技官の言葉は信用できないと須永は言う。試料があるのに隠しているのかもしれないし、意図的に残った分を処分してしまったのかもしれない、と。ただ、いずれにしても、検察側が無いと言い張っているかぎり、弁護団としてはどうすることもできない。そのため、須永たちは現在、ＤＮＡの再鑑定をせずに元の判決を覆すべく、別の証拠を呈示して再審請求審を闘っている。しかし、ＤＮＡの再鑑定という決定的な方法を使えないからだろう、形勢は必ずしも良いとは言えないらしい。

そこに送られてきたのが、真犯人のものだという髪の毛だった。

須永たちはそれを、いったいどのように活用しようというのだろうか。だいたい、被害者の衣類に付着していた血液がないのに、活用できるのだろうか。

ひとみがその疑問……というより不安を口にすると、須永が彼女の心の内を察してか、

「それは、堀田事件の犯人だという人物を突き止めてから考えましょう」

と、いかにも軽い調子で言った。「すぐには巧い考えが浮かびそうもありませんし」

「先走って、すみません」

ひとみは謝った。

「というわけで、その人物の特定ですが……三橋先生の了解を得たうえで、取りあえず僕一人でできるところから動き出してみようと思っています」

須永が話を進めた。

「動くって、どうされるんですか?」

「九州で起きた、犯人が死刑判決を受けるか受けてもおかしくないような殺人事件を調べ、リストアップしてみます。まずは過去二十年間にかぎって。そうすれば……もちろん、この手紙に書かれていることが事実ならの話ですが、そこに山川夏夫なる人物が犯人である事件が入っている可能性が低くないはずです」

「そうか……」

「もしその中にそうした事件が入っていない場合は、さらに十年、期間を遡って調べて

みるつもりです。それでもまだ該当しそうな事件が見つからなかったら、振り出しに戻るしかありません。この手紙の文面、意図を初めから検討し、出直します」

「該当する事件が見つかったら、その後はどうされるんですか？」

「手紙を書いた人間を突き止めたいと考えていますが、その方法については、どうしたらいいかまだ思いつきません」

「そうですか」

「ただ、再来週、仕事で佐賀へ行き、帰りに博多で司法修習生時代の友人に会うことになっています。その友人は司法修習を終えた後、郷里の福岡に帰って弁護士をしているんです。ですから、事情を知らせておけば、参考になる話が聞ける可能性があります」

「いろいろな方が力になってくださっているのに、私は何のお手伝いもできず、申し訳ありません」

　ひとみは言い、「よろしくお願いします」と頭を下げた。

　と、須永がちょっと表情を硬くし、

「そんな言い方はしないと約束したはずですよ」

と、やんわりと窘（たしな）めた。「赤江さんの冤罪を晴らすことは、赤江さんのご家族にとって大問題であるのは言うまでもありませんが、私たち法律に携わる者にとっても大きな問題なんですから」

「すみません」

「謝らなくてもいいですが……」

「すみません」

言ってから、ひとみが自分でもおかしくなり、つい笑ってしまうと、須永も細い目に笑みを浮かべ、愛嬌のある顔に戻った。

「ところで、今晩はこれからお母さんに会われるんですか？」

彼が笑みを引っ込めて訊いた。

「母は今晩仕事が入っているそうですし、会いません」

「それじゃ、僕と食事でもいかがですか？」

「すみません。祖母が待っているので、もうそろそろ帰らないといけないんです」

「おばあさんの具合が悪いんですか？」

「具合が悪いというわけじゃないんですが、夜、一人にするのが心配なんです。それに、何か買って帰るので夕飯の準備はしなくてもいいって言ってきたし……」

「そう」

須永が残念そうな顔をした。

そんな彼の反応を見るのはひとみも辛いが、仕方がない。

「ごめんなさい」

「また謝る……。ひとみさんは謝り過ぎですよ」

須永が優しく微笑んだ。「正直、ちょっと残念ですが、もう気にしないでください。ひとみさんやお母さんのご苦労を考えたら、僕がひとみさんと一緒に食事ができないのぐらい、何でもないことなんですから」

須永はいつも優しかった。

ひとみは今度は心の内で「ごめんなさい」と詫び、バッグを取って腰を上げた。

一週間後の夜、須永から電話があり、ネットで調べた結果を知らせてきた。

夕食を終えて祖母が寝室へ引き上げ、ひとみが片付けを済ませて、一人でテレビを見ていたときである。

須永によると、一九九五年から二〇一五年五月までの二十年間に、犯人――正確には犯人とされた人間――が死刑の判決を受けるか受けてもおかしくないと思われる殺人事件は、九州で十四件起きていたという。が、犯人が捕まっていない三件を除いた十一件は、いずれの事件の容疑者も、堀田事件の犯人に該当する可能性はほとんどない、ということだった。

すでに死刑を執行された者を含めて五件の容疑者は死亡しており、まず除外される。

そして、残りの六件も、

〈兄と義姉を殺したという容疑者は、懲役二十三年の刑が確定した後、精神科病院に収容されている〉

〈一家四人を殺して死刑の判決を受けた容疑者は、現在控訴中だが、事件を起こすまでの六十年近く、生まれ育った大分県の山村の集落からほとんど出たことがない〉

〈対立する組織の組員二人を射殺した暴力団員だという容疑者は、今年の春、無期懲役の刑が確定した〉

〈偽装結婚した相手の男三人を次々に殺したという容疑者は、死刑が確定して福岡中央拘置所に収監されているが、女である〉

〈複数の強盗殺人を犯した容疑で無期懲役と死刑の判決を受けた男（二人）は、一人は控訴中、一人は上告中だが、年齢が二十代後半と三十代前半であるため、堀田事件が起きた一九九二年当時はまだ小学生か中学生だった〉

といった事情なので、除外できる。

そうなると、須永の調べた事件の容疑者の中にもし「山川夏夫」がいるとすれば、それは三件の未解決事件の犯人でしかない。

だが、警察に捕まってもいない人間が、本気で別の殺人事件（堀田事件）の犯人だなどと言ってくるわけはなかった。

とすると、そこから出てくる結論は、

①二通の手紙は悪戯か、
②「山川夏夫」は過去二十年の間に九州で起きた重大な殺人事件の犯人あるいは容疑者であるという想定が間違っているか、

どちらかのはずである。

須永は電話でそう話した後で言った。

「というように、僕の考えは出だしから躓いてしまいましたが、僕はけっして悲観していません。もう一度じっくりと考えてみれば、きっと新しい道が見えてくると思っています」

「そうですか」

と、ひとみは心の内を隠して、できるだけ明るい声で応じた。

が、須永にはわかったのだろう、

「ですから、あまりがっかりしないでほしいんです」

と、続けた。「来週、九州へ行って、この前話した友達からいろいろ話を聞けば、何か新しく気づくことがあるかもしれませんし……」

とにかく出張から帰ったらまた連絡するからと彼は言い、電話を切った。

ひとみは、須永との話が終わってもテレビの続きを見る気になれず、ソファに身体をあずけてしばらくぼんやりしていた。期待していただけにかなりがっかりしていた。須永はもう一度じっくりと考えてみれば新しい道が見えてくると言ったが、そんな道などあるのだろうか、と思う。須永の言葉を信じたいが、ともすれば悲観的になる。もし彼の言う新しい道が見つからなかったら、手紙に同封されていた毛髪を活用する方法もないのだろうか……。

いつまでも居間にいても仕方がないので、ひとみは明かりを消して自分の部屋へ行き、布団に横になった。

むしむしして眠れないまま、須永の言う〝新しい道〟について考え続けたが、答えは見つからなかった。

2

須永が博多駅に着いたのは午後八時に近かった。予定では一時間半ぐらい前に着いて、キャリーバッグをコインロッカーにあずけ、鈴川翔太（すずかわしょうた）が予約してくれた中洲の店までぶらぶら歩くつもりでいたのだが、佐賀での仕事にちょっとした手違いが生じ、思った以上に時間を食ってしまったのだ。

博多口を出て、キャリーバッグを引いてタクシー乗り場へ急いだ。

九州はやはり関東より暑いようだ。バッグはさほど大きくも重くもないのに、それだけで顔や首筋に汗が噴き出た。

待っていたタクシーのドアが開き、七十歳近いと思われる運転手が振り向き、どうぞと白い歯を見せた。

先にバッグを座席の前の空間に載せ、自分も乗り込んだ。

居酒屋の名を告げると、タクシーは六、七分で酔客らしい男女が行き交う店の前まで運んでくれた。

間口が一間（いっけん）ほどしかない地味な作りの店だったから、自分で捜していたら手間取っていたかもしれない。

道路から一段上がって自動ドアを入った。半纏（はんてん）に赤い帯を締めた女性店員が出迎え、須永が鈴川の名を告げると、狭い通路を奥へ案内された。

こうした店の多くがそうであるように、中は結構広く、迷路のように入り組んだ通路の左右に小部屋（ブース）が配されていた。

部屋といってもドアがあるわけではない。三方は壁だが、入口は暖簾（のれん）が下がっているだけである。

鈴川翔太が荒木という新聞記者と一緒にいたのは、テーブルを挟んで二人ずつが向かい合って掛ける四人用のブース。二人は並んで掛け、須永のために前の席を空けておいてくれた。

須永は遅れたことを二人に詫びて中へ入ると、キャリーバッグを奥へ押しやり、二人の前に掛けた。

「仕事の方、大丈夫なのか?」

鈴川が訊いた。

遅れそうなことがわかった段階で、彼には電話で知らせてあったのだ。

「それは大丈夫だが、一時間以上も待たせてしまって……。わざわざ小倉から来てくださったというのに、荒木さんには申し訳ありませんでした」

須永は荒木に頭を下げた。

「いや、かまいませんよ」

と、瘦せてひょろりとした体付きの男が、体形同様の細長い顔の前で手を振った。「その間に、鈴川さんから詳しい事情を聞いていましたから」

年齢は、自分より一つ上の鈴川より三、四歳若く見えるから、三十になったかならないかというところか。

須永は、歳が近く、自分と同じように回り道をして弁護士になった鈴川――彼は高校、大学とボクシング部で活躍し、プロを目指していたが、硬膜下血腫ができたことに気づかずにいて危うく命拾いをし、以後ボクシングを医師に禁じられたのだという――とは馬が合い、司法修習が修了した後も交友を続けていた。鈴川が出身地の福岡へ帰って弁護士になったので、会うのは年に二、三回に過ぎないが、電話ではよく話す。ひとみに言ったように、山川夏夫を名乗る男からの手紙の件も鈴川に相談し、その後、九州の事件についてネットで調べた結果などもメールで知らせてあった。

そのため、鈴川が、須永の調べた殺人事件の中に、以前、東西新聞北九州支局の荒木という記者に話を聞いた事件が入っていたので彼も呼んでおく、と言ったのだ。もちろん荒木記者の都合がつけばということだったが……。

須永と荒木が自己紹介し合って名刺を交換していると、さっきの店員が須永のおしぼりとお通しを運んできた。

「それじゃ、まずはビールで乾杯したいけど、料理は取り敢えず刺身の盛り合わせでいいか？」

鈴川が須永と荒木に確かめ、店員に生ビールの中ジョッキ三つと刺身の盛り合わせを注文した。

鈴川と荒木の前にはお通しの小鉢と有田焼(ありたやき)らしい焼酎(しょうちゅう)のグラスがあったから、須永が来るまで二人は焼酎のお湯割りをちびちびやりながら待っていたらしい。

生ビールが先に運ばれてきたので、鈴川の音頭で乾杯。喉(のど)が渇いていたから、須永は一

気に半分ぐらい飲んだ。そして一息つき、ジョッキをテーブルに戻すと、

「電話では、俺の調べた殺人事件の中に以前荒木さんから話を聞いた事件が入っていた、ということだったけど……」

早速鈴川に視線を当て、気にかかっていた件を切り出した。

鈴川がジョッキをテーブルに置き、うんとうなずいた。

荒木も鈴川から説明を受けていたのだろう、事情がわかっているらしい顔だ。

「それは、どの事件だろう？　ひょっとして、十四件のうち犯人が捕まっていない三件の中の一つか？」

「いや、違う」

「じゃ……？」

「犯人というか、容疑者が死亡している五件の中の一つだよ」

鈴川が須永の予想外の答えをした。

五件中三件の容疑者は死刑が確定してすでに刑が執行されており、残りの二件の容疑者は未決勾留中の死、つまり獄中死である。一件は、一審で無期懲役の判決を受け、控訴中に病死し、もう一件は、一審、二審ともに死刑の判決を受け、上告中に自殺していた。

須永はそれらを数え上げてから、どれかともう一度訊いた。

「最後に挙げた延岡事件と呼ばれている事件だ」

と、鈴川が答えた。

ということは、犯人は島淵透という男である。

島淵は、十六年前の一九九九年に宮崎県延岡市で起きた強盗殺人事件――留守番をしていた少女に悪戯をして絞殺し、帰ってきた母親もナイフでメッタ刺しにして殺した事件――の容疑者として警察に逮捕された。そして、一審の宮崎地裁延岡支部で死刑の判決を受け、控訴したが、二〇〇九年、福岡高裁で控訴棄却。次いで彼は上告し、北九州拘置所に勾留されていたが、昨年（二〇一四年）三月、五十一歳のときに自殺した。

つまり、島淵透は、先月届いた二通目の手紙はもとより、一通目の手紙が届いた昨年の五月よりも前に死亡しているのである。

須永は、その点にちょっと引っかからないではなかったが、

「そうか、容疑者が死亡している事件は深く考えずに除外してしまったが、手紙を書いたのは別人なわけだから、その島淵という男が堀田事件の犯人だという可能性もないではないか」

と、自分の迂闊(うかつ)さに忸怩(じくじ)たるものを感じながら言った。

「ま、俺も、その事件に関して、荒木さんからちょっと気になる話を聞いていなければ、島淵という男に注意を向けることはなかったと思うから、同じさ」

と、鈴川が須永の胸の内を察し、軽く流した。

「気をつかってくれなくてもいい」

「いや、本当だよ」

「ありがとう」

「ただ、その事件、小学生の少女に悪戯をした後殺害している点が堀田事件と似ていないではないんだが……」

「なるほど。で、荒木さんから聞いたちょっと気になる話というのはどんな話だったんだ？」

須永は本題に戻した。

「島淵は、去年、きみたちに初めの手紙が届くわずか二カ月前に死亡し、自殺と発表されたわけだが、一つは、その死には不審な点があるという話だったんだ」

須永は強い興味を引かれ、鈴川から荒木の方へ問う目を向けた。

「ひょっとしたら島淵は殺されたのではないか、という噂があったんです」

と、荒木が答えた。

「自殺というのは拘置所の発表ですか？」

「いえ、警察です。島淵は独居房の中で深夜首を吊って死んでいたんですが、拘置所の検視の後、所轄署と県警本部から刑事や鑑識課員が出向き、捜査したんです。その結果、自殺と判断されたんです」

「それなのに、殺されたのではないかという噂が立ったというのはどういうわけでしょう？」

「自殺する動機が考えられない……少なくとも自殺したと見るのは不自然だ、という理由からだと思います。島淵の弁護士は、自分が二週間ほど前に会ったときの島淵には自殺しそうな様子は見られなかったし、一審、二審で死刑の判決を受けたとはいっても、上告していた人間が自殺したなんておかしい、と言っていました」

「殺されたと考えた場合、彼を殺してもおかしくないような動機を持った人間がいたんですか？」

「島淵に殺された被害者の遺族の中にはいたかもしれません。ですが、たとえ動機があっても、外部の人間に犯行が不可能だったことは誰が見ても明らかでした。ですから、もし島淵が殺されたのだとしたら、拘置所内部の人間の犯行だとしか考えられません」

「拘置所内部の人間なら、犯行が可能だった……？」

「警察は可能か不可能かといった点については触れていませんが、僕は気になったので、以前、一度取材したことのある滝沢正樹という刑務官に会い、訊いてみました。そうしたら、他の舎房の者や同僚に気づかれずに殺すなんて無理だし、もちろん島淵の場合も不可能だった、という返答でした。だいたい、所員が被収容者を殺すなんて絶対にありえない、何の得にもならないのに破滅するかもしれない危険を冒してまでどうしてそんなことをする必要があるのか、と強い調子で反問されました」

「なるほど。で、滝沢という刑務官は、島淵が死亡したときの状況について具体的に話されたんでしょうか？」

「いや。尋ねたんですが、刑務官には守秘義務があるからと教えてくれませんでした」

「そうですか……」

須永が荒木の話を頭の中で反芻していると、刺身の盛り合わせが運ばれてきた。

三人とも生ビールのジョッキが空になっていたので、鈴川と荒木が芋焼酎のお湯割りを、須永は酎ハイを注文した。

時々別のブースから大きな話し声や笑い声が響いてくるものの、こちらの会話が妨げられるほどではない。

「ああ、肝腎な点を訊き忘れていましたが、島淵には遺書はなかったんですね？」

店員が去ると、須永は確かめた。

ええ、と荒木がうなずいた。

「では、警察や拘置所は、自殺の動機についてはどう考えたんでしょう？」

「島淵は最高裁に上告はしていても、客観的に見て死刑判決が覆る可能性はほとんどなかった、と考えられています。そのことは本人もわかっていて、時間を引き延ばすために上告したのだろう、というのが大方の見方でした。ですから、彼はずっと脅えていたんじゃないかというんです」

「その死の恐怖に勝てずに自殺を……？」

「ええ。いずれ死刑が確定すれば、今度は今以上の恐怖が待っています。執行を告げられるのは当日になってからだそうなので、毎日毎日、心臓を鋼鉄のバンドで締め付けられるような思いで朝を迎えなければならないという話を聞いたことがあります。そんな恐怖を味わうぐらいならいっそ今のうちに……と思ったとしても不思議はない、警察はそう考えたようです」

荒木が言ったとき、焼酎のお湯割りと酎ハイがきた。

そのため、島淵の自殺の動機の話はそこまでになり、店員が去った後、三人はしばし口を噤み、それぞれの飲み物を飲んだ。そして、須永が、島淵という男をどう見たらいいのだろうかとあらためて考えていると、鈴川が食べていた刺身を飲み込んで言った。

「さっき俺は、島淵の死に不審な点があるという話は、荒木さんから聞いたちょっと気になる話の一つだと言ったと思うが、覚えているか？」

「ああ、そう言われれば、そんな言い方をしていたな。ということは、気になる話が他にもあった？」

須永は興味をそそられ、鈴川に強い視線を当てた。

「ああ」

「それは……？」

「島淵が首を吊って死んでいるのを発見した森下裕次という刑務官が、島淵が死んで三カ月ほどして自殺しているんだ」

「三カ月後というと去年の六月か。その刑務官の死は、自殺に疑問の余地がないわけだな？」

「ないようだ。拘置所とは十二、三キロ離れた宗像市にある実家の裏山で首を吊っていたんだが、家族や恋人に宛てた遺書もあったそうだし」

「遺書にはどんなことが書かれていたんだろう？」

「家族も恋人も公表していないので、それはわかりません」

と、鈴川に代わって荒木が答えた。「だいたい、森下刑務官が島淵の死の第一発見者だったというのも、警察が発表したわけではなく、ネットに流れた情報なんです」

「でも、それは間違いない？」

「僕もできるかぎりのツテを頼って調べてみましたが、間違いないようです」

「森下刑務官が自殺した動機についてはわかっているんですか？」

「推測ですが、彼は島淵を自殺させてしまったことで強く責任を感じ、沈んでいたという話ですから、それで自ら死を選んでしまったのではないかという見方が有力なようです。被収容者を自殺させないというのは、刑務官の重要な務めの一つだそうですから」

「島淵が死んでいるのを発見した刑務官も自殺か……」

その事実は何を意味するのだろうかと須永は考えるが、想像がつかない。

「島淵の死に関わった刑務官が自殺したからといって、きみたちのもとに届いた手紙と島淵とを結び付ける何かが出てきたわけじゃないんだが……」

鈴川が言った。「ただ、自殺とされた島淵の死に多少なりとも疑わしい点があって、その発見者である刑務官もそれからあまり時を置かずに自殺したとなると、ちょっと気になってね」

須永も気にならないではない。

「それで、一応、きみの耳に入れておいた方がいいだろうと考えたんだ」

「ありがとう」

「実は、鈴川さんから手紙の話を聞いた後、堀田事件の起きた一九九二年頃、島淵がどこに住んでいたかだけでもわからないかと思って調べてみたんですが、残念ながらはっきりしませんでした」

荒木が言った。

「延岡事件が起きた一九九九年には、郷里である宮崎(みやざき)県の榎沢(えのきさわ)町にいたことがはっきりしているわけだから、その前だな……」

鈴川が確認した。

「そうです。榎沢に住んでいる島淵の伯父や知人によると、高校を中退して家を出て行ったきり音信不通だった彼が、事件の一、二年前、つまり一九九七、八年頃、十七、八年ぶりに突然町へ帰ってきたのだそうです。そしてそのとき、ずっと大阪で貿易の仕事をし、年の三分の二以上はタイやフィリピンへ行っていたと言ったそうなんですが、それは本人がそう話しただけなので、本当のところは誰にもわからない、という話でした」

「タイやフィリピンへ行っていたんですか……。その点は、一通目の手紙で触れられていた時効の停止と符合していないでもないですね。ただ、それが事実だったとしても、一九九二年頃、一時的に大阪ではなく首都圏……N県かその近辺に住んでいた可能性は残っているわけですが」

須永は言った。

「ええ」

「そうすると、まずその点について調べてみる必要があるということかな」

「そうだな」

と、鈴川が応じた。「もしそれが確かめられれば、犯人である可能性がぐんと増すからな。島淵は郷里の伯父や知人に嘘をついていたことになるわけだし」

「とにかく、帰ったら弁護団会議に諮(はか)り、島淵の過去について調べてみるよ」

うん、と鈴川がうなずき、

「それはそれとして、二通の手紙が島淵に関係があるかどうかを調べる方法は他にないかな……」

　と、思案顔をしてつぶやいた。

「実は、その点に関して、僕は一つの方法を考えてみたんですが」

　と、荒木が言った。

「ほう、どういう方法だい？」

「手紙は印刷されたものではなく、手書きだと鈴川さんに伺いましたが……？」

　荒木が、間違いないかと確認するような視線を須永に向けた。

「そのとおりです」

　と、須永は肯定した。「鈴川にも内容を話しただけで手紙は見せていないんですが、二通とも黒のボールペンで書かれていました」

「同一人の筆跡ですね」

「筆跡鑑定したわけではありませんが、そう考えて間違いないと思います」

「それなら筆跡から書いた人間がわかるかもしれない、と僕は思ったんです」

「しかし、いくら手書きだからといって、比べるものがないのでは、どうにもならないだろう」

　鈴川が言ってから、「それとも、あんたには手紙を書いたかもしれない人間に心当たりがあるのか?」

「手紙が島淵の意思で堀田事件弁護団に送られたと仮定した場合なら、ですが」

「誰だい?」

「その人間は、島淵の生前、身近に彼に接していた者の中にいるはずです。で、もしかしたら森下刑務官だったのではないか、と考えてみたんです」

意外な話に、須永は驚いて、鈴川と顔を見合わせた。

「そうした事情が、森下刑務官が島淵の後を追うように自殺したことに関係しているんじゃないか、とも思ったりして……」

なるほど、と須永はうなずいた。具体的な根拠があるわけではないが、荒木の言うことにも一理あるような気がする。

「あんたの考えはわかったが、ただ、それを認めた場合、疑問が一つある」

と、鈴川が言った。「手紙を書いたのは森下刑務官だったとしても、それを投函したのは誰か、という問題だ。一通目は島淵が死んだ二カ月後、森下刑務官がまだ生きているときに堀田事件弁護団に届いているから、彼が自分で出したと考えられる。だが、二通目は彼が死んで一年も経った今年の六月になってから届いたわけだからな」

「二通目は誰かに投函を頼んでおいたのだと思います。どうして、自分が死んで一年も経ってからにしたのかはわかりませんが」

「誰に頼んだのだろう？　そうしたことを頼むとしたら、親ではないと思うが……。彼には親しい友達はいたのかね？」

「森下刑務官は柔道が強かったそうですが、内気な性格で、高校時代も刑務官になってからも親しい友人はいなかったようです。ただ、恋人宛の遺書があったことからもわかるように、恋人がいましたし、兄のように慕っていた二歳上の従兄もいました。ですから、もし彼が手紙の投函を誰かに頼んでいたのだとしたら、僕は二人のうちのどちらかだったんじゃないか、と考えています」

「恋人か親しい従兄ね……」

鈴川が考える顔をしてつぶやいた。

「その従兄というのが、実は島淵が死んだ後で僕が話を聞いた滝沢という刑務官なんです」

荒木が言った。

意外な符合に、須永は思わず酎ハイのグラスに伸ばしかけた手を引っ込め、荒木の顔を見つめた。

「ほう、従兄弟で同じ拘置所の刑務官をしていたのか」

鈴川もちょっと驚いたような声を出し、「それは偶然かね？」

「偶然じゃないと思います。一般の刑務官の場合、任官するときの勤務先は本人の希望を考慮して決められ、その後もあまり異動がないそうですから。つまり、後から刑務官になった滝沢さんが森下さんと同じ職場を望んだと考えれば不思議はないんです」

「年上の滝沢刑務官の方が、森下刑務官より任官は後だったのか……」

「そうだそうです」

「ふーん」

「そうした事情はさておき、森下刑務官が自殺した後、彼と滝沢刑務官が従兄弟同士だという情報をつかんだ僕は、何とかして滝沢さんに会って話を聞こうとしました」

荒木が説明を継いだ。「ですが、何度電話しても、電話に出ないか、出ても〝何も話すことなんかない〟の一点張りで、会ってもらえませんでした。彼の休日を調べ、拘置所の門の外で官舎から出てくるのを待ち受けていたこともあるんですが、おまえらは人の死をもてあそんでそんなに面白いかと顔を真っ赤にして怒鳴られ、突き倒されそうになりました」

「そうか……。でも、それじゃ、森下刑務官に手紙の投函を頼まれたのが滝沢刑務官だったとしても、確かめようがないだろう」

「そうでもありません。電話ではろくに話を聞かずに切られてしまうかもしれませんが、メールか手紙で用件を知らせれば、滝沢刑務官は驚くと同時に強い興味を覚え、事情を知りたいと思うはずですから」

「それで、あんたと会ってもいいと言うかもしれない？」

「そうです」

「では、森下刑務官に手紙の投函を頼まれたのが滝沢刑務官でなかった場合は？　森下刑務官の恋人に当たるのか？」

「それももちろん選択肢の一つですが、その前に、手紙が森下刑務官の筆跡かどうか見てほしい、と滝沢刑務官に頼みます。この場合も、滝沢刑務官は興味を引かれ、オーケーする可能性が高いと思います」

「なるほど」

「というわけで、手紙のコピーを僕がお借りし、滝沢刑務官に見せていいかどうかを須永さんにお訊きしたいんです」

荒木が須永に目を向け、一連の話を締めくくった。

「わかりました。僕個人としてはこちらからお願いしたいところですが、一週間ほど返事を待っていただけませんか」

須永は言った。「手紙を外部に出していいかという点を含め、僕だけの判断で決めるわけにはいきませんので」

「もちろんです」

「ありがとうございます。それじゃ堀田市に帰ったら早急に弁護団に諮り、ご返事します。

そしてお願いする場合、すぐに手紙をコピーしてお送りします」

須永は言ったものの、それほど期待したわけではない。

荒木が滝沢刑務官に手紙のコピーを見せて彼の話が聞けたとしても、手紙が島淵と関係がないか、（たとえ関係はあっても）それを書いたのが森下刑務官でなかった場合、滝沢刑務官から有効な話は引き出すことはできないだろうからだ。

が、一方で、もしかしたら……と考えないでもなかった。一通目の手紙が北九州市で、二通目の手紙が宗像市で投函されていること、島淵が北九州市内にある拘置所に勾留されていたこと、島淵の死を追うようにして彼の死の第一発見者である森下刑務官が自殺していること、と気になる点がいくつかあったし……。

とにかく堀田市へ帰ったらまずは三橋に今夜のことを報告し、島淵透の過去を調べてみようと須永は思った。自力で難しかったら、金はかかるが、探偵に頼んでもよい。

そうして調べ、一九九二年の冬、堀田事件が起きたとき、島淵が大阪かその近辺に住んでいたことがはっきりすれば――手紙が彼の意思によって書かれたものかどうかに関わりなく――、彼が堀田事件の犯人である可能性は非常に低くなる。一方、事件が起きたとき、島淵が首都圏に住んでいたことが判明すれば、彼が犯人である可能性が残る。

もし前者だった場合は島淵の線をこれ以上追うのはやめ、もし後者だった場合は、引き続き調べを進めるかどうか、その時点で判断すればいいだろう。

須永はそんなふうに考えながら、鈴川たちと更に一時間ほど飲み、予約しておいた駅前のビジネスホテルへ引き上げた。

3

滝沢が窓際の席から外を見ていると、店から離れた駐車場に軽乗用車を駐めた菜々が歩いてくるのが見えた。

水玉模様のワンピースを着て、黒い日傘を差している。

子どもを産んでも、すらりとした体形は前とほとんど変わっていない。

菜々の姿が建物の陰に隠れると、滝沢は店内に顔を戻した。ストローでアイスコーヒーをひと混ぜし、啜（すす）った。

宗像市の東の端に近い、国道3号線（岡垣（おかがき）バイパス）沿いにある大型ディスカウントストア〈Mr.Max〉――その敷地続きにあるハンバーガーショップである。午後三時という時間のせいか、店内は空いていた。クラブ活動の練習帰りらしい短パン、ティーシャツ姿の女子高校生たちがスマートフォンを見せ合いながらふざけ合っている他には、夫婦らしい老年の男女と幼児を連れた若い女性がいるだけだった。

菜々が滝沢の席から見える店内に現れた。

滝沢が軽く片手を上げると笑みで応え、近づいてきた。

一見、おっとりとしているが、芯は強く、しっかりとした女性だった。それは、婚約者である裕次が自殺した後の彼女を見ていた滝沢には、よくわかった。両親はもとより、周囲の人たちに強く反対されたにもかかわらず、自分の意思を押し通し、裕次の子、裕也を産んだのだ。そして、出産後しばらくすると、勤めていた特別養護老人ホームに戻り、昼の間は母親に裕也の面倒をみてもらっているとはいえ、実家を出て近くのアパートに部屋を借りて母子二人で暮らしている。

滝沢は、裕次に菜々を紹介されたときはかなりショックだった。いつかはそんなときがくるだろうと覚悟しながらも、一方で、内気で不器用な裕次のこと、恋人など簡単にはできないだろうと期待半分の想像をしていた。ところが、柔道で知り合った友人に誘われて半ば嫌々参加した合コンで菜々と出会い、一目で好きになってしまったらしい。その後、裕次がどうやって菜々を口説いたのか、滝沢には想像がつかない。が、とにかく一年足らずで婚約に漕ぎつけたのだった。

滝沢が紹介されたのはその直後で、それからは時々三人で会い、一緒に食事をしたりした。裕次は滝沢の気持ちを知らないので、心を許せる兄のような思いでいたのだろうが、滝沢の胸の内は複雑だった。裕次の幸せそうな様子を見て、共に喜んでやりたい気持ちの一方で、どうにもならない寂しさを覚えた。菜々に対する恨めしさ、嫉妬といった気持ちはなかったものの、菜々が交通事故で亡くなった場合などをふと想像し、そんなときは自分を激しく責めた。

それはともかく、裕次は滝沢の気持ちを誤解し、滝沢も菜々のことが好きだと思っていたらしい。滝沢宛の遺書には、菜々も他の誰よりも滝沢を信頼しているので、これからはどうか菜々の力になってほしい、と書かれていた。

それは、自分がいなくなったら、できれば菜々と結婚してほしい、という裕次のメッセージだったらしい。菜々宛の遺書にもそれに照応するようなことが書かれていたのだろう、菜々は、滝沢宛の遺書にどんなことが書かれていたのかは知らないが、どうか気にしないでください、と言ったのだった。

滝沢は、菜々を好ましい女性だと思っている。そして、裕次の忘れ形見である裕也のためにも彼女の力になりたいと思っている。が、たとえ菜々が望んだとしても、彼女と結婚することはできなかった。

中学時代、それまでは気心の知れた従弟に過ぎなかった裕次に自分が特別の感情を抱いていると気づいたときから、滝沢はずっと苦しんできた。〝普通ではない〟自分の性を親や友達に知られてはならない、特に裕次には絶対に気づかれてはならない、と緊張し続けてきた。やがて、このまま裕次の近くにいたら裕次の心に一生癒えないキズを与えてしまうかもしれないと恐れるようになり、高校を卒業すると、そうした自分と裕次から逃げるようにして上京。入学した大学に一年ちょっと通っただけで中退した後も、そのまま東京で働き続けた。その間、何度かは女性と交渉を持ったこともあったが、違和感と空虚感しか覚えず、といって男と同棲してもじきに別れて、結局、裕次のいる福岡へ舞い戻り、彼と同じ刑務官になったのだった。

菜々にこうした事情を話すことはできない。が、もし……もし、菜々が裕次の暗示にかかって滝沢からの働きかけを待っていたとしたら、そのままにしておくのは罪である。だから滝沢は、裕次の一周忌が過ぎたら、自分は誰とも結婚する気がないということをそれとなく菜々に伝えよう……伝える必要がある、と思っていた。

ところが、先月その一周忌が過ぎて、菜々にどう切り出し、どんなふうに話したらいいだろう、どう言ったら菜々の気持ちを傷つけず、自分の思いを正確に伝えられるだろう、とあれこれ考えていたとき、東西新聞の荒木記者から、どうしても滝沢に見てもらいたいものがあるので会ってほしいというメールが届き、次いで電話があったのだった。

去年、裕次が死んだ後、滝沢と裕次が従兄弟同士だとどこかで聞き込んだらしい荒木は、何度も滝沢に電話してきた。会って話を聞かせてほしい、と言って。滝沢が話すことはないし会う気はないと撥ねつけると、休日に彼が外出するのを待って、拘置所の門の外に張り込んでいたことさえあった。

そんなとき、滝沢は強い怒りを覚え、危うく殴りかかりそうになった。

それなのに、今度、電話を切らずに荒木の話を聞き、会う気になったのには、理由がある。

滝沢に見てもらいたいものというのが裕次が書いたのかもしれない手紙だ、と言われたからだ。

滝沢は電話での説明を求めた。が、荒木は、複雑な事情が絡んでいるので直接会って話したいし、そのとき手紙の筆跡も見てほしいのだ、と言った。

滝沢には、荒木の言う〝複雑な事情〟と〝裕次が書いたのかもしれない手紙〟を無視さることはできず、夜勤明けだった先週の木曜日の午後、小倉まで行って彼と会った。

そこで見せられた二通の手紙（コピー）に、滝沢は強い衝撃を受けた。書かれている内容もさることながら、見覚えのある丸っこい小さな文字に――。荒木に心の動揺を気取られないように注意しながら、〈裕次の書いたものではない、筆跡がまったく違う〉と言ったが、事実は逆だったのだ。

手紙の一通は去年の五月に北九州市八幡西区で投函され、もう一通は今年の六月、宗像市で投函されていたが、同じ筆跡で、宛名はどちらも堀田事件弁護団、差出人は山川夏夫となっていた。

荒木はそれらの手紙を見せる前に、堀田事件と堀田事件弁護団について簡単に説明し、手紙は裕次が島淵透に頼まれて書き、一通目は自分で出し、二通目は誰か……滝沢に投函を頼んだのではないか、という推理を述べた。滝沢はもちろんそんなことは頼まれていないと否定したが……。

それはともかく、裕次が島淵に頼まれて手紙を書いたなどということは、滝沢には到底信じられなかった。だが、裕次が書いたとしか思えない手紙が目の前にあるのである。

いったいどういうことだろう、と滝沢は考えた。裕次に……裕次と島淵の間にいったい何があったのだろうか。その絡みに島淵の死が、さらには裕次の死が関係していたのだろうか。

そうした事情については確かなことは何一つわからなかったが、ただ、二通の手紙を見せられて、想像のついたことが一点だけあった。

裕次が二通目の手紙の投函を頼んだのは菜々にちがいない、ということである。裕次がそうした手紙の投函を託せた相手は――滝沢でなかったとしたら――菜々以外には考えられない。

裕次は両親と滝沢と菜々に宛て、それぞれ別の封筒に入れた遺書を遺していた。

そのうち、菜々宛の封筒は、他の二通に比べて大きく、厚かった。

あの封筒の中に、菜々に宛てた遺書と一緒に堀田事件弁護団宛の手紙が入っていたのではないか。

滝沢はそう考え、とにかく事実を確認する必要があると思い、その晩、菜々に電話した。

そして、会って訊きたいことがあると言い、二人の休日が重なる今日の午後、北九州拘置所から車で三、四十分、菜々の住んでいる宗像市赤岡（あかおか）からなら十分もかからない同市郊外にあるハンバーガーショップで待ち合わせる約束をしたのである。

菜々がテーブルの前まで来ると、

「先日はお忙しいところ、ありがとうございました」

と、挨拶した。

先月、裕次の実家が檀家（だんか）をしている宗像市内の寺で行われた一周忌の法事には当然滝沢も参列したからだ。

「いえ、叔父（おじ）が一人で準備したので、僕は当日お寺へ行っただけで何もしていません。それより、菜々さんこそいろいろ大変だったでしょう」

滝沢は、裕次の両親との関係で微妙な立場にある菜々の気苦労をねぎらった。

菜々は裕次と婚約していたとはいえ、入籍していたわけでない。が、彼女が産み、育てている裕也は裕次の子であり、叔父夫婦にとっては孫なのだ。

産むのを反対した叔父夫婦も、今は裕次の忘れ形見である孫が可愛くて仕方がないらしい。法事のときに会えるのを楽しみにしていた。ところが、当日の朝になって裕也が急に熱を出したとかで、菜々は実母にあずけてきたのだった。

菜々の話は事実だろうし、人の良い叔父夫婦はがっかりはしても、菜々を疑ったとは思えない。が、参列者の中にはいろいろ勘ぐる者もいたはずなのだ。

「あ、それより、暑かったでしょう。どうぞ掛けて汗を拭いてください」

滝沢は前の席を勧めると、代わって立ち上がり、オーダーを訊いた。

菜々が、「いえ、自分で……」と身体を回しかける。

それを抑えて、

「何がいいですか?」

と、もう一度訊いた。

「すみません。それじゃ、アイスコーヒーをお願いします」

滝沢はカウンターへ行って注文を伝え、アイスコーヒーができるのを待って、水と一緒に運んできた。

膝の上でハンカチを握りしめていた菜々が顔を上げ、「すみません」と繰り返した。

「せっかくの休みの日に、呼び出して悪かったですね」

前に腰を下ろしながら、滝沢は言った。

「いいえ」

「裕也ちゃんはお母さんに?」

「今日は母は用事があるとかで、父がみてくれています。父はこの前の日曜日、役所の行事で休日出勤したのでお休みなんです」

菜々の父親は福岡市役所に勤めているのである。

「そりゃ、お父さんに悪いことをしたかな……」

「そんなことありません。裕也はお昼寝の時間なので、父もそばで寝ていればいいんですから」

菜々が目にちょっと悪戯っぽい笑みを浮かべ、アイスコーヒーにミルクを入れた。ストローで軽く掻き混ぜ、「いただきます」と言って啜ると、

「美味しい！」

ストローを口から離し、顔を上げた。

炎暑の中を慌ただしく出かけてきたにちがいない。冷たいコーヒーに一息ついたような表情だった。

菜々を見ていると、女性は凄いなと滝沢は思う。ほんの一年半ほど前、裕次と一緒に会ったときなどはまだどこか学生のような雰囲気が残っていたのに、今は母親としての自信のようなものが身体全体から漂っていた。

菜々が表情を引き締め、

「あの、私に訊きたいことってどんなことでしょうか？」

滝沢に気がかりげな目を向けた。

「実は裕次に関係したことなんですが、菜々さんは裕次に手紙の投函を頼まれなかったでしょうか？」

持って回った言い方をしても仕方がないので、滝沢は単刀直入に切り出した。

自分に何を訊きたいのだろうと考えながらも、その質問は菜々の想像の中には入っていなかったようだ。目に驚いているような、戸惑っているような色が浮かんだ。

それを見て、

「すみません。もし話したくなかったら、話さなくてもかまいません」

と、滝沢は急いで言葉を継いだ。菜々の反応を見れば、答えは明らかだったし。

「いえ、そういうわけじゃないんです。思いもよらないお話だったので、びっくりしてしまって……」

菜々が表情をやわらげ、頼まれたことを認めた。「その手紙のことは誰にも話さないようにと遺書に書かれていたので、これまで黙っていたんですが……。でも、滝沢さんにはもうお話ししても裕次さんは許してくれると思いますので」

「手紙は、もしかしたら、裕次が菜々さんに遺した封筒の中に……？」

「はい。宛名を書いて切手も貼ってあり、投函すればいいようにして入っていたんです。もちろん封もして。そして、同じ封筒の中に入っていた私宛の遺書の最後に、手紙のことは誰にも話さず、自分が死んで一年経ったら投函してくれ、と書かれていたんです」

「それで、菜々さんは今年の六月、裕次の命日が過ぎてからそのとおりにされた？」

「はい。職場へ行く途中にあるポストに投函しました」

「手紙はN県堀田市の堀田事件弁護団宛で、差出人の住所はなく、差出人名は山川夏夫になっていたと思いますが？」

「ええ」

「その名前に心当たりは？」

「全然ありません」

と、菜々が首を強く横に振った。「そのこともあって、この一年、私はずっと気になっていたんです。山川夏夫という人と裕次さんはどういう関係なんだろう、もしかしたら裕次さんの偽名だろうか、もし偽名なら、裕次さんはどうしてそんな偽名を使って堀田事件弁護団というところに手紙を書いたのだろうか、手紙にはどういうことが書かれているのだろうか、なぜ亡くなって一年も経ってから投函してくれ、と私に頼んだのだろうか、と

……」

「そうですか」

「実は、滝沢さんにお話ししてご相談しようかと何度も思ったんです」

菜々が視線を下に向け、グラスについた水滴を人差し指の腹でこすりながら続けた。

「でも、そうしたら裕次さんを裏切ってしまうことになると思い、一年が過ぎるのを待っ

ていたんです」

「それで一年が過ぎ、手紙を投函して肩の荷を下ろされていたところに、僕が突然その話を持ち出した、というわけですか」

「はい。ですから、びっくりしながらも、もうお話ししてもいいかなと……」

「なるほど」

と、滝沢はうなずいた。誰にも話せず、ずっと自分一人の胸におさめていた菜々の一年を想像すると、裕次も罪なことをしたものだな、と思いながら。

「あの、それで、滝沢さんはどうして裕次さんの手紙のことを知ったんでしょうか?」

菜々がその疑問にたった今思い当たったような顔を向けた。

「堀田事件弁護団の関係者から手紙のコピーを見せられ、裕次の字ではないかと訊かれたんです。それには違うと答えたんですが、身体に似合わない丸っこい小さな字を見て、裕次が書いたものだと一目でわかりました」

滝沢は、新聞記者という荒木の肩書きはぼかした。

「堀田事件弁護団の人は、どうして裕次さんが書いた手紙ではないかと考えたんでしょう? それを想像させるような内容だったんでしょうか?」

「ま、そういうことです」

「具体的にどういうことが書かれていたんですか?」

「北九州拘置所に関係した問題ですが、そこにはいろいろ込み入った事情が絡んでいるため、お話しできないんです」

すみません、と滝沢は頭を下げた。

「いえ……」

と、菜々は応えたが、その表情はちょっと不満げだった。

彼女が納得できないのはわかるが、やむをえない。

須永弁護士と荒木は、死刑判決を受けて上告中だった島淵透に着目し、そこから島淵の意を受けて手紙を書いたのが裕次ではないかと考えたらしい。そうした事情を滝沢が話せば、菜々にあれこれ余計な想像をさせ、彼女を苦しめるだけだろう。

「ただ、拘置所の問題といっても、裕次が特にどうのということではないので、その点は心配ありません」

滝沢はできるだけ軽い調子で付け加えたが、菜々の表情は彼の言葉を完全には信じていない感じだった。

といって、彼を追及するわけにはいかないからだろう、

「そうですか」

と、引いた。

滝沢はちょっと心苦しかったが、ここはこのまま押し通すしかない。

「こちらから訊いておいて勝手ですが、裕次の手紙のことは忘れてください。僕にコピーを見せた相手には裕次の字じゃないと答えたので、もう何も言ってこないと思いますから。僕もこの件は忘れます」

滝沢は言った。

が、気持ちはまったく逆だった。

島淵の死後、裕次はあの二通の手紙を書き、一通は自分で投函し、あとの一通は菜々に頼み、自分が死んで一年以上経ってから相手に届くようにした――。

菜々に会ってそれがはっきりし、滝沢はますます気になっていた。

裕次はどうしてそんなことをしたのだろうか。どうして、自分（山川夏夫）は堀田事件の犯人だなどと書いたのだろうか。

詳しい事情、経緯は不明ながら、島淵の意を受けて書いたのだけは間違いないように思われるが、島淵は本当に堀田事件の犯人なのだろうか。

島淵が自殺した後、裕次はあれらの手紙を書き、それから間もなく彼自身も自殺している。その時間的な連鎖を考えると、二人の死が手紙に無関係だったとは思えない。が、そうだったとしても、いったいどのように関係しているのだろうか。

滝沢は事実を知りたかった。裕次が自ら死を選んだはっきりした理由、動機を知りたい、と思った。

しかし、手紙の件を表に出し、自分が調べ出せば、それは菜々の耳にも入り、彼女を巻き込まないでは済まないだろう。また、一人息子を亡くしたショックからようやく立ち直った叔父と叔母の心を乱し、再び苦しめることになるだろう。

それはどうしても避けたい。

では、どうしたらいいのか？

滝沢が考えていると、やはり何かを考えるように黙っていた菜々が、

「わかりました」

と、明るい声を出した。

こだわりを払拭したのか、無理やり自分の気持ちに折り合いをつけたのか……。

いずれにしても、そうした菜々を見て、自分も本当にこの件を忘れなければいけないのかもしれない、と滝沢は思った。

その後、菜々の仕事の話や裕也の様子などをしばらく聞き、最後に言った。自分に手紙のコピーを見せた相手が万一菜々に接触してきたら、話すことは何もないと言って断るように、と。

「それでもしつこく付きまとったり、裕次の筆跡のわかるものを貸してくれと言ったりした場合は、僕に連絡してください」

滝沢の言葉は、せっかく気持ちに整理をつけていた菜々を元へ引き戻したらしく、彼女

の顔に不安げな影が差した。

それを見て、滝沢は、

「そんなことはたぶんないとは思いますが、一応念のために言っただけなので、どうか心配しないでください」

と、慌てて言い訳した。

菜々は再び気を取り直したような顔をして「はい」と応えたが、滝沢はその声の響きに気がかりを感じとった。

滝沢の話が済んだと思ったのだろう、菜々が時間を気にし出した。

それを見て、滝沢は帰りましょうと言って菜々と一緒に店を出た。いつか話さなければならないと思っていたことを切り出せないまま菜々と別れ、彼女の乗った車が国道へ出るまで見送ってから店内へ戻った。

ホットコーヒーを買って一時間ほど時間をつぶし、そろそろ叔父が勤めから帰るだろうと思われる頃、腰を上げた。

まだ外は暑かったが、それでも日が西に傾き、少し涼しい風が吹き始めていた。

折尾から乗ってきたレンタカーのドアを開け放ち、二、三分エアコンを強にして中の熱気を追い出してから乗り込んだ。

裕次の実家は目と鼻の先である。

走り出して五分とかからずに着いた。

叔父はまだ帰っていなかったので、茶を飲みながら叔母と三十分ほど話していると、庭で車のドアの閉まる音がした。

叔父は滝沢が来ていると知って、嬉しそうに顔をほころばせて居間へ入ってきた。その顔を見ると、裕次の書いた手紙の件を話すかどうか、滝沢の中にためらいの気持ちが生まれた。

が、やはり叔父夫婦の耳にも入れておいた方がいいだろうと判断し、二人をできるだけ心配させないように、菜々のときと同様に言葉を選んで話した。

「それから、これは念のためなんだけど、もし誰かが裕次の手帳や日記など、裕次の筆跡のわかるものを借りたいと言ってきたら、そんなものはないと断ってください」

滝沢が一番言いたかったことを付け足しのように最後に言うと、叔父が、裕次の部屋は裕次が死んだときのままにしてあるから、おまえが捜してみてそうしたものがあったらおまえがあずかってくれ、と言った。

「裕次は、小学四、五年生の頃、わしがやったお下(しゃ)がりのワープロが大層気に入って、それからは何でんそれで書いとった。自分は字が下手やて思い、丸っこか自分の字が好きじゃなかったげな。やけん、手書き文書などあるかどうかわからんが……」

そのことは滝沢も知っていた。裕次は自分は友達のように綺麗(きれい)な字が書けないと言い、丸っこい文字に劣等感を抱いていたのを。

話の後で叔父と一緒にかつて何十遍入ったかわからない裕次の部屋へ行って捜すと、高校生のときのものらしい使いかけのノートが何冊か出てきた。

滝沢はそれらをあずかり、夜、同僚と飲む約束をしていたので、叔父たちの夕食の誘いを断って帰路についた。

今日、菜々と叔父夫婦に会い、荒木が直接彼らにぶつかった場合の気がかりの種は消えた。そのため、滝沢はひとまずほっとしていたものの、裕次の書いた手紙を荒木に見せられてからずっと胸の中にわだかまっている疑問は消えなかった。むしろ、それは菜々たちと話すことによってさらに大きくふくらみ、ハンドルを握る彼を息苦しくさせた。

裕次はなぜあんな手紙を書いたのだろうか。島淵は本当に堀田事件の犯人なのだろうか。裕次の自殺は、そうしたことと関係があるのだろうか。もしあったとしたら、いったいどのように関係しているのだろうか……。

滝沢が数十メートル先を行く赤いテールランプを見つめながら、自問を繰り返していると、ふっと新たな疑問が頭に浮かんだ。

裕次は、なぜ堀田事件弁護団に宛てた二通の手紙を手書きにしたのか、という疑問である。

父親にもらったワープロ専用機が壊れると、裕次はアルバイトをして中古のパソコンを買った。刑務官になってからは、最初のボーナスで新しいノートパソコンを購入したのも滝沢は知っている。以来、裕次は、書類に必要事項を記入したりメモのようなものを書くとき以外は、年賀状の作成を含めていつもパソコンを使っていた。

それなのに、と滝沢は思ったのである。自分たちに宛てた遺書が手書きだったのはわかるが、裕次はなぜあの手紙をパソコンを使って書かなかったのだろうか。なぜ、よりによって手書きにしたのだろうか……。

捜査Ⅱ

２０１９年

1

三月十五日金曜日――。

朝の捜査会議が終わり、捜査員たちがそれぞれの任務に散った後、津山は盛永と地下駐車場に降り、待っていた公用車で東京高等検察庁へ向かった。

鷲尾淳夫に関しての事情を聴くのが目的だが、今後の捜査をスムースに進めるため、次席検事との顔つなぎの意味も兼ねていた。

東京高等検察庁は、霞が関の中央合同庁舎六号館にあった。中央合同庁舎六号館は法務関係の役所が集まっている建物で、東京高検の他に最高検察庁、東京地方検察庁、法務省なども入っている。東側は道路を一本隔てて日比谷公園、反対側は法務図書館のある赤レンガ棟と裁判所――東京高裁、東京地裁などが入っている裁判所合同庁舎――だ。

三十分ほどで庁舎の駐車場に着くと、津山たちは入口で身分証明書を呈示し、エレベーターで次席検事室へ直行した。

連絡を入れておいたからだろう、広々として明るい次席検事室には三人の男たちが待っていた。

一昔前のロボットを思わせるような四角い体付きをした六十歳前後の小柄な男、それより五、六歳下と思われる肥った大柄な男、そしてまだ三十代と思われる、隙のなさそうな細い目をした中肉中背の男だ。

早速、名刺を交換し合うと、一番年長の男が次席検事の室井誠二と名乗り、大柄な男が事務局長の和久田勇、若い男が鷲尾淳夫の秘書、村松彰だと自己紹介した。

検事長が欠けた現在、その後釜が決まるまでは、次席検事の室井がここ東京高検のトップだった。

津山たちは、室井に促されて、執務机の前に置かれたソファに腰を下ろした。

それを待って、ローテーブルを挟んで室井たち三人も二人の前に掛け、「このたびはご配慮のほど感謝します」という室井の言葉とともに頭を下げた。

津山たちとしては、被害者が高官だからといって特別の配慮をしたつもりはない。とはいえ、捜査員の言動などから根拠のない風聞が広がらないよう、いつもの捜査以上に神経を使っているのも確かだった。

女性職員が五人分のコーヒーを運んできて、去ると、

「早速ですが、捜査の状況はどうなっているんでしょうか?」

と、室井が訊いてきた。

津山は内心、尋問するのはこっちだと多少反発を覚えながらも、顔に出さないように注意し、

「犯人に結びつきそうな手掛かりはまだ得られておりません」

と、答えた。

「村松君によると、事件の晩の検事長の足取りはほぼ明らかになっているとか……?」

「そのとおりです」

「それでいて、事件現場付近で犯人らしい人物を見た者はいないんですか?」

「残念ながら見つかっていません。現在も、聞き込みを続け、道路や個人の住宅に設置されている防犯カメラのビデオ解析を行っているんですが……」

それらのカメラに挙動不審の人物が写っていないことから、犯人は前もって防犯カメラの設置されている場所を下見し、その視界に入らないように注意して行動したのではないか、と津山たちは見ていた。

「その晩、検事長がどこへ向かっておられたかもわからないわけですね?」

「その点については、こちらから伺いたいんですが……」

と、津山は村松に目を向け、「その後、何かわかったことや気づかれたことはないでしょうか？」と訊いた。

一昨日、鷲尾宅で村松に事情を聴いた平岡刑事たちの報告によると、鷲尾には仕事の上でも個人的にも千駄木付近に知人はいない、という話だったのだ。

「ありません。前に刑事さんたちにお話ししたとおり、検事長があの晩、どうしてあのような場所へ行かれたのか、何度考えてもわからないんです」

と、村松が困惑したような顔をして答えた。

「その点、鷲尾さんの奥さんも同じようにおっしゃっているわけですが、鷲尾さんには奥さんや部下の皆さんに知られたくない関係の方がいて、そこを訪ねようとした、といった可能性は考えられないでしょうか？」

津山は肝腎(かんじん)な点に切り込んだ。

「一般的には考えられない話ではないと思いますが、検事長にかぎっては想像しにくいですね」

と、室井が首をかしげた。

「被害者にかぎってとは……？」

「検事長は、いわゆる女好きといったタイプではなかったからです。これまで女性に関して何か問題を起こしたといった話を耳にしたこともありませんし」

「お酒は飲まれましたか？」

「九州男児らしく、酒は好きで強い方でした。ですが、女性のいるところへ行って飲むよりも、雰囲気のある落ち着いた店で静かに飲むのを好んでおられました」

「それでも、ときには銀座のクラブなどへ行かれることもあったと思いますが？」

津山の念頭には、二十年ほど前、（まさに鷲尾と同じ）東京高検検事長が銀座のクラブの女性を妊娠させて辞任したという〝事件〟があった。

室井も当然その〝事件〟については知っているのだろう、

「よくわかりません」

と、不快そうに口元を歪めて首を横に振った。「ま、ごくたまには行かれていたかもしれませんが、少なくとも私はお供したことがありません」

「そうですか。ところで、お三方に伺いたいんですが、篠原美優という女性……美優は美しい俳優の優と書くんですが、そうした名を聞いたことはありませんか？」

津山は質問を進めた。

突然、具体的な女性の名前が出てきたからだろう、三人が一様に驚いたような顔をし、

「私はないが……」

室井が言って、「きみはどうかね？」と村松の方を見やった。

「私もありません」

と、村松が答えた。

「もちろん、私もございません」

自分に移動した室井の視線に、和久田がちょっと慌てたように続けた。

「というわけですが……」

と、室井が津山に目を戻し、「篠原というその女性は検事長とどういう関係の方なんですか？」

「本人に連絡が取れないため、わかりません。ただ、年齢は現在二十六歳で、携帯電話を契約したときの住所は東京小金井市になっています。事件の日の夕方四時十五分頃、鷲尾さんは自分の携帯からその人に電話していたんです」

「現場に検事長のスマートフォンはなかったと聞きましたが……」

「ええ。犯人が奪って行ったらしく、現金や身元を示すようなものは何もありませんでした」

「では、それは、電話会社に残っている発信・受信記録から？」

「そうです」

被害者の交友関係を知るには、電話の交信記録を調べるのが必須であるのは言うまでもない。そのため、電話解析を担当した刑事たちは、鷲尾が契約していた電話会社S社に捜査関係事項照会書を提示し、通信記録を見せてもらった。すると、鷲尾はこの三カ月の間に九回、篠原美優という女性と交信しており、そのうちの一回は殺される五時間ほど前だったのだ。

「検事長のご家族もその女性をご存じないんですか？」

「奥さんも息子さんと娘さんも聞いたことがないという話でした」

「その女性本人に連絡が取れないというのは、どういうわけでしょう？」

「何度電話しても電源が切られているだけでなく、住民票のある東京都小金井市のアパートに住んでいないからです」

刑事たちは当然アパートを訪ねて聞き込みをした。電話会社には彼女の運転免許証の写しがあったので、その写真を拡大コピーし、それを使って。その結果、篠原美優が一年ぐらい前まではそこに住んでいたことが確かめられた。だが、アパートの住人の中に彼女の引っ越し先を聞いている者はなく、移転先は不明。その後、刑事たちは免許証に載っていた本籍地、熊本県菊池市の役場に問い合わせたが、母親はすでに死亡しており、再婚した父親は娘と音信不通のためどこで何をしているかわからないという。

「ということは、篠原という女性は住民票を小金井市に残したまま事件現場の近くへ引っ越し、もしかしたら検事長はそこを訪ねようとしていたのかもしれない？」

室井が緊張した目を向けた。

「事件の当日に電話していることから、その可能性は大いに考えられます」

と、津山は答えた。「これまでのところ、現場近くの聞き込みから篠原美優は見つかっていませんが、戸建てはともかく、マンションとアパートには、居住者あるいは使用者の氏名がはっきりしない部屋が少なからずありますし、刑事たちの訪問に応答のない部屋も相当数あった模様ですから」

「聞き込みを続けておられるわけですね」

「そうです。事件の晩、鷲尾さんがどこへ行き、誰に会おうとしていたのかは……篠原美優という女性と関係あるなしにかかわらず、どうしても明らかにしなければならない点ですし」

「確かに……」

と、室井が同意した。

が、言葉ほどには歓迎していないのは顔を見ればわかった。篠原美優との関係もそうだが、鷲尾のスキャンダルにつながる可能性があるからだろう。

「それはさておき、今日私たちがこちらへ伺ったのは、鷲尾さんに対して強い恨みか敵意を抱いていた可能性のある者がいなかったかどうか、お尋ねしたかったからなんです」

津山は話を変えた。「いかがでしょう？　心当たりがあったら教えていただけませんか」

「強い恨みですか……」

室井がつぶやき、考える目をした。

「当然ですが、伺っても、事件に関係がないかぎり表には出しません」

「そう言われても、そんな人がいたとは私には思えませんね」

「和久田さんと村松さんは、いかがでしょう?」

「私も心当たりはありません」

と和久田が答え、「私も同じです」と村松が続けた。

「検事長は日の当たる場所をここまで昇ってこられ、次期検事総長の椅子もほぼ約束されていました」

室井が説明を継いだ。「ですが、温厚な性格で、敵が非常に少ない方でした。ですから、私の知るかぎりでは、殺意を抱くほどの恨みや敵意を持っていた人がいたとは思えないんです」

「部下や職員に対してはどうだったんでしょう?」

「同じです」

と、和久田が答えた。「私たちがミスを犯したようなときでも、感情的になって頭ごなしに怒鳴（どな）りつけるようなことはなく、きちんと話を聞いて、どう対処したらいいかを指示してくださる方でした」

「理性的で、冷静な人だった……?」

「はい。あ、ですが、けっして冷たいわけではなく、むしろ情が厚く、部下の面倒見も良い方だったので、検事長を慕う者は少なくなくても、強く恨んでいるような者はいなかったと思います」

出世街道を歩んできた能吏ながら、温厚で人情味のある人だった——。

三人別々に話を聞けば多少違った答えが返ってくるかもしれないが、その鷲尾評は当たらずといえども遠からずなのだろう。

「では、検察内部の者にかぎらず、鷲尾さんと強い利害関係があった人の心当たりはないでしょうか？」

鷲尾が死んで、次期検事総長の椅子は最高検次長の高原久恒か名古屋高検検事長の桜井薫が有力になった、と言われている。といって、津山は、高原か桜井が誰かを使って鷲尾を殺させたと疑っているわけではない。念のために訊いただけである。

案の定、室井が、

「ありませんね」

と、渋い顔つきで答え、他の二人もうなずいた。

これまでのところ、鷲尾の家族や彼が親しくしていた友人、知人に訊いても、彼に対して強い敵意や恨みを抱いていそうな者には心当たりがない、という話だった。

しかし、鷲尾は刃物とロープという二種類の凶器を用意した犯人によって殺されているのだ。

これは、たまたま強盗などに出遭った結果とは考え難い。具体的な動機は不明でも、計画的に彼を狙った者の犯行と考えておそらく間違いないだろう。

篠原美優の所在と、事件の晩鷲尾が向かっていた場所を突き止めるのは当然ながら、他に今後どこをどう探ったらいいのか、と津山が考えていると、

「あの、検事長を恨んでいる者はいなかったかという先ほどのご質問ですが……」

と、村松が遠慮がちに口を開いた。

「誰か、思い当たる人がいましたか?」

津山は彼に目を向けた。

「いえ、具体的に誰というのではないのですが、検事長も任官して二十年以上は地検か高検で第一線の検事として勤務してこられました。その間には多くの事件に関わり、容疑者を厳しく取り調べたこともあったはずです。ですから、そうして検事長に起訴され、有罪の判決を受けた者の中には、自分のやったことを棚に上げて検事長を逆恨みした者もいたのではないか、と思ったんです」

「なるほど」

と、津山はうなずいた。

動機が現在の鷲尾との関わりになければ、過去にあるかもしれない——。

当然の見方だ、と彼が賛意を示す前に、

「しかし、検事長が個々の事件に直接関わってこられたのは四十代の前半までだからね」と、室井が意地の悪そうな視線を部下に向け、その発言に疑問を呈した。「たとえ当時、検事長を逆恨みしたヤツがいたとしても、それから二十年近くも経った今になって、昔の恨みを晴らすために殺人に踏み切るとは、私には到底思えないんだが」

「ええ、そうですね。その点は私もそう思ったんですが……」

上司に異議を差し挟まれ、村松がトーンダウンさせた。

だが、ありえないことではない、と津山は思った。もし、その人間がずっと刑務所に入っていて、最近出所したとすれば、二十年もひとっ飛びの時間になる。

それはともかく、事件の動機が被害者の過去に関わっているかもしれないと考えたことで、津山は鷲尾の経歴を思い浮かべた。

被害者の身元が判明して間もなく、部下の一人が鷲尾の一生を年表風にまとめた次のような資料を作ったのだ。

1956年（昭和31年）9月＝＝福岡県久留米市に生まれ、三歳のとき、高校教師だった父親の転勤で福岡市に移る。市内の公立小学校、中学校を経て、

1972年4月＝＝県内有数の進学校である県立博多中央高校に入学。高校では柔道部員として活躍し、二年の時は部長を務めた。

１９７５年４月＝＝高校卒業と同時に東京大学法学部に入学。

東大在学中の１９７８年に司法試験、合格。

１９７９年４月＝＝東大を卒業し、司法修習生。

１９８１年（昭和56年）４月＝＝検事に任官し、福島地方検察庁に（二四歳）。一年後、岐阜地方検察庁に異動し、１９８４年４月、東京地方検察庁へ。以後、名古屋、福岡、横浜、Ｎ、長野、岡山の各地方検察庁および札幌、東京の高等検察庁勤務を経て、

２００５年（平成17年）４月＝＝法務省刑事局刑事課長（四八歳）。以後、同省刑事局総務課長、仙台地方検察庁検事正、法務省大臣官房長、同省刑事局長、同省事務次官を経て、

２０１７年（平成29年）７月＝＝東京高等検察庁検事長。

２０１９年３月＝＝死亡（六二歳）。

それは、検察・法務官僚として輝かしいとしか言いようのない経歴だが、もし生きていれば、次期検事総長の椅子もほぼ約束されていたのだった。

それにしても、これらの経歴のどこかに、今度彼の殺された動機が潜んでいるのだろうか、と津山は自問した。

今の段階ではまったく想像がつかない。

が、とにかく、鷲尾が地検、高検の検事として関わった事件をリストアップし、その中に犯人が彼を強く恨んでいそうな事件がないかどうかを調べ、もしそうした事件があったら、犯人がいかなる刑を受け、現在どこで何をしているのかを調べてみる必要があるだろう。

津山はそう思い、室井たちにその方針を告げ、協力を要請。室井が硬い顔を崩さずに「わかりました」と応えるのを待って、盛永とともに腰を上げた。

2

津山と盛永が室井次席検事らと会って東京高検を後にした頃――。

杉本明日香は、JR新宿駅東口に近いビルにある昇竜旭警備保障株式会社（SAKH）の役員応接室で、宮之原佑と対していた。

本庁捜査一課から出張ってきた大野謙一警部補と一緒である。

一昨日の夜、本駒込署に東京高検検事長殺人事件の特別捜査本部が開設され、大野とコンビを組むことが告げられたときは、所轄署の新米刑事である自分はどうせ本庁刑事の添え物のようなものだろうと明日香は思っていた。

ところが、昨日の朝から二人で動き出すと、大野は「ま、適当にやってくれ」と聞き取りはほとんど明日香任せ。最後に二、三点、補足的な質問をするだけで、それまでは眠そうな目をして横に控えているだけだった。本駒込署刑事課捜査係の主任である平岡部長刑事——明日香の指導係とも言うべき上司——からは、精鋭揃いの捜査一課殺人班の中でも五本の指に入る優秀な刑事だから大いに勉強になるはずだと言われたが、聞き込みの後で「あれでよかったんでしょうか？」と訊いても、「いいんじゃないの」と答えるだけ。具体的なアドバイスは何もない。大野とコンビを組んでまだ二日目だが、彼は本当に優秀な刑事なのだろうかと明日香はちょっと懐疑的になっていた。容姿で判断してはいけないとはわかっているが、馬面で下唇が厚く、お世辞にも冴えた顔つきとは言えないし、身体も少し腹が出て、中年太りが始まっていた。

　明日香は現在二十九歳。ミニパトに乗っていたとき、挙動不審な男をマークして、空き巣の常習犯を連続して二人、逮捕に導いたことが評価され、去年、本駒込署の刑事課に配属された。独身で、小岩（こいわ）の実家に両親と弟と一緒に住んでいるが、高校の日本史の教師をしている父——明日香の名は飛鳥（あすか）から取ったらしい——は、「うちから女刑事が出るとは思いもしなかった」と満更でもない顔をして親戚や知人に触れ歩いているらしい。

　明日香自身、普通のOLよりは……と思って警察官を志望しただけで、刑事に特別の思い入れがあったわけではない。が、圧倒的に男が多い部署で嫌なことや不便なことも少なくないものの、元々男勝りで気が強い——と母や弟に言われている——明日香には合っているのか、ミニパトで街を回っていたときと比べるとずっと生き甲斐を感じていた。

「前にお話ししたとおりです。あの晩、検事長がどこへ向かおうとしていたのか、私にはまったく見当がつきません」

と、宮之原が明日香の質問に答え、困惑しきった顔で言った。

親しくしていた高校の先輩であり、刑務官だったという彼の大きな後ろ盾でもあったにちがいない鷲尾の死は、宮之原には相当ショックだったらしい。眠れないのか、目が赤く、目の下に濃い隈ができていた。

明日香が初めて宮之原に会ったのは一昨日、鷲尾の妻、美世子から警察に電話があり、平岡と一緒に目黒の鷲尾家を訪ねたときである。明日香たちの持って行った被害者の写真により、春木神社で殺されたのが鷲尾淳夫と確定した後だ。

平岡が、事件の晩に鷲尾と会食したという高校時代の友人、久住芳明にその場で電話すると、鷲尾と久住が東京駅で待ち合わせたときに、彼らの後輩である宮之原もいたことがわかった。ただ、彼は、妻の誕生日だからと言って二人と別れて帰ったのだという。

そう聞いて、平岡が宮之原に電話すると、東村山の自宅にいた彼は取るものも取り敢えずという感じで飛んできた。

真っ青な顔をして唇を小刻みに震わせている彼に、平岡が早速、前夜のことを尋ねた。

だが、宮之原は、鷲尾と久住とは十分ほど立ち話をしただけで別れてしまったので、その後のことは何もわからない、と答えた。

その後、明日香たちは落ち着いて宮之原から話を聞く機会を持てずにいたが、美世子から、彼は鷲尾の忠実な後輩、部下といった感じの友人で、鷲尾がもっとも気を許していた相手のように見えた、と聞いた。そこで、久住と別れてから鷲尾が行こうとしていた場所について、宮之原なら……たとえ鷲尾の口から聞いていなくても気づくか思い当たることがあるかもしれない、と考え、今日彼を訪ねたのである。

しかし、宮之原の返答は、そんなことはない、まったく見当がつかない、というものだったのだ。

「鷲尾さんから千駄木とか向丘といった地名を聞かれたことは……？」

明日香は質問を進めた。

「ありません。一昨日からずっと考えているんですが……」

と、宮之原が答えた。

美世子によれば、若い頃は赤ら顔をしたがっしりとした体付きの男だったらしいが、今はむしろ痩せ気味で顔に皺が目立ち、還暦を過ぎたばかりだという年齢よりも老けて見えた。

「篠原美優という女性についてはいかがでしょう、何か聞いていませんか？」

「篠原……」

「篠原美優です。美優は美しい俳優の優と書きます」

「聞いたことがありませんが、それは検事長とどういう関係の方なんでしょう？」

「わかりませんが、電話での遣り取りが何度もあり、事件に遭われる五時間ほど前にも鷲尾さんの方からかけているんです」

「そうですか……」

「どんなに些細な事柄でも結構です。何か思い当たることはありませんか？」

宮之原がないというように、

「すみません」

と、頭を下げた。

「では、篠原さんという方とは関係なく、鷲尾さんが親しくされていた女性について何かご存じのことはないでしょうか？」

「ありません。私は高校時代の後輩として検事長とはずっと親しくさせていただいてきましたが、そんな女性はいなかったんじゃないかと思います。少なくとも私の知るかぎりではおりませんでした」

「それでは、事件の晩、鷲尾さんがどこへ行こうとされていたのかとは関係なく、鷲尾さんが殺された理由について、もしかしたらと思われたことがあったら、教えていただけませんか」

「一昨日からずっと考えているんですが、まったくわからないんです。検事長が誰に、なぜ殺されたのか……。もちろん、私の知っている検事長は検事長のほんの一面にすぎないわけですが……」

明日香はそこで尋問に詰まり、他に訊くべきことがあったら訊いてほしい、と助けを求めるように傍らの大野の顔を見やった。

が、大野は気づかないのか、気づかないふりをしているのか、相変わらず眠そうな目をしているだけ。顔の筋肉はぴくりとも動かない。

仕方ない。明日香は考えるための時間稼ぎのため、

「宮之原さんは長いこと刑務官をしておられたんだそうですね」

と、少し脇道に逸れた。

「ええ、去年、所沢刑務所の所長を最後に退官するまで、四十年近く、刑務所か拘置所に勤務しておりました」

と、宮之原が答えた。

鷲尾美世子によると、宮之原は出身地の福岡県で刑務官になり、勤務地の三分の二以上は九州だったらしい。が、辞めたときは自宅に近い埼玉県の所沢刑務所。そこへ異動になって間もなく体調を崩し、定年まで一年を残して退職したのだという。

「刑務官は法務省のお役人ですよね」

「そうです」

「では、検察庁から法務省へ移られた後、一年ほど仙台地方検察庁の検事正に就かれた以外は十年以上法務省に勤務しておられた鷲尾さんとは、お仕事の上でも関係があったのでしょうか？」

「いえ、ありません」

と、宮之原が強く首を横に振った。「法務省といっても、刑務所や拘置所を管轄するのは矯正局なんですが、鷲尾検事長はトップの事務次官になられるまで、一度も矯正局の役職に就かれたことはありませんでしたから」

管轄が違っても無関係とは言えないだろうと明日香は思ったが、鷲尾と宮之原の関係を質すのが目的ではないので、

「そうですか」

と、引いた。

「私が検事長と親しかったのを、私が下心を持って検事長に近づいたように噂する者もいましたが、まったくの的外れです」

宮之原がいかにも心外だというように、言葉を継いだ。「先ほども申したように、私が検事長と親しくさせていただいていたのは、高校の柔道部の後輩として、いわゆる同じ釜

の飯を食った間柄だったからなんです」

「わかりました。ところで、念のために伺いたいんですが、十二日の晩、宮之原さんは東京駅で鷲尾さんと久住さんと別れた後どうされたんでしょうか？」

明日香は、新しい質問を思いつかなかったので、最後に確認しようと思っていた点を質した。

「一昨日、話したとおりです」

と、宮之原が答えた。「その日は妻の誕生日だったので、真っ直ぐ帰宅しました。私は都下の東村山市に住んでいるんですが、ＪＲと西武線を乗り継いで家に着いたのは八時半頃だったと思います。その後は一歩も外へ出ていませんが、もしご不審でしたら、この場で妻に電話して訊いてみてください」

「いえ、結構です」

と、明日香は応じた。

宮之原の言葉に嘘はないだろう、と思ったのだ。それに、どうしてももっと詳しく宮之原の行動を知りたければ、大野が何とかするだろうし。

明日香は大野を見やり、不十分な点があったら補足してほしい、と目顔で求めた。

今度は大野も無視はしなかった。といって、明日香を見返して小さくうなずいただけで、自分から質問することはなかった。

それを見て、どうやら尋問は及第点だったらしいと明日香は思い、少しほっとしながら、

「今日はお時間を取っていただき、ありがとうございました」

と、宮之原に向かって礼を述べた。

3

三月十六日（土曜日）の昼近く――。

平岡郁夫は、相棒の長谷川昇太とともに春木神社の北側に建っている向ヶ丘レジデンスに来ていた。

事件の晩、鷲尾がどこへ行こうとしていたのかを突き止めるためである。

東京高検検事長、鷲尾淳夫が春木神社境内で殺されたのは四日前、三月十二日（火曜日）の夜。その翌日には本駒込署に、警視庁刑事部捜査一課管理官である津山正則警視を指揮官とする特別捜査本部が設置され、本格的な捜査が始まった。

そのとき、最初に問題になったのは、鷲尾淳夫が、どうして文京区千駄木の春木神社の境内で殺されたのか、という点だった。

鷲尾の自宅は目黒にあり、妻と秘書官は千駄木近辺に彼の友人、知人がいるという話は聞いたことがない、と言い、彼の公用車の運転手も、同所へ彼を送ったことはないと証言

したからだ。

ところが、十二日の夜、鷲尾は東京駅八重洲口にあるホテルで九州から上京した友人、久住芳明と会った後、赤坂へ行くと偽り、春木神社から三百メートルほど離れた日本医大前までタクシーで直行していたのだ。

鷲尾はいったいどこへ、何をしに行こうとしていたのか。そして、誰に、なぜ殺されたのか。

初め平岡たちは、近道をして神社の境内を通り抜けようとしたとき、たまたま強盗に襲われた、という可能性も考えた。

が、解剖（かいぼう）の結果、胸と腹を刃物で刺された後、首を絞めて殺されたことがはっきりし、強盗説は後退した。というより、その可能性はほとんどないだろうと判断された。

強盗が二種類の凶器を準備していてそれを使用した、とはおよそ考えられなかったからだ。

では、強盗による犯行でないとしたら、鷲尾は誰に殺されたのだろうか。

動機が利害関係のもつれか怨恨（えんこん）かはわからないが、犯人は鷲尾と何らかの関わりのある者か、その者の意を受けた人間であろう。そしてその人間は、鷲尾の予定をつかむか行動を予測して、初めから殺す目的で二種類の凶器を準備し——刃物だけでなくロープまで用意したのは相手が助けを呼んだりしないうちに確実に息の根を止めてしまおうとしたのだろう――、彼を待ち受けていた可能性が高い。

　そのため、捜査本部としては、鷲尾がどこへ向かっていたのかをまずは突き止めるべく、二十人近い捜査員を春木神社周辺のマンション、戸建て民家、アパートの聞き込みに投入した。

　その中に平岡と長谷川も入っており、二人は村木（むらき）、柊（ひいらぎ）両刑事とともに向ヶ丘レジデンスを担当しているのである。

　四人は、村木と柊が六階から上の階、平岡と長谷川が五階から下の階とエリアを分け、現在使用されていない部屋を除く六十八戸を一戸一戸訪ね、話を聞こうとしてきた。だが、時間を置いて、あるいは日を替えて訪ねても応答無しの部屋がかなりあり、応答はあっても何も知らないと言って一方的にインターホンを切ってしまう者も少なくなかった。そのため、一昨日、昨日と二日かけて面談できたのは四十七戸、五十四人にとどまっていた。というわけで、平岡と長谷川は今日も村木たちと分担し、残りの部屋に当たり直しているのである。

　五階から始めて、三階まで来た。

　この階で、部屋の利用者――居住者あるいは居住以外の目的で使用している者――とまだ顔を合わせていないのは三室。そのうちの二室は今日もまたインターホンを鳴らしても反応がないまま、平岡たちは三室目の三〇七号室の前に立った。

一階ロビーの郵便受けに名札が付いておらず、ドアの上にも表札はない。

長谷川がちょっと緊張したような顔を平岡に向けてから、インターホンのボタンを押した。

三〇七号室はマークしている部屋の一つだったからだ。

平岡たちはマンション管理組合の理事長に捜査関係事項照会書を示し、部屋の所有者と使用者に関する情報の開示を求めた。が、総会に諮らないとできない、と理事長に断られた。そのため、三〇七号室の所有者名も使用者名も不明である。が、これまでの聞き込みによって、この部屋には二十代か三十代と思われる女性が一人で住んでいるらしいことだけはわかっていた。

事件の晩、鷲尾は、彼の電話の交信記録から浮かんだ「篠原美優」という二十六歳の女性を訪ねようとしていた可能性が低くない。だから平岡たちは、その女性が向ヶ丘レジデンスに住んでいる可能性もあると考えていた。ただ、理事長にイエス、ノーだけで答えてもらったところ、マンションの所有者名簿、居住者名簿のいずれにも篠原美優という名はないという返答だったのだが……。

三十秒ほど待って、長谷川がもう一度インターホンのボタンを押した。

それでも応答はない。

部屋の中のモニターにはこちらの姿が映っているはずなので、一昨日と昨日の訪問時、居留守を使ったとすれば、今回も出ない可能性が高い。

が、前の二回は本当に不在で、今回は在宅している可能性もある。

今日は土曜日だし、平岡たちは後者の可能性にかけ、前に応答のなかった部屋を再度あるいは再々度訪問しているのだった。

しかし、長谷川が三度目のチャイムを鳴らしても、何の反応もなかった。

向ヶ丘レジデンスは九階建ての古いマンションである。戸数は全部で七十二戸だが、現在、誰かが居住しているか、あるいは事務所、整体院、ヨーガ教室などとして使用されている部屋は六十八戸。分譲マンションなので、所有者によって組織された管理組合が管理しているが、部屋の所有者と使用者は必ずしも同じではない。理事長によると、使用者の約四分の一は何らかのかたちで借りている者だという。

三〇七号室に住んでいるらしい女性も、部屋の所有者ではないという。が、平岡たちがこの部屋をマークしているのは、住人が比較的若い女性でかつ一人暮らしらしい、という理由からなので、それは関係ない。

事件当夜、鷲尾が向ヶ丘レジデンスへ来ようとしていたとはかぎらない。が、戸建ての民家やアパートを当たっている班からもこれといった報告が届いておらず、平岡たちは、神社の北側に近接したここ向ヶ丘レジデンスこそ、事件の晩、鷲尾が訪ねようとしていた場所だった可能性が高いのではないか、と考えていた。

平岡たちは管理組合と交渉して、マンションの玄関に設置されている防犯カメラの映像を見せてもらった。残念ながら、そこには鷲尾の姿は写っていなかったが、映像は一週間経つと上書き消去されるということなので、一週間以上前に鷲尾がマンションを訪れていた可能性はある。

これまでに話を聞けた部屋の住人あるいは使用者の中に、マンションの玄関ロビーや廊下、エレベーターの中、あるいは近辺の路上で鷲尾らしい人物を見かけたという者はいなかった。とはいえ、彼らが全員、事実を話しているという保証はなく、彼らの中に鷲尾が訪ねようとしていた相手がいた可能性もないではない。

いずれにせよ、まだ話を聞いていない部屋が十五戸以上残っており――そこには二十代か三十代の女性が一人で住んでいるらしい部屋も三室あった――、平岡たちは依然、このマンションの聞き込みに大きな期待を抱いていた。

平岡たちが若い女性の一人暮らしの部屋をマークしているのは、鷲尾が密かに交際していた女性を訪ねようとしていたのではないかと考えているからである。

鷲尾の妻子も部下も、彼が文京区の神社の境内で殺されたと知ったとき、〝どうしてそんなところへ?〟と驚いた、と言った。彼らによると、千駄木、向丘近辺に友人、知人がいるという話は聞いたことがないし、仕事の上で関わりのある個人もいなければ団体もないはずだ、というのだ。

そう聞いたとき、平岡の頭には真っ先に、鷲尾は女に会いに行ったのではないかという考えが浮かんだ。そして、今日で三日、向ヶ丘レジデンスの聞き込みをしているが、その考えは変わらない。

平岡と長谷川は三〇七号室の前を離れると、エレベーター乗り場の前を通り過ぎ、さっき下りてきた階段まで戻った。

廊下から少し引っ込んだ階段に身を隠し、三〇七号室を見張ることにしたのだ。

もし女が居留守を使ったのだとしたら、何度部屋を訪問したところで同じだろう。その場合、女をつかまえるためには、部屋から出てきたときを狙うしかない。ここで見張っていれば、たとえ出かけていて留守だったとしても、帰ってきたのを見逃すことはない。ただ、女が出かけるにしても外出先から帰ってくるにしても、いつになるかは予想がつかなかったが……。

誰かが部屋から出てくるか、エレベーターから降りたとき、見られないようにしたり、どこかの部屋を探しているような素振りをしたりして遣り過ごし、二時間近くが経過した。

土曜日で事務所などは閉まっているからだろうか、人の動きは少なく、この間、部屋から出てきた人は六人で、逆にエレベーターから降りてどこかの部屋へ入った人は四人。その中に、三〇七号室から出てきた者も三〇七号室へ入って行った者もいなかった。

時刻は間もなく午後一時。

平岡は腹が空いてきたので、

「何か食わなくて大丈夫か？」

と、長谷川に問いかけると、

「大丈夫です」

相棒からは優等生の答えが返ってきた。

エラの張った厳ついニキビ面に似合わず、少し甲高い優しい声をしていた。

歳は四十を回った平岡より一回り若く、杉本明日香と同年だという。交番勤務から本駒込署の生活安全課へ異動になってきたのは昨年の春なので、平岡はもちろん顔は知っていたが、これまで会話らしい会話を交わしたことはなかった。が、今回、現職の東京高検検事長が殺されるという大事件が起きたため、生安課員の彼も捜査本部に投入され、平岡とコンビを組むことになったのである。

二日半、行動を共にしてきた平岡の見たところ、長谷川は素直な優等生といった印象だった。捜査本部員になったのも殺人事件の捜査に当たるのも初めての経験だというから、当然かもしれないが、緊張し、張り切っているのが全身から伝わってきた。

最近の若い警察官は身長が百八十センチ以上ある者が少なくない。が、長谷川は、百七十センチちょっとの平岡とあまり変わらなかった。ただ、胸板が厚く、肩から腕にかけての筋肉が盛り上がっているのが、スーツの外からでも感じられた。そのため、平岡はてっきり柔道かレスリングでもしていたのかと思っていたら、小学生の頃から水泳をやっていて、大学では背泳の国内ベスト3に入ったこともあるのだという。

「俺は腹が減ったよ。いつまでかかるかわからないわけだし、あと三十分しても女が現れなかったら、外へ行ってパンと飲み物を買ってきてくれないか」

自分は残るつもりで、平岡は言った。

「わかりました」

と、長谷川は答えたものの、顔の中を影のようなものが掠めた。

平岡が一人でいるとき、女が部屋から出てくるか外から帰ってきた場合を心配したらしい。

平岡はそれがわかったので、

「もし女を確保して、別の場所へ移動するときは、携帯で知らせるよ」

と言ってやると、長谷川の目に安心したような色が浮かんだ。

だが、それから十五分ほどして村木から電話があり、結局、長谷川がパンを買いに行くことはなかった。

平岡が電話に出て、

「何かわかったんですか？」

と問うと、

「そうですが、そちらは？」

と、村木が訊き返した。

彼は本庁から来た、平岡より四、五歳若い部長刑事だった。

平岡は自分たちには進展がないと答え、現在の状況を説明した。

「そうですか。こちらは、少し前、朝訪ねたときは誰も出なかった七〇八号室を再度訪ねたところ、今度は応答があり、トミタユカという二十三、四歳と見られる女に玄関で会うことができました」

平岡と同様、村木も丁寧語を使った。

「では、その女が被害者の……？」

「いえ、違います。というか、違うと見て間違いないと思いますが、その女は被害者らしい男を見ていたんです」

その後、村木が説明したところによると、トミタユカは彼と柊に次のように話したらしい。

事件のあった十二日の朝から昨日まで友人二人と沖縄へ旅行に行っていた、帰ってきたのは昨夜遅くだったので、事件のことは今聞いて初めて知った、朝インターホンが鳴ったのは夢うつつで聞いていたが、ベッドから起き出すのが面倒だったので出なかった、もし自分の話を疑うなら、友達の電話番号を教えるので聞いてほしい――。

村木はトミタユカの話を信じ、それでは、事件が起きる前いつでもいいが、この人を見たことがないか、と鷲尾の上半身と全身が写っている写真を示し、彼の身長、年齢などを説明した。

すると、二枚の写真を手にして交互に見ていたトミタユカが、この人だったと断言はできないが一カ月ほど前の夜、似た人を見た、と答えた。

――それは何時頃、どこででしょう？

村木は逸（はや）る心を落ち着かせて、質問を継いだ。

――勤めから帰ってきたときですから、九時頃だったと思います。エレベーターで乗り合わせたんです。

――昇りのエレベーターですね？

――はい。その人が乗って、ドアが閉まりそうだったエレベーターに私が駆け込んだんです。

――で、その人が何階で降りたか、わかりますか？

――わかりません。でも、私が降りた七階よりは上に行きました。

「つまり、被害者と見られるその男性は八階か九階まで行ったということですね」

村木の説明が終わったところで、平岡は言った。

初めて被害者らしい人物の影がつかめたことに少し興奮していた。

「そうです」

と、村木も心持ち緊張しているような声で答えた。

「とすると、被害者は九〇三号室へ行ったのかもしれない？」

九〇三号室というのは、八階か九階の部屋で若い女性が一人で住んでいるらしいという部屋である。

「トミタユカの見たその男が被害者だったとすれば、ですが……」

「おそらく間違いないでしょう」

「ま、私たちもそう考えていますが」

「で、どうされますか？　もし昼食がまだでしたら、一度外へ出て話しませんか？」

「いいですね。それじゃ、十五分後に団子坂下にあるファミレス、ジョイフルでいかがでしょう」

平岡は承知したと答え、電話を終えた。

4

昼食後、平岡・長谷川、村木・柊の二組の刑事たちは向ヶ丘レジデンスへ戻り、管理組合の理事長に会って事情を説明し、九〇三号室にかぎって組合員名簿と居住者・使用者名簿を見せてもらった。

それにより、組合員（部屋の所有者）と使用者は別人で、所有者は大阪在住の本山康一、使用者は金末聡という男であることがわかった。だが、理事長は、本山が一年半ほど前、転勤で大阪へ引っ越したとき、部屋を貸していったのは承知しているが、金末という男は知らないし、部屋を若い女が使用していることも知らなかった、という。

平岡たちの知りたいのは部屋の使用者の情報だが、居住者・使用者名簿に載っていた金末聡の連絡先は携帯電話の番号のみで、同居人、勤務先、緊急連絡先（家族や知人の電話番号）の欄は空白のままだった。

平岡たちはもちろん金末の携帯に電話して問い合わすことも考えた。が、今は警察の動きを知られない方がいいだろうと話し合い、先に本山康一に連絡を取り、賃貸借契約書の写しを送ってもらうことにした。

不動産の賃貸借契約に際しては、借り主は住民票や身分証明書、収入証明書、連帯保証人（または賃貸保証会社の保証）などが必要なので、契約書を見れば、金末の住所や職業、勤務先等もわかるはずである。

それを見てから金末にぶつかっても遅くはない。

そう相談した平岡たちは、村木と柊が捜査本部へ帰って本山に賃貸借契約書をファックスしてもらい、一方の平岡と長谷川は向ヶ丘レジデンスに残ることになった。

村木たちは賃貸借契約書を見た後金末聡を訪ねて事情を聴き、その間、平岡たちは九〇三号室を見張るためである。

九〇三号室は村木たちが一昨日、昨日、今日と訪ねても一度も応答がなかったというから、女は逃げたおそれがある。が、たとえ鷲尾とは関わりがあっても、事件に関係がなければ、帰ってくる可能性もあった。

平岡と長谷川が住人に不審に思われないようにばらばらに階段や廊下に立ち、あるいは適当に階を移動して九〇三号室を見張っていると、二度――四時十五分ほど前と六時ちょっと過ぎに――村木から電話がかかってきた。

一度目の電話は、本山康一から九〇三号室の賃貸借契約書のファックスが届いたという知らせであり、二度目は、金末聡を自宅アパートに訪ねて話を聞いたという報告である。

それらによると、金末聡はさいたま市に住む路線バスの運転手で、年齢は四十六歳。連帯保証人はなく、代わりに賃貸保証会社を利用していた。数年前までは結婚していて、子どももいるらしいが、現在は一人暮らしで、詳しい経歴は不明。金末の話では、一年半ほど前、ある人に頼まれて向ヶ丘レジデンス九〇三号室を借りたが、自分はその手続きをしただけで、部屋を誰がどのように使っているかは知らない、という。惚(とぼ)けている可能性もあるが、村木が見たところ、鷲尾が殺された事件に自分の借りた部屋が関係しているかもしれないとは想像もしていない様子だった。ただ、その部屋を借りるように彼に頼んだという〝ある人〟については「言えない」の一点張り。今後、金末の交友関係や過去を調べて追及すれば口を割らせることができるかもしれないが、今日のところはここまでである――。

平岡は、村木からの二度目の電話の後も、時々長谷川に近寄って直接言葉を交わすか、携帯で連絡を取り合いながら、九〇三号室を見張り続けた。

そして十時を過ぎ――。

長谷川が飲み物を買うために外へ行き、今夜はこれ以上待っても無駄かと思いつつ、とにかく十一時まで粘ってみるつもりでいたとき、エレベーターが停止したらしく、一人の女が出てきた。

黒いサングラスをかけ、黒いコートを着たすらりとした女だ。

右手は、キャスター付きの白い中型トランクの取っ手を摑(つか)んでいる。

十メートルほど離れた階段の降り口にいた平岡は、咄嗟に二、三段下がり、身体を隠した。

見られてはいないと思う。

女はエレベーターから降りたところでちょっと足を止めたようだが、すぐに平岡に背を向け、トランクを引いて歩き出した。

その先には九〇三号室もある。

平岡はそっと階段から廊下に首を出し、女の後ろ姿を窺う。

女は、茶色いセミロングの髪を肩の上で小さく揺らしながら歩いて行く。顔が見えないので年齢ははっきりしないが、印象からすると若く、二十代だろうか。

女が九〇三号室のドアの前で足を止め、トランクから手を離した。

平岡は逸る気持ちを抑え、再び階段に身を隠した。

長谷川が戻ってきたら、もちろん一緒に九〇三号室を〝襲う〟つもりだった。

第三章　家族

２０１６年冬

1

十日（日曜日）の夜、ひとみたちはやっと蓮池市の家に家族全員が集まって新年を祝うことができた。

祖母はいつでも家にいたし、ひとみも暮れの二十九日から三日まで休みだったが、弟の肇と母の君子は元日から仕事で、なかなかそろって休みが取れなかったのだ。

ひとみたちの心の底には、けっして溶けることのない重い鉛の塊が沈んでいる。それは、新年を迎えたからといって変わらない。だから、祝うといっても、ただ四人が久しぶりに顔を合わせ、一年間の無事を感謝しながらちょっとしたご馳走を食べるだけだったが……。

昔どおりの茶の間で、丸い座卓を囲んで座り、お猪口を挙げて乾杯するとき、ひとみは、今年こそ父の冤罪を晴らすための再審に向かって大きな前進があるように、と祈った。

誰も口には出さなかったが、それが四人の共通した、もっとも強い願いであることはみなわかっていた。

母が猪口を置くと、

「どれどれ、それじゃ、ひとみの作った祭り寿司から……」

と言いながら、テーブルの中央に置かれた寿司桶を兼ねた浅いお櫃から、自分の小鉢に寿司を装った。

ひとみはちょっと緊張して、母の顔を見つめる。

母はまずご飯だけ少し食べてから、穴子、椎茸、錦糸玉子、牛蒡、人参、高野豆腐、蒲鉾、絹さや、蓮根などの具を一つ一つつまんで口に入れた。そして、それらをよく味わうようにゆっくりと噛み、

「美味しい！」

と、嬉しそうな顔をひとみに向けた。

「そうお？」

「去年は、ご飯が少し酢が利きすぎていたけど、今年はちょうど良いわ。それに、椎茸や高野豆腐の味付けもしょっぱくも甘くもなく、とても美味しいし」

母に褒められ、ひとみは嬉しかった。

岡山出身の父が好物だった祭り寿司――。父が逮捕されたのはひとみが六歳のときだか

ら、それ以前の記憶はそれほどはっきりしたものではないが、正月や何かちょっとした祝い事があると、母が嬉しそうに祭り寿司を作り、父がそれを美味しそうに食べていたのは覚えている。

しかし、父が逮捕されて突然家から消えてからは、母は長いこと、祭り寿司を作らなかった。逮捕の五年後、父はN地方裁判所で死刑の判決を受け、十二年後の二〇〇六年九月、その刑が確定。それからわずか二年しか経たない二〇〇八年十月、刑が執行された。

母が再び祭り寿司を作ったのは、ごく内輪で父の葬式をしたときである。葬式に祭り寿司なんてと眉(まゆ)をひそめる親戚がいるだろうことを承知の上で、母はどうしても父の霊前に供えたいと意思を通したのだ。

それから、母は父の命日と正月に、ひとみと肇が祖父母と暮らしている家に来て祭り寿司を作るようになり、ひとみも手伝いながら作り方を学んだ。そして、ここ数年は忙しい母に代わってひとみが作るようになっていたのだった。

「どれどれ、お袋がそんなに言うんなら、じゃ、俺も味をみてやるよ」

と、肇がもったいぶって言い、自分の小鉢に装おうとしゃもじに手を伸ばした。

ひとみは、もちろん弟にも食べてもらいたかったが、

「駄目、あんたは後」

ぴしゃりと言って、先にしゃもじを取り、「お祖母(ばあ)ちゃんも食べるでしょう?」と祖母

の小鉢に手を伸ばした。

「私は歯が悪いからそんなにいろいろ食べられないよ。今、昆布巻きをご馳走になっているから、肇に先に装ってあげて」

　祖母が言った。

　テーブルには、祭り寿司の他に、暮れに買って冷凍しておいた昆布巻き、数の子、黒豆など出来合のお節料理も並べてあった。

　祖母の言葉に、肇がそれ見ろと言うようににやにやしたので、

「自分で勝手に装ったら」

　ひとみはわざと意地悪く言って、しゃもじを置いた。

　肇はひとみの言葉など意に介さず、しゃもじを取って寿司を山盛り小鉢に装い、あっという間に半分ほど食べた。

「肇、美味しいでしょう?」

　母に言われてやっと箸を置き、

「まあね。俺に言わせれば蓮根の歯触りがいまいちだけど、まあ、合格ということにしておくよ」

　と、偉そうに言った。

　肇が作っているのはフランス料理だが、調理師にはちがいない。そうしたプロに合格と

言われ、ひとみは満更でもなかった。そして、これなら須永に食べてもらっても恥ずかしくないだろう、と少しほっとした。

というのは、これから須永英典が来ることになっていたからだ。

祖母と肇はまだ須永に会ったことがない。そのため、今日の予定が決まった去年の暮れ、いい機会なので二人に須永を紹介しておきたいとひとみは思い、彼を呼んでもいいかと母に尋ねた。

ひとみには答えがわかっていたことだが、母はそれは良い考えだと賛成し、ぜひそうするようにと勧めた。

ひとみは祖母と肇の了解を得てから須永に電話し、時間の都合がついたら来てくれないか、と誘った。

須永は喜んでくれたものの、久しぶりに家族水入らずで寛いでいる席に他人の自分が顔を出したら迷惑ではないか、と遠慮した。ひとみは、そんなことはない、祖母も弟もあなたに会いたがっているから、と伝えた。

須永は、それならと了承。用事をひとつ済ませてから行くので（たぶん嘘だろう）、少し遅れるけど……と言い、もう四、五十分したら来る予定になっているのだった。

ところで、堀田事件の再審請求審は、今年の夏前には審理が終了し、秋には再審開始か請求棄却かいずれかの決定が出るだろう、と言われていた。

須永たち弁護団は、父に対する有罪判決の大きな根拠とされた「ＭＣＴ１１８法」というＤＮＡ型鑑定がいかに問題のある鑑定法であり、しかもその方法で行われた鑑定が極めて杜撰だったということをまず明確にした（ＤＮＡ型鑑定というのはより広い意味を持つＤＮＡ鑑定と言い換えてもいいらしい）。次いで、血液型鑑定の誤りや目撃証言にまったく信用性がない点などを明らかにし、裁判のやり直しを求めている。ひとみから見たら、それらは有罪の反証として完璧に思えた。だが、須永によれば、理不尽に厚い再審の壁を考えると、けっして予断を許さない状況なのだという。

昨年の六月、堀田事件の犯人を名乗る「山川夏夫」から弁護団に、（一昨年の一通目に続いて）二通目の手紙が届き、そこには犯人である自分のものだという髪の毛が同封されていた。だから、手紙に書かれていることがもし事実なら、それは父ではない犯人がいる決定的な証拠になる、とひとみは小さからぬ期待を抱いた。

その後、須永が中心になって調べ、「山川夏夫」は、一九九九年、宮崎県延岡市で起きた強盗殺人事件「延岡事件」の容疑者として逮捕、起訴され、一審、二審ともに死刑の判決を受けて上告していた島淵透という男らしい、とわかった。が、島淵は二〇一四年の三月（一通目の手紙が届く二カ月前）、勾留されていた北九州拘置所で自殺していた。

そのため、須永や彼に協力していろいろ調べてくれたらしい東西新聞の荒木記者は、もし島淵が堀田事件の犯人なら、彼は死亡する前に自分の考えを誰かに話し、代筆と投函を頼んでおいたのではないか、と考えた。

では、誰に頼んだのか？

島淵が独房内で自殺しているのを発見し、三カ月後、彼と同じ首吊り自殺をした森下裕次という刑務官である可能性が高い、というのが須永たちの見方だった。その場合、森下刑務官の死後に届いた二通目の手紙は、彼が誰かに投函を託したにちがいない。

この想像の当否を判断するには、森下の筆跡と手紙の筆跡を比べてみればよい。

そう考えた須永たちは、荒木が以前取材で会ったことのある森下の従兄（いとこ）、滝沢正樹――森下と同じ北九州拘置所の刑務官だという――を訪ね、手紙の写しを見てもらうことになった。

もし手紙の文字が森下刑務官の筆跡に間違いないとなれば、そこに書かれている内容の信憑性（しんぴょうせい）が増す。

須永からそう聞いたひとみは期待に胸をふくらませ、荒木が滝沢に会った結果が届くのを待ち続けた。

だが、二週間余りして届いた結果は期待外れのものだった。丸っこい小さな文字で書かれた手紙を見た滝沢は、一目見るなり、森下の文字とはまるで違う、と言ったのだという。

滝沢が嘘をついた可能性があるため、その後、荒木は森下の両親と恋人にも接触を試みたらしい。しかし、恋人にはストーカーと疑われて警察に通報されそうになり、森下の筆跡のわかるものを貸してほしいと頼んだ父親には、そんなものはないと言って追い返された――。

父が逮捕されて以来、物事が期待どおりにいったことなどほとんどないので、ひとみは何事も悲観的に考えるようになっていた。期待してそれが裏切られた場合に受けるダメージを軽くするため、どうせ今度も駄目に決まっているのだから、と半ば無意識的に心に予防線を張る習慣がついていた。だから、今度もそうしながら、だが一方で、今度はもしかしたら……と期待しないではいられなかった。それだけに、ひとみは電話で須永の話を聞いたときは体中から力が抜け落ち、立っているのがやっとだった。

誰かを介して堀田事件弁護団に手紙を送ってきたのが島淵透という男ではないか、というのは、須永たちの推理に過ぎない。証拠があるわけではない。だが、もし手紙の筆跡が島淵の舎房を担当していた森下刑務官の筆跡に一致すれば、その推理はほぼ事実であると裏づけられるはずだった。

そうなれば、送られてきた毛髪も島淵のものである可能性が高くなり、須永たち堀田事件弁護団は次はその証拠を手に入れる段階に進むことになっていた。

堀田事件の場合、被害者の衣類から採取された犯人のものと思われる血痕は残っていないということなので、手紙に書かれているような再鑑定――被害者の衣類に付着していた血痕のＤＮＡと毛髪のＤＮＡが同一の型か否かの鑑定――は叶わない。だから、毛髪を具体的にどのように活用したらいいかは、毛髪が送られてきたときからの大きな課題だった。が、その後、もしかしたら毛髪の主が犯人であることを立証できるかもしれない方法に須永は気づいた。

それは、東南大の川口敬之教授に毛髪の「ミトコンドリアＤＮＡ鑑定」をしてもらうことだった。

Ｎ県警は、父の赤江修一を任意で取り調べていた一九九三年一月（今から二十三年前）、被害者の衣類に付着していた血液と父の血液について、ＭＣＴ１１８型鑑定とＨＬＡＤＱａ型検査を科学警察研究所で行う一方、川口教授に委嘱してミトコンドリアＤＮＡ鑑定とＨＬＡＤＱＢ型検査を実施していた。つまり、Ｎ県警は四つの方法でＤＮＡ鑑定を行った。

その結果――ひとみには専門的なことはわからないが――ＨＬＡＤＱａ型検査、ミトコンドリアＤＮＡ鑑定、ＨＬＡＤＱＢ型検査の三つの鑑定では父のＤＮＡ型が検出されなかったにもかかわらず、ＭＣＴ１１８型鑑定でそれが検出されたとされ、翌年、父は逮捕。それが有罪の有力な証拠の一つとされ、死刑の判決が下されたのだった（因みに、堀田事件の二年前に起きた桐生事件では、被告人の菅井利夫さんは、堀田事件と同じ鑑定人が行ったＭＣＴ１１８型鑑定によって無期懲役の刑を受けたが、十七年後の再審裁判で無罪になった）。

それはさておき、川口教授の行ったミトコンドリアＤＮＡ鑑定においては、被害者に付着していた血液から、被害者のものでも父のものでもない第三者のＤＮＡ型が検出されていた。それなのに、裁判官たちは、そのミトコンドリアＤＮＡ鑑定の結果を、〝被告人を犯人と認定することと矛盾するとは言えない〞の一言で片付け、それこそが真犯人を指し示すものかもしれないとは考えなかったのだった。

が、須永は、送られてきた毛髪を使って川口教授にミトコンドリアＤＮＡ鑑定をしてもらい、その型が二十三年前の第三者の型に一致したら、毛髪の主こそ犯人だと言えるのではないか、と気づいたのである。

須永は弁護団会議の席でその考えを述べ、三橋たち全員の賛同を得ると、特別客員教授としてまだ東南大学で研究生活を続けている川口教授に連絡を取り、目白にある大学を訪ね、事情を説明した。

須永によると、川口教授は白髪頭の小柄な老人で、すでに八十歳近いはずなのに矍鑠としていて、話す言葉にも力があった。元国立大学の医学部長を務めた法医学の大家であるにもかかわらず、威張った感じはなく、初対面の須永の話もじっくりと聞いてくれたという。

だが、教授は、あなたの話はよくわかったが、あなたたちの依頼を受けるかどうかは、その毛髪を送ってきた人物と毛髪の主が誰かはっきりした段階であらためて考えたい、と言われた。つまり、毛髪の主が島淵透ではないかと言われても、その証拠がないかぎりは問題外だ、ということであった。

だから、川口教授を再度訪ね、毛髪のミトコンドリアDNA鑑定を依頼するためには、毛髪の主が島淵であることをはっきりさせる必要があるのである。だが、荒木記者の返事によって、そこに向かって一歩進むかとひとみは期待していたのに、それが萎んでしまったのだった。

ところで、荒木記者が滝沢刑務官に会って「山川夏夫」の手紙を見せる前、須永らは探偵を使って、堀田事件が起きた一九九二年の冬、島淵透がどこにいたかを調べていた。その結果、具体的な場所まではわからなかったものの、東京かその近辺に住んでいた可能性のあることが判明した。

高校を中退して宮崎県の榎沢町の家を飛び出してから、一九九七、八年頃に郷里へ舞い戻ってくるまでの約十八年間、島淵が具体的にどこで何をしていたのかは不明である。郷里へ帰った彼は、唯一の身内である伯父や昔の友人、知人には、ずっと大阪で貿易の仕事をしていて年の三分の二以上はタイやフィリピンへ行っていた、と言ったらしいが、それが半分嘘だったことは、かつて島淵の子分格だったらしい太田勇（おおたいさむ）なる男の話からわかった。

太田は、収監中の島淵が自殺した後、島淵が大阪にいた頃世話になった者だと言って、彼の遺骨を引き取った伯父の元を訪ねてきたらしい。そのとき太田は、島淵との詳しい関係などは話さず、線香を上げただけで帰ったが、伯父からその話を聞いた探偵が太田に連絡を取り、彼と会ったのだ。

探偵が聞いた太田の話によれば、太田は、兄貴分の島淵にいつも顎(あご)で使われ、何かというと暴力をふるわれていたので、彼が人殺しをして逮捕されたと聞いても、手を切るいい機会だと思い、連絡を取らずにいた。が、太田には、母親が死んで葬式を出せずにいたとき、島淵にその費用を出してもらったという恩義があった。そのため、島淵が死んだと聞き、それなら最後に線香の一本も上げてやろうと思い、彼の伯父を訪ねたのだという。

探偵が太田に聞きたかったのは、もちろんそうした経緯ではない。彼の目的は、ずっと大阪にいたと伯父たちに言った島淵の話が事実かどうかを確かめると同時に、殺人を犯したといった話を仄(ほの)めかしていなかったか、と尋ねることだった。

まず探偵の初めの問いに対しては、太田はあっさりと〝嘘だ〟と答えた。大阪で密輸まがいの仕事に従事してしょっちゅう東南アジアへ行っていたのは、一度大阪を出て舞い戻ってからの話で、その前は十三(じゅうそう)でキャバクラの客引きなどをしていたが、ヤクザの女に手を出して関西にいられなくなり、東京方面へ逃げたのだという。

東京方面へ逃げたのは何年頃のことか、と探偵は質問を継いだ。

ヤクザが死んで、また大阪へ戻ってきたのは、太田が好きだった俳優の若山富三郎(わかやまとみさぶろう)が死んで間もなくだったのは覚えているが、逃げたのがいつだったかははっきりしない、と太田は答えた。ただ、三年間ぐらいは大阪にいなかったのではないかと思う、と。

調べると、若山富三郎が亡くなったのは一九九二年の四月二日だった。だから、太田の記憶が正しければ、島淵は一九八九年（平成元年）頃から一九九二年の五、六月頃まで〝東京方面〟にいたと考えられる。

その約三年間、島淵が正確にどこに住んで何をしていたのかは、太田も知らなかった。だが、まさに東京に隣接するN県で堀田事件が起きた一九九二年の二月、島淵は東京かその近辺に住んでいた可能性が高く、事件からあまり間を置かず、まるで逃げるように大阪へ舞い戻っているらしい、と判明したのだった。

ただ、残念ながら、探偵のもう一つの問い、島淵が大阪へ戻った後、殺人を犯したといった話を仄めかしたことはなかったかという問いに対しては、太田は〝ない〟と答えたのだという。

須永たちが探偵を使って調べられたのはそこまでだった。島淵が堀田事件の犯人である可能性は否定されなかったものの、彼がN県や堀田市、あるいは堀田事件の被害者に関わりがあったかどうかなどを調べる手掛かりは得られなかった。

そこに、手紙は森下刑務官の筆跡ではないという滝沢の〝証言〟が届いたのである。

それにより、堀田事件弁護団は、これ以上、山川夏夫名の手紙と島淵の線を追うのは時間とエネルギーの無駄ではないか、という考えに傾いた。

須永はその意見に必ずしも賛成ではなかったが、かといって、〝では、どうしたら手紙の送り主を突き止め、そこに書かれている内容が事実か否(いな)かを究明できるのか〟と考えても、答えは簡単には見つからなかった。

　この五カ月余り、ひとみも須永と一緒になってその方法を探ってきたのだが、いまだに答えは見つかっていない。

　みな一通り料理に箸を付け、祭り寿司も賞味して、話が一区切りついた。

　祖母がちょっと心配そうな顔をして、ひとみが子どもの頃からある、いつも五、六分狂っている掛け時計を見上げた。

「須永さん、遅いけど、道に迷っているんじゃないかね」

「それはないと思うわ」

　と、ひとみは答えた。「バスを降りたら、ほとんど一本道だし」

「そんなこと言ったって、暗いから」

「この前、お祖母ちゃんにもスマートフォンの道案内、見せたでしょう？　いざとなれば、あれで調べればわかるわ」

「あんなのを見たって、あたしには何が何だかわからないよ」

「お祖母ちゃんにはわからなくても、須永さんが見ればわかるから、心配要らないよ」

　と、姉には反発しても祖母には優しい肇が言ったとき、玄関でチャイムが鳴った。

「あら、私たちの話を聞いていたみたい」

母が笑いながら言うのと同時に、ひとみは立ち上がった。

胸のあたりに軽く引き絞られるような感覚が走った。

玄関へ急いだ。

家は、祖父母がひとみと肇を引き取るために購入したときすでに二十年以上経っていたとかで、祖父が後で設置したチャイムは付いているものの、インターホンはない。

ひとみはサンダルを引っかけて三和土(たたき)に降り、錠を解いた。

ガラスの引き戸を開けると、外灯の下に赤い顔をした須永が立っていた。

「いらっしゃい」

微笑(ほほえ)みかけると、須永が「お邪魔します」とちょっとよそ行きの顔を向けた。

初めての訪問だからだろう、彼も少し緊張しているようだ。

「寒かったでしょう？　早く入って」

ひとみは須永を中へ招き入れて、引き戸を閉めると、先に上がり、彼のスリッパを並べた。

須永がその横に、いつも持ち歩いている黒いスクエアバックパックを置き、

「これ、シュークリームだけど……」

と、ビニールの手提げ袋に入った箱を差し出した。

以前、何かの折りに、祖母は和菓子よりシュークリームが好きだと話したのを覚えていたらしい。

「ありがとう」

と、ひとみは礼を言って受け取った。「お祖母ちゃんが喜ぶわ」

須永が黒のダウンコートと靴を脱ぎ、上がった。

ひとみが彼を茶の間へ案内すると、母と肇は立って出迎えた。

「須永さん」

ひとみがテーブルの奥に座っている祖母に向かって言うと、

「須永です。お邪魔します」

と、須川がいつもの澄んだバリトンで挨拶した。

「もうわかったと思うけど、これがいつも話している生意気な弟で、あちらがお祖母ちゃんね」

ひとみは須永に肇と祖母を紹介した。

須永が肇に目を向けて「よろしく」と言うと、肇が、

「いつも母と、ふつつかな姉がお世話になっています」

と、真面目くさった顔をして返した。

どうも冗談や皮肉ではないらしい。

「それにしても、今日は寒い中こんなところまで来ていただき、すみませんでした」

母が言った。「ひとみが無理やりお誘いしたんじゃないかと思いますが、ご迷惑だったでしょう？」

「いいえ、とんでもありません。ご家族水入らずで過ごしておられるところにお招きをいただき、恐縮しております」

「あ、ご挨拶が遅れましたが、旧年中はいろいろとお世話になり、本当にありがとうございました。今年もどうかよろしくお願いいたします」

母が思い出したように新年の挨拶をすると、肇も一緒に頭を下げた。

どうやら、自分が赤江家の長男だという自覚が少しはあるらしい。

「挨拶はこのへんにして、みんな座って」

ひとみは言うと、母と自分の間の席を空けて新しい座布団を置き、須永に勧めた。

ひとみが須永を迎えに玄関へ行っている間に、母がテーブルの上を見苦しくないように片付けておいてくれた。

ひとみは須永がバックパックの横に置いたコートを取って、衣紋掛け（えもんか）に掛けた。そのまま腰を下ろさずに台所へ行き、まず熱々のおしぼりを、次いで、須永のために取り置いておいた祭り寿司と料理を運んだ。

ひとみが座るのを待って、母が須永のお猪口に酒を注ぎ、

「それじゃ、もう一度乾杯しましょう」

と、言った。

「須永先生にとって、今年が良いお年でありますように」

母の言葉に続けて、みんなで「乾杯」とお猪口を前に掲げた。

須永が「ありがとうございます」と礼を述べて、お猪口を置き、

「今年こそ再審開始に向けて大きな一歩を踏み出せるよう、微力ながら、全力を尽くしたいと思います」

と、真剣な顔つきで言った。

ひとみたちは「よろしくお願いします」と頭を下げた。

ひとみは須永の猪口に酒を注いでやってから、

「これ、父の好物だった祭り寿司です。よかったら食べてみてください」

と、皿に取り置いた寿司を勧めた。

「ああ、美味しそうだな」

と、須永が相好(そうごう)を崩した。「前にひとみさんにお父さんの話を聞いてから、岡山を通るたびに駅弁を買って食べているんです」

「えっ？　そう……」

ひとみは嬉しかったが、「だったら、母に作ってもらえばよかったわ。母の作った祭り

寿司なら、プロが作ったのにだって負けないから」

「ううん、大丈夫よ」

と、母がひとみを励ました。「今日のはとても良くできているから」

「それじゃ、早速いただきます」

須永が皿を取り、ご飯と具を適当に口に運んだ。そして、味わうようにゆっくりと咀嚼していたが、ごくりと飲み込んで、

「美味しいです！」

と、ひとみの方へ顔を上げた。「僕が何度か食べた駅弁よりもずっと美味しいです」

「ありがとう。お世辞でも嬉しいわ」

ひとみは応えた。

「お世辞じゃありません」

須永が心外だという顔をした。「ご飯が柔らかくて、芯にまだぬくもりが残っていて、とても美味しいです。僕は酸っぱすぎるのが苦手なんですが、酢の利き具合もちょうどいいですし」

「ありがとう」

ひとみは、やっとほっとした。暮れのうちからいろいろ考えて準備した甲斐があった、と思った。

「朗報と言うほどのものじゃありませんが、実は、今夜はちょっとした新しい話を持ってきました」

須永が言った。「ですが、それをお話しする前に、もう少しご飯と料理をいただかせてください」

「ええ、どうぞゆっくりと食べて」

須永の言った〝新しい話〟に興味を引かれながらも、ひとみが応えると、

「日曜日なのにお仕事だったとか……。お腹、空いたでしょう」

母が続けた。

「まだ七時前ですし、いつもはもっとずっと遅いので、平気なんですが……」

と、須永が恥ずかしそうな顔をし、「今日はご馳走になれるのを楽しみにして、昼に食事らしい食事をしなかったんです」

「とにかく、ゆっくりと飲んで召し上がってください」

と母が言い、ひとみは彼の猪口に酒を注いでやった。

須永は秋田県出身のせいか、日本酒が好きだった。ひとみはそれを知っていたので、ビールやワインではなく、辛口の純米酒を用意したのだが、彼はそれをほとんど飲まず、料理にもあまり箸を付けない。大きな皿に山盛りにした祭り寿司だけを、「美味しい、美味しい」と言いながら食べ、それを食べ終わるとお吸い物をすすり、

「ご馳走さまでした」

と、満足そうな顔を上げた。「お待たせしてすみませんでした」

どうやら、持ってきたという新しい話をひとみたちに早く披露したくて、急いで腹ごしらえしたらしい。

案の定、彼は、

「実は、昨日の毎朝新聞に、地裁、高裁と死刑の判決を受けて上告中だった男が、自分は別の殺人も犯しているという手紙を書いて、その事件の起きた県の警察本部宛に送っていた、というニュースが載っていたんです」

と、前置きなしに話し出した。

「地裁、高裁と死刑の判決を受けて上告中だったということは、その人の置かれている状況は島淵という人と同じ……？」

ひとみは確認した。

「そうです。島淵透の場合と同じなんです」

と、須永がひとみから他の三人へ順に目を移しながら答えた。

「須永先生たちが、自分が堀田事件の犯人だという手紙の送り主が島淵という人ではないかと考えられたとき……といっても、手紙が投函されたとき彼はすでに亡くなっていたので、誰かが彼の意を受けて書いたものだと考えられたわけだけど……まだ死刑が確定していない人間が別の殺人事件の犯人でもあるなんて言い出すか、という疑問があったんでしたよね」

「ええ。数年前、元ヤクザの死刑囚……つまり死刑判決の確定した男が別の殺人事件への関与を告白した手紙を警察に送った、ということはあったんですが、死刑判決を受けたといっても控訴中あるいは上告中の人間が、もし告白どおりなら死刑が確実になるような余罪を進んで明かした、といった例はなかったんです。そのこともあって、島淵透という男が堀田事件の犯人かもしれないと思う一方で、彼が自分の犯行を誰かに告白し、あの手紙を書かせた、と見ることには多少のためらいがあったんです」

「ええ」

と、ひとみはうなずいた。それは彼女も知っていたからだ。

「それで、今度のニュースの事件というのはどういう事件なんですか？」

「八年前、島根県出雲市で起きた、家族三人が鈍器や包丁で殺された強盗殺人事件で、犯人と見られているのは、現在、広島拘置所に入っている小金沢悦治という四十一歳の男です。現場に残されていた包丁に付いた指紋や血痕、そのとき奪われたと見られるキャッシュカードで翌日小金沢が現金を引き出していたことなどから、彼が犯人であることに疑問の余地のない事件です」

「そう」

「そのため、小金沢も裁判の初めから犯行を認め、弁護士は、小金沢が父親の虐待を受けて育った事情などを訴え、死刑の判決だけは免れようとしたようです。しかし、地裁は死刑の判決を下し、高裁は控訴を棄却。弁護士は何とか上告理由を見つけ、上告していたんです。ところが、小金沢はその弁護士にも相談せず、自分は出雲市の事件の四年前、同じ島根県の大田市で二十代の女性を殺して現金を奪い、被害者を山の中に埋めた、と大田北警察署宛に手紙を出していたんです。最近、毎晩のようにその女性が夢の中に出てきて、暗くて何も見えない、重くて苦しい、明るい日の下に出してくれ、と訴えるので、自分は汗をびっしょりかいて、ほとんど眠れない、だから、どうかその女性を土の下から出してやってほしい、と」

「その小金沢という人が言うような事件は実際に大田市で起きていたんですか？」

「まだはっきりしませんが、大田北署が調べると、彼が言う二〇〇四年の三月に、市内のアパートに住んでいた二十四歳の女性が神隠しに遭ったように行方不明になっていたそうです。ですから、今後、署員が広島拘置所に出向いて小金沢に会い、詳しく事情を聴く予定だそうです」

「ということは、小金沢という人の手紙の内容は事実である可能性がかなり高い、というわけですね」

「そうです」

「それで、話を戻すと、須永先生は次のように考えられたということでしょうか？　上告中とはいってもそれが棄却されるのは確定的だと見られていた島淵という人の場合、死刑の執行までの時間を引き延ばすため、先回りして別の殺人事件の犯人でもあると言い出したところでおかしくない……その可能性がいっそう高くなった？」

ひとみは長い間、死刑とか死刑の執行といった言葉を見たり聞いたりするたびに、胸の奥を鋭利な刃物で抉られるような鋭い痛みを感じた。大分慣れたものの、今でも……特に〝執行〟という言葉には胸が騒ぎ、平静ではいられない。それは、たぶん母と肇も同じではないかと思う。だから、二人の前ではそうした言葉を使いたくなかったが、須永がこだわらないで済むように、敢えて平気なふりをしてそれを口にした。

「そのとおりです」

と、須永が肯定した。「延岡事件について死刑の判決が確定しても、そうして堀田事件に関して一から調べられることになれば、現場検証に立ち会うために遠出して、二度と見られなかったはずの塀の外の景色も見られますし、もちろん死刑の執行を引き延ばすこともできますから」

「そうか……」

「それはともかく、今回、小金沢の件が明らかになったとはいっても、島淵に関しての事実関係が変わったわけではありません」

須永が言葉を継いだ。「そのため、朗報とまでは言えないんですが……ただ、そのニュースを見て、島淵が自分の過去の殺人を堀田事件の関係者に告白しようとし、その考えを身近に接していた刑務官に話していたとしてもおかしくない、という思いを強くしたんです」

「手紙の文字は森下さんの字ではないと滝沢刑務官が否定しても、その刑務官は森下さんである可能性が残る？」

「残るというよりその可能性が高いのではないか、と思ったんです。そこでもう一度、森下さんが書いた葉書のようなものがどこかにないか捜してみよう、と……」

「そうですか。お話、よくわかりました」

と、母が深くうなずき、「どうかよろしくお願いいたします」と頭を下げた。

緊張した面持ちながら、喜んでいるように感じられた。須永たち弁護団が、裁判所に再審を開かせるための決定的な証拠を手に入れられずに苦悩しているのを、母も知っていたからだろう。

ただ、須永たちがもう一度島淵、森下の線を追ってみたからといって、期待するような結果が得られるとはかぎらない。

そう思うと、ひとみは今度もつい悲観的になりそうになったが、そんな自分を叱咤して、

「それで、具体的にはどうされるんでしょうか？」

んから」

「まず三橋所長に話して了解が得られたら、荒木記者に相談してみようと思っています」

と、須永が答えた。「どう動くにしても、彼の力を借りないと何もできそうにありませ

と、話を進めた。

「九州じゃ、簡単に行って調べるなんて難しいですものね」

と、母が言った。

「ええ。弁護団の懐具合を考えると、交通費を出してくれとも言いにくいですし」

「すみません。本当は私たちがもっと何とかしなければならないのに」

「いえ、そういう意味で言ったわけじゃありません」

須永が慌てて言い、

「それに、いまお母さんの言われたことは間違っています」

と、断固とした調子で付け加えた。「堀田事件は赤江さんのご家族の問題であるのは当然ですが、同時に僕たち国民一人一人の問題でもあるんです。警察、検察、裁判所が一体となって、無実の人間に殺人犯人の烙印を押し、挙げ句はその命まで奪うという不当、不正義が許されるなら、僕たちは安心して暮らせませんから」

いつにない彼の厳しい表情に、

「すみません」

と、母が叱られた子どものような顔をして詫びた。

「あ、いえ、こちらこそ生意気な言い方をしてすみませんでした」

須永が、自分の言葉のきつさを恥じるように慌てて頭を下げた。

「じゃ、その件はおしまいにして、お節も少しは食べてください」

ひとみは場の雰囲気をやわらげるように言い、須永の猪口に酒を注いだ。

「ありがとう」

須永が救われたような顔をし、伊達巻きを食べ、猪口に口をつけた。

そのとき、電話の受信を知らせる振動音が響いてきた。

音源は、須永が後ろに置いてあったバックパックの中だった。

彼は慌てて口の中のものを呑み込むと、バックパックを引き寄せてスマートフォンを取り出し、「ちょっと失礼します」と言って立ち上がった。

スマホの通話ボタンを押して耳に当て、「もしもし……」と言いながら、襖を開け、廊下へ出て行った。

話を後にしなかったということは、仕事関係の電話ででもあろうか。

ひとみはそう思いながら、三人の方へ顔を戻し、

「お祖母ちゃん、難しい話ばかりで退屈したでしょう?」

と、ずっと黙って話を聞いていた祖母をねぎらった。

「ううん、そんなことないよ」

と、祖母が答えた。

「もう須永先生と顔を合わせたんだし、疲れたら部屋へ戻って休んでもいいのよ」

母が言った。

「そうだね。じゃ、須永さんが帰ってきたら私は先に失礼しようかね」

「うん、そうして。私と肇も明日仕事があるから、もうしばらくしたら帰るけど」

祖母の顔に寂しげな影が差した。話してはあったのだが、母が自分の口で泊まらずに帰ると言ったからだろうか。

「そのときお祖母ちゃんが寝ていたら黙って行くけど、これから寒い日が続くので、風邪(かぜ)を引かないようにね」

「おまえたちも身体に気をつけてな」

「うん。じゃ、私は三月にまた来るから」

「俺は夏まで来られそうもないな」

「肇はあたしのことなど心配しなくていいから、一日も早く一人前の料理人になれるように頑張るんだよ」

「わかった」

肇がどこかしんみりとした顔をしてうなずいたとき、襖が開き、須永が戻ってきた。

「失礼しました」

須永はちょっと頭を下げ、ひとみの横の元の場所に腰を下ろした。

「日曜日の夜だというのに、お忙しいんですね」

母がねぎらうように言った。

「あ、いいえ、仕事じゃないんです」

と、須永が母の方へ顔を向け、ちょっと嬉しそうな声を出した。「さっき話に出た、北九州にいる荒木記者からだったんです」

「もしかしたら何か新しいことがわかったとか……？」

ひとみは訊いた。須永の表情と声から、良い知らせかもしれないと思いながら。

「新しいことがわかったわけではないんですが、荒木記者も、小金沢悦治が大田北警察署に新たな殺人を告白する手紙を送ったというニュースを見ていました」

と、須永が答えた。

「それで、荒木記者は……？」

「僕らと同じように考え、自分も協力するので、島淵の件をもう一度調べ直してみたらどうか、と……」

「当然、須永先生は賛成された？」

「もちろんです」

と、須永が弾んだ声を出した。「というわけで、明日あらためて具体的な方法について考えよう、ということになったんです」

2

滝沢正樹は熱いシャワーを浴びると、バスローブを引っかけただけの格好でベッドに腰掛け、冷蔵庫から取り出した缶ビールを飲んだ。

昼夜勤の勤務を明けて官舎へ帰るとすぐに部屋の暖房を入れておいたので、冷えたビールが喉に心地好い。

いずれ新しい同室者が決まって入ってくるだろうが、今は一人なので、２ＤＫの部屋が自由に使えた。

先月……師走に入って間もなく、二十五日付で福岡中央拘置所への転勤が決まったため、年末から正月にかけては非常に慌ただしかったが、松の内も過ぎて、ようやく少し落ち着いた。

看守長以上の上級幹部と違って、副看守長以下の刑務官は異動が少ないので、自分ももうしばらくは北九州拘置所にいられるだろうと思っていた。ところが、年度末でもないのに、突然――噂では福岡中央拘置所で不祥事があって、辞めた刑務官の穴埋めが急遽必要になったらしい――今回の転勤を言い渡されたのだった。

昨年、滝沢は、ずっと裕次と一緒に勉強してきた中等科試験に合格し、その後、中等科研修も修了したので、看守から一階級上がって看守部長になった。その昇進が今回の人事に関係していたのか、それからあまり時を置かずの転勤だった。

滝沢はビールを飲み終わるとジャージに着替え、カップラーメンを食べながら、ダイニングテーブルに積んであった新聞を手に取った。

昼夜勤は前日の朝七時半から二十四時間の勤務なので、昨日の朝刊もほとんど読んでいない。

そのため、そちらからぱらぱらと見ていった。

こうして、全体をざっと見ていき、目にとまった記事があると、後でゆっくりと読むのである。

彼の購読しているのは福岡日報という料金が一番安い地方紙。ニュースを見るならスマートフォンで十分なので、無駄な出費かなと思いながらも……たぶん父親が新聞好きだったことも影響しているのだろう、紙の新聞がないと何となく寂しいので取っている。

テレビ欄を除いた最終ページまできても、結局、読みたい記事が見つからず、やはり購読をやめようかと思いかけたとき、《別の殺人を告白する手紙》というさほど大きくない見出しが目にとまった。

彼は気になり、カップラーメンをテーブルの端に押しやって、記事を読んでみた。

要約すると、それは、

——一審、二審と死刑の判決を受けて最高裁に上告し、広島拘置所に勾留されていた小金沢悦治という元暴力団員が、別の殺人を告白する手紙を警察署に送った。

という内容であった。

動機については、夜ごと被害者が夢に出てきて云々と本人は述べているらしいが、実際は死刑の執行を引き延ばすのが目的なのではないかとも書かれていた。

その点はどうあれ、死刑判決を受けて上告中だった男が拘置所から警察に手紙を書き送っていたという事実——。

その事実に滝沢は衝撃を受けた。

裕次がなぜ島淵の代わりに手紙を書き、堀田事件弁護団宛に送ったのかがわかった、と思ったのだ。

これまでは、荒木記者に見せられた手紙（の写し）が裕次の筆跡に間違いないとわかっても、裕次がなぜそんな手紙を書いて出したのか、はっきりしなかった。島淵が裕次に堀田事件の話をしたのだろうということは想像がついたが、だからといって、裕次がなぜ……と疑問だった。

だが、島淵と同じ状況にあった小金沢悦治という男が、現在裁かれている事件とは別の殺人について告白する手紙を警察署宛に送っていたと知り、島淵も同じことをしようとしていたのではないか、と思ったのである。

これまでは、死刑が確定したわけではない人間が——上告が棄却されてそれが確定する可能性がいかに高くても——結論が出る前に自分の犯した別の殺人を公にするはずがない、と考えていた。まだ死刑を免れる一縷の望みがあるのに、敢えてそれをゼロにする人間はいないだろう、と。もし死刑の執行までの時間を引き延ばすためなら、上告が棄却された後でもそれはできるのだし……。

ところが、小金沢悦治という男は、そうした滝沢の……というか、世間一般の想像を覆した。動機が何だったにしろ、上告中であるにもかかわらず、別の殺人を告白する手紙を警察に送った。

その記事を見て、滝沢は、もしかしたら島淵も堀田事件を捜査したN県警か、再審請求をしている堀田事件弁護団に宛てて、自分が犯人であると書いた手紙を出そうとしたのではないか、と考えたのだ。すでにその手紙を書いて舎房担当の裕次に渡していたのではないか、と。

島淵のような未決勾留者の場合、外部との手紙の遣り取りは比較的自由である。

といっても、検閲があり、証拠の隠滅を図っている疑いのある内容は書けないし、そうした疑いのある手紙は、きても本人に交付されない。また、人を脅迫したり、誹謗、中傷したり、犯罪をそそのかしたりする内容のものは、一部削除するか、それでも不適切なものは不許可とされる。

他にも、発信は月に四回以内（優遇区分によって増加する）、一通の分量は指定された罫線付きの便箋七枚以内、といった制約が存在し、罫線の枠内に一行ずつ記入しなければならない、罫線外の余白や裏を使用してはならない、といった細かな決まりもある。

相手については、手紙の遣り取りによって拘置所の秩序を害すると認められる者、矯正処遇の適切な実施に支障が生ずるおそれがある者などは禁じられている。

そうした禁止事項、制約に引っかからずにパスした手紙だけが、ページごとに検印済みの判が押され、投函されるのである。

では、島淵が書いて、裕次に託したと考えられる手紙はどうなったのか？

普通なら、自動的に裕次から書信係に引き渡され、書信係の主任や係員が検閲して問題がないとなれば、首席か統括の決裁を経て投函されていたはずである。

が、堀田事件関係者のどこからも反応のあった形跡はないから、手紙は相手に届いていないと考えられる。

ということは、島淵の書いた手紙は、投函される前のどこかの段階でストップし、投函されていない事実を示している。

それはどこか？

もし書信係の検閲の段階だったなら、裕次には関わりがなく、島淵が死んだ後、彼が堀田事件弁護団宛に手紙を書いて送った事実の説明がつかない。だから、その前であろう。といって、裕次が島淵からあずかった手紙を無断で読んだとは思えないので、書信係に渡す前に読んでみてくれと島淵に言われた可能性が高い。そして読み、禁止事項には触れていなくても、別の殺人事件の犯人だと告白している内容の重大さに驚愕。書信係に事情を話し、相談したのではないだろうか。

裕次の話を聞いて書信係も驚き、上司の判断を仰いだ。その結果、案件が主任、統括、首席、部長、所長のどこまで上がっていったのかはわからないが、どこかで幹部たちが協議し、適当な理由を付けて〝発信不許可〟の裁断を下したものと思われる。

堀田事件がもし犯人不明の事件なら、発信不許可にはならなかったはずである。小金沢悦治の場合がそうであったように。いや、たとえ容疑者が逮捕、起訴されていても、まだ裁判の続いている事件なら、たぶん同じだっただろう。

だが、堀田事件は、容疑者の死刑判決が確定しただけでなく、すでに刑が執行されている。だから、島淵の手紙に書かれていることが事実かどうかはともかく、手紙がマスコミに漏れたら大騒ぎになるおそれがあった。

幹部たちはそれを恐れ、発信不許可にした可能性が高い。

同時に、彼らは、手紙について知っている者には箝口令を敷き、島淵には発信不許可になったことを告げて手紙を返した――。

いや、普通は返すはずだが、この場合は、内容に重大な問題があるのであずかりおくとでも言って、返さなかったことも十分考えられる。

その後、島淵がどうして自殺したのか、その事情、動機ははっきりしない。

が、島淵が死んで、裕次は彼の意思を踏みにじったことに強い後悔と罪の意識を感じたのではないか。自分が問題にしないで黙って手紙を書信係に渡していれば、案外すんなりと検閲を通っていたかもしれないのに、自分が騒いだために手紙は発信不許可になり、島淵は死んでしまった、と考えて。

手紙の発信不許可は、単に島淵の意思を抹殺したというだけの問題ではない。もし手紙に書かれていた内容が事実なら、堀田事件の犯人とされて死刑になった赤江という人は無実なのに、それを証明できたかもしれない手掛かりも潰してしまったことになる。

考えてみれば、これは島淵の意思以上に重大だった。

島淵が死んだ後、裕次はそう考えて苦しんでいたのではないか。

といって、彼の性格では、箝口令を敷いた上司に談判し、手紙の内容を公にするよう進言することなどできようがない。

結局、彼は、自分が巡回警備していたときに島淵の自殺を許してしまったという自責の念もあって、自ら命を絶つ以外にないと思い詰めたのではないだろうか。

ただ、自分が何もしないで死んでしまったら、堀田事件の関係者は、真犯人かもしれない島淵の存在に気づかないままになってしまう。それでは、自分が苦しみから逃げ出しただけで、赤江という人の遺族に対して無責任すぎる。かといって、堀田事件の関係者に一連の経緯を知らせてから自殺した場合、両親や菜々に災厄が及ぶ。自分のせいで、周りからあることないことを言われ、肩身の狭い、辛い思いをするにちがいない。それは絶対に避けなければならない。

裕次はそう思い、考えに考えた末、堀田事件弁護団宛にあの二通の手紙を書き、一通は自殺する前に自分で投函し、もう一通は自分が死んだ一年後に投函してくれるよう菜々に頼んだのではないだろうか。

一通目の手紙だけなら、堀田事件弁護団は調べようがないし、悪戯かと思い、無視するかもしれない。が、忘れた頃、犯人のものだという毛髪が同封された二通目が届けば、きっと調べてみる気になるだろう。そして、手紙の文面と消印から、「山川夏夫」は延岡事件の犯人として死刑判決を受け、北九州拘置所に勾留されていた島淵透だ、という結論に達するにちがいない。

百パーセントそうなるという保証はないが、裕次はその可能性に賭けたのだろう、と滝沢は思った。

手紙を書く際、それを読んだ相手が延岡事件と島淵に到達するように、それでいて、島淵の意を体して手紙を書いたのが自分だと特定されないように、裕次は相当頭をひねったと思われる。

それは想像できるのだが、よくわからない点が二点あった。

一つは、二通目の手紙に同封した毛髪——裕次が入れたのなら島淵のものに間違いないだろう——を、いつ手に入れたのか、という点だ。

いや、この点は、消去法で考えると、一応答えが出てくるが……。

まず、〈島淵が自殺した後だった〉と考えた場合。

警察が来て、鑑識課員たちが舎房の床や畳を嘗めるように調べ、島淵の衣類や彼の使用していた寝具などに付着していた毛髪や体毛を採取した後では無理だから、警察が来る前しかない。といって、島淵が首を吊って死んでいるのを発見した時点で、裕次が島淵に代わって堀田事件弁護団宛に手紙を書こうとしていたとは考えがたい。

となると、あとは、〈島淵が自殺する前だった〉としか考えざるをえないが、その場合、二つの可能性がある。

一つは裕次が自分の意思で島淵の毛髪を手に入れておいた場合であり、もう一つは島淵の意思で裕次にそれをあずけておいた場合である。

このうち、前者は、島淵の死の直後に手に入れたと考える以上にありえないと思われるので、残るは後者しかない。

つまり、島淵が堀田事件弁護団宛に手紙を書いた時点で、（たとえ手紙の発信が許可されても物を同封することはできないから）自分の毛髪を裕次にあずけ、別に送ってくれと頼んだのであろう。もちろんそうした行為は許されないし、発覚すれば処罰される。それなのに、裕次がどうして危険を冒したのかははっきりしないが、とにかく彼は毛髪をあずかり、書信係に手紙を見せて相談したとき、そのことには触れずにいた。

この想像が正しいという保証はないが、そう考えれば一応説明はつく。

もう一つの疑問は、日頃、文書を書くとき裕次はほとんどパソコンを使っていたのに、なぜ手紙を手書きにしたのか、という点だ。

手書きにした場合、もし筆跡を調べられれば誰が書いたかわかってしまうのに、裕次はどうしてそうした証拠を残したのか。筆跡まで調べられることはないだろうと考えていたのかもしれないが、だからといって、わざわざ手書きにする必要はない。

にもかかわらず、そうしている点がよくわからない……というか不可解だった。

考えていてもおいそれと答えが見つかる問題ではないので、滝沢は開いていた新聞を閉じ、汁のなくなったラーメンを食べた。

その後、今日の朝刊にもざっと目を通し、洗濯をしてからベッドに入った。

いつものようにアイマスクを着けて寝ようとしたが、眠れない。なぜか、子どもの頃の裕次の顔が、姿が浮かんできた。裕次を特別な存在として意識せず、子犬のように仲良くじゃれ合っていた頃……あの頃は楽しかった。が、中学生になって、裕次を性の対象として意識してからは、自分の気持ちを絶対に彼に気取られないようにといつも緊張していたから、苦しかった……。

それにしても、裕次はどうして自殺してしまったのか、と思う。これまで滝沢は、自殺する前の裕次の心の内が、彼の苦しみが、ある程度はわかっているつもりでいた。が、今は、それは勝手な思い込みで、裕次の中には自分の想像が及ばないような問題が存在していたのではないか、と感じ始めていた。

それはどういう問題だったのだろう。自殺する前、裕次の心を支配していたのはいったい何だったのだろう。

裕次が自分の死んだ後のことで一番気にかけていたのは、菜々と菜々の腹の中の子どもだったのは間違いない。が、どんなに二人の行く末を気にかけても、裕次は死ぬのを思いとどまらなかった。そこまで彼を追い詰めたものは何だったのだろうか。

島淵の手紙を発信不許可にして彼の意向を踏みにじり、さらには自分が夜勤当番だった晩に彼の自殺を許してしまったこと——裕次がそれらの責任を非常に重く感じ、苦しんでいたのは疑いないと思う。

だが、今は、どうもそれだけではないような気がした。他にも裕次を自殺へ追いやった何か……そうした自責の念以上に強い何かがあったのではないか、と滝沢は思い始めていた。

しかし、それは何だろうと考えても、まるで見当がつかないのである。

それにしても……と、滝沢は答えの見つからない自問を繰り返しながら何度も悔やんだ。島淵が死んだ後、自分がもう少し注意して、裕次の気持ちに深く寄り添っていたら、と。そうすれば、彼をもっとも苦しめていたものの正体をつかみ、何とかすることができたかもしれないのに。

また、裕次はなぜ自分に相談してくれなかったのか、と少し恨めしくも思った。どこまで力になれたかはわからないが、もし自分に相談してくれたら、どうしたらいいかを一緒に考えてやることはできた。そして、彼が自殺に踏み切るのだけは食い止められたかもしれない。

しかし、今更どう思おうと、遅い。時間を逆戻りさせることはできないのだから。

では、自分はどうしたらいいのか、と滝沢は眠りから見放された頭で自問した。自分はどうすべきなのか……。

裕次があの手紙を書いて出した意図が自分の想像したとおりだとしたら、荒木記者に連絡を取り、前に会ったときの言葉を取り消し、〝手紙の文字は裕次の筆跡に間違いない〟と認めるべきかもしれない。

ただ、そうした場合、これから起きるであろう様々な問題の渦中に叔父夫婦と菜々母子を巻き込むおそれがある。

叔父夫婦はともかく、菜々と裕也を巻き込むことは、裕次が絶対に避けたいと考えていたはずだし、滝沢も同様である。

とすれば、あの手紙を書いたのが裕次だと明確にすることなく、堀田事件の犯人だと言っているのが島淵透に間違いないという証拠を呈示するしかない。

——それには、どうしたらいいのか？

と、滝沢はなおも考え続けたが、結局、答えが見つからないまま、いつの間にか眠りに落ちたらしい。

だが、その問いは、眠っている間も彼の頭の中で発せられ続けていたのかもしれない。

午後二時過ぎに起き出し、ジョギングするためにスポーツウエアに着替えて軽く体操をしているとき、一つの方法が閃いた。

捜査Ⅲ

２０１９年

1

　平岡と長谷川は向ヶ丘レジデンス九〇三号室の前に立ち、長谷川がインターホンのチャイムを鳴らした。

　黒いコートを着た女がドアの中へ消えたのに前後して長谷川が帰ってきたので、事情を話し、二人で部屋を訪れたのである。

　長谷川が十秒ほどの間を置いてチャイムを三回鳴らしたが、応答がない。

　どうやら居留守を使うつもりらしい。

　長谷川が、どうしたらいいかと目顔で平岡に尋ねた。

「もう一度だけチャイムを鳴らし、それでも出なかったら、ノックして声をかけよう」

　平岡が答えると、

「わかりました」

長谷川がうなずいて、四度目のチャイムを鳴らした。それでも応答がないのを確認してから、ドアを二度叩き、

「金末さーん」

と、声を抑えて呼んだ。

三十秒ほど待つが反応はなく、長谷川が困惑したような顔を向けた。

近くの部屋に人がいれば聞かれてしまうが、こうなったらやむをえない。

今度は平岡がドアを叩き、

「たった今帰られたのはわかっているんです。こちら警察の者ですが、ちょっと伺いたいことがあるので開けてくれませんか」

と、呼びかけた。

しかし、それでも中からは物音ひとつしない。

息を潜めて成り行きを窺(うかが)っているにちがいない。

「篠原さーん、あなたは篠原美優さんでしょう?」

平岡は思いきって自分の想像をぶつけた。

長谷川は一瞬驚いたような顔をしたが、何も言わなかった。

「篠原さん、開けてくれませんか。このまま開けてもらえないと、人が集まってきますよ。

それでもいいんですか?」

　平岡が言って、しばし耳を澄ませていると、ようやく中で人の動く気配がし、錠を解く音がしてドアが開いた。

　中から顔をのぞかせたのは、真っ白いセーターを着た二十代後半と思われる女だった。目に不安げな色を浮かべていたが、どこかふて腐れているようにも見えた。若い頃の女優のH——今は四十に近い——に似た色の白い綺麗な女だった。

「警視庁の平岡と長谷川と言います」

　平岡はバッジを開いて身分証明書を見せ、中へ入れてくれないかと言った。

　人に見られたり聞かれたりするのは女も嫌だからだろう、ドアを平岡にあずけ、身体を引いた。

　平岡に続いて長谷川が三和土に入ったところで、ドアを閉め、二人は上がりがまちに立った女に対した。

「篠原美優さんですね?」

　間違いないと思ったが、平岡はまず確認した。

　否定しても無駄だと思ったのか、女が黙ってうなずいた。

「それじゃ、鷲尾淳夫氏のことをご存じですね?」

　篠原美優は一瞬、返答を迷ったようだったが、

「……はい」

と、小さく答えた。

「どういう関係だったんでしょう?」

「刑事さんの想像されているとおりです」

「鷲尾さんの愛人だった……?」

「はい。……あ、でも、私はあの人の本名も検事さんだということもずっと知らなかったんです」

「ということは、鷲尾さんは別の名前を使ってあなたと交際されていた?」

「ええ」

ちょっと意外だったが、平岡はありうることだと納得し、

「そうですか。では、それは後で伺うことにし、先に十二日の夜のことを聞かせてください」

と、肝腎な点に話を進めた。「四日前……十二日の晩、このマンションの南側にある春木神社で鷲尾さんが殺されたのは当然ご存じですね」

「はい」

「そのとき、鷲尾さんはこの部屋へ来ることになっていたんでしょうか?」

「そうです」

「そのことは、前から決まっていたんですか？」

「はい、だいたいは。四、五日前の電話で、十二日の夜にたぶん行けそうだと言ってこられたんです。ただ、そのときは確定ではなく、はっきりしたらまた電話するからということだったんです」

「で、その電話があったのは？」

「当日、十二日の午後四時ちょっと過ぎでした。それで、来られることがはっきりと決まり、私は待っていたんですが……」

あの人は来なかったんです――と言って、美優が目を伏せた。

当日四時ちょっと過ぎなら、四時十五分頃、鷲尾から篠原美優にかけていた電話に符合していた。

「十二日の夜のことを詳しく説明してくれませんか」

美優がわかったと答え、

「あの人は、遅くとも九時頃には行けると思うと言ったのに、九時を十五分ほど過ぎても見えないし、電話もありませんでした」

と、目を上げて話し出した。「といって、そのときは特に心配したわけではないのですが、それから間もなくサイレンの音が何台も近づいてきて、マンションの南側が急に騒がしくなりました。何かあったのかとベランダから覗(のぞ)いてみると、すぐ前の神社の周りに赤色灯を回転させた車が何台も停まり、警察官らしい人たちが動き回っているのが見えました。それで不安になり、下のロビーまで降りてみたら、十人ぐらいの人が出てきていて、神社の境内で男の人が殺されたらしいという話をしていました。まさか……と思いながらも、人々から離れてあの人の携帯に電話してみたところ、電源が切られているらしく、通じません。身体がひとりでに震え出し、歯の根ががちがちと鳴り出しました。亡くなった人はどういう人かと警察に訊いてみようかとも思ったのですが、もしあの人だったら、事件に巻き込まれ、あの人との関係などをいろいろ詮索されるに決まっています。それが嫌だったので、私はそっと部屋へ戻り、後は、あの人が無事でいることを祈りながら、音を絞ったテレビを付けたままにしておきました。ですが、春木神社境内で起きた殺人事件は報じられても、被害者の身元はなかなかわからないらしく、それが判明したと流れたのは、一睡もできずに夜を明かした翌日、それもお昼近くになってからでした」

篠原美優がそこで、そのときのことを思い起こすかのように暗い目を宙に向け、言葉を切った。

「そのときのニュースでは当然、被害者は東京高等検察庁・検事長の鷲尾淳夫という人だと報じられたはずですが……」

平岡は先を促した。

「ええ。ですから、別人だったかと一瞬ほっとしかけたんですが、年齢と顔写真が出て、それはすぐに萎(しぼ)みました」

「ここでさっきの話に戻りますが、篠原さんは、鷲尾さんを何という名のどういう人だと思っていたんですか？」

「河西誠一郎(かさいせいいちろう)という名の、大手商社の重役さんだと思っていました。名刺はもらっていませんが、サンズイ河の西に誠(まこと)の一郎……郎は太郎、次郎の郎と書くそうです」

鷲尾は篠原美優の線から自分の素性が漏れないように用心していたらしい。

「商社の名は聞いていませんが、歳は、去年の九月、ある方に紹介されてお付き合いするようになったとき、還暦を迎えたばかりだと……そんなふうに言われてました」

美優が続けた。

去年の秋なら鷲尾は六十一か二だから、年齢はほぼ事実を言っていたことになる。

「ある方とは……？」

「泉原孝男(いずみはらたかお)という方です。綴(つづ)りは温泉の泉に野原の原、親孝行の孝に男と書くそうです。河西さんの高校の後輩で、河西さんにはいろいろお世話になっているのだというお話でした」

「後輩というと当然年下なわけですが、いくつぐらいの人でしょう？」

「むしろ鷲尾さんの方が若く見えましたから、たぶんあまり違わないんじゃないかと思います」

「篠原さんは、その人とはどこで知り合ったんですか？」

「熊本のクラブです。熊本地震が起きる前ですから、四年ほど前です。その頃、私は熊本市内にある専門学校のデザイン科の学生だったんですが、夜はクラブでアルバイトをしていたんです。泉原さんはその頃懇意にしてくださっていたお客様です」

「熊本のクラブの客がどうして鷲尾さんをあなたに……？」

「去年の夏、その方と新宿でばったりと出会ったんです。私は上京して広告会社で働いていたんですが、泉原さんは熊本の支社から本社へ戻ったのだと話されました」

「勤め先の名はわかりますか？」

「たいした会社じゃないからと教えてくださらなかったので、わかりません」

鷲尾が偽名を使っていたのだとすると、泉原というのも偽名である可能性が高い。そしてそれが偽名で、鷲尾の高校の後輩という話が事実なら……と平岡は思う。彼の頭には一人の男の名前と顔が浮かんでいたが、それが正しいかどうかはいずれわかるだろう。

「篠原さんが泉原さんに紹介され、鷲尾さんの愛人になられた経緯について、簡単に教えてくれませんか」

「私が泉原さんに、フランスへデザインの勉強に行くために夜もアルバイトをしているがなかなかお金が貯まらないといった話をすると、良い人がいるので付き合ってみないかと言われ、河西さん……鷲尾さんにお会いしたんです。そして、三カ月ほどお付き合いした後、鷲尾さんが私をとても気に入ってくださったからと泉原さんを通して言われ、私がここに住んで、鷲尾さんが訪ねてくる、というお話になったんです」

「それで、月々の手当は？」

「そこまでお話しする必要があるんでしょうか」

篠原美優が口元を強張（こわば）らせ、初めて目に反抗的な色を浮かべた。

「話したくない？」

「はい」

「わかりました。それなら結構です」

と、平岡は引いた。ここで彼女に臍（へそ）を曲げられたのでは、肝腎の事件当夜の行動について質（ただ）しづらくなる。

「それじゃ、質問を変えますが、鷲尾さんはどれぐらいの頻度（ひんど）でここへ来られていたんでしょうか？」

「だいたい月に三回か四回ぐらいでした」

美優が表情をやわらげた。

「ということは、何曜日の何時頃と決まっていたわけではない？」

はい、と美優が肯定した。

そうなると、犯人が鷲尾の行動を予測するのはかなり難しくなる。

「鷲尾さんが来られたのは夜ですね」

「ええ」

「そのときは、必ず事前に連絡があったんですか？」

「はい。だいたいは、何日か前に連絡がありましたが、時には、今夜行けることになったがそちらの都合はいいか、と当日電話してこられることもありました」

いずれにしても、美優を訪ねる鷲尾の予定を知り得たか、あるいは予測し得た人間は非常にかぎられる。

そのことは、犯人を特定する上で重要な手掛かりになるにちがいない。

平岡はそう思いながら、

「この部屋の借り主が金末聡という人だということはご存じですか？」

と、質問を進めた。

「お会いしたことはありませんが、お名前だけは。何かの事情で必要になるかもしれないので名前を頭に入れておくように、と泉原さんに言われたんです」

「ということは、部屋の手配などはすべて泉原さんがされた？」

「そうです」

「泉原さんの連絡先はわかりますか？」

「携帯の番号だけですけど……」

携帯電話の番号がわかれば、それが平岡の想像している男、宮之原佑であるかどうかを確かめるのは容易いだろう。

「じゃ、それは後で伺うとして、泉原さんの他に、篠原さんと鷲尾さんの関係についてご存じの方はいますか？」

「たぶん、いないと思います。私に口止めした鷲尾さんと泉原さんが誰かに話したとは思えませんし……」

「あなたが親しい知り合いか友達に話したことは……？」

「ありません」

と、いかにも心外だという顔をして美優が否定した。

「それじゃ、最後にもう一度伺いたいんですが、十二日の夕方以後の所在と行動を詳しく話していただけませんか」

「えっ！　私を疑っているんですか？」

美優がちょっと気色ばんだ。

「いえ、けっして篠原さんを疑っているわけではないのですが、確認のためにお願いします」

美優なら、鷲尾が何時頃訪ねてくるかわかっていたわけだし、部屋を出て春木神社で彼を待ち受けることが可能だった。

女の犯行と見るにはかなり無理があるが、念のためである。

美優がわかりましたと応え、

「夕方、仕事中に鷲尾さんから、今晩九時頃には行けるという連絡を受けたので、六時頃には帰りました。その後はサイレンの音を聞いてロビーへ降りるまで、一度もこの部屋から出ていません」

平岡は了解したしるしに軽く頭を下げた。

あとは、防犯カメラの映像を調べれば済むからだ。

向ヶ丘レジデンスは、階段を使ってもエレベーターを使っても、外へ出るにはロビーと玄関を通る以外にない。だから、ロビーに設置されている防犯カメラは、マンションに出入りした人物をすべて記録している。何も問題が起きなければ、一週間が過ぎるとその映像は上書き消去されるが、今回、平岡たちは理事会と交渉し、十四日の正午より前一週間分の記録をUSBメモリーに保存する手続きを取った。だから、それを見れば、十二日の夕方六時頃に帰宅したという美優が、その後マンションの外へ出たかどうか、一目瞭然(いちもくりょうぜん)なのである。

平岡たちは最後に、「泉原孝男」の携帯電話の番号を尋ね、礼を言って九〇三号室を出た。

2

平岡たちが篠原美優に会った翌日、十七日の午前十時過ぎ――。

杉本明日香は大野警部補とともに久米川駅で西武新宿線の電車を降りた。

本川越行きの急行で、高田馬場からわずか三十分だった。昨夜、宮之原佑の家を訪ねることが決まり、スマートフォンで時刻表を調べてみるまでは、一時間前後かかるのだろうと思っていたのだが……。

東京で生まれ育ったといっても、明日香の家は東の外れに近い江戸川区小岩。埼玉県に隣接した多摩北部の地に足を踏み入れたのは、中学時代に友達と西武園ゆうえんちへ遊びにきたとき以来だった。

駅前のロータリーには、清瀬駅南口行きのバスが待っていたので、運転士に経路を確認し、乗った。

日曜日のせいか、スポーツウエアを着てテニスのラケットを持った高校生らしい男女が後部の座席を半分ほど陣取り、みなスマートフォンの操作に余念がなかった。

明日香と大野が彼らの前に別々に掛けて間もなく、バスは発車。ロータリーを出て右折すると、新青梅街道という標示がある広い道路を横切り、すぐ先のY字路で右へ入った。

そこはバスがやっとすれ違える程度の幅しかない道で、窓の外には低層の建物の間に畑や雑木林が残っていた。ところどころに桜の木も目に付いたが、花はまだ硬そうな蕾(つぼみ)のまま。今年は桜の開花が例年よりかなり早く、都心では今週中にも咲き始めるのではないかと言われていたが、この辺りはそれより遅いのだろう。

明日香たちは十分ほどしてバスを降りると、そのまま四、五十メートル進み、左の脇道へ入った。

あとはスマホで調べた地図を頼りに六、七分歩き、畑と住宅が混在した一角に建っている「宮之原」の表札が掛かった家を探し当てた。

宮之原佑は福岡出身だが、四、五年前、退職後を見越して、妻の実家があるここ東村山市に家を建てたらしい。

ところで、一昨日(おととい)会ったばかりの宮之原をなぜ今日また訪ねることになったかというと、彼が明日香たちに極めて重大な嘘をついていた事実が判明したからである。

それを突き止めたのは、鷲尾が事件の晩に向かっていた場所を特定しようと向ヶ丘レジデンスの聞き込みをしていた平岡・長谷川、村木・柊の両コンビだった。

彼らは、事件の晩に鷲尾が訪ねようとしていたのは向ヶ丘レジデンス九〇三号室に住んでいる篠原美優という女であること、ただし、その部屋を借りていたのは金末聡というバスの運転手で、彼はある人に頼まれてそうしただけで、美優とは会ったこともないと言っていること、金末を使って九〇三号室を借りたのは、美優に河西誠一郎と名乗っていたらしい鷲尾を紹介した泉原孝男という男であること、泉原は鷲尾の高校の後輩だと言っていたこと、などを突き止めた。そしてさらに、美優が泉原と熊本のクラブで知り合った頃、宮之原が熊本県の益城刑務所の所長だったこと、二年前、金末は宮之原が所長をしていた所沢刑務所を依願退職していること――不祥事があったが所長の裁断で不問に付されたらしいという噂があった――などを調べ、「泉原孝男」は宮之原佑にちがいない、という結論に達したのである。因みに、平岡たちは美優から泉原の携帯電話の番号も聞いてかけたが、現在使われていないというメッセージが流れるだけだった。

昨夜、平岡や村木の報告を聞くまでの明日香は、宮之原という人物の存在をそれほど重く考えていなかった。彼はあくまでも鷲尾が気を許していたという後輩、格下の友人にすぎないと思っていた。そうした認識は大野も似たり寄ったりだったのだろう、事件当夜は八時半頃に帰宅して以後は一歩も外へ出ていないという宮之原の言葉を疑っている様子はなかった。

だが、宮之原は、鷲尾が事件の晩どこへ行こうとしていたのか見当もつかない、千駄木や向丘といった地名は聞いたこともない、と嘘をついた。篠原美優についても、知らないと惚けた。つまり、警察が求めていた捜査の手掛かりを隠したのである。

これは重大だった。

その真意を質すと同時に、他にもまだ何か重要な事実を隠していないか、追及する必要があった。

というわけで、明日香たちは今、宮之原の自宅の前に来ているのである。

鉄製の門扉も玄関のドアも閉まっていて、人の動きは感じられない。

ミニ開発された場所らしく、五メートル幅の道路に面して似たような家が並んでいたが、そうした中で、宮之原家は他の家より敷地が多少広かった。玄関の右手にある車庫の奥、隣家との間には、物干し台の置かれた十坪ほどの芝生が覗いており、そちらからテレビかラジオの音がかすかに聞こえてきた。

相手に気持ちの準備をさせないために電話しないで来たが、少なくとも誰かはいるようだ。

明日香はそう思い、いいですかと問うように傍らの大野を見上げ、目に了解の印を読み取ると、鍵の掛かっていない門扉の掛け金を外した。扉の片側を引き開け、大野に促されて先に中へ入った。玉石の上にコンクリートを流しただけの短いアプローチを進み、玄関ポーチに立つ。大野が横に来たところでインターホンのボタンを押した。

三、四秒して女性の「はい」という声が応答した。

「警視庁の大野と杉本と申しますが、宮之原佑さんはご在宅でしょうか？」

明日香が告げるや、相手の息を呑む気配が伝わってきた。

宮之原は在宅しているようだ。

「一昨日お話を伺った、鷲尾淳夫さんの亡くなられた件で……」

「あ、はい、お待ちください」

相手が答え、送話口を手でおさえて宮之原を呼んでいるらしい声が漏れてきた。

続いて、「宮之原です」と男の緊張した声に代わった。

初めに出たのは彼の妻のようだ。

明日香は、彼女に言いかけた訪問の理由を告げた。

「わかりました。ちょっとお待ちください」

と、宮之原が答え、自ら玄関へ出てきて錠を解き、ドアを開けた。

ポロシャツにカーディガンというラフな格好だったが、顔が白く引きつり、目には脅えているような色があった。

一昨日会ったばかりの刑事たちが予告なしに自宅まで来たからには、前の話の繰り返しではないだろう、と予感しているにちがいない。

明日香たちは、上がってすぐ右側の応接室に通され、宮之原と向かい合って掛けた。

広さは六畳ほどしかないが、庭に面した明るい部屋で、陽の当たっている出窓には、冬を越してまだ花の咲いているシクラメンの鉢が載っていた。

「静かで、良いところですね」

大野が部屋を見回しながら、いかにものんびりとした調子で言った。

「まあ、静かなのはいいんですが、駅までバスに乗らなければならないため、都心へ出るにはちょっと不便なんです」

宮之原は話を合わせながらも、目に落ち着きがない。用件が気になっているようだった。

「奥様のご実家がすぐ近くだというお話でしたが……」

「歩いて五分ほどのところに、母親が一人で暮らしています。それで、介護のことなども考えてここに住むことにしたんです」

宮之原が答えたとき、五十がらみの肥った女性が茶を運んできた。

さっきインターホンで応対した女性にちがいない。

「奥様ですか？」

「そうです」

宮之原が答えたのに合わせ、彼の妻が緊張した様子で腰を折った。

彼女が緑茶と木の盆に入ったおかきを置き、もう一度黙礼して去ると、

「どうぞ」

宮之原が勧めた。

大野が「それではご馳走になります」と茶に手を伸ばし、いかにもうまそうにズス、ズ

スと軽く音を立てて飲んだ。

　明日香はちょっとやきもきしたが、おまえは俺にかまわず尋問を始めろという合図なのかもしれないと勝手に解釈し、

「ところで、宮之原さんは、向ヶ丘レジデンスに住んでいる篠原美優という女性をご存じですか？」

　と、いきなり本題に切り込んだ。

　茶を飲もうとしていた宮之原がびくっと手を震わせて茶碗を置き、顔を上げた。

　真っ青だった。答えられない。明日香は、自分の質問を彼がある程度予想していたのではないかと思ったのだが……。

「いかがですか？」

　明日香は返答を促した。

「……知っています」

　と、宮之原がかすれた声で答えた。

　向ヶ丘レジデンスに……と言われ、言い逃れできないと観念したようだ。

「あなたが鷲尾さんに紹介し、所沢刑務所時代の部下だった金末聡氏を使って向ヶ丘レジデンスに部屋を借りてやり、住まわせたんですね」

「……はい」

「しかし、あなたは一昨日、そんな女性は知らないと嘘をつかれた。どうしてですか?」

宮之原は無言。必死になって言い訳を考えているような顔だ。

「なぜですか? なぜ嘘をつき、そんな重要な事実を私たちに隠したんですか?」

「…………」

「答えてください」

「……すみません。検事長と篠原さんの関係を奥様に知られたくなかったんです」

と、宮之原が喉に痰のからんだような声でやっと答えた。

「現職の東京高検検事長が殺されたんですよ。そんなことが理由になりますか」

明日香は思わず声を荒らげた。

「でも、本当なんです。本当に奥様に……」

「それじゃ、鷲尾さんの奥さんに篠原さんの存在さえ知られなければ、鷲尾さんを殺した犯人は捕まらなくてもいい、真相は明らかにならなくてもいい、あなたはそう考えたんですか?」

「いえ、けっしてそういうわけではありません」

宮之原が慌てた様子で首を横に振り、「検事長の殺された事件と篠原さんは関係ないと思ったんです」

「篠原さん自身とは、直接の関係はないかもしれません。ですが、鷲尾さんは篠原さんを訪ねようとしていたとき殺されたのはほぼ間違いないんですよ。それなのに、関係ないなんてありえないでしょう。違いますか？」

宮之原が答える代わりに、「申し訳ありませんでした」と頭を下げた。

「申し訳ないということは、篠原さんが事件に関わっているかもしれないとわかっていながら、あなたは私たちに彼女の存在を隠したんですね？」

「いえ、はっきりとわかっていたわけではありません。あのときは、とにかく奥様に篠原さんのことを知られないようにしなければならないと、ただそればかりを考えていたものですから、つい、篠原さんのことを知らないと言ってしまったんです」

本当だろうか。事件当夜、鷲尾がどこへ行こうとしていたのかを隠したのは、本当に鷲尾の妻に彼と篠原美優の関係を知られたくなかったからだろうか。いまひとつ信用できない感じがするが……。ただ、それが後から考えた口実にすぎなかったとしたら、本当はどんな理由があったのだろうか。

考えてみるが、わからない。

その答えを探るための質問が思いつかず、明日香は大野が何か示唆してくれないかと彼の表情を窺った。

しかし、彼は相変わらず眠そうな目をしているだけ。その表情からは何の意味も読み取れない。

仕方がない。明日香は大野の助け船を諦め、

「話は事件が起きる前、宮之原さんが東京駅で鷲尾さん、久住さんと別れたときのことに戻りますが……」

と、予定していた尋問に進んだ。「そのときあなたは、鷲尾さんが久住さんと別れた後で篠原さんを訪ねる予定なのを知っていたんじゃありませんか？」

「と、とんでもない！　知りません、知りませんよ」

と、宮之原がいかにも驚いたというように目を丸くし、否定した。

「ですが、心を許していたあなたになら、鷲尾さんが自分の予定を漏らしていたとしても不思議はないでしょう」

「刑事さんが勝手に想像されるのは自由ですが、検事長は私に予定を漏らしてはおりません。ですから、私は、その晩検事長が篠原さんを訪ねられるかどうかなど知りようがありません」

「しかし、あなたは、私たちが篠原美優さんや金末聡さんを突き止めるまで、篠原という女性など知らないと嘘をついていたわけです。それだけじゃありません。鷲尾さんが千駄木の春木神社で殺されたと聞いても、鷲尾さんがどうしてそんなところへ行ったのかわからない、見当もつかない、と惚けていた。そんなあなたが知らなかったと言われても、私たちは言葉どおりに信じることはできないんです」

「それじゃ、どうしたらいいんですか？　知らないものは知らないと答える以外にないでしょう」

　明日香たちが具体的な事実をつかんでいないとわかったからか、宮之原の顔に余裕の色が萌（きざ）したように感じられた。

　それを見て、あまりうまい展開ではなかったなと明日香は反省したが、今更変えようがない。わかりました、と引き、

「それでは、十二日の夜の所在について教えてください」

　と、話を進めた。

「それなら、前に……」

「ええ、伺いました。ですが、もう少し詳しく伺いたいんです」

　明日香は、今日は「一応」とか「念のために」といった常套句（じょうとうく）は付けなかった。

　篠原美優のことを隠していたからといって、宮之原に鷲尾を殺す動機があったとも思えない。が、ほぼ百パーセント容疑圏外だと考えていた一昨日とは違う。

　それがわかったからだろう、宮之原が緊張の戻った顔で、

「わかりました」

　と、うなずいた。

「一昨日の話では、帰宅されたのは八時半頃だったということでしたが、間違いありませ

んか？」

明日香は具体的な質問に入った。

間違いない、と宮之原が答えた。

「奥様以外にそれをご存じの方は？」

「おりません」

「久米川駅からはバスで？」

「そうです」

「駅とかバスの中、あるいはバスを降りてから、知った人に出会うとか記憶に残るような出来事を見聞きするといったことはなかったですか？」

「誰にも会いませんでしたし、特に記憶に残っているようなこともありません」

「では、自宅に帰られてからはどうされたんでしょう？」

「風呂に入った後、ささやかながら妻の誕生祝いをしました」

「お祝いはお二人だけで？」

「そうです。祝いといっても、いつもよりちょっと高いワインを開けて食事をしただけですから」

「お子さんは？」

「息子と娘が一人ずついますが、独立して家を出ています。昼、娘からは花が届いたようですが、息子は仕事が忙しくて親の誕生日など頭にないようです」

「奥様と食事をされているとき、どなたかが訪ねてきたということはありませんか?」

「ありません」

「電話はいかがでしょう?」

「なかったと思います」

と、宮之原がよどみなく答えた。

といって、彼の言葉を裏付けるようなものはどこにもない。

妻の話を聞いても新しい事実が出てくる可能性は薄いだろうが、省くわけにはいかない。

「それでは、この後で奥様にもお話を伺いたいのですが、よろしいでしょうか?」

「かまいませんよ」

と、宮之原が待っていたように応じ、「じゃ、呼んできますから、どなたか私と一緒に来てください。口裏を合わせたと疑われるのは嫌ですから」と腰を浮かせた。

明日香は当然自分が行くつもりで、一応相談するように大野の顔を窺った。

と、それまで自分と宮之原の遣り取りを聞いているのかいないのかわからないような顔をしていた大野が、

「別に疑うわけではありませんが、そう言われるのでしたら、私が……」

と、立ち上がった。

明日香たちは宮之原に玄関で見送られ、門扉を自分たちで開けて道路へ出た。

もちろん、大野と宮之原の後から青い顔をして応接室へ入ってきた宮之原の妻、早苗に、明日香が十二日の夜のことを尋ねた後である。

明日香は、宮之原について、さらには自分の尋問について、大野がどう考えているのかを早く聞きたかったが、歩き出しても彼は何も言わない。

バス通りに出ると、久米川駅方面へ行くバスはたった今出たばかりらしく、右手にまだその後ろ姿が見えた。

明日香たちは通りを反対側へ渡った。

誰もいないバス停に着き、明日香が話を切り出すきっかけを考えていると、

「宮之原という男、どう思う？」

大野がやっと口を開いた。

「事件に直接関係している可能性は薄いかもしれませんが、まだ何か重要な事実を隠しているような気がします」

と、明日香は答えた。

「事件に直接関係している可能性が薄いというのは、どうしてそう言える？」

「大野さんは関係しているかもしれない、と……？」

明日香が初め大野警部補と呼ぶと、「大野でいい」と言われたのだ。

「あんたに訊いているんだ？」

「す、すみません」

明日香は謝り、「一つはアリバイです。私たちの前に呼ばれてきた奥さんは顔が真っ青で、脅えているように見えましたが、だからといって、嘘をついているとは思えなかったんです。とすれば、宮之原にはアリバイがあります。それともう一つは、鷲尾検事長の腹心の後輩とも言えるような彼には、どう考えても検事長を殺す動機が存在したようには思えないからです」

「我々がこれまでに得た情報から考えるかぎりでは、ま、そうだな」

大野がそう応じてから、「では、何かまだ重要な事実を隠しているような気がする、という理由は何だ？」

「肝腎の鷲尾検事長の行き先について知らないと嘘をついただけでなく、私たちが篠原美優に関する事実を突きつけなければそのままシラを切り通したのではないか、と思われるからです」

「それだけか？」

「はい」

「じゃ、宮之原が一昨日、篠原美優なんて女は知らない、鷲尾さんがどうして千駄木などへ行ったのか見当もつかない、そう惚けた理由についてはどう考える?」

明日香がすぐには答えが浮かばず、考えていると、大野が続けた。

「鷲尾さんの奥さんに、鷲尾さんと篠原美優の関係を知られたくなかった、という宮之原の言った理由を信じるか?」

「そうした理由もあったとは思うんですが、それだけじゃないような……。ただ、そう考えてもわからないんです。どういう理由があったんでしょうか?」

明日香は大野の目を覗き込んで問うた。

その答えは彼女が一番知りたいと思っていたことだった。

「宮之原は自分と篠原美優の関わりを我々に知られたくなかった、彼が惚けた理由はそれに尽きると俺は考えている」

「では、彼の言った〝奥様に検事長と篠原美優の関係を知られたくなかった〟というのは……?」

「嘘っぱちだよ。一応もっともらしく聞こえるが、あれは後から考えた口実にすぎない。どうしてそう言えるかというと、もしあれが本当なら、あんたに理由を訊かれたとき、返答に詰まったりしない」

なるほど、と明日香は思った。そして、自分は宮之原の言葉のもっともらしさに半分騙されていたのに、この人は、自分と宮之原の遣り取りを聞いているのかいないのかわからないような顔をしながら、相手の心の内を見抜いていたのか、と感心した。もちろんこれまでだって見くびっていたわけではないが……。

「宮之原は、どうして自分と篠原美優の関わりを私たちに知られたくなかったんでしょう？」

「鷲尾さんに篠原美優を紹介し、部屋まで借りてやったという事実が明らかになれば、その晩鷲尾さんが美優の部屋へ行こうとしていたのを自分も知っていた可能性が高いと我々に疑われ、事件に無関係だと言いきれなくなる」

「つまり、大野さんは、宮之原の主張するアリバイは虚偽で、もしかしたら彼が犯人かもしれないと……？」

「そう先走るんじゃない」

と、大野が苦笑いを浮かべた。「鷲尾さんの予定を知っていたか、彼の行動を予測できたからといって、必ずしも犯人というわけじゃないだろう。犯人が宮之原を通じて鷲尾さんの予定を探り出したといった可能性もあるわけだし」

「そうか、そうですね」

「とにかく、あんたも言ったように、宮之原はまだ何かを隠している感じが俺もする。それが事件に関係しているかどうかは今の段階でははっきりしないが、もし関係しているとしたら、それは鷲尾さんと彼との交友関係に関わっている可能性が高いように思う」

「ということは、今後、彼と鷲尾さんの交友関係についてもう少し突っ込んで調べてみる必要がある……?」

「うん」

「それには、具体的にどうしたらいいんでしょう?」

「まずは、宮之原の刑務官時代をよく知っている人間に当たってみようじゃないか。宮之原は長いこと刑務官として勤め、その間ずっと鷲尾さんと付き合ってきたのは間違いない。だから、そうした人間なら、これまで俺たちが鷲尾さんの奥さんや久住という友人から聞いているのとは違った二人の関わりを知っているかもしれない」

「そうですか。わかりました」

と、明日香が答えたとき、右手からバスが近づいてくるのが見えた。

2016年春

第四章　地震

1

須永は東京地裁での仕事を済ませた後、裁判所合同庁舎を出て、すぐ隣の弁護士会館へ向かった。

結構風が強く埃っぽかったが、三月も終わりに近くなり、もう寒くはない。

荒木と待ち合わせた四時を十二、三分過ぎていたが、昼過ぎに三十分ほど遅れるという連絡があったので、急ぐ必要はなかった。

本社に用事があって東京へ来ているという荒木から、この前の続きを話したいのでN市あたりで会えないかという電話があったのは、昨日である。それなら、明日東京地裁へ行く用事があるので近くでどうかと応え、弁護士会館で会うことになったのだ。

須永が外から直接地階に通じている階段を下りてレストランへ入って行くと、まだ来ていないだろうと思っていた荒木の姿がすでにあった。

昼はいつ来ても食事をする人で混雑しているが、今は中途半端な時間帯なのか、空いていた。

須永が近づくと、荒木が気づいて、スマートフォンから顔を上げた。

コーヒーカップがほとんど空になっているところを見ると、初めに約束した時間に来ていたのかもしれない。

「お待たせしたようで、すみません」

須永が言って、前に腰を下ろすと、

「いえ、こっちの都合なので気にしないでください」

荒木が組んでいた足を解き、須永の方を向いて座り直した。

ひょろりとした体付きは相変わらずだが、冬の間、日に当たる時間が少なかったのだろう、色白の顔がいっそう生白くなったように感じられた。

「電話した後でまた事情が変わって早く来られるようになったんですが、面倒なのでお知らせしなかったんです」

「そうですか」

「今日はこちらで裁判が……?」

「ええ、刑事と民事が一件ずつあったんです。なかなかこっちの都合どおりにはいきませんが、できるだけ同じ日になるように調整しているんです」

「堀田市から霞が関まで、どれぐらいかかるんですか？」

「乗り換え時間を入れて、片道一時間二十分前後ですね」

「往復三時間近くですか。それじゃ、少しでも効率よくしないと大変ですね」

「毎日、堀田から東京へ通勤している人も大勢いるので、贅沢は言えません」

「そうですか」

「荒木さんはいつまで東京におられるんですか？」

「明日までです。昼前に帰ります」

「飛行機で？」

「いえ、来るときが飛行機だったので、新幹線にするつもりです」

話していると、ウェイトレスが水を持ってきた。

須永は自分のコーヒーと荒木のおかわりを注文してから、

「ところで、昨日の電話では、この前の続きを話してくださるということでしたが……？」

と、聞きたかった本題に入った。

「ええ」

と、荒木がうなずいた。

この前の続きとは、森下裕次直筆の文書捜しに関する件である。

荒木は、〝堀田事件弁護団宛にきた手紙の文字は森下の字じゃない〟と滝沢に言われた後、田久保菜々と森下の父親に接触を試みたものの失敗し、一度はその調査を断念した。が、正月に須永と電話で話したとき、もう一度やってみる、と言ってくれたのだ。

そうして彼はまず森下裕次の実家の近辺を当たり、森下の子ども時代の友人、知人を捜してみた。すると、元は酒屋で現在は小さなスーパーを営っている春川亮という男が小学校、中学校と森下と一緒だったという話を聞き込んだ。

荒木は春川を訪ね、適当に事情をぼかして、森下の筆跡のわかるものを捜しているのだが、彼からきた手紙か葉書のようなものはないだろうか、と尋ねた。

春川は、用があれば電話かラインで済ませていたので、年賀状を含めて森下とは手紙や葉書の遣り取りをしたことは一度もない、と答えた。また、昔、彼のノートを覗いたことぐらいはあったかもしれないが、どんな字を書いていたかは記憶にない、と。

半月ほど前、須永は荒木からこうした報告を受けていたのだった。

「その後、何か新しいことがわかったんでしょうか？」

と、須永は説明を促した。

「ええ、まあ……。ただ、その結果がどうなるかはまだわからないんです」

と、荒木がスマートフォンをポケットに収めながら答えた。

「結果？」

「実は、僕が東京へ来る前の日、この前話した春川亮さんから電話があったんです。春川さんたちのクラスでは、小学校の卒業時に生徒の詩や作文、イラストなどを集めた文集を作ったんだそうです。本人が書いてきた原稿を貼り合わせてコピーし、綴じただけの簡単なものだそうですが。それを思い出した、という電話だったんです」

「その文集に、森下さんの手書きの詩か作文が載っているかもしれない？」

須永は思わず少し高い声を出した。

「まだ可能性の段階ですが……。森下さんや春川さんの小学校の卒業時といえば、今から二十年ほど前になり、パソコンのある家庭はまだ少なく、原稿のほとんどは手書きだったようですから」

「そうですか」

「ただ、春川さんは文集をどこかへやってしまったらしく、捜しても見つからなかったんだそうです。それで、同級生だった友達に電話して、持っていないか訊いてみる、と言ってくれたんです」

そういうことか、と須永は合点した。荒木は現在、春川が級友たちに電話した結果を知らせてくるのを待っているらしい。

荒木の話を聞いて、須永も春川の電話に期待した。

しかし、うまく卒業文集を持っている者が見つかって、そこに森下の手書きの詩か作文が載っていたとしても……と思った。一昨年、死亡する直前に森下が書いたと考えられる手紙と比べ、同一人が書いたものだと判定できるだろうか。

片や十二歳の小学生の書いた文字であり、片や三十一歳のおとなの書いた文字である。同じ人の書いた文字であっても、相当違っているのではないだろうか。

須永のその心配は、それから一時間ほどして無用なものに終わった。

須永と荒木が日比谷公園の中を通って有楽町まで歩き、駅前の居酒屋で飲み始めて間もなく、春川から荒木に電話があり、期待外れの〝結果〟を知らせてきたのだ。

春川が言うには、電話した男の元クラスメートは全員、卒業文集などどこへやったかわからないという返事だった。が、堀内美弥(ほりうちみや)という女性のクラスメートがやっている理容室へ散髪に行ったついでに訊いたところ、卒業文集なら大事に取ってあると言い、棟続きの母屋から持ってきてくれた。

しかし、森下の詩とも作文ともつかない短い文章はワープロで書かれていたのである。

――俺は全然覚えていないんだけど、当時森下は、父親がパソコンを購入したのを機に、それまで父親が使っていたワープロ専用機をもらい、何でもそれで書いていた、と美弥は言うんです。

春川亮はそう荒木に言ったらしい。

今夜中にやることが残っていると荒木が言うので、八時ちょっと過ぎに須永は彼と有楽町駅で別れ、堀田市へ帰った。

堀田事件の犯人は自分だと言ってきた「山川夏夫」の二通の手紙――。そこに書かれていた内容が事実なら、山川夏夫は島淵透であり、手紙を書いたのは森下裕次である可能性が高い。

須永たちはそう考えているわけだが、それが正しかったとしても、それを証明する道はほぼ絶たれてしまった。

荒木とは、まだ方法があるかもしれないので考えてみようと話し合ったが、彼と別れた後、須永は悲観的になっていた。だいたい、これ以上あの手紙にこだわっても無駄なのではないか、と思い始めていた。

たとえ、手紙を書いたのが森下裕次だと特定できたとしても、再審開始までの道のりは遠い。この後、送られてきた毛髪を使って、島淵が堀田事件の犯人であることを証明する、という最大の仕事が残っている。それだというのに、最初の一歩で躓いてしまったのだ。

須永は、堀田駅の改札口を出ると、今日一日留守にしたのでどこかから連絡が入っているかもしれないと気になり出した。どうせ本数の少ないバスを待っているならと思い、アパートへ帰る前に事務所に寄ってみることにし、タクシー乗り場へ向かった。

事務所が入っているビルの前まではタクシーで四、五分。料金を払って、上を見上げると、遅くまで残って仕事をしていることが珍しくない三橋も、今日は帰った後らしく、事務所の窓は暗かった。

須永はエレベーターで三階に上り、ドアの鍵を開けて中へ入り、灯りを点けた。

酔いはもうほとんど醒めていたが、喉が渇いていたので、まず冷蔵庫から水のペットボトルを出してきた。

それを持って自分の机へ行き、バックパックを置いて、立ったまま水を飲んだ。

一息つき、事務員の神代茜が机に載せておいた郵便、メール便を手に取って、見る。

定期刊行物である新聞や雑誌が多いが、封書、葉書も混じっている。

全部で十四、五通はあるようだった。

数が多いのは、須永個人宛の通信物は当然ながら、事務所宛のものも須永がまず目を通すことになっているからである。

一通ずつ宛名と差出人を確認して机の上に置いていくと、左手に残った数通の一番上に白い定形封筒がきた。

その宛名が「堀田事件弁護団」になっているのと丸い手書きの文字を見て、須永の心臓がびくっと跳ね上がった。

一方で〝まさか〟と思いながら、封筒を右手に取り、裏返してみた。

差出人の住所はなく、表と同じ文字で「山川夏夫」とだけ書かれていた。

封筒といい、書かれている文字といい、前に届いた二通と同じである。

ということは、これは三通目の手紙だろうか。

須永がそう思いながら、再び封筒を表にして消印を見ると、一昨日の午後、福岡市で投函されていた。

――なぜ、また九カ月も間を置いて……？

という疑問はあったが、それ以上に、いったい何が書かれているのかと強い興味を覚え、同時に期待がふくらむのを感じた。

行き詰まっている道を切り開く手掛かりが呈示されているかもしれなかったからだ。

急いでハサミで封を切り、中の便箋を取り出した。

開くと、便箋は五枚あり、そこには宛名と同様の丸っこい文字が綴られていた。

冒頭には、

《前の二通の手紙は、山川夏夫が自ら書いたようになっていますが、あれらはいずれも私――訳あって匿名とさせていただきます――が、山川夏夫の意思に従い、彼の名を使って書いたものです。》

と記され、手紙は次のように続いていた。

《山川夏夫の本名については、すでに想像がついていると思われますが、一九九九年、宮崎県で起きた強盗殺人事件「延岡事件」の犯人で、一昨年の三月、北九州拘置所で自殺した島淵透です。つまり、私は、島淵透の遺志に従って前の二通の手紙を書き、今、この三通目の手紙を書いています。

　島淵透は、赤江修一さんの冤罪を晴らすために自分が名乗り出なければと思いながらも、迷い、葛藤していたようでした。そして、万一決心がつかずにいる間に自分が死んだ場合は、自分の代わりに堀田事件弁護団に〝真犯人は別にいる〟と知らせてほしい、その際、必要だと思ったらこれを送ってほしい、そう言って、自分の髪の毛を私に託したのです。

　死刑判決がまだ確定したわけでもないのに、自分が死んだ場合なんて変だと思い、私がそう言うと、生身の人間、いつぽっくり逝くかわからないからだ、と彼は答えました。後で考えると、彼の頭には、死刑から逃れられないならいっそ今のうちに自分で……という考えがすでに選択肢の一つとしてあったのではないかと思われます。

　それはともかく、島淵が自殺した後、私は困惑しました。彼が死ぬだろうとはまったく予想していなかったからです。どうすべきか、と私は迷いました。もし島淵に頼まれたとおりにして、それが私のしたことだと知られたら、これまでの生活を続けるのはたぶん不可能になるからです。といって、島淵の頼みを拒否しないで、「わかった」と言って聞いていたのに、彼が死んでからそれを無視することは彼に対する裏切りです。さらには、島淵が本当に堀田事件の犯人なら、その事実を赤江さんのご遺族と関係者に知らせないことは、人としての道に外れた行為です。

私は、島淵との約束を果たしながら、それをしたのが私だと特定されない妙案はないか、と考えました。そして、「一年間という時間を空けて、二回に分けて偽名で手紙を出す」という方法を思いつき、それを実行に移したのです。

というわけで、この三通目の手紙は初め予定していなかったものです。堀田事件弁護団宛に二通の手紙を送った後、これで島淵との約束を果たしたと思い、私は肩の荷を下ろした気分でいました。

ところが、二通目の手紙に島淵の毛髪を同封しておいたにもかかわらず、堀田事件弁護団がそれを活用したといったニュースはどこからも聞こえてきません。手紙には、山川夏夫が島淵透だとは書かなかったものの、弁護団は当然そこに行き着き、彼の毛髪を利用して赤江さんの無実を証明するための大きな一歩を踏み出しているにちがいない、と想像していたのですが……。

このままでは、島淵の希望は実現されないままで終わってしまうかもしれません。それは私にとっても不本意なことです。

そこで私は、「自分こそ堀田事件の犯人だと言っているのは島淵透であること」「前に送った髪の毛は島淵の毛髪に間違いないこと」を明記したこの一文を書き、三通目の手紙としてお送りした次第です。

どうか、赤江修一さんの冤罪を一日も早く晴らすため、島淵の毛髪を有効に活用されますよう、お願いいたします。》

手紙を読み終わり、須永は困惑していた。

もしここに書かれているとおりなら、手紙を書いたのが森下裕次だと考えていた自分たちの推理は間違っていたことになる。この三通目の手紙では須永たちの最近の事情について触れられており、二年前に死亡している森下には書けないからだ。

ただ、こういうことは考えられる。この三通目の手紙だけ、誰かが森下の筆跡を真似て書き、送ってきた、という可能性だ。

誰かとは、一通目、二通目の手紙の文字と内容だけでなく、須永たちの事情についても知っている人物である。

須永は、会ったことはないが、荒木から話を聞いている森下の従兄、滝沢正樹を思い浮かべた。

滝沢の他には、この条件を満たす人物はいないように思えたからだ。

しかし、そう考えても疑問がないわけではない。

滝沢がなぜ前の二通の手紙の差出人を装ってこんな手紙を書き、送ってきたのか、という点だ。

考えられるのは、〝前の二通の手紙を含めて、手紙を書いたのが森下裕次ではないと示そうとした〟という理由だが、それにしてはやり方が稚拙だった。いくら筆跡を真似て書いても、専門家が鑑定すれば、簡単に別人の書いたものとわかってしまうことぐらい、想像がつかなかったとは思えない。

そう考えると、滝沢は関係ないのだろうか。三通の手紙は同一人が書いたものであり、一通目と二通目を書いたのも森下裕次ではなかったのだろうか。それを森下が書いたと考えた自分たちが間違っていたのだろうか。島淵が自殺する前、彼に身近に接していた刑務官は森下以外にもいたはずである。としたら、その中の誰かが書いたのだろうか。

須永はどう考えたらいいかわからなくなり、荒木の意見を訊くために彼の携帯に電話した。

すぐに荒木が出たので、今いいかと言うと、少し前にホテルに帰り、これからシャワーを浴びようとしていたところなのでかまわない、という。

須永は、前と同じ丸っこい文字で書かれた三通目の手紙が事務所に届いていたことを話し、手紙を読み上げた。

荒木は、須永が手紙を読み終わっても、「ふーん」という言葉を漏らしただけで、すぐには何も言わなかった。

須永がそうだったように、荒木もやはり戸惑い、どういうことかと考えているのにちがいない。

「で、須永さんはどう考えたんですか？」

少しして荒木の方から訊いてきた。「前の二通の手紙を書いたのが森下裕次だと考えた僕たちの推理は間違っていた、と思ったんですか？」

「違います。……あ、いえ、もしかしたら間違っていたのかも知れないとも思いましたが、今度の手紙だけ、別の人間が二通の手紙の筆跡を真似て書いたのではないかとも考えました」

ただ、もし後者だとしたら、書いたのは滝沢の可能性が高いと思うが、彼がなぜ筆跡鑑定されたら簡単に別人だとわかるような方法でこんなことをしたのか、よくわからないのだ、と須永は続けた。

「やり方は確かにちょっと稚拙かも知れませんが、僕も滝沢氏の仕業のような気がします」

と、荒木が言った。

「僕たちの推理が間違っていたという可能性はどうでしょう？　その場合、島淵の近辺にいた森下さん以外の刑務官が三通とも書いた、ということですが……」

「それはないと僕は思います」

と、荒木がきっぱりと言った。「一通目と二通目を書いたのは森下裕次に間違いない、と僕は考えています。滝沢氏が森下の恋人と両親に手を回し、森下の筆跡のわかるものが僕たちの手に渡らないようにしたことがその証拠です」

「なるほど。ただ、その場合、三通目の手紙は滝沢氏が書いた可能性がいっそう高くなるわけですが、彼はどうしてそんなことをしたんでしょうね？　彼の目的はどこにあるんでしょう？」

「僕らに対する牽制……これ以上森下裕次の筆跡を調べようとしても無駄だ、と僕らに思わせようとしたんだと思います」

「その場合、彼は、僕らが前の二通の手紙と今度の手紙の筆跡の相違を疑わないだろうと考えた……？」

「僕は今度の手紙を見ていないので、はっきりしたことは言えませんが、文字を目にした須永さんはどうですか？　別人が書いたのではないかと疑わせるようなところがありましたか？」

「先入観なしに見れば、ありませんね。もし滝沢氏が書いたのなら、森下さんの文字を見ながら相当練習したにちがいありません」

「それなら、彼は、専門家による筆跡鑑定までするとは考えなかったんじゃないでしょうか」

確かにその可能性はある。

が、須永の中には、もし専門家が鑑定すれば簡単にばれてしまう……少なくともばれる可能性がある方法を滝沢が採るだろうか、という疑問は残った。

ただ、その疑問があっても、一、二通目の手紙を書いた森下以外の誰かが三通目も書いた、という可能性は薄いように彼も思う。

とすれば、その目的、意図ははっきりしないが、今度の手紙は滝沢が書いて送ってきた、そう考えて間違いないのだろうか。

須永が結論を出せないでいると、

「小倉へ帰ったら、滝沢氏に電話して、堀田事件弁護団宛に山川夏夫から三通目の手紙が届いたと話し、できれば会ってみますよ」

と、荒木が言った。「どうせ、自分の関知したことじゃないと惚けるでしょうが、その反応を見れば、彼の考えていることとの想像がつくかもしれませんから」

須永はよろしくお願いしますと言い、荒木との電話を終えた。

それから彼はしばらく一人で考えていたが、ひとみに話しておこうと思い、電話した。すると、誰かから電話がくるのを待っていたように応対したひとみが、弟の肇が彼女にも母親の君子にも黙って突然勤め先のホテルを辞め、連絡がつかないのだ、とおろおろ声で言った。

2

滝沢は、唐津の親戚宅へ行く菜々を大濠公園駅の改札口で見送り、園内へ戻った。

菜々と会ったのは、去年の夏、裕次の実家に近いMr.Maxの敷地内にあるハンバーガーショップで会って以来だから、およそ九カ月ぶりだった。

菜々が〝来月七日から九日まで裕也を両親にあずけて唐津の従妹の結婚式に行くので、もし滝沢の休日に重なるようなら往きか帰りに会えないか〟と言ってきたのは先月、三月の二十九日。七日がちょうど滝沢の休みだったので、それなら往くときにどうかと彼が応え、今日、天神で待ち合わせ、一緒に昼食を摂ったのである。

食事の後、滝沢は近くのカフェにでも移って話をしようと考えていたのだが、菜々が久しぶりに福岡へ来たので、かつて高校時代の友達と歩いた大濠公園へ行ってみたい、と言い出した。大濠公園なら唐津へ行く道筋だし、時間も二時間ぐらいなら大丈夫だから、と。

子育てから解放されたからか――裕也が生まれてから菜々が泊まりがけでどこかへ出かけるのは初めてだという――、彼女は母親の顔ではなく、裕次と三人で会っていた頃のような娘の顔に戻っていた。

滝沢は、三時に博多駅で東西新聞の荒木と会う約束をしていたが、それまでに戻ってくればいいので、問題ない。菜々の希望を入れ、地下鉄で大濠公園駅まで来た。そして、公園の池を巡りながら、裕次のこと、裕也のこと、菜々の仕事のことなどを話し合った……というより、ほとんどは菜々がこれまで内にため込んでいたものを解き放つように次から次へと話すのを滝沢は聞いていたのだった。

今日の菜々は、滝沢に対して前以上に気を許しているように感じられた。それは滝沢にとってけっして不快なものではなかったが、自分はこれまでと同じようにこのまま彼女に接し続けていいのだろうか、と思わせた。そうした気持ちは今日に始まったことではないが、今日は特に強く感じた。裕次が菜々に宛てた遺書の中でどのように言っているのかはわからない。が、滝沢への遺書から類推すると、自分がいなくなったら滝沢を頼るようにと書き、暗に滝沢との再婚を勧めている可能性が十分考えられた。たとえ遺書にそうした記述があったとしても、裕次を失ったばかりの菜々には到底受け入れられなかっただろう。自分は死んでしまって何て勝手なことを……と反発し、裕次に腹を立てたかもしれない。しかし、時間が経つに従い、菜々の気持ちが変化していったことは考えられる。

もちろん、それは滝沢の思い過ごしかもしれないが、もしその想像が当たっていたら、このままいった場合、菜々を傷つける結果になりかねない。

では、どうしたらいいのか？

できるだけ早く、自分は菜々とは結婚できないのだということをそれとなく伝えるのが最善であろう。

　しかし、自分が同性しか愛せないのだという事実を明かさず、それでいて菜々の気持ちを傷つけることなくそれをするのはかなり難しく思えた。

　そうなると、あとは黙って彼女と裕也の前から離れていくしかないが、（自分が死んだら）菜々と生まれてくる子どもの力になってほしい、どうかどうかよろしくお願いします、と書かれていた裕次の遺書を無視するわけにはいかない。三十数年というこれまでの滝沢の人生の中で、裕次は唯一、真剣に愛した相手なのだから。


　滝沢は菜々との問題を考えながら、四つの橋が三つの小さな島を結んでいる池の中の遊歩道を三十分ほど歩いてきた。そして、結論を出せないまま、駅に近い側の畔に戻り、左手にボートハウスの見える松林の中のベンチに掛けた。

　さっき、菜々と公園を出て駅へ向かって歩き出したとき、荒木から電話があり、会う場所と時間を変更したのだ。

　ところで、滝沢が今日荒木と会うことになったのは、菜々からの電話があった翌々日、どうしても訊きたいことがあるので会ってくれないか、と彼が言ってきたからである。

　先月の末、滝沢は山川夏夫名で堀田事件弁護団宛に手紙を出した。だから、弁護団の弁護士から話を聞いた荒木が何か言ってくるだろうと思っていたので、予想どおりだった。

滝沢は、以前と同様、自分には話すことなど何もないと言って断ったが、本心は違う。今回は、手紙に対する堀田事件弁護団の反応を知りたかったから、表向きは荒木の強い要請に押し切られるかたちで了承した。そのとき、去年の暮れに福岡中央拘置所へ異動になった事情を簡単に話し、待ち合わせ時刻と場所を〝今日の午後三時、博多駅中央改札口〟に指定したのである。

ところが、ついさっき、取材で糸島市へ来てまだ糸島警察署にいるので、申し訳ないが四十分ほど遅れる、と荒木が言ってきた。

糸島市と聞いても初めピンとこなかったが、荒木が前原云々と言ったので、五、六年前、前原市が糸島郡の志摩町などと合併して生まれた市だ、と思い出した。

前原なら、福岡と唐津の間に位置している昔からの街だ。地下鉄空港線が乗り入れているＪＲ筑肥線の駅の名でもある。

そう連想すると、滝沢は、わざわざ博多駅まで行くまでもないと思った。それなら、自分は今大濠公園に来ているので、三時半にボートハウスの近くのベンチで待っている、と伝えた。

荒木は三時半になる前に着いた。

時間を変更させた詫びを言い、途中で買ってきたという缶コーヒーを一本、滝沢に差し出した。

滝沢は、荒木が来たらボートハウスの一階にあるカフェにでも移ろうと考えていたのだが、ま、ここでもいいかと思い直し、礼を言ってコーヒーを受け取った。

荒木は滝沢の左横に腰を下ろすと、缶コーヒーのプルタブを引き開けて飲んだ。それから上体をひねって滝沢を見、

「堀田事件弁護団に、山川夏夫から三通目の手紙が届きました」

と、言った。

滝沢がどういう反応を示すか、見逃すまいとするような目だった。

痩せていて、青びょうたんのような顔をしているが、なかなか鋭い勘をしているので、油断ならない。

が、滝沢は予想していたので、

「そうですか」

と素っ気なく答え、自分もプルタブを引き開けて、コーヒーを一口飲んだ。

「前の二通に似せて書かれた丸っこい文字、苦労されたんじゃありませんか？」

笑いを含んだような声だが、荒木の視線は滝沢の顔に張り付いて離れない。

「どういう意味でしょう？」

滝沢は惚けた。

「あれは、滝沢さんが書かれたものでしょう？」

荒木がいきなりストライクゾーンのど真ん中へ直球を投げ込んできた。

「私が？　私がどうしてそんなことをしなければならないんですか？」

「理由は僕にもわからないので、書いたご本人に伺いたいんです」

「それなら、私にはわかりません。本人じゃないので」

当然のことながら、滝沢があの手紙を書いて送った理由、目的ははっきりしている。

「もし悪戯でされたのでなければ、その目的が堀田事件弁護団に伝わらなければ、意味がないんじゃないですか」

「意味があろうとなかろうと、私の関知したことじゃありませんよ」

「じゃ、いいんですか？　あの手紙を書かれた目的、意図が堀田事件弁護団にきちんと伝わらなくても」

荒木が痛いところを突いてきた。

「私には答えようがありませんね」

「今、僕は、滝沢さんがあれを書かれた理由はわからないと言いましたが、訂正します。具体的な点はそのとおりですが、おおよその想像はついているんです」

「ほう……。何度も言うように私には関係ありませんが、それなら参考までに聞かせてほしいですね」

「森下さんの二通目の手紙から半年以上も経って、滝沢さんが敢えてあの手紙を書いて出されたということは、相手……堀田事件弁護団に、森下さんの意思、意図が十分に伝わっていないと思われたからじゃありませんか？」

そのとおりだった。滝沢があの手紙を書いた目的は、裕次の意図をあらためて相手に知らせることだった。

が、滝沢はもちろん認めず、

「二通の手紙は裕次……森下が書いたものじゃないと前に言ったでしょう」

と、少し語気を強めた。「それなのに、彼の意思、意図なんて考えるわけがない」

「手紙が森下さんの書いたものでなかったら、僕に森下さんの筆跡を調べられてもかまわないはずなのに、僕が田久保菜々さんや森下さんのご両親に接触しようとしたら、強く拒否されました。あれは、滝沢さんが手を回していたからとしか考えられません」

「私は何もしていない」

「そうですか。それじゃ、せっかく会っていただいても、話は平行線で、前に進みませんね」

荒木が、あとは滝沢の判断に委ねるように言った。今回、滝沢が彼の申し入れを拒否しなかった理由がたぶんわかっているのだ。

滝沢としては、堀田事件弁護団が自分の手紙を読んでどう考えたかを荒木から探り出せないまま彼と別れてしまったのでは、何のために会ったのか、わからない。

滝沢は手紙に、堀田事件の犯人は島淵透であり、二通目の手紙に同封されていたのは島淵の毛髪だ、とはっきりと書いた。だから、赤江修一の冤罪を晴らすため、それを活用してほしい、と。

赤江修一の冤罪を晴らすことこそが、裕次が二通の手紙を書いて送った最大の動機だ、と思うからだ。もちろん島淵の意思を踏みにじったことに対する後悔と罪の意識もあっただろうが、裕次にとってそれは二の次だったのではないか、と今の滝沢は考えている。

裕次がパソコンを使わず、敢えてボールペンを使って手紙を書いた理由——。荒木に裕次の手紙のコピーを見せられたとき、〝なぜわざわざ手書きで？〟と滝沢は内心、首をひねった。裕次の意図が不可解だった。そして、それはずっと大きな謎だった。が、どんなことがあっても赤江修一の冤罪だけは晴らさなければならないという思いが裕次にあったとすれば、その謎も解ける。

裕次は、もしどうしても手紙を出した人間をはっきりさせる必要が生じた場合は自分だと特定されてもいい、と考えたのだ。あの手書きの文字には裕次のそうした覚悟——菜々と生まれてくる子どものことを考えて葛藤したであろう末の覚悟——が示されていたのだ。

滝沢はそう考えるに至った。

だから、堀田事件弁護団の反応次第では、手紙は裕次が書いたものだと認めてしまってもやむをえないか、と思わないでもない。しかし、一方で、いや、やはりそれはまずい、とも考えていた。

刑務官だった裕次があああした手紙を書いたとなると、かなり大きな問題である。もし裕次が生きていれば、福岡矯正管区に報告され、重い処分を受けたにちがいない。では、死んでしまえば終わりかというと、そうはいかない。事実関係をいろいろ調べられ、菜々や裕次の両親が辛い思いをするのは必定だった。

そう考えると、たとえ裕次本人はそうなるかもしれないことを覚悟して行動に踏み切ったのだとしても、滝沢は彼に同調することはできない。生きている菜々や裕次の両親を苦しめるわけにはいかなかった。

では、どうしたらいいか？

二通の手紙を書き送った人間が裕次であることは明確にしないまま、堀田事件弁護団を裕次が望んでいたように動かす――それしかない。

そのため、滝沢は、島淵透の名をはっきりと出し、彼の髪の毛を活用してほしいと書いた〝三通目〟の手紙を送ったのだった。そして今日は、堀田事件弁護団の反応を探る目的で荒木に会ったのである。弁護団がもし具体的な動きを起こしていないようなら、何とかしてそれを促すように話を持っていくつもりで。

だから、今、ここで荒木に話し合いを打ち切られては困るのだ。

荒木は滝沢のそうした心の内を読んでいるのだと思う。だから、前に会ったときと違って強気に出ているにちがいなかった。とはいっても、荒木の方だって、話らしい話をしないまま滝沢と別れてしまったのでは、わざわざ会いに来た甲斐がない。と考えれば、彼がこのまま帰る気がないのは明らかだった。

そう思われたので、滝沢は提案した。

「荒木さんが言われるように、このままでは話は平行線で前へ進みません。ですから、その点の議論は後回しにして、話を今度堀田事件弁護団に届いた手紙の件に戻しませんか？」

「いいですよ。では、あの手紙は滝沢さんが書かれたと認めるわけですね」

と、荒木が応えた。

「そんなことは言っていない」

滝沢は心持ち語調を強めた。「それを言い出したら、また元の平行線に戻ってしまいますよ」

「わかりました。じゃ、その点はひとまず棚に上げておきましょう。しかし、そうなると、手紙の件に話を戻すといっても、どこに戻すんですか？」

「手紙の内容です。荒木さんは私が書いたと言うが、私は書いていないんですから、そこにどういうことが書かれているのかわからないわけです。ですから、まず、その内容を教えてくれませんか」

「いいでしょう。それじゃ、これを読んでください。堀田事件弁護団の須永弁護士からファックスで送られてきたものです」

荒木が言って、ショルダーバッグから取り出した紙を広げ、滝沢に差し出した。

滝沢はそれをゆっくりと読んでから荒木の方へ顔を上げ、

「内容はよくわかりました」

と言って、ファックス用紙を返した。

「で、感想は？」

荒木が口元に揶揄（やゆ）するような笑みをにじませて、滝沢の目を覗き込んだ。

「誰が書いたのかはわかりませんが、これを堀田事件弁護団に送った目的ははっきりしていますね」

「どういう目的ですか？」

滝沢は荒木の視線を無視して答えた。

「荒木さんにもわかっているはずです。最後に書かれているように、一日も早く、島淵透の毛髪を使って赤江さんの冤罪を晴らす行動を起こしてほしい、と訴えるためです」

「この手紙には、〝一通目の手紙に島淵の毛髪を同封しておいたにもかかわらず、堀田事件弁護団がそれを活用したといったニュースはどこからも聞こえてこない〟と書かれていますが、須永弁護士たちは何とかして同封されていた毛髪を活用できないかと考え、努力したんです。ですが、毛髪が堀田事件の真犯人のものだと言われても、手紙の送り主さえはっきりしないでは、どうにもならなかったんです」

「じゃ、今度はどうですか？　手紙の差出人はわからなくても、堀田事件の犯人は島淵透で、毛髪が島淵のものだとはっきり書かれているんですから」

「同じでしょうね。手紙を書いた人間がはっきりしないでは、そこに書かれている内容が果たして事実かどうか、検証しようがないですから」

「ということは、この〝三通目〟の手紙は赤江さんの冤罪を晴らすのに役に立たない？」

「いや、まだそう決まったわけじゃないと思います。須永弁護士によれば、弁護団の他のメンバーに諮（はか）って、もう一度、毛髪を利用する何か良い方法がないか検討してみる、という話でしたから」

「そうですか」

滝沢は内心気落ちした。彼の採った方法は裕次の名を出さない苦肉の策ではあったが、それによって堀田事件弁護団がもう少し具体的な動きを見せるのではないか、と期待していたのだ。

彼の心の動きは、声の調子や顔色に自然に出たのだろう。

「しかし、そうがっかりしなくても、方法はありますよ」

と、荒木が殊更明るい声で言った。

「あるんですか！」

声を上げてから、滝沢は嫌な予感が胸を掠めるのを感じた。

「ええ」

荒木の自信ありげな表情……。

「初めの二通の手紙を書いた者、そして今度の手紙を書いた者を明らかにすればいいんです」

案の定、彼が続けた。「もしそれらがはっきりすれば、弁護団は、書かれている内容が事実かどうか調べることができます。そして、事実の可能性が高いとなれば……僕には具体的な方法はわかりませんが、そのときこそ、島淵の毛髪を生かす道が開けるはずです。いかがですか、明らかにしませんか？」

「そりゃ知っていれば明らかにしたいが、私は……」

「滝沢さん」

と、荒木が鋭く滝沢の言葉を遮った。

身体をさらにひねって、正面から滝沢の顔に視線を向け、

「いつまでそんなことを言っているんですか？」

叱責するように言った。「今度の手紙を書いた人の目的は、森下さんの行動を無にしないためじゃないんですか？　それなのに、このままでは、森下さんが勇気を奮い起こして書いた手紙が無駄になってしまうかも知れないんですよ。あなたはそれでもいいんです

か？」

いいわけがない。

しかし、事実を認めればどうなるか。裕次を失った痛手から何とか立ち直り、ようやく平穏な生活を送れるようになった菜々と叔父夫婦は、突然、自分たちの関知しない〝騒動〟の渦中に投げ込まれ、再び辛い日々を強いられることになる。

いや、それだけではない。今度の手紙を書くまでの滝沢は部外者だったが、今やその〝騒動〟の当事者である。たぶん、このまま刑務官を続けていくことができなくなるだろう。

あの手紙を書こうと決断したとき、滝沢はそこまでは深く考えなかった。手紙を書いたのが自分だと認める可能性については念頭になかった。読みが甘かったわけだが、もしそうなったらどうなるかといったところまでは想像が及ばなかった。

しかし、今日、荒木と会って、裕次の手紙の問題は裕次だけの問題ではなく、滝沢自身の問題でもある事実を突きつけられたのである。

これは、ショックではあったが、誰の責任でもない。自分の思慮の浅さのせいであり、自分の取った行動の結果である。

だから、受け入れてもいい。

だが、裕次の遺志を実現させるためとはいえ、菜々と裕也、そして裕次の両親を巻き込むことにはどうしても抵抗がある。

では、どうしたらいいのか？

もしこのままなら、裕次が苦しみ抜いた末に、勇気を奮い起こして書いたにちがいない二通の手紙は、堀田事件の犯人として処刑された赤江修一の冤罪を晴らすために役に立たないかもしれない。裕次の行動が無駄に終わってしまうかもしれない。

それでいいのか？

滝沢は迷った。手紙を書いたのが裕次と自分であると認めるべきか、否か。

彼は結局、どちらとも決断できず、手紙を書いた人間に心当たりがあるので当たってみる、だからしばらく待ってほしい、と荒木に言った。

荒木がちょっと左の口角を上げて肩をすくめたが、それ以上は責めず、

「しばらくというのは、どれぐらいですか？」

と、訊いた。

「二、三週間……いや、一応一カ月待ってください」

「わかりました、いいでしょう」

と、荒木が引いた。

滝沢は、電話を一本かけてから帰るという荒木をベンチに残し、池に背を向けた。

公園を出て駅へ向かって歩きながら、滝沢は、思い切って原島亘にぶつかってみようと考えた。

手紙を書いた人間に心当たりがある云々と荒木に言ったとき、滝沢は、古巣・北九州拘置所の書信係だった原島看守部長を念頭に浮かべていたのだった。

手紙を書いたのが原島でないのは言うまでもないが、荒木に対して回答する前に、これまで曖昧なままに放置しておいた点——島淵の書いたと思われる手紙が検閲で発信不許可になった事情、経緯——をはっきりさせたい、と思ったのだ。

裕次が堀田事件弁護団宛に二通の手紙を書いて出すに至った事情については、滝沢は前に推理したとおりでほぼ間違いないだろうと考えている。

島淵透から自分が堀田事件の犯人だと告白した手紙をあずかった裕次は、書信係の原島に渡す前に自分が読んで問題にしたために手紙が発信不許可になった——そう考えて、自責の念に苦しめられた結果にちがいない、という推理である。

ただ、そう考えても、島淵の手紙が発信不許可になった経緯ははっきりしなかった。どの段階で、どのようにしてその判断が下されたのか。

その点は裕次の自殺の動機にも関わっている可能性があるため、滝沢はずっと気になっていた。

とはいえ、上命下服が絶対の刑務官の世界では、看守の彼が看守部長の原島にそうした件を質すにはそれなりの勇気が必要だった。たとえ思い切って当たったとしても、箝口令が敷かれていたとすれば、原島が正直に答えてくれる可能性は高くない。「余計なことを考えない方がいい！」と一喝されるのがオチのように思えた。

そのため、滝沢は気になりながらも何もできないでいる間に転勤になってしまった。だが、今日、荒木と会って話しているとき、原島のことを思い出したのだ。

原島は滝沢より年齢が十近く上だし、一緒に組んで仕事をしたことはない。が、比較的温厚な性格なことはわかっていたし、裕次も彼に好感を抱いていた。

だから、案外、原島なら自分の質問に答えてくれるかもしれない、滝沢はそう思ったのである。

しかし、滝沢のその決断は、一週間後に九州地方を襲った「熊本地震」によって先送りを余儀なくされたのだった。

捜査Ⅳ　2019年

1

羽田を七時三十五分に飛び立ったANA601便は、定刻より六、七分遅れて九時半ちょっと前に宮崎空港に着いた。

明日香と大野はあずけた荷物がなかったので、真っ直ぐ到着ロビーへ出て、宮崎駅行きのバスに乗った。

今日は三月二十二日。今朝の東京は、咲いたばかりの桜がまたつぼんでしまうような肌寒さだったが、こちらはコートが要らないぐらいだ。

ただ、天気はあまりよくなく、空はどんよりとした雲に覆われていた。

バスは座席が半分ほど埋まると発車したが、普通の市内バスらしく、停留所ごとに停車して行った。そして、しばらくして大淀(おおよど)川という大きな川を渡り、市役所や県庁のある市の中心を通って、駅には二十五、六分で着いた。明日香たちはこれから、宮之原の刑務官時代の話を聞くため、同期の任官だという岸正幸を訪ねるのである。

バスは駅の西口に着いたが、岸の家は東口だという。電話で訊いたところ、歩いても十五分ほどらしい。が、話の内容によっては、宮之原を知る別の人間も今日中に訪ねなければならないので、明日香たちは駅の中を通って反対側に抜け、タクシーに乗った。

タクシーはロータリーを出ると、五分ほどで、閑静な住宅街に建つ白壁に囲まれた家の前まで運んでくれた。

その大きな家が岸正幸の住まいだった。

岸は、出世では宮之原にだいぶ後れをとったようだが、住居は――東京と宮崎の違いはあるものの――東村山の宮之原の家よりはるかに広く立派だった。

門には木製の両開きの扉が付いていたが、半分開いていたので、明日香たちは中へ入り、敷石伝いに玄関へ向かった。

門は敷地の西側に位置しているらしく、敷石の通路の右手、建物の南側には――全体は見渡せないが――、丈の低い樹木に囲まれた芝生の庭が広がっているようだった。

明日香たちは二十メートルほど進み、屋根のある玄関ポーチに上がった。

明日香がインターホンのボタンを押すと、すぐに男の声の応答があり、少ししてドアが内側から開かれた。

顔を覗かせたのは、黒縁の眼鏡をかけた中背の男である。腹がだいぶ出ていたが、肩幅が広く、がっしりとした体軀をしていた。

大野が自分と明日香を紹介すると、男が岸ですと名乗り、

「遠いところ、ご苦労さまです。お待ちしていました」

と、言った。

五分刈りにした髪には白いものが半分ぐらい混じっていたが、顔は張りがあって艶々していた。宮之原と同期だと言うから、六十歳前後だと思われるが、青白い顔をしていた宮之原よりかなり若く見える。

「どうぞお入りください」

岸は言って明日香たちを中へ招じ入れると、スリッパをそろえてくれた。

明日香たちが通されたのは、派手なシャンデリアが下がった応接間だった。

広さは十四、五畳分ぐらいだろうか。ソファは黒い革張りで、座ると身体全体が深く沈んだ。

あらためて挨拶を交わしていると、三十ちょっと過ぎぐらいの痩せた女性がコーヒーを運んできた。

「女房が出かけていますので……こちら、長男の嫁です」

と、岸が女性を紹介した。

岸夫婦は長男の家族と同居しているようだ。

岸の言葉に合わせ、女性がかすかに笑みを浮かべて明日香たちに頭を下げた。三人の前にコーヒーカップとミルクの載ったソーサーを一客ずつ並べ、最後にテーブルの中央にシュガーポットを置いて出て行った。

岸が明日香たちにコーヒーを勧め、自分のカップにはミルクと砂糖をたっぷり入れた。

「それではいただきます」

と言って、大野がブラックで一口飲んだので、明日香も軽く頭を下げて彼に倣った。

岸がコーヒーを掻き混ぜていたスプーンの手を止め、カップには口をつけずに、

「電話では、宮之原さんについて私に何かお訊きになりたいことがある、というお話でしたが……？」

明日香たちの方へ顔を起こした。

その顔つきは一見、宮之原の身を心配しているような様子ながら、目には強い好奇の色が覗いていた。元同期の男にどんな警察沙汰が起きているのか、と。

大野は今日も知らんぷりをしているので、明日香が「そうです」と応じた。

若い方の（それも女性の）刑事が答えたからか、岸が一瞬、不審と不満のない交ぜになったような表情をしたが、

「宮之原さんは、何か警察に調べられるようなことをしたんでしょうか？」

明日香と大野に交互に目を向けて、質問を継いだ。

「いいえ、宮之原さんが何かしたというわけではないんです」

と、明日香は答えた。「電話でもちょっとお話ししたように、ある事件に関係して、一応参考までに岸さんから宮之原さんについて伺いたいと思ったんです」

「私が宮之原さんと知り合いだということは誰に聞いたんですか？」

岸が今度は明日香に問い返した。

「かつて宮之原さんが勤務されていた刑務所と拘置所に電話して、宮之原さんの人となりや交友関係についてご存じの方はいないかと尋ねたところ、複数の方が、宮之原さんと同期任官の岸さんなら詳しいのではないか、と教えてくれたんです」

「同期の任官だったのは事実ですが、私も宮之原さんの個人的な事情については詳しく知りません。それほど親しくしていたわけではないので」

「何度かは一緒の職場になったこともおありだとか……？」

「ええ、鹿児島西刑務所と北九州拘置所と二度あります。鹿児島西刑務所は、任官して十年経つか経たないかの昔ですが」

明日香は今度の捜査に関係して初めて知ったが、国家公務員である刑務官になる道は大きく分けて三通りあった。一つは高卒程度の学力が要求される刑務官選考試験に合格する道、一つは国家公務員Ⅱ種採用試験に合格して法務省職員になり、刑務官職に就く道、そしてもう一つは国家公務員Ⅰ種採用試験に合格して法務省職員になり、刑務官職に就く道、である。

このうち、もっともポピュラーな一番目のコースを採った者は、七カ月の初等科研修を修了した後、看守に任命され、あとは努力次第。二十年以上勤めるか中等科試験に合格して中等科研修を修了すれば、看守部長、さらには中級管理職である副看守長に昇進できるし、その上の高等科試験に合格し、高等科研修を修了すれば、看守長（看守長以上が上級管理職）になり、さらには矯正副長、矯正長……と昇進する道も開ける。

二番目のコースを採った者は、刑務官職に就くのと同時に看守部長に任命され、高等科試験に合格して高等科研修を修了すれば、一番目のコース同様、やはりさらに上の階級に進める。

以上は一般職で、三番目はいわゆるキャリアのコース。刑務官職に就くのと同時に副看守長に任命され、十四年ほどで課長級の看守長に昇進。あとは順調にいけば矯正副長、矯正長、矯正監へと出世していく。

明日香の調べたところでは、宮之原と岸が刑務官になったコースは共に一番目で、スタートは同じだった。二人とも、全国九つのブロックに分けて実施されている刑務官選考試験を九州ブロックで受験し、合格。福岡市にある矯正研修所支所――中等科研修と高等科研修が行われる矯正研修所は唯一東京にあり、地方にあるのはすべてその支所――で初等科研修を修了後、同ブロック内（福岡矯正管区）にある刑務所でそれぞれ看守として刑務官生活を開始した。

しかし、このようにスタートは同じでも、ラストは大分違ったらしく（岸の退官時の正確な階級は知らないが）、宮之原は最高位のすぐ下の矯正長にまで昇り、所沢刑務所の所長を最後に退官したのだった。

「宮之原さんはノンキャリアとしてはかなり出世された方だったとか……？」

と、明日香は本題の方へ話を向けた。

「ま、そうですね。少なくとも私の同期では出世頭でした」

と、岸がちょっと複雑な表情をした。

「それには何か特別の理由があったんでしょうか？」

「その質問に答える前に、こちらから一つ伺いたいんですが、いいでしょうか？」

「どうぞ」

「さっき刑事さんが言われた〝ある事件〟というのは、もしかしたら東京高検の鷲尾検事長が殺された事件じゃないですか？」

明日香は大野の顔をちらっと窺い、彼が何の反応も示さないのを見て、「そうです」と認め、

「岸さんも、宮之原さんが鷲尾さんと親しかったことをよくご存じなんですね？」

と、話を進めた。

「よく、というほどには知りません。ただ、鷲尾さんと宮之原さんが福岡の博多中央高校柔道部の先輩・後輩で、親しくしているらしいということは、福岡矯正管区の刑務官ならたいていの者が知っていたと思います」

「宮之原さんが出世したのは鷲尾さんと親しい関係にあったからだという話を耳にしたのですが、岸さんから見て、これは事実だと思いますか？」

「そういう噂はありましたが、事実かどうかは私にはわかりません」

岸が慎重な答え方をした。

鷲尾は検察庁から法務省の勤務になっても、刑務所や拘置所を管轄している矯正局の役職には一度も就いていない。とはいっても、彼はかなり早くから将来の事務次官、さらには検事総長の有力候補だったらしいから、省内で大きな力を持っていた可能性が高い。宮之原が中等科試験、高等科試験を突破して研修を修了すれば、彼を然るべき役職に就けるぐらい造作なかったのではないか。

と考えると、宮之原が所長にまで出世したのは、鷲尾という強いバックがあったからなのは確実のように思われる。

だからこそ、宮之原は鷲尾にくっついて離れなかったのであろうし……。

「宮之原さんが出世したのは鷲尾さんの引きのせいではないかという噂に対して、岸さんはどう思われましたか？」

「たぶんそのとおりだろう、とは思いました」

　と、岸が今度は正直に答えた。

「鷲尾さんと宮之原さんが親しかったのは同じ高校の先輩・後輩だったから、というだけのようでしたか？」

「さあ」

　と、岸が首をひねり、「二人の間には他の関係もあったんですか？」と興味深そうに反問した。

「わからないので、伺っているわけですが」

「私も知りません」

「何かそうした噂とかは……？」

「聞いていませんね。……あ、それより、鷲尾さんと宮之原さんの関係について、そんなふうに細かく調べているということは、ただ単に参考までにというわけではないんじゃないですか？」

「いえ、そんなことありません。初めに申し上げたように、あくまでも参考までに調べているだけです」

「わざわざ宮崎まで来てですか……？」

岸が皮肉な薄ら笑いを浮かべて大野に視線を向けたが、大野は無視し、気がつかないふりをしている。

「岸さんは、鹿児島西刑務所、北九州拘置所と二度宮之原さんと同じ施設の勤務になったことがあるというお話でしたが、宮之原さんに関係して何か印象に残っていることはありませんか?」

明日香も岸の疑問には取り合わず、話を進めた。

「そうですね、一緒といっても、鹿児島西刑務所に勤務していたのはずっと昔のことなので、ほとんど記憶にないですね。ただ、その頃はまだたいした差がなく、彼が看守部長で私が主任看守でしたが」

「北九州拘置所で一緒だったのはいつですか?」

宮之原の経歴は調査済みだったが、明日香は話を進めるために訊いた。

「五、六年前ですね。私が処遇部門の統括だったとき、宮之原さんが総務部長として転勤してきたんです。階級は私がやっと看守長になったばかりなのに、彼はすでに矯正長でした」

岸が心の屈折を映すかのように口元をかすかに歪めた。

「宮之原さんとはどれぐらいの期間、一緒に……?」

「二年間です。彼は二年後には益城刑務所の所長に栄転していきましたから」

「その二年間に宮之原さんに関して特に記憶に残っていることはありませんか?」

「特にはありませんが、ただ、鹿児島以来、二十数年ぶりに同じ施設の勤務になり、別人のようになっていたのには少しびっくりしました」

「別人のようになっていたとは、どのように?」

「かつては部下に対しても結構細かく気を配る人だったんですが、もう上しか見ていないというか、失点なく所内を管理することしか頭にないような、そんな感じになっていたんです」

「総務部長というのは所内のナンバー2(ツー)だとか?」

「そうです。ただ、所長は対外的な仕事が多いので、所内の問題はほとんど宮之原さんが取り仕切っていました」

「他には何かないでしょうか?」

岸が首をかしげ、記憶を探っているような顔をした。

「どんなことでも結構です」

「宮之原さんに直接関係した件ではないんですが、それでもいいですか?」

「かまいません。どういうことでしょう?」

「平成二十六年……二〇一四年の六月でしたから、今から五年近く前ですね。宮之原さんが目をかけていた刑務官が自殺したんです」

自殺という言葉に、大野がぴくりと目を上げた。

「Mという若い男性刑務官です」

「自殺ですか……。動機はわかっているんですか？」

鷲尾とは関係ないだろうと思ったが、明日香は念のために訊いた。

「はっきりとはわかりません。ですが、その三カ月前の深夜、入所者の男がやはり自殺しているんです。Mはその晩の勤務だったので、責任を取ったのではないか、と言われています。ご存じかと思いますが、刑務所であれ拘置所であれ、入所者を自殺させないことは刑務官の重要な任務の一つですから」

「その入所者はどうやって自殺したんですか？」

「パジャマのシャツとズボンを使い、水道の蛇口を利用して首を吊ったんです。舎房を巡回していたMの隙を突いての行動で、Mはその第一発見者でした」

「自殺の動機は……？」

「遺書がなかったので、わかりません。ただ、その男……Sという五十代の男なんですが、Sは二人の人間を殺し、一審、二審とも死刑の判決を受けていました。そして最高裁に上告中だったんですが、九十九パーセント棄却されるだろうと見られていましたし、本人もそう予想していたはずです。ですから、このまま死刑が確定して、その後、毎日脅えて暮らすよりはいっそ今のうちに……と考えたのではないか、と我々は想像しました」

「他殺の疑いはなかったんでしょうか？」

と、初めて大野が訊いた。

「その点は慎重に調べられましたが、ないと判断されました」

岸が大野に目を向けて答えた。「なにしろ、外部の者はもとより、拘置所に勤務している者であっても、その晩交替で巡回していたMともう一人の刑務官の目を盗んでSのいた舎房へ入るのは不可能でしたから」

「その判断は所長さんが……？」

「いえ、警察です。Sの死は、拘置所として簡単に調べた後、すぐに警察に通報されましたので。つまり、所轄署と県警本部から駆けつけた検視官、刑事、鑑識課員たちが念入りに検証し、Mをはじめとする関係者から事情を聴いた結果、そう判断したんです」

「なるほど、わかりました」

と、大野がうなずき、それから明日香の方へちらっと目を向けた。

明日香は、尋問の続きを促されたものと受け取り、

「Sが自殺して間もなく、その後を追うように自身も自殺してしまったというMさんは、どういう方だったんですか？」

と、話をM刑務官に戻した。

「身体は大きいんですが、刑務官にあまり似合わない色白の優しい男でした。勤務態度も

非常に真面目で、一年ほど前、主任看守に任命され、中等科試験を受験する準備も進めていました」

「亡くなったとき、Mさんは何歳ですか？」

「三十一か二だったと思います」

「どのような方法で自殺したんでしょう？」

「縊死（いし）です。実家の裏山へ行き、木の枝にロープを掛けて首を吊ったんです」

「独身だったんですか？」

「そうですが、ただ、秋には結婚する予定になっていて、婚約者はすでに妊娠していました。風の噂では、その女（ひと）は彼の子どもを産んで、現在、一人で育てているようです」

「Mさんは宮之原さんに目をかけられていたということでしたが、それは勤務態度が真面目だったからですか？」

「それもあると思いますが、博多中央高校柔道部の後輩だったからです」

「ということは、Mさんも鷲尾さんの後輩だった……！」

明日香はちょっと驚いて確認した。

思わぬところに鷲尾と関わりがあったかもしれない人間がいたのだった。

「当然、そうなりますね」

と、岸が答えた。

「Mさんも鷲尾さんと面識があったんでしょうか?」

「さあ、同じ高校出身といっても、歳が親子ほど離れていますし、それはどうでしょう」

と、岸が首をかしげ、「ただ、博多中央高校は旧制中学のときから続く名門なので、卒業生は同窓意識が非常に強いようでした。ですから、柔道部のOB会などで顔を合わせ、宮之原さんに紹介されていた可能性はあります」

「Mさんには、名門高校の出身だというエリート臭さはあったんでしょうか?」

「宮之原さんにはありましたが、Mにはまったくありませんでした。大きな身体は嫌でも目立ちましたが、引っ込み思案で、できれば同僚の陰に隠れていたいと思っているような男でしたし……」

「Mさんは博多中央高校からどこかの大学に進学し、そこを卒業した後、刑務官になったわけですね?」

「それが違うんです。どういう事情があったのかは知りませんが、彼は高校を出てすぐに刑務官採用試験を受け、刑務官になったんです。宮之原さんや私は、有名大学じゃありませんが、一応大学を卒業してから試験を受けたんですが」

「そうですか」

明日香はそこで尋問を一休みした。

カップを取って、残っていたコーヒーを飲みながら、他に訊くべきことはないかと考える。

　これといって思いつかないまま、助けを求めるように大野を見た。

　すると、大野が、

「宮之原さんが定年まで一年を残して退官されたのはご存じですか？」

と、雑談でも仕掛けるように岸に問いかけた。

　宮之原が定年前に退官したという話は鷲尾の妻、美世子から聞いたのだ。

「ええ、知っています」

と、岸が答えた。

「理由は、所沢刑務所の所長になって間もなく体調を崩されたからだとか……？」

「宮之原さんから聞かれたのですか？」

　岸がどこか疑うような目をした。

「いえ、別のある方から伺ったのですが、違うんですか？」

「いえ、たぶんそのとおりだと思いますが、私の耳には、ちょっと違ったような話が伝わってきていたものですから」

「ほう、どういう話でしょう？」

　大野が興味をそそられたような顔をした。

「前に休職したときの病気が再発したんじゃないかと……」

「宮之原さんが病気で休職したというのはいつですか？」

「三年前の夏から秋にかけてです。刑事さんは、何か非常に怖い体験をした人などに起きる心的外傷後ストレス障害……ＰＴＳＤという病気をご存じですか？」

「名前程度なら」

大野が答えたが、明日香にも一応の知識はあった。

「宮之原さんは、そのＰＴＳＤで三カ月ほど休職したんです」

「ということは、その前に非常に怖い体験をされた？」

「ええ」

「それは……？」

「三年前……平成二十八年の四月に起きた熊本地震です」

テレビや新聞のニュースで見聞きしただけだが、熊本地震なら明日香も覚えている。確か、震度七以上の揺れが二十数時間の間を置いて二度も起き、多くの道路や橋が崩れ、全壊、半壊した家屋だけでも四万棟以上にのぼった大地震だった。

「その地震が起きたとき、宮之原さんは熊本県の益城刑務所の所長をされていたんですが、二度目の強い揺れに襲われた十六日の深夜、所長官舎の壁が崩れてきて下敷きになったんです」

岸が続けた。「ただ、そのときは、駆けつけた部下に助け出され、さほど大きな怪我もしないで済んだようなんですが、三カ月ほどして、負傷した入所者の治療やら壊れた施設の修理やらが一段落した頃から、おかしくなり出したらしいんです」

「おかしくとは……？」

大野が興味を引かれたような目をした。

「私は人伝てに聞いただけですが、壁の下敷きになったときの恐怖の体験がフラッシュバックし始めたんじゃないかという話でした。夜は眠れなくなり、食事もろくに摂れなくなって、二週間足らずの間に五キロも痩せてしまったのだそうです。それだけじゃありません。起きているときもだんだん幻覚を見るようになったのか、突然、恐ろしそうに顔を歪めて叫び出したりするようになったという噂でした。そのため、部下たちが心配して……というか、半分は気味が悪くなったからのようですが、東京の家へ帰っていた奥さんにも連絡して来てもらい、『たいしたことはない、大丈夫だ』と言い張る宮之原さんを説得し、神経科を受診させたのだそうです」

「奥さんが東京へ帰っていたということは、そのとき宮之原さんは一人で暮らしていたわけですね？」

「そうです。奥さんはその数年前から、ご両親の生活の手助けと介護のために、宮之原さんの赴任地と東京を行ったり来たりしておられたんです」

「地震が起きたときはどうだったんでしょう、奥さんは熊本におられたんですか？」

「いえ、東京へ帰っていて、宮之原さんは古くて大きな所長官舎に一人でした。ただ、宮之原さんが怪我をしたと聞いて、地震の後、飛んで来られたそうですが」

「宮之原さんがおかしくなり出した頃はまた東京へ帰っていた……?」

「そのようです」

「で、奥さんを呼び寄せ、宮之原さんを説得して神経科を受診させた結果、PTSDだと診断されたわけですか……」

　大野が自分の頭の中を整理するようにつぶやいた。

「いえ、そのときは、過労とストレスが原因の鬱病という診断だったようです」

と、岸が訂正した。「ですが、処方された薬を飲んでも一向に良くならなかったため、奥さんが大学病院へ連れて行き、そこでPTSDという診断が下され、しばらく仕事を離れて休養を取る必要があると言われたのだそうです」

「それで、三カ月間の休職を?」

「ええ。ただ、宮之原さんは初め休む必要はないと言って奥さんを困らせていたらしいんですが、大阪と横浜にいる長男と長女もやってきて説得され、結局、東京の郊外にある自分の家へ帰り、植木の手入れや散歩などをして三カ月間暮らしたようです」

「そうして静養された後、宮之原さんはすっかり回復したんですか?」

「宮之原さんの部下だった元同僚の話によると、顔がふっくらして体形もほとんど元に戻ったようですが、所長室から時々奇声が聞こえてきたそうですから、完全には治っていなかったんじゃないかと思われます」

「奇声ですか……」

と、大野がまた興味を引かれたような目をした。

「元同僚は、何かの幻影に脅えていたような気がすると言っていたんですが、宮之原さんは益城刑務所の所長に復帰して半年もしないうちに福岡矯正管区の外……所沢刑務所へ移ってしまったので、その後はあまり情報が入らず、よくわかりません」

「ですが、ＰＴＳＤが再発し、定年まで一年を残して退官した、という話が伝わってきたわけですね」

岸がそうだと答えた。

宮之原がＰＴＳＤを発症していたらしいという話はかなり興味深かった。といって、それが今度の事件に関係しているとも思えない。いや、それとも、どこかで関係しているのだろうか。

明日香が考えていると、

「ところで、宮之原さんが辿った益城刑務所の所長から所沢刑務所の所長というコースは、順当なものなんですか？」

大野が質問を変えた。

「異例ですね」

と、岸がちょっと厳しい顔をして答えた。

「どういう点が異例なんでしょう？」

「三カ月も病気で休んでいて、復帰するとすぐに栄転しているからです。同じ所長でも、所沢刑務所は益城刑務所よりずっと収容者も多く、格上ですから」

「ということは、この人事にも裏で鷲尾さんの意思が働いていた可能性がある？」

「私はそう思っています。ＰＴＳＤを患った後、九州を離れて自宅のある首都圏へ異動になっている点にも、宮之原さんに対する配慮が感じられますし……」

「なるほど」

「ただ、バックに鷲尾さんという超大物がいた宮之原さんにも、神経を病んで三カ月も休んだという履歴は響いていたと思われます。宮之原さんが退官したときの階級は矯正長だったんですが、もし病気になっていなければ矯正監にまで登りつめ、所沢刑務所よりさらに大規模な施設の所長になっていた可能性が高いですから」

宮之原が所沢刑務所の所長になった二〇一七年の四月といえば、鷲尾は法務省の事務次官。官僚のトップである。彼が矯正局の管轄である刑務官の人事に直接口出ししたとは思えないが、彼の部下の多くは、これまでの経緯から鷲尾と宮之原の関係を知っていただろう。とすれば、彼らが鷲尾の意思を忖度（そんたく）した可能性は十分考えられる。

しかし、そうした想像から導き出されるのは、間違っても宮之原が鷲尾の殺害に関わっていたなどということはありえない、という結論だった。

明日香たちは、宮之原家を訪ねて彼に会った後、鷲尾と宮之原の関係には、もしかしたら鷲尾の妻や友人の久住の話から想像されるのとは違った別の面があるのではないか、と考えた。そして、その内実がわかれば、鷲尾が殺された事件の謎を解く手掛かりが得られるかもしれない、と。

だから、宮之原の過去について知っていると思われる岸の話を聞くために宮崎まで来たのだが、明日香にはそれが手に入ったようには思えなかった。

岸を訪ねたことにより、宮之原に関する新しい情報がいくつか得られ、そのうちの二つにはかなり興味を惹かれた。

一つは、五年前、宮之原が総務部長として勤務していた北九州拘置所で、死刑判決を受けて上告中だった男と、鷲尾・宮之原の高校の後輩だった刑務官が相次いで自殺したという話であり、もう一つは、三年前、宮之原は熊本地震に遭遇し、ＰＴＳＤを発症して三カ月間の休職を余儀なくされた（しかもそれは彼の退職時期まで早めたらしい）という話である。

しかし、それらは興味深い話ではあっても、鷲尾が殺された事件に関わっているようには思えなかった。

「ところで、話は違いますが、岸さんはいつ退官されたんですか?」

と、大野が岸自身のことを尋ねた。

どうやら、肝腎な質問は済んだと考えたようだ。

「宮之原さんと同じ昨年です」

と、岸が答えた。「ただ、同期の任官といっても、歳は私の方が一つ上なので、私は定年退官です。階級は看守長のままでしたが、北九州拘置所から愛媛県の松山西刑務所に移って、退官になりました。退官後はここ郷里の宮崎へ帰って、更生保護施設の補導員を一年やり、この四月からは無職です。これからは野菜を作ったり、妻と旅行したりして気ままに暮らそうと思っています」

「なかなか素敵な第二の人生になりそうですね」

大野がお愛想を言った。

「私は出不精なので、家でのんびりしているのが好きなんですが、現役のときは家族で旅行することなどほとんどできなかったので、罪滅ぼしです」

そうですか、と大野が応じ、

「今日は興味深いお話を聞かせていただき、ありがとうございました」

と、礼を述べた。

「遠くまで来ていただいたのに、お役に立てたかどうか……」

「大いに参考になりました」

「そうですか、それならよかった」

「あ、そうそう、最後に一つだけ教えていただけませんか」

「何でしょう？」

「さっき話に出た、五年前、北九州拘置所で自殺したという刑務官のMさん……そのMさんと宮之原さんの関係についてよく知っている人はいないでしょうか」

「Mのことまで調べるんですか？」

岸がちょっと怪しむような目をした。

「いや、Mさんについて調べるわけではありません。もし二人の関係についてよく知っている人がいたら、宮之原さんに関して、岸さんのご存じないことも知っているかもしれない、と思ったんです」

そういうことなら……と岸が元の表情に戻り、言った。

「宮之原さんとMの関係についてどこまで知っているかはわかりませんが、M……モリシタと言うんですが、生前のモリシタと非常に親しかった男ならおります」

「やはり刑務官ですか？」

「そうです。モリシタが亡くなったとき、同じ北九州拘置所の看守だったタキザワという男です。モリシタとは従兄弟同士でした」

「親しかった従兄弟ですか。それなら、モリシタさんから宮之原さんのことをいろいろ聞いているかもしれませんね」

「ま、そうですね」

「タキザワさんは現在も北九州拘置所に勤務しておられるんですか？」

「いや、四年前の暮れ……私が松山西刑務所へ転勤になる三カ月前、看守部長として福岡中央拘置所へ異動になりました」

「では、現在はそこに……？」

「はっきりしたことはわかりませんが、たぶんいると思います。看守長以上の管理職と違って、一般職員の場合は異動が滅多にありませんから」

大野が最後に、モリシタとタキザワの綴りとフルネームが森下裕次、滝沢正樹だということを聞き、岸に礼を言った。


明日香たちは岸の屋敷を出ると、大野が捜査本部に電話し、本部から福岡中央拘置所に滝沢正樹の連絡先を問い合わせてほしいと頼んだ。

携帯電話で警視庁の刑事だと名乗っても、拘置所が職員の個人情報を教えるとは思えなかったからだ。

問い合わせの結果は、明日香たちが宮崎駅へ向かって歩いているとき、盛永警部から届いた。

しかし、それは予想していたのとはまったく違っていて、滝沢は昨年（二〇一八年）の三月、一身上の都合という理由で退官した、というものだった。

もし滝沢が今日非番で、うまく連絡が取れたら、明日香たちはこれから福岡へ行って彼に会うつもりでいたのだが、その思惑は外れた。

ただ、退官時の住所――福岡県宗像市の所番地と電話番号――だけはわかったので、駅に着いてから、今度は明日香が電話してみた。

すると、滝沢の姉だという人が出て、ここは滝沢正樹の実家だが、彼の住所ではない、と言った。

明日香はちょっと面食らいながらも、

「では、滝沢さんは、現在どこに住んでおられるんでしょうか？」

と、訊いた。

「東京やと聞いとうだけで、住所までは知らん」

と、姉が困惑しているような口ぶりで答えた。「友達んところにいるけん自分の部屋ば借ったら知らしぇるて言うて、そんままになっているんです」

「福岡中央拘置所を辞められた後、上京されたわけですね」

「そうごたーばい」

「どうして、刑務官を退官されたんでしょう?」

「しゃあ……。退職して間ものう、東京で友達と一緒に会社ばやることになったと一度電話してきただけやけん、うちにはようわからん」

「電話番号はご存じなんですね」

「ええ。半年ほどした頃、やっと少し落ち着いたけんっち、新しかケータイん番号ば知らしぇてきたけん」

「それまでは……?」

「前んケータイが通じんなっとって、こちらからは連絡ん取りようがなかったんばい。そいで心配しとったら、ごめんて言うて電話してきたんばい。昔から、ようわからんところのある子やったが、もうじき四十やちゅうとのに、結婚もしぇんで、東京で何ばしようんやら……」

姉の話が愚痴めいてきたので、明日香は、

「すみません」

と遮り、肝腎な話に戻した。「これから列車に乗らなければならないので、正樹さんの電話番号を教えていただけないでしょうか」

「あ、こちらこそすまんやった。そいや、ちょっと待ってくれんね」

と、姉が言って電話を離れ、メモでも取ってきたようだ。

彼女は080で始まる番号を読み上げ、そこで初めて警察が弟を捜しているということに不安を覚えたらしく、

「あ、あん、正樹がなんかしたんやろか？」

と、訊いた。

明日香は、ある事件の参考までに話を聞きたいと思っているだけなので心配しないようにと言い、礼を述べた。

彼女が電話を切って大野を見やると、

「森下の従兄が刑務官を辞めて上京か……」

と、何かを考えているような目をしてつぶやいた。

「事件と何か関係があるんでしょうか？」

明日香は気になって訊いた。

「そんなことはまだわからんよ。だが、東京へ帰ったら、とにかく連絡を取って会ってみよう」

と、大野が答えた。

2

午後八時に始まった捜査会議は、間もなく一時間を経過しようとしていた。

津山たちの方に向けられた捜査員たちの顔には一様に疲れの色が窺えた。

津山は、意識の半分で、代わるがわる立ち上がって報告する捜査員たちの話に耳を傾けながら、あとの半分は己の内なる思考へ向けていた。

鷲尾淳夫が春木神社の境内で殺害される事件が発生して、明日三月二十六日で二週間。それなのに、いまだに有力な容疑者が浮かんできていない。

——事件の筋は、いったいどこにあるのか？

と、津山はずっと考えてきた。そして今も考えているのだが、つかめないのである。

まず、通りすがりの暴漢か強盗による犯行の線が消え、鷲尾の個人的な交友関係の線、仕事上の関わりの線と洗ったが、どこからも彼を殺す動機を持っていそうな人物が浮かんでこないのだ。

事件当夜、鷲尾が訪ねようとしていた場所と相手が判明したときは、これで捜査が進展するかもしれないと期待した。

しかし、鷲尾が囲っていた篠原美優には、その晩、住まいのある向ヶ丘レジデンスの外へ出た形跡がなかったたし、彼女が鷲尾の当夜の予定を教えた可能性のある人物も浮かんでこなかった。

　津山たちが篠原美優と同時に目を向けたのは、鷲尾と同じ高校の二年後輩で元刑務官の宮之原佑である。宮之原は美優を鷲尾に紹介しただけでなく、彼女のために部屋まで借りてやっており、彼には事件の晩の鷲尾の行動を鷲尾自身から聞くか、予測できた可能性があった。しかも、事件の晩は〝東京駅で鷲尾、久住と別れて帰路につき、八時半頃には帰宅した〟というが、その言葉を裏付けるのは妻の証言しかない。

　それだけではない。彼は初め、篠原美優などという女は知らないと言っていた。それなのに、それが嘘だとばれると、今度は、鷲尾の妻、美世子に美優の存在を知られたくなかったからだと言い訳した。それは、一応もっともらしく聞こえるが、彼に当たった大野、杉本両刑事によると、自分が鷲尾の予定を知りうる立場にいた事実を隠すために考えた口実ではないか、というのだ。

　しかし、そう考えて、宮之原を疑って調べてみても、出てくるのは、鷲尾との関係によって彼がどんなに大きな利益を受けていたかという話ばかり。鷲尾を恨んだり憎んだりするような理由、事情はまったく窺えなかった。

　今、議場では、司会の盛永に促されて杉本明日香が立ち、九州出張の報告をしている。

明日香と大野は、列車で宮崎から福岡へ回ろうとしていたのを取りやめ、飛行機で帰京したのだ。

二人が帰ってすぐ、津山は概略を聞いていたが、その話の中で、宮之原が北九州拘置所の総務部長をしていた五年前、高裁で死刑判決を受けて上告中だった男と、男を担当していた刑務官が相次いで自殺した、という出来事は、多少気にならないではなかった。自殺した森下という刑務官が、鷲尾と宮之原の高校の後輩で、宮之原に目をかけられていたという話だったからだ。

しかし、意外なところに鷲尾と多少つながりのある人物がいたからといって、そのことが今度の事件に関係しているとも思えなかった。

杉本明日香の報告が終わり、次は平岡が立ち上がった。

平岡と長谷川はここ数日、村木、柊両刑事とともに鷲尾が地検、高検の検事をしていた頃に関わった事件について調べていたのだった。

鷲尾は、一九八一年（昭和五十六年）四月に検事に任官してから、二〇〇五年（平成十七年）四月に法務省刑事局の刑事課長に異動するまでの二十四年間は、ずっと地方検察庁か高等検察庁に検事として勤務していた。

だから、その間、彼が直接起訴した事件あるいは公判で被告人の有罪を主張して求刑した事件だけでも相当な数である。そこに、彼が部長か副部長として間接的に起訴に関わった事件、控訴審を担当した事件を入れると、千件近くにのぼる。

それらのリストアップを要請した津山たちに、東京高検の室井次席検事はあまり色よい返事をしなかった。そうした事件の関係者が鷲尾を殺した可能性は薄いのではないか、と言って。それは確かにそのとおりかもしれなかったが、津山たちとしては、あらゆる可能性を追求しなければならない。津山がねばると、室井は渋々了承したが、事件のリストが捜査本部に送られてくるまで、一週間近くかかったのだった。

その後は、平岡たちが、まずリストから、被告人が一貫して無罪を主張したにもかかわらず有罪判決が下された事件をピックアップ。それらの事件について一件ずつ調べていき、被告人あるいはその関係者の中に、検察官に対して強い恨みを抱いていそうな人物がいる可能性のある事件を選別した。

また、それとは別に、ピックアップした事件の中から、十五年以上の懲役刑か死刑の判決が下された事件、刑の確定後、再審請求されている事件を選んだ。

こうして、平岡たちの手元には三十二の事件が残った。

それらの事件については、平岡たちは捜査を担当した警察官を訪ねるなどして調べを進め、被告人またはその関係者の中に鷲尾を殺した犯人がいるかもしれないと考えられる事件を三件、残した。

一件目は——一九八七年、鷲尾が名古屋地方検察庁の検事だったときに起訴した、東海市・強盗殺人事件。

アパートで一人暮らしをしていた三十二歳の女性が刃物で胸を刺されて死亡し、金を奪われた事件で、以前女性と交際していた村内康男（三十一歳）が容疑者として逮捕された。村内は取り調べ段階では犯行を自供したものの、公判が始まると、自白は刑事と検事の拷問によるものだと言い、無罪を主張した。しかし、女性の部屋に残されていた指紋や血痕といった証拠から、懲役十六年の有罪判決を受け、控訴、上告するも棄却され、刑が確定した。

その後、村内は刑に服して、二〇〇三年の六月に満期釈放。知り合いの家などを転々として日雇い労働などをしていたが、四年ほどして連絡が取れなくなった。そのため、現在、どこで何をしているのか不明だが、出所した後、友人、知人たちに「このままじゃ終わらせない。俺を監獄へ送った奴らに絶対復讐してやる」と言っていた。

二件目は――一九九一年、鷲尾が横浜地方検察庁の検事だったときに関わった、横浜市・連続通り魔事件。

横浜市内で、深夜自宅へ向かって歩いていた人が、わずか一カ月余りの間に三人、後ろから尾けてきたと見られる男にいきなり刃物で背中を刺され、四十代の女性一人と五十代の男性一人が死亡し、二十代の女性一人が重傷を負った事件で、三人目の女性が刺された事件から三カ月後、同市旭区に住む蜂巣弘一郎（二十歳）が容疑者として逮捕された。

蜂巣は刑事と検事の取り調べに、自分はやっていないと言った後は黙秘を通したが、現場に落ちていた鼻汁のついた紙や自宅から見つかった複数のナイフなどを証拠に起訴された。公判でも、人定尋問に対して答えた以外は一言も喋らないまま結審。精神科の通院歴があったので精神鑑定が行われたが、責任能力ありという結果が出たため、懲役二十三年の実刑判決が下され、控訴せず、刑が確定した。五年前、満期釈放された後は年老いた両親が暮らしている実家へ戻り、昼はほとんど自分の部屋から出ない生活を送っているが、夜は頻繁に出歩いているらしい。どこへ行って何をしているのかは両親もわからないというが、近所の人の話では明け方に帰ってくることも珍しくないという。

かつて蜂巣を逮捕し、中心になって取り調べた元刑事のＹ（六十七歳）が、九カ月前、川崎市の自宅近くを流れる川で溺れ、死亡した。何か大きなものが水に落ちたようなドボンという音が聞こえた後、橋の上から男が走り去るのを複数の人が見ていたため、警察はその男とＹの死との関連を調べたが、不明だった。結局、Ｙが泥酔状態だったことから、気持ちでも悪くなって欄干――おとなの腰の高さしかなかった――の上から上体を乗り出していて、誤って落ちたもの、と判断されたが、走り去った男の年齢、容姿などが蜂巣に似ていたという証言もある。

三件目は――一九九四年、鷲尾がＮ県のＮ地方検察庁の検事だったときに起訴した、堀田市・幼女殺人事件、通称「堀田事件」。

一九九二年二月、Ｎ県の堀田市で、小学校一年生の女児二人が登校途中、行方不明になり、翌日、郊外の崖下で死体——二人とも絞殺だった——になって見つかった事件で、二年半余り経った九四年の九月、同市内に住む赤江修一（四十三歳）が犯人として逮捕された。赤江は取り調べ段階から一貫して無罪を主張。彼の犯行を示す物的証拠もなかったものの、検事はＤＮＡ型鑑定や目撃証言など六つの状況証拠を根拠に起訴。Ｎ地裁はその主張を採って、死刑を言い渡した。赤江は控訴、上告するが、いずれも棄却され、二〇〇六年、死刑が確定。二年後の二〇〇八年十月、死刑が執行された。

その後、赤江の遺族と堀田事件弁護団は異例の早さで死刑が執行されたことへの怒りを表明するとともに冤罪を主張し、再審請求を行った。

こうした事情を考えると、赤江の遺族やその関係者の中に、彼を取り調べた刑事や起訴した検察官に対して強い恨みと憎しみを抱いている者がいた可能性がある。

「一件目の村内康男については、彼と交友のあった複数の男女に当たったのですが、誰に対しても、ここ十年ほどまったく連絡がないそうです」

と、平岡が報告を続けた。「そのため、生きていればこんなに長く何も言ってこないのは、彼の性格やそれまでの行動から見て不自然なので、どこかで死んでいる可能性が高いのではないか、という話でした。もちろん、引き続き彼を捜してみるつもりではいますが、たとえ生きていたとしても、出所して十五年以上何もしないでいて、突然、行動に出たという可能性はかなり低いのではないか、と考えています。

次に二件目ですが、こちらも、蜂巣弘一郎の居住地と生活態様を考えると、可能性は必ずしも高いとは言えません。ですが、もし彼がYを殺していたとしたら、検事長を狙った可能性もなくはないため、しばらく目を離さないでいたいと思います」

平岡が一件目と二件目の事件に関する説明を終え、三件目に移った。

「この件は、鷲尾さんによって起訴された赤江修一は死亡しているため、まず赤江の家族について調べました。すると、赤江には妻と娘と息子が一人ずついて、妻の君子は現在五十七歳、長女のひとみは三十一歳、長男の肇は二十八歳とわかりました。ひとみと肇の二人は、赤江が殺人容疑者として逮捕された後、母方の祖父母の養子になって姓が赤江から水島に変わっています。現在、君子はビルの清掃の仕事をしながら堀田市内のアパートに一人で暮らし、ひとみは堀田市から二十キロほど離れた蓮池町で、郵便局に勤めながら祖母と二人で暮らしています。肇は、専門学校を出た後、調理師の免許を取り、四年ほどN市のホテルにコックとして勤めていたのですが、三年前に退職し、その後いくつかのレストランを転々とした後、現在は東京・東中野（ひがしなかの）のアパートに住んで、近くのラーメン店で働いています。N市のホテルを辞めた理由は、どういう経緯からかはっきりしませんが、赤江修一の息子であることが同僚たちに知られ、居づらくなったからではないか、という話です。

鷲尾さんを襲った犯人が、もし堀田事件の関係者の中にいるとしたら、彼ら三人がもっとも強い動機を持った人間なわけですが、女性には犯行が無理だったと考えると、残るは長男の肇だけになります。

そこで、今月十二日の夜、肇がどこにいたかを調べたのですが、わかりませんでした。ただ、その日は用があると言って朝から勤めを休んだという話なので、アリバイはありません。もし彼が犯人なら、返り血を浴びたと考えられる衣類や凶器をどこかで処分しているはずですし、どんなに早くても十時前にアパートへ帰り着いたということはないはずなので、十二日の夜彼を見かけた者がいないかどうか、聞き込みをしてみるつもりです。

ところで、堀田事件は、一部のマスコミで冤罪の可能性があると言われているうえに、判決が確定してからわずか二年という早さで刑が執行された多少特異な事件です。そのため、事件には家族だけでなく、再審請求を進めている弁護団や支援者など多くの人が関わっており、赤江を捕らえて起訴した警察と検察、さらには死刑の判決を下した裁判官に対して激しい怒りと憎悪を向けている者も少なからずいるようです。ですから、そうした中に、誤った正義感、使命感に突き動かされて鷲尾さんを襲った者がいなかったとも言い切れないので、その点は引き続き調べるつもりです」

「赤江修一には兄弟はいなかったのかね？」

津山は念のために訊いた。

「兄と姉が一人ずつおりましたが、すでに亡くなっています」

　と、平岡が答えた。「えー、親族ではありませんが、ついでに付け加えておきますと、赤江の娘のひとみには結婚を約束しているらしい恋人がいます。須永英典という堀田事件弁護団の弁護士です。弁護士がまさか殺人といった無謀な行動に出たとは思えませんが、まだ三十五、六と若く、ひとみに夢中らしいので、十二日夜の所在などを一応調べてみるつもりでいます」

「わかった。話の腰を折って、すまん。続けてくれ」

　津山は先を促すと、平岡が軽く一礼してから、話を戻した。

「もし鷲尾さんが検事として関わった事件に関係して今回の殺人が起きたのだとしたら、赤江の息子の肇がもっとも疑わしいように思われます。ですが、先ほど申したように、蜂巣についてもしばらく注意していきたいと思います」

「そうか」

「さて、ここまで、鷲尾さんが検事のときに関わった事件に関係して、鷲尾さんに強い恨みを抱いていた可能性のある人物について述べてきましたが、果たしてその中に鷲尾さんを殺害した犯人がいるのかと改めて考えた場合、大きな問題があります」

　平岡がこれまでと少しトーンを変えて続けた。「もう気づいておられると思いますが、それは、事件当夜、犯人は千駄木の春木神社境内でどうして鷲尾さんを襲うことができたのか、という点です。鷲尾さんが夕方、東京高等検察庁を出て東京駅まで行き、八重洲のホテルで友人と会食をし、その後、タクシーに乗って、九時近くに根津裏門坂でタクシーを降りるまで、ずっと鷲尾さんの動きを見張り、あとを尾けた――そう考えれば、必ずしも不可能ではありません。ですが、鷲尾さんが日本医大前でタクシーを降りた後、彼を尾行した人物がいなかったことは、防犯カメラの映像から明らかになっています」

「となると、あとは、鷲尾さん本人か鷲尾さんの予定を知っている者から聞き出すか探り出すかしかなかったわけか」

「ええ。ところが、鷲尾さんが検事のときに関わった事件に関係していた者が、たとえ誰であっても、そうしたことができたとは考えられないんです」

「なるほど」

「ただ、この問題……犯人がどうして鷲尾さんの行動を把握したのかという点は、犯人が誰であっても同じだとは思いますが」

「うむ」

と、津山はうなずいた。犯人が無差別に鷲尾を襲ったのでないかぎり、その問題は常に残るのだった。

では、それを解く鍵を見つけるにはどうしたらいいのか？

結局、鷲尾の行動を事前に知ることが可能だった宮之原と篠原美優に戻る以外にないのだろうか。彼らのどちらかが、まだ肝腎なことを隠しているのだろうか。犯人は、二人のうちのどちらかと関わりのあった人物なのだろうか……。

津山が自問していると、平岡の報告が終わり、さらに何人かの刑事が立って、それぞれの活動の報告をした。

しかし、いまだに凶器の刃物もロープも見つかっていない点を含め、これといって見るべき成果はなかった。

2017年春

第五章　任務

1

ひとみたちは上野(うえの)駅の改札口へ向かう人々の波から外れ、公園の奥へ向かって歩いて行った。

日が沈み、気温はかなり下がってきているようだったが、ひとみは自分の身体がほんのりと熱を帯びているように感じられ、寒さを覚えなかった。

生まれて初めて生の舞台を観たオペラ「トスカ」で、タイトルロールを演じた外国人女性歌手の声はひとみの心をつかみ、今も耳の奥で鳴り続けていた。

何度も繰り返されたカーテンコールがようやく終わり、座席から立ち上がったとき、ひとみは隣の須永を見て、「連れてきてくれてありがとう。素晴らしかったわ」と言っただけで、その後は口をきいていなかった。

ひとみを誘った須永もその一言で満足だったらしく、何も言わない。

大学時代の友人が初めて大きな役——トスカの恋人カバラドッシを捕らえて拷問を加えるスカルピアというローマの警視総監——を演じる作品なのでぜひ一緒に、と須永に誘われたとき、ひとみは、自分にオペラの良さなんかわかるかなと不安だった。退屈なのにそうじゃないような顔をしていたのでは須永にすまないし、だいたい我慢をして座っている自分だって辛い。

ところが、それが杞憂だったことは幕が開いてじきにわかった。トスカの歌声が遠くから響いてきて、彼女が舞台に登場したころにはすっかり劇の中に引き込まれ、二幕でトスカが「歌に生き、愛に生き」と歌うところでは感動して涙が止まらなかった。

二人は交番前を過ぎ、両側に古そうな大きな桜の木が並んでいる道——さくら通りと言うらしい——を下って行った。

花が開くまでにはまだ一月以上の間があるが、土曜日のせいか、結構人が出ていた。

今日は母が久しぶりに家へ来ていたので、ひとみは祖母の夕飯を心配しなくていい。だから、これから須永としばらく上野公園を散策した後、池之端のレストランで食事をする予定だった。

オペラを観て、恋人と食事——。

苦労している母の姿を見ていると、自分にこんな贅沢が許されるのだろうか、とひとみはつい罪の意識を感じてしまう。

それもあって、須永に誘われたとき、ひとみは躊躇したのだった。が、自分の気持ちを母に漏らすと、「何を言ってるの！」と逆に叱られ、あなたと肇は自分のことを第一に考えて幸せになってくれればいいのだ、と言われた。それが私には一番嬉しいし、お父さんだってそう望んでいるはずだ、と。

今では、ひとみも今日来てよかったと思っている。ただ、自分が幸せであればあるほど——肇に会ってきたばかりという事情もあって——〝私一人だけが……〟という思いが消えることがないのだった。

「あ、そうそう」

と、これまで黙って並んで歩いていた須永が思い出したように口を開いた。「昨日、電話で話したとき、今日の午前中は東京で別の用事があると言っていたけど、どんな用事だったんですか？」

「特に用事というほどのことではなかったんですが、肇に会ってきたんです」

ひとみは、肇が先々月勤め始めたばかりのレストランをまた辞めてしまったと聞いて、荒川区のアパートまで様子を見に行ってきたのだ。

「そうだったんですか。で、肇君は元気でしたか？」

「ええ、まあ……。私の前で虚勢を張っていたのかもしれませんけど」

「辞めた原因は、またお父さんのことを知られて……？」

肇が勤めを辞めたことだけは須永にも話してあった。

「そんなんじゃないと言ってましたが、本当のところはわかりません」

肇は小さい頃から負けず嫌いで、学校でいじめに遭ってもけっしてひとみや祖父母に泣き言を言わなかった。

去年の春、突然N市のホテルを辞めて連絡が取れなくなり、ひとみたちがさんざん心配したときも同様である。須永がホテルの元上司や同僚に会い、行き先について心当たりがないかどうか尋ねていたとき、〝急に真っ赤な夕陽を見たくなったので山形県の湯野浜温泉に来ている、明日には戻るから心配しないで〟と、いかにもさばさばした声でひとみに電話してきた。そして、須永の調べで、退職した理由が、赤江修一の子だと探り出した誰かがそれを言いふらしたかららしいとわかっても、〝そんなことは関係ない、シェフと考え方が合わなくなったからだ〟と言い張っていたのだった。

「勤めを辞めてしまって、生活は大丈夫なんですか？」

「私もそれが一番心配だったんですが、私や母には迷惑をかけない、と言うんです。当面はコンビニでアルバイトをし、そのうち新しい勤め先を見つけるから、と」

「そうですか」

「いつも須永先生にまでご心配をかけて、すみません」

「いや、肇君はしっかりしているので、それほど心配はしてないんですが……」

ひとみたちは話しながらさくら通りから右へ逸(そ)れ、不忍池(しのばずのいけ)が一望にできる階段の上まで来た。

「池のそばまで下りてみますか？」

須永が訊(き)いたので、ひとみは「はい」と答えた。不忍池の名前は前から聞いていて、どんなところだろうと思っていたからだ。

二人は急な階段を下りきると、通りを横切り、人の出ている池の畔の広場へ入って行った。

「あれが弁天堂ですが、先に池の周りを一回りしてきましょう」

須永が正面の小島のようになったところを指してひとみに教え、言った。「右と左、どっちから回りますか？」

「どっちからでも……」

「それじゃ、左から回りましょうか」

「はい」

ひとみが、須永について屋台やベンチが並んでいる方へ歩き出すと、

「実は、今日はちょっとしたニュースがあるんです」

と、須永がひとみを振り向いて言った。

ひとみは期待して彼の顔を見返した。

須永は朗報とは言わなかったが、言い方と顔を見れば悪いニュースでないことは想像がついた。

「東西新聞の荒木記者が去年の暮れ、北九州支局から東京本社の社会部へ転勤になったことは前に話したと思いますが……」

「はい」

「その荒木記者が書いた署名入りの記事が、来週か再来週あたり、全国版に載ることが決まったんです」

「それは、父の事件に関しての……？」

「もちろんそうです。事件の真犯人を名乗る人物から堀田事件弁護団宛に三通の手紙が届いた一連の経緯を記したものです。荒木さんは北九州支局にいるときから何度か同じようなことを書いて公表しようとしてくれたんですが、そんな手紙はただの悪戯かもしれないじゃないかという上司の判断で没にされていたんです」

「荒木さんは、記事の中で父は冤罪だと書いてくださるんでしょうか？」

「東西新聞ですから、はっきりとそう書くわけにはいかないと思いますが、冤罪の疑いがあり、現在、東京高裁で再審請求の即時抗告審が行われている、とは書いてくれるはずです」

父の死刑が執行された翌々年、母の名でN地裁に対して申し立てた再審請求は、去年の十月に棄却された。が、その後すぐに東京高裁に対して即時抗告の手続きが取られ、現在、須永たち弁護団は新たな証拠を用意して即時抗告審を闘っている最中なのだった。

「そうした記事が新聞に載るということは、即時抗告審にどのような影響があるんですか？」

「直接の影響はありません。記事は〝堀田事件弁護団は手を尽くしたにもかかわらず、結局手紙の送り主を特定できなかった、そのため、二通目の手紙に同封されていた真犯人のものだという毛髪の利用を断念せざるをえなかった〟そんなふうに締めくくられるようですし。ですが、審理に直接の影響はなくても、堀田事件について広く世間の人に知ってもらう上では大きいと思います。これまで堀田事件なんて聞いたこともなかった人が一人でも多く、赤江さんは冤罪らしいのに早々に死刑にされた、なんてひどいんだ、と思ってくれれば、それは抗告審を闘う僕らにとって大きな力になります」

「そうですか……」

それは、家族である自分たちにとっても大きな励ましになるにちがいない。とはいえ、全国紙に荒木の記事が載っても、即時抗告審の審理に直接の影響はないと聞き、ひとみは少しがっかりしていた。

ひとみの様子に、須永はそうした気持ちを読み取ったのだろう、

「ただ、荒木さんの記事は記事として、僕はまだ毛髪の利用を諦めていませんけどね」

と、言葉を継いだ。

「手紙の送り主を突き止める方法がまだある、須永先生はそう考えておられるということですか？」

ひとみは足を止め、須永の顔を正面から見つめた。

「具体的な方法は思いつきませんが、諦めるのはまだ早いと思っています」

須永がいまひとつ自信なさげな顔つきながらも、ひとみから目を逸らさずに答えた。

「荒木さんは、森下さんの従兄の滝沢さんという方に会って何とかして事実を聞き出そうとしてくださったのに、結局、駄目だったんですよね」

「ええ、残念ながら」

ひとみが須永から聞いた話では、荒木が滝沢に二度目に会ったのは去年の四月、熊本で大きな地震が起きる直前だった。そのとき滝沢は荒木に、手紙を書いた人間に心当たりがあるので当たってみるからしばらく待ってくれ、と言った。にもかかわらず、いくら待っても返事がなかったため、荒木が電話して質すと、手紙を書いたかもしれない人は地震で大きな被害に遭い、そうしたことを聞ける状態ではなくなってしまった、と言ったのだという。

須永と荒木の想像によれば、手紙を書いたかもしれない人云々という言葉からして、滝沢はその場逃れの嘘を言ったのではないか、というのだが……。

滝沢の言葉が事実であれ嘘であれ、どちらだったにしても、彼を通して手紙の差出人を突き止めるのはほぼ不可能になったと判断せざるをえないだろう。

それなのに、他の道があるのだろうか。

ひとみは悲観的になった。

が、須永が諦めないと言っているのだから彼を信じようと思い返し、「すみません。行きましょうか」と言った。

二人は再び歩き出し、池に沿って右へ回り、野外ステージのある方へ歩いて行った。

2

滝沢が、堀田事件弁護団に宛てて裕次が出していた手紙のことを話すと、

「いやぁ、森下君がそんな手紙を出していたなんて、驚いたな」

と、ローテーブルを挟んで前に掛けた元北九州拘置所の書信係だった原島亘が意外そうな声を出した。

滝沢は初めそこまでは明かさず、島淵透が堀田事件関係者に宛てて書いたと思われる手紙について裕次から相談を受けなかったか、とだけ尋ねた。

しかし、原島は、自分はそんな相談を受けていないし、島淵が手紙を書いていたかどうかも知らなかったと答えた後で、どうしてそんなことを自分に訊くのか、と逆に訊き返した。

そのため、滝沢は、自分が三通目の手紙を書いた事実は伏せて、自分の想像を交えたひととおりの事情を説明せざるをえなくなったのだ。

もし原島がまだ刑務官を続けていたら、滝沢は話さなかったにちがいない。が、原島は去年の暮れに退官して別府（べっぷ）の実家へ帰り、今は旅館の経営者になっていた。

今日は四月四日（火曜日）、時刻は午後一時を少し回ったところ。二人が話しているのは、別府市の鉄輪（かんなわ）温泉にある原島旅館のロビーである。

ロビーといっても、玄関を入って靴を脱いで上がったすぐ先の広さ六畳ほどの空間で、二人用の応接セットの他にはテレビと雑誌が置かれているだけ。そこに、滝沢は原島と向かい合って掛けていた。

昨夜の客がチェックアウトし、今夜の客が到着するまでにはまだ間があるからだろう、原島の母親が茶を出して引っ込んだ後は、人の動きがまったくなかった。

そのため、滝沢たちは他人の耳を気にすることなく話せた。

原島によると、原島旅館は元々は湯治客を相手にした小さな二階建ての旅館だったが、三十年ほど前、彼の父親が三階建ての現在の建物に建て替え、同時に、部屋ごとにトイレを設置した。それによって観光客の比率が徐々に増えていき、今では観光客八、湯治客二くらいの割合だという。

ただ、経営は常に順調だったわけではなく、ひところは別府温泉全体の集客力が落ち、原島旅館もかなり大変だったときがあったらしい。が、それも外国人観光客が増えたことなどから活況を取り戻し、ここ数年は忙しくて嬉しい悲鳴を上げるほどになっていた。

そんなとき（昨年の四月）、熊本県熊本地方を震央とする大地震が発生し、原島旅館も大きな被害を受けたのだった。

城の石垣が崩れたり、神社や民家がぺちゃんこになったり、橋が崩壊したりした熊本や阿蘇の方にばかり目が向いていたので、滝沢は知らなかったが、大分県の湯布院や別府でもかなり大きな揺れに見舞われたらしい。それによって、原島旅館は――宿泊客と従業員に怪我人は出なかったものの――建物が大きく傾いて、壁の一部が崩れたり窓ガラスが割れたりし、長い間、営業停止に追い込まれたのだという。

旅館は原島の両親が経営していたのだが、地震のショックもあってか、七十過ぎの父親は体調を崩してしまい、長男の原島は非番の日と翌日の休日を使って頻繁に帰るようになった。幸い、東九州自動車道の北九州・大分間は崩落などがなかったので、北九州拘置所のある若松から別府まで約百二十キロ、二時間ほど車を飛ばして。

朝、出勤して翌日、非番の日の朝までは二十四時間勤務であり、間に四時間の仮眠しか取れない。また、休日の夜、やはり車を飛ばして別府から妻と二人の子どもが待っている官舎へ帰ってくれば、翌日はまた朝から勤務である。

　去年の四月、滝沢が大濠公園で東西新聞の荒木記者と会って一カ月ほどした頃、尋ねたい件があるので会ってくれないかと原島に電話したとき、彼はそうした生活を送っていた。そのため、今は時間が取れないので、落ち着くまでしばらく待ってくれ、と言われたのだった。

　その後、滝沢が自分から原島に連絡を取るのを控えていたところ、この正月、刑務官を辞めて実家へ帰ったと知らせる年賀状が届き、三月には旅館の営業を再開するつもりなので、その後ならいつでもいいから訪ねてきてくれ、と書かれていた。

　列車で博多から別府へ行くには、山陽新幹線で小倉まで行き、小倉で日豊(にっぽう)本線の特急列車に乗り換えるのが一番速い。が、時間は多少かかっても、博多発の大分行き特急「ソニック」なら、乗り換えなしだし、運賃も安い。そこで滝沢は今朝、博多発十時十九分の「ソニック15号」に乗って十二時二十五分に別府に着くと、駅から鉄輪温泉まではタクシーで来たのである。

「ただ、初めに言ったように、俺は島淵の手紙の件なんて、森下君から一言も聞いていない」

と、原島が続けた。

年齢は四十代の後半。額がかなり禿げ上がった、目尻の垂れた人の良さそうな顔をしていた。

「そうですか」

と、滝沢は相槌を打ったものの、ちょっとがっかりしていた。

「だいたい、島淵は別の殺人を告白するような手紙を本当に書いていたのかね？」

「その証拠はありません。ただ、森下が先ほどお話ししたような手紙を書いて堀田事件弁護団宛に出していたのは間違いないんです。森下の筆跡なら自分はよく知っていますから」

「そうか……」

「実は、初め、森下は島淵から堀田事件の犯人だと告白されていたのではないかと考えたんですが、もし島淵から話を聞いていただけなら、森下は……書いたのが自分だとわかったら大変なことになるあんな手紙を送らなかったと思うんです。それで、島淵自身が自分の罪を記した手紙を堀田事件の関係者に送ろうとして森下に託したのではないか、と考えたんです」

「なるほど」

と、原島がうなずきながら足を組み替え、「それで、森下君がその手紙を読み、どうしたらいいか、俺に相談してきたのではないか、と?」

「ええ」

「だが、繰り返すが、俺はそんな相談を受けていない」

「では、森下が橋爪主任か岸統括のところへ手紙を持って行った可能性はどうでしょうか?」

「森下君が、書信係だった俺を無視してそんなことをしたなんてありえんよ」

原島が不快げに頬を歪ませた。

「森下は原島看守部長を無視したわけではなく、たまたま看守部長が不在だったので、橋爪主任か岸統括に手紙を見せて相談した、ということならいかがでしょう?」

「ま、そういう事情ならないことはないだろうが、ただ、死刑判決を受けて収監されている男が別の殺人を告白する手紙を書いたとなれば、かなり大きな問題だ。そうした話が俺の耳に入ってこないということはちょっと考えられないな」

原島が首をひねり、「だから、島淵がそんな手紙を書いて森下君に託したといった事実がそもそもなかったんじゃないか。俺はその可能性が高いと思うな」

「確かにそうかもしれませんね」

と、滝沢は同調した。原島の言うこともっともだったからだ。

しかし、島淵が手紙を書いていなかったとなると、どうなるのか、と思う。初めに考えたように、裕次は島淵から堀田事件の話を聞いていて手紙を書いた、と考えざるをえなくなる。が、その場合、たとえ島淵に俺の代わりに手紙を書いてくれと頼まれていたとしても、裕次の自殺の動機がいまひとつ弱いような気がした。自分が夜勤だったときに島淵の自殺を阻止できず、彼を死なせてしまったということで、裕次が責任を感じ、苦しんでいたのは間違いない。が、だからといって、ああした手紙を書き、菜々と生まれてくる子どもを残して自殺するだろうか。

否だ、と滝沢は思う。

では、裕次はなぜ自殺したのか？

それは前に考えたように、島淵の書いた手紙をあずかったものの、それを発信できなかったことと、その後、島淵が自ら命を絶ってしまった事実が大きく関わっているように思われる。

正確なところはわからないが、裕次は、島淵の自殺は彼に託された手紙が自分のせいで発信不許可になってしまったからだ、と思っていたのではないか。さらには、自分は堀田事件の犯人とされて死刑になった赤江修一が冤罪を晴らす道も閉ざしてしまった、と。

しかし、そう思っても、刑務官である彼は、島淵の手紙の件を公（おおやけ）にするわけにはいかない。

裕次は苦しみ、たとえ職を辞したとしても、葛藤（かっとう）した。

　そうして出した結論が、あのようなかたちで堀田事件弁護団に宛てて手紙を出し、自分の命を絶つ、ということではなかったか。

　だが、一方で、原島の言うことにも説得力があったし、彼が嘘をついているとは思えなかった。

　滝沢が、どう考えたらいいのかわからずにいると、

「とにかく、橋爪主任と岸統括にはいつか訊いてみてやるよ」

と、原島が言った。「橋爪主任はまだ北九州拘置所にいるし、岸統括は去年の三月、松山西刑務所へ異動されたが、地震の後、見舞い状をもらっていたので、退職の挨拶(あいさつ)状を出しておいたから」

「ああ、それでしたら結構です」

と、滝沢は慌てて言った。「原島看守部長が言われたように、森下が橋爪主任か岸統括に話していて、原島さんの耳に入らなかったなどということはありえないと思いますから」

「そうか」

「それに、森下が堀田事件弁護団に宛てて手紙を書いていたという話は、原島看守部長以外の人には知られたくないんです。どうか、看守部長の胸だけにおさめておいてください。お願いします」

「わかった。話すなと言うんなら誰にも話さない」

と、原島が真剣な顔をして応じた。滝沢が自分を信頼して打ち明けたのだと思ったのだろう。

「ありがとうございます」

と、滝沢はソファから背中を離し、頭を下げた。

「ところで、話は違うが、益城刑務所の所長になった宮之原総務部長の噂は聞いているかい」

と、原島が話を替えた。

「地震の後しばらくして体調を崩し、休職された、という話なら聞いていますが、違うんですか？」

「ま、そうだが、地震の後始末にどんなに忙しかったとしても、多少体調を崩したぐらいでは、所員たちがみな大変なとき、三カ月も休まないだろう」

「三カ月も休まれたんですか」

「ああ。それでいろいろ言われているらしいんだが……」

「重い病気だったんでしょうか？」

「重いか軽いかと言えば、別人のように痩せてしまったという話だから、重かったんだろうね」

「どこが悪かったんですか？」

「心の病と言ったらいいのかな。医師の診断はＰＴＳＤ……外傷後ストレス障害ということだったらしい」

「ＰＴＳＤというと、非常に恐ろしい体験をしたり、そうした場面を目撃したりした人が、後でそのフラッシュバックに苦しむという……？」

「うん」

「宮之原さんは、そうした体験を熊本地震でされたわけですね？」

「そうらしい。何しろ、益城刑務所のある場所は震源からそう離れていないところだそうだから」

「じゃ、十四日の晩か十六日の未明、どちらかのときは震度七に近い揺れに襲われたんですかね。福岡市は二回とも震度三程度だったので、自分は後のときは気づかずに寝ていたんですが……」

「北九州も同じようなものだったんじゃないかな。だから、二度目のときは俺も気づかずに寝ていたんだが、お袋のおろおろ声の電話で起こされた。客は親父が誘導して無事に避難させたが、家が傾き、壁が崩れたって……。後で知ったんだが、そのとき、別府の辺りは震度六弱か五強だったらしい」

「で、すぐにご実家……ここへ帰られたんですか？」

「いや、すぐ後で親父が大丈夫だと言ってきたので、翌日、翌々日と勤務して、非番の日の朝になるのを待って帰った。幸い、東九州自動車道の北九州・大分間は崩落などが起きていないという情報だったので、車を飛ばしてね」

「それにしても大変でしたね」

「うん。……あ、まあ、俺のことはどうでもいい。今は宮之原さんの話だ。宮之原さんは、十六日の深夜の地震で非常に怖い目に遭ったらしい」

「そうなんですか」

「寝ているとき、突然激しい揺れに襲われ、崩れてきた壁の下敷きになったようだ。ただ、そのときは大きな怪我もしないで済んだため、地震が収まった後は、被害を受けた房舎や官舎の修理、片付けなどの先頭に立ち、多忙な毎日を送っていたらしい。ところが、所内が元の落ち着きを取り戻した頃から、気になる言動が目につき出したんだそうだ」

「例えばどんな……？」

「話していて、急に青い顔をして冷や汗を浮かべたり、突然、呼吸が荒くなったかと思うと、変な声を発して立ち上がったりしたようだ。そして、そういうときは前にいる部下の顔など目に入らず、何かとてつもなく恐ろしいものでも見ているような、脅えきった目をしていたらしい。あ、そうそう、宮之原さんの他には誰もいない所長室から、時々怒鳴っているような、叫んでいるような声が聞こえてきたこともあったそうだ。それで、所員たちが薄気味悪がっていると、今度は見る見る痩せていったので、総務部長が奥さんと相談し、病院へ行くことを勧めたんだそうだ。……ああ、その前から、寝ていて突然叫び出したりするようなことが何度かあったので、奥さんも心配していたらしい。そんなとき本人は、地震で崩れてきた天井や壁の下敷きになり、いくら助けを呼んでも誰も来てくれない夢を見た、というような話をしていたそうなんだが……」

「それで、病院へ行ってＰＴＳＤと診断されたわけですか」

「初めからＰＴＳＤと診断されたわけじゃなく、いくつかの病院を巡った後だそうだがね」

「休職されたのはその後ですね」

「そう。自分は休まなくても大丈夫だと本人が言い張ったため、多少すったもんだしたらしいが、結局、医師と家族に説得され、そういうことになったようだ」

　宮之原が北九州拘置所の総務部長だったのは二〇一三年四月から一五年三月までの二年間で、その期間は滝沢も同じ職場にいた。

　とはいえ、一方は所内ナンバー2の矯正長、一方はヒラの看守。滝沢が宮之原と口をきいたのは数えるほどしかない。それも、何かの折りにちょっとした質問や指示を受け、それに答えただけで、会話らしい会話は皆無だった。裕次は博多中央高校の柔道部の後輩として宮之原に目をかけてもらっていたが、彼はそうしたことを自慢する男ではなかった。

むしろ、自分が宮之原にひいきにされていることに負い目を感じていたらしく、滝沢と話すときも宮之原に関する話題を避けていた。そのため、滝沢は、宮之原がどういう人間かよくは知らない。ただ、その頃遠くから見ていた宮之原は、堂々たる体軀であるのも手伝って、いつも自信ありげに見えた。そして、バックに鷲尾淳夫という超大物がいたからだろうか、所長の方がいつも宮之原の意向を窺いながら何か言ったりしたりしているように感じられた。

地震の記憶に脅える宮之原と、自分の印象に残っている宮之原――。その隔たりに滝沢が少し驚いていると、原島の母親が緑茶でもどうかと言ってきた。

滝沢は、もうそろそろ失礼するので結構だと丁寧に断り、邪魔をした詫びを述べた。

「いえ、こちらこそ何もお構いもせんで」

母親が恐縮したように応え、どうぞごゆっくりと言って去った。

「どうしても今日中に博多へ帰らなきゃだめなのか？」

と、原島が訊いた。

「ええ、明日は日勤なので」

「そうか、じゃ、今度ゆっくりと温泉に入りに来いよ」

「ぜひお邪魔させていただきます」

「あ、そうそう、温泉といえば、五月の連休が明けたら、石塚所長が奥さんとうちの温泉へ来てくれることになった」

「石塚所長もこの春に退官されたと聞きましたが、どこに住んでおられるんですか？」

滝沢は、真っ白い髪をした石塚の顔を思い浮かべた。拘置所の所長にしては温厚な男だった。

「小倉だ」

と、原島が答えた。「郷里は広島だそうだが、去年、北九州市内に家を買われた。奥さんの身体が弱いので、定年後は二人でのんびり過ごすつもりで、再就職しなかったらしい。別府へ来られるのも観光よりも湯治が目的なんだ」

「そうですか」

「あ、今、石塚所長の話をしていてちょっと頭に浮かんだことがあるんだが、森下君は宮之原総務部長に可愛がられていたよね」

「ええ、まあ、高校の後輩ですから」

滝沢は〝可愛がられていた〟という言い方にちょっと反発を覚えながら応じた。

裕次が同僚たちからそんなふうに見られるのを嫌っていたのを、滝沢は知っていたからだ。

「当然、森下君の方も宮之原さんのことを敬愛し、頼りにしていた……」

「そうかもしれません」

「それで、今ふと思ったんだが……もし島淵が別の殺人を告白する手紙を書いて森下君に託したとしたら、森下君は俺や橋爪主任だけでなく、統括や首席、さらには処遇部長も飛び越して、宮之原総務部長に相談した可能性は考えられないかね」

「宮之原総務部長にですか……」

「何しろ、島淵の書いた手紙の内容がもし事実だったとしたら、大問題だからね」

確かにそうだが、あのくそ真面目な裕次がそんなルール違反をするだろうか。

滝沢が疑問を述べると、

「わざわざ宮之原総務部長の元へ報告に行ったわけではなく、別の用件で部長に会う機会があったとしたらどうだろう？」

「そういう事情だったとしたら、原島看守部長の言われたようなことがあったかもしれませんね」

滝沢は認めた。

裕次は島淵に託された手紙を読んだ後、しばらく一人でどうしたらいいかと考え、悩んでいた。そうしたとき、たまたま宮之原に会ったとしたら……。

「つまり、森下は、原島看守部長や橋爪主任にも報告するつもりでいたが、先に宮之原総務部長に相談した、というわけですね」

「そう」

「だが、森下は看守部長たちに報告しなかった？」

「うん。で、今考えたんだが、話を聞いた宮之原部長は非常に驚き、取り敢えず森下君に俺たちへの報告を先送りさせ、石塚所長に報告したんじゃないだろうか。そこで二人は話し合い、この件は外に漏らさない方がいいと考え、処遇部長や首席にも知らせないでおくと同時に、森下君にあらためて口外を禁じた……」

「そう考えると、話の辻褄（つじつま）は合いますね」

その結論は、裕次が宮之原に相談したときの本意ではなかった。

しかし、裕次にはトップ二人の考えに逆らうという選択肢はない。

そのため裕次は——島淵が自分なら裏切るようなことはないと信用し、弁護士にも相談しないで手紙を託したのに——その彼の信頼を裏切ってしまった、と己を責めていたのではないか。

そうした裕次の気持ちに追い打ちを掛けたのが、夜勤だった晩、島淵が自ら命を絶ってしまったという事実だった。

島淵の自殺の動機ははっきりしないが、裕次は、自分の裏切りに対する抗議のように感じた。そのため、彼は島淵の代わりにあの手紙を書いたのではないだろうか。

滝沢がそう言うと、原島が「なるほど」とうなずき、

「それで、さっき言った頭に浮かんだことというのは、もし今話し合ったような事情が当

たっていれば、五月に石塚所長が見えたとき訊いてみればわかるかな、と思ったんだ」

と、話を戻した。

「所長は話されるでしょうか？」

「そこが問題だが、島淵は死亡しているし、所長も退官されているから、ここだけの話として漏らされる可能性はある」

「そうですね」

どちらにしてもダメ元だよ、と言って、原島がにやりと笑った。

「その件を切り出されるとき、一つだけお願いがあるんですが……」

滝沢が言いかけると、

「ああ、わかっている」

と、原島が顔の前に手を上げて制し、「あんたの名前と、森下君が堀田事件弁護団宛に書いた手紙のことは出さないでくれというんだろう？　それらには触れないでうまく尋ねるから、心配は要らない」

「すみません」

「ま、結果がどう出るかわからないが、どちらだったにしても、所長が帰ったら知らせるよ」

「よろしくお願いします」

と滝沢は頭を下げ、時間を割いてくれた礼を述べ、腰を上げた。

原島がフロントの横に貼られたバスの時刻表を調べて滝沢に告げてから、奥へ母親を呼びに行った。

二人が出てくるのを待って、滝沢は靴を履いた。どうぞまた来てくださいという母親の言葉に送られて玄関を出た。

原島がサンダルを引っかけ、バス停まで送ってきた。

つい数カ月前まで制服、制帽に身を包み、厳しい規則に縛られて暮らしていたのが嘘のように、すっかり温泉旅館の主の顔になりきっていた。

彼は、滝沢の乗ったバスが走り出すまで見送ってくれた。

温泉旅館の経営も大変だとは思うが、そうした選択肢のあった原島が、滝沢は羨ましかった。

3

別府の原島旅館を訪ねてから一カ月半余りが過ぎた朝、九時――。

廊下の端の扉が開き、主任矯正処遇官、渡利純也が入ってきた。

警備隊員の槇一馬と並んで立っていた滝沢は、足をそろえ、敬礼した。

もちろん槇も同様である。

渡利は歩みを止めずに二人に敬礼を返し、廊下の反対側の端、死刑囚監房の入口へ向かって進んで行く。

滝沢は、日頃から肝の据わった男だと感じていたが、少なくとも外から見るかぎり、渡利の顔はいつもの愛想のない彼と変わらない。

渡利が監房の入口に達すると、舎房担当の右田看守部長が敬礼で迎え、錠を解いて扉を開けた。

渡利はここでも無言の敬礼を返しただけで、扉の中に入った。

右田も続き、扉を閉めて錠を掛ける。

二人が入った一舎四階の死刑囚監房には、通路の両側に独房が二十八室並んでいて、現在、二十三人が収容されている。

ただ、死刑囚監房といっても、収容されているのは死刑の確定者だけではない。二十三人のうち死刑が確定している者、つまり死刑囚は九人で、あとの十四人は地裁か高裁で死刑の判決を受けたものの上訴中で、まだ死刑が確定していない者たちだ。

今、渡利が死刑囚監房へ入って行ったのは、同監房の三房に収監されている葉月光政（五十七歳）を舎房の外へ呼び出し、連行するためである。もし監房の中で葉月が暴れたり大声を出したりしたら、すぐに滝沢と槇も駆けつける手筈になっていた。

葉月は十六年前、強盗に入った家で、四十代の夫婦と小学生の長男の三人を殺害した罪で起訴され、十年前、最高裁で死刑が確定した。

その葉月の死刑が今日、執行されることになり、彼を連行する指揮官に渡利が選ばれ、他に滝沢たち四人の刑務官と五人の警備隊員も刑の執行担当者に選定されたのである。

滝沢がそれを知らされたのは一昨日の夕方だった。原島旅館を訪れている石塚元所長がそろそろ湯治を終えて帰る頃ではないかと思い、今夜にでも原島から電話がかかってくるのではないかと待っていたときだ。

その日、滝沢は日勤だったので、四時の舎房巡回を終えて保安本部へ戻ると、このまま何事もなかったら、退庁点検をして五時に帰るつもりでいた。

と、席を外していた首席矯正処遇官の島崎が入口に姿を見せ、窓際の自分のデスクへ向かわずに真っ直ぐ滝沢の席まで歩いてきた。

島崎は滝沢の横に立つと、ちょっと腰をかがめて彼の耳に口を近づけ、きみに大事な仕事を頼みたいので五時十五分になったら会議室へ来るようにと言い、このことは他の職員には言わないようにと囁いた。

滝沢は、大事な仕事とはなんだろうと内心首をひねりながらも、この時点では、死刑の執行担当を命じられようとは想像しなかった。

一昨年の暮れ、北九州拘置所から、死刑囚が収監されているここ福岡中央拘置所へ異動になったとき、いずれは死刑の執行に関わらねばならないかもしれない、と覚悟はしていた。とはいえ、死刑の執行担当者は看守部長として十分な経験を積んだ者の中から選定されるらしいという話を聞いていたので、看守部長に昇進して二年足らずの自分が選ばれるとは思っていなかったのだ。

滝沢が五時十分に会議室へ行くと、そこには副看守長の渡利と三人の看守部長の顔があった。そして、滝沢に前後して、警備係長ら五人の警備隊員が集まるのを待って、処遇部長の大山（おおやま）、首席の島崎、統括の太刀川（たちかわ）が入ってきて、大山の口から〝仕事〟の内容を知らされたのである。

大山が言うには、明後日、葉月光政の死刑が執行されるので、その担当者として、所長命令によって滝沢たち十人の職員を選定したのだという。

失敗の許されない重要な任務なので、選定基準は優秀な職員であること。だから、指名されたのを名誉だと思い、全力で職務を遂行してほしい――。

滝沢は、他の九人の担当者と共に起立して大山の訓示を聞いたが、ショックのため、半ば上の空だった。大山の話の間中、頭の中ではいろいろな思いが駆け巡っていた。刑務官などにならなかったらという思い、自分より経験のある看守部長が他に何人もいるのになぜ自分がという思い、裕次が生きていたらという思い、裕次に話したら、裕次は何と言っただろうか……。

滝沢は一舎の担当になったことがないので、葉月は何度か見たことがあるといった程度である。それでも、あの男を自分の手で……と想像すると、指先が冷たくなるのを感じた。

訓示を終えた大山が退室すると、残った滝沢たちは太刀川統括の指示で楕円（だえん）形のテーブルを囲んで着席。島崎首席が初めに日程を説明し、次いで彼のリードで明後日の分担が決められた。

五人ずつ二組に分かれて葉月の連行と通路の警備を担当し、無事に葉月を刑場まで連れて行った後は、全員、新たな部署を担当するのである。三人が刑場二階、三人が執行ボタン、二人が刑場地階、二人が出入り口の警備、と。

そのうち、滝沢の担当になったのは、渡利の指揮で葉月を刑場まで連行することと、執行ボタンを押すことだった。

執行ボタンは三つあり、「執行」の合図と同時に三人が一斉にそれぞれのボタンを押す。と、麻縄のロープを首に掛けられた死刑囚の立っている踏み板が外れ、死刑囚は落下して絞首されるのだが、ボタンの二つはダミーであり、誰が押したボタンによって踏み板が外れたのかはわからない。

島崎からそうした説明を受けた後、翌日は朝九時に会議室に集合して、刑場の準備や予行演習をすることなどが伝えられ、解散になった。

その後、滝沢は半ば上の空のまま官舎へ帰り、風呂に入って夕食を摂った。あとはすることがなく……と言うより何も手につかず、夜中の十二時近くまでベッドの上で音楽を聴いていた。そのスイッチを切ってヘッドホーンを外すまで忘れていたが、原島からの電話はなかった。

死刑囚監房入口の扉が開き、渡利、葉月光政、右田と出てきた。

葉月は廊下の端に立っている滝沢たちを見て、一瞬ぎくりとしたようだったが、渡利に促されて歩き出した。

渡利は葉月に、用事があるので事務所まで来いと言って出房を命じただけで、刑の執行については伝えていない。

他の囚人たちが耳を澄ましている監房内で暴れられたりするのを避けるためである。そのために、監房には渡利が一人で入って行ったのだった。

だが、いつ自分に執行の日がくるかと毎日脅えて暮らしている死刑囚は、敏感である。いつもと少しでも違ったことがあれば、さては……と想像する可能性が高い。だから、葉月はたぶん感づいていると思われる。ただ、恐怖に胸が押しつぶされそうになりながらも、一方で、「いや、そうではない、違う!」と懸命に心の内で叫び、否定しているのではないか。

右田は監房の外側に残り、渡利と葉月が滝沢たちの方へ歩いてくる。

滝沢は、昨日のうちに、できるだけ心を空にして任務を遂行しようと決めていたが、それでも、全身を厚い革のベルトで引き絞られるような緊張を覚えた。

三メートルほどの距離まで近づいたところで、槇が錠を解き、滝沢が扉を開けた。

渡利と葉月がすぐ前まで来た。

近くで見る葉月の顔からは完全に血の色が失われ、目は恐怖の色を浮かべて見開かれていた。

やはり感づいているようだ。

渡利と葉月の後から滝沢と槇も廊下の外側へ出た。錠を掛け、渡利たちに続く。

葉月は一瞬足を止め、「ど、どこへ行くんだ?」と叫んだが、「黙って歩け」と渡利が叱責し、滝沢と槇が背後から挟むようにして押した。
四、五メートル先で右に折れると、エレベーター乗り場があり、そこに刑務官一人と警備隊員一人が待っていた。
これで、連行担当の五人がそろったのである。

五人で葉月を囲むようにしてエレベーターに乗り、一階に降りた。

あとは、分岐している角などに警備担当が立っている渡り廊下を通って、葉月を処刑舎まで連行した。

途中、葉月は何度か足をゆるめ、問いかけるような助けを求めるような目を左右に向けたが、滝沢たちは無言で前進を促した。

処刑舎は渡り廊下の突き当たり、何の表示もない重そうな鉄の扉の奥である。外から見ると、窓のない四角いコンクリートの箱だった。

扉を入ったところは一階で、二階が「別れの間」と中央に踏み板のある刑壇場。地階が、吊り下がった遺体を下ろし、医師の検視が行われる場所である。

二階に上る階段――十三階段のように言われているが、十五、六段はありそうだ――の下まで進んだとき、葉月が突然「いやだ！　助けてくれ！」と叫んで暴れ出したので、滝沢たちは両側から彼の腕を取って押さえ、そのまま半ば引きずるようにして二階まで上った。

待っていた刑務官が開けたドアを入ると、中は「別れの間」だった。刑壇場とはカーテンで仕切られただけの八畳ほどの広さの部屋だ。当拘置所の所長、総務部長、処遇部長、首席矯正処遇官の他に検察官と検察事務官、僧侶が待っていた。

死刑の執行には、監獄の長またはその代理人と共に、検察官と検察事務官が立ち会わなければならない、と刑事訴訟法に定められているのだ。

カーテンの反対側の壁際には祭壇が設けられ、線香の匂いが漂っていた。

所長の久留島昭充（くるしまあきみつ）が一歩前へ進み出て、葉月を囚人番号とフルネームで呼び、法務大臣から刑の執行命令がきたことを告げた。

部屋に入ったときから葉月の身体は瘧にかかったようにぶるぶると震え出していたが、今や立っているのがやっと。滝沢と槇が両脇から支えていなければ崩れ落ちてしまいそうだった。

久留島が祭壇の横の小テーブルを目顔で指し、誰かに書き遺したいことがあれば書くようにと言った。滝沢と槇が軽く押し出すようにして葉月の身体から腕を放すと、葉月がゆるゆると動き出し、紙とペンと茶菓の載ったテーブルまで進み、前に置かれた椅子に座った。

そこで遺言なり辞世の句なりを書き、茶を飲んで菓子を食べると――もちろん何も書かず、何も食さなくてもかまわない――、刑の執行である。

ただ、予行演習によれば、滝沢たちはその時点で葉月を連行する役割を終え、部屋を出て一階に降りてしまったので、詳細はわからない。

ただ、予行演習によれば、「それでは、お別れです」という所長の言葉を合図に、二階担当の刑務官と警備隊員、三人が葉月を椅子から立ち上がらせ、後ろ手錠を掛け、目隠しをしたはずである。

その後、刑壇場との仕切りのカーテンが開けられ、葉月がどんなに暴れ抵抗しようとも、彼は三人の刑務官たちの力で取り押さえられ、刑壇場へと移動させられる。一段と高くなった僧侶の読経の声に送られて。そして、中央の踏み板の上に立たされ、滑車を通して上から垂れ下がっている絞縄(こうじょう)を首に掛けて（外れないように）絞られ、両膝下を縛られる。

　こうして準備が完了すると、一階の執行ボタンの前に立って三つのボタンにそれぞれの人差し指を軽く触れて待っていた滝沢たち執行ボタン担当三人の出番になる。

　滝沢は、階段の上に立っている刑務官が片腕を上げて「執行」の合図をするのと同時に、指で触れていたボタンを強く押した。

　他の二人ももちろん同様である。

　滝沢たちには見えないが、三人の誰かが押したボタンによってバターンという大きな音がして踏み板が外れ、短い叫び声とともに葉月の身体が落下したのがわかった。

　あとは、地下室担当の刑務官たちがぶら下がった葉月の身体の揺れを止め、十数分待って身体の引きつりが間遠になり、蘇生(そせい)の可能性がほぼ消えたところで手錠、目隠しを解いた。

　その後、医師（拘置所の医務技官）が死亡を確認。葉月の遺体はそこで初めて台の上に横たえられ、医師から死亡の報告を受けた検察官が上から降りてきて検視を行い、死刑は終了した。

　ところで、滝沢たちが「別れの間」を出た後、立会人である検察官や所長はどうしたかというと、葉月が手錠を掛けられて目隠しをされたところで「別れの間」を出、廊下を刑壇場の反対側へ廻ったはずである。そして、刑壇場全体が見渡せる強化ガラスの仕切りの外に立ち、刑務官たちが葉月を踏み板に立たせてから行った一連の作業と、踏み板が開いて葉月が落下して行き、死亡するまでを見届けたはずである。それが立会人の役目だからだ。

立会人たちは検察官の検視が済んだら刑場を出て行き、所長と検察官は「執行始末書」に署名押印。検察事務官の手でそれが法務大臣に届けられれば、すべての手続きが完了したことになる。

立会人たちが去った後、死刑の執行を担当した滝沢たちには、死体を綺麗に処置して納棺するという仕事が残っていた。その最後の仕事を済ませて、遺体を遺体安置室へ運んでから教誨堂へ行き、塩を振りかけてもらって手を洗い、焼香。その後、別室へ移って軽い食べ物と清めの酒を口にし、一人二万円の特殊勤務手当をもらってようやく解散となった。

まだ昼前だったが、この日はもう勤務がないので、風呂に入って退出。滝沢は、誰とも顔を合わせたくなかったし口もききたくなかったので、官舎へ帰らずに駅へ直行し、博多で鹿児島本線に乗り換えて宗像市へ向かった。

赤間駅で降りて花と線香を買い、タクシーで裕次の眠っている墓まで行き、それらを手向けて手を合わせた。裕次とは、刑務官になったからにはいつか死刑の執行を担当しなければならないだろうな、と時々話し合っていたので、おまえは経験しないうちに死んでしまったが、俺は今日経験したよ、と報告したのである。

裕次の墓参りを済ませると、滝沢は電話でタクシーを呼び、駅へ帰った。近くに勤めている菜々の顔が浮かんだが、もちろん連絡は取らない。姉がいる実家にも叔父の家にも顔を出さず、博多まで戻った。

もらった二万円を全部使ってしまうつもりで駅前のパチンコ店に入ったとき、電話がかかってきた。

スマートフォンを取り出してみると、原島からだった。

滝沢は応答し、まだ玉を買う前だったのでそのまま外へ引き返した。

「何だかずいぶん騒がしいようだが、いいのか？」

と、原島が訊いた。

「大丈夫です」

と、滝沢は答えた。

「そうか」

と応じただけで、原島は何も訊かず、「さっき、石塚ご夫妻が帰られた」と言った。

滝沢は生唾(なまつば)を呑み込んだ。

「で、例の件だが、結論を先に言うと、石塚所長は、島淵が手紙を書いたなどという話はどこからも聞いていないということだった」

滝沢は全身から力が抜けていくのを感じながら、

「原島看守部長は、石塚所長にどのように尋ねられたんでしょう?」

と、一応確認した。

「島淵が自殺する少し前、別の事件について自分がやったとかやらないとかという手紙を書いていたという噂を耳にしたが、所長はご存じですか?　と切り出した。そのとき俺は、森下君ときみの名だけでなく宮之原部長の名も出していない」

「そうですか」

「もちろん、石塚所長が嘘をついた可能性もゼロじゃない。だが、俺にはそんなふうにはまったく感じられなかった。具体的にどんな噂なのかと尋ね返されたときの顔は、本当に驚いている様子だった」

「わかりました。きっと看守部長の言われたとおりでしょう」

滝沢は正直そう思った。

「うん」

と、原島がうなずき、「期待を持たせてすまなかったな」と謝った。

「とんでもありません。お手数をおかけして申し訳ありませんでした」

「もし俺に力になれそうなことがまたあったら、遠慮なく言ってくれ」

滝沢はありがとうございますと礼を述べ、電話を切った。

原島に伝えられた結果に少しはがっかりしたが、心のどこかで、こうなるのを予想していたような気がした。

店の中へ戻り、玉を買って手近の台で打ち始めた。今日は早く二万円すってしまえばいいと思っていたので、空いている台ならどこでもよかった。

ガラスの向こうで跳ね回る玉の動きに漠とした目を向けながら、さて、これからどうしたらいいか、と考える。

いや、滝沢には、もう進むべき道は一本しかないのがわかっていた。〝島淵が堀田事件関係者宛に手紙を書いて、それを裕次に託した〟という自分の推理が正しいかぎりは。

そして滝沢は、この推理に間違いないだろうと考えていた。

それなら、考えられる可能性は二つ。裕次が島淵から託された手紙のことを誰にも明かさず、自分一人の判断で発信不可にしたか、あるいは、裕次が宮之原に相談した結果、宮之原が石塚に報告せずに手紙の発信をやめさせたか——いずれかであろう。

このうち、滝沢がよく知っている裕次の性格、生き方から考えて、前者であった可能性はかぎりなくゼロに近いと思われる。

としたら、残るは後者しかない。

だから、宮之原がなぜ所長にも処遇部長にも話さず、島淵の手紙を〝握りつぶす〟ことにしたのか、その真相を知るためには、今や宮之原にぶつかるしかないのである。

しかし、ぶつかるといってもそれは言葉で言うほど簡単ではなかった。宮之原の存在はあまりにも遠すぎる。この春、彼が所沢刑務所の所長として九州を離れてしまったこともだが、それ以上に看守部長と矯正長との距離である。まず会うのからして容易ではないが、何とかして面会までは漕ぎ着けたとしても、そこで彼の口から真実を引き出すのはさらに難しいだろう。

では、それらの難関を乗り越えるにはどうしたらいいか。何か良い方法はないだろうか。その前に、宮之原はどうして島淵の手紙を握りつぶし、そのことを自分と裕次だけの秘密にしておこうとしたのだろうか。

滝沢が考えながら、機械的にハンドルを握り続けていると、隣で打っていた七十年配の女性が首を伸ばすようにして滝沢の顔を見上げ、

「お兄しゃん、玉ば溢れとーばい」

と、言った。

いつの間にか、受け皿が玉で一杯になっていたのだった。

「下に落ちた玉、要らんね？」

「あ、ああ……」

「じゃ、もらうばい」

女性が床に屈んで拾い始めたので、隣の台を見ると、皿はほとんど空だった。

女性はいくつかの玉を拾って、どっこいしょという声とともに椅子に戻り、

「やっぱり返すわ」

握っていたそれらを滝沢の皿にあけた。

「じゃ、おばさん、ここで打ちなよ」

滝沢はもう打ち続ける気がしなくなり、言った。

「えっ、お兄しゃんなどうするったよか？」

「俺は帰る」

「ばってん、そげん出とーんに」

「用があるんだ」

滝沢は立ち上がると、「玉は全部おばさんにやるよ」と言って、びっくりしたような、呆(あき)れたような顔をしている女性を後に台を離れた。

大きな問題が一度にいろいろ襲いかかってきたようで、頭と気持ちがうまく収拾がつかずにいた。死刑の執行という一番の問題は済んだ後だというのに。

喧噪(けんそう)の外へ出ると少しほっとし、歩き出す前に軽く深呼吸した。

「さて、どうするか……」

道の左右を見やりながら、声に出して言ってみた。

今日これからどうするかという意味と、どうやったら宮之原に会って彼の口から真相を

引き出せるか、という意味が頭の中で重なっていた。

とにかく、今日は原島の電話がかかってくる前から考えていたように、酒を飲んで帰ることにし、パチンコ店の前を離れて、目についた居酒屋に入った。

外にはまだ日が残っており、開店したばかりらしく、店内はがらがらだった。

寄ってきた若い男の店員に取り敢えず生ビールを注文し、それが運ばれてくると、葉月光政に献杯し、ジョッキの三分の一ほどを一気に飲んだ。

ビールの後、麦焼酎のお湯割りと枝豆を頼んでその店に一時間ほどいて、近くのスナックへ移った。後は別のスナックとバーを数軒はしごをし、焼酎とハイボールを飲み続けた。

——裕次、宮之原総務部長との間にどういう遣り取りがあったんだ？

と、時々胸の中で裕次に問いかけながら。

——裕次、教えてくれ。宮之原部長はどうして誰にも言わずに島淵の手紙を握りつぶすことにしたんだ？

もちろん裕次は何も答えない。

頭の芯がしびれて、何も考えられなくなってから、ふらつく足でタクシーを拾い、官舎へ帰った。

部屋へ入り、そのままベッドに倒れ込んだ。その瞬間、何かが頭を掠(かす)めたような気がしたが、それを見定める前に眠りに落ちていた。

翌朝は電話のコールで目を覚ました。

一瞬、どこで音がしているのかわからず、身体を起こすや、頭にずきんと激しい痛みが走った。

思わず顔をしかめながらも、ジャケットのポケットで鳴っているスマートフォンを探し当て、取り出した。

電話の相手は原島だった。

そうか、昨夜は着替えもせずに寝てしまったのだ、と思い出し、

「もしもし……」

かすれる声で応答した。

「すまん。まだ寝ていたか?」

原島が謝った。

「ええ、まあ……」

「悪かったな。実は、昨日電話した後でちょっと考えたことがあったので、出勤してしまう前にと思ったものだから……」

「すみません」

「ところで、俺の考えたことを話す前に確認しておきたいんだが、島淵が堀田事件関係者

宛に手紙を書いて森下君に託したというのは、間違いないかね？」

「この前ご説明したように、証拠はありません。ですが、森下が堀田事件弁護団宛に書いた手紙から推して、間違いないと私は考えています」

「それでいて、森下君が俺や橋爪主任に何も言ってきていないということは、この前考えたように、彼はそれを宮之原総務部長に話し、相談した可能性が高い？」

「ええ」

「しかし、石塚所長もその件を聞いていないわけだ。となると、宮之原部長が自分一人の判断で島淵の手紙をなかったものにしたとしか考えられないが……？」

「私もそう考えました」

「そうか。で、きみは、宮之原部長がどうしてそうしたと？」

「昨日から考えているんですが、それがわからないんです」

「実は、夕べ遅く、ふと、その理由を解く鍵は堀田事件にあるんじゃないか、と俺は思ったんだ」

　言われて、滝沢の脳裏に、昨夜の記憶がよみがえった。ここへ帰ってベッドに倒れ込んだときのことだ。あのとき、何かが頭を掠めたような気がしたが、あれは今原島が言ったようなことではなかったか。そうだ、あのとき、自分も、宮之原が誰にも話さずに島淵の手紙を握りつぶし、裕次を口止めしたのは、手紙の内容に関係があったからではないか、と一瞬思ったような気がする。

滝沢が自分の記憶を思い返していると、原島が、

「やはり、荒唐無稽な考えかね？」

と、ちょっとがっかりしたような声を出した。滝沢が黙っていたのを賛同できないからだと思ったらしい。

「いえ、そんなことはありません」

と、滝沢は慌てて否定した。「大いに可能性があります」

「そうか！」

と、原島がとたんに明るい声になった。「そう思うか？」

「ええ」

「ただ、そう考えても、宮之原部長が堀田事件に関わりがあったとは思えないし、その先はまるで想像がつかない」

「ま、そうですね」

「じゃ……？」

「事件の詳しい内容がわかれば、何か見つかるかもしれません。ですから、とにかくこれから堀田事件についてよく調べてみます」

滝沢は東西新聞の荒木記者のことを思い浮かべながら言った。荒木にこちらの事情をど

こまで話すかはこれから考えなければならないが、彼を通じて堀田事件弁護団から裁判の資料を取り寄せられれば、ネットで調べただけではわからない事件の詳細がわかるにちがいない。

「調べた結果、まったくの的外れだったということになるかもしれないが……」

「それは仕方ありません。それより、わざわざ知らせてくださってありがとうございました」

これで次の行動が決まったと思いながら、滝沢は原島に礼を言った。

電話を切ると、話しているときは忘れていた、頭に電流を通されているようなずきんずきんという痛みが再び襲いかかってきた。

２０１９年

捜査Ｖ

1

三月二十八日（木曜日）の午後四時、明日香と大野は小田急線鶴川駅前にあるハンバーガーショップで滝沢正樹に会った。

近くに複数の高校があるのか、店内は異なる制服を着た男女の高校生たちで賑わい、ざわついていたが、自分たちに関心を向ける者などなさそうなので、他人に聞かれたくない話をするにはかえって好都合だった。

先週、九州から帰った翌日、明日香は滝沢の姉に聞いた携帯に電話し、宮之原と森下の関わりについて話を聞きたいので会ってほしい、と申し入れた。が、滝沢は、宮之原とは会話らしい会話を交わしたことがないし、彼について何も知らないので、会っても無駄だ、と答えた。宮之原と親しかった従弟の森下裕次から聞いた話だけでもいいからと言っても、従弟は宮之原の話などほとんどしなかった、と素っ気ない。そう言われると、明日香はかえって一度会って話を聞いてみたいと思い、日時と場所を指定してくれたらどこにでも行くから……と粘り、やっと今日の約束を取り付けたのである。

明日香たちが少し早めに行って席を確保していると、髪をスポーツ刈りにした色の浅黒い精悍な顔立ちの男が四時四、五分前に店の入口に現れた。

年齢が三十代の後半ぐらいだし、滝沢にちがいない。明日香がそう思い、大野と見交わすより早く、男は真っ直ぐ明日香たちのいる席へ向かって歩いてきた。

電話でこちらの年格好を伝えていたし、明日香と大野の他にはおとなの客は四、五人だけ。あとは高校生ばかりなので、すぐにわかったのだろう。

明日香は大野とともに立ち上がって迎え、

「滝沢さんですね？」

と、確認。そうです、という相手の返事を待って、

「こちらが大野、私が電話した杉本です」

と、大野と自分を紹介した。

滝沢は、身長は大野より少し低い百七十センチ前後だが、スーツの上から見ても贅肉の感じられない均整の取れた体付きをしていた。

「今日はお時間を取っていただき、ありがとうございます」

今度は大野が言い、「どうぞお掛けください」と前の席に座るように促した。

滝沢が腰を下ろすのを待って、明日香はコーヒーでいいかと確認。カウンターへ行ってブレンドコーヒーを三つ注文し、三人分の水と一緒にトレーに載せて運んできた。

それらを二人の前に配り、一組をトレーごと自分の前に置いて腰を下ろすと、

「滝沢さんは三十分しか時間が取れないそうなので、すぐに話を伺おうと思うんだが、いいか？」

と、大野が明日香に言った。

今日は自分で訊くつもりのようだ。

予想外だったので、

「あ、はい、結構です」

明日香はちょっと慌てて答え、手帳とボールペンを取り出した。

「それじゃ、早速、今日会っていただいた用件に入りたいんですが……」

と、大野が滝沢の方へ顔を戻した。「滝沢さんは、今月十二日、東京高検の検事長だった鷲尾淳夫氏が殺された事件についてご存じですか？」

「日にちまでは覚えていませんが、事件については知っています」

と、滝沢が答えた。

「ああ、コーヒーをどうぞ」

大野がコーヒーを勧め、「では、滝沢さんが北九州拘置所に勤務しておられたとき、総務部長だった宮之原佑氏が鷲尾氏と親しかったことは？」

「知っています……あ、といっても、話に聞いていただけですが」

「話というのは、従弟の森下裕次さんからですか？」

「いや、誰からというわけではなく、宮之原部長が福岡の名門、博多中央高校の柔道部で鷲尾検事長の二年後輩だったという話は有名でしたから」

「それで、宮之原さんは出世されたのだとか……？」

「そうした噂があったのは事実ですが、実際にどうだったのかは知りません。同じ職場といっても、私は処遇部の一看守にすぎず、総務部長の宮之原さんと交わることはほとんどありませんでしたから」

滝沢という男はなかなか慎重な性格のようだ。

「森下裕次さんも二人の後輩だったそうですね」

「ええ」

「それで、森下さんは宮之原さんに目をかけられていたという話ですが？」

「そうかもしれません」

「でしたら、森下さんは、鷲尾氏と宮之原さんの関わりなどについて、滝沢さんにいろいろ話されたんじゃないですか？」

「いえ、裕次……従弟は、私の前でそうした話はほとんどしませんでした。従弟は思いやりのある優しい性格でしたから、私にそうした話をすれば自慢ぽくなるため、避けていたんだと思います。私の方も別に聞き出そうという気はなかったし……ですから、電話で杉本刑事さんに言ったように、私は何も知らないんです」

「森下さんは、自分が夜勤だったとき、収監されていた男が自殺したのに責任を感じ、自殺されたのだとか……?」

「たぶんそうだったのだろうと思いますが、正確な動機はわかりません」

「遺書はなかったんですか?」

「ありましたが、どうして自殺するのかといった具体的なことは書かれていなかったんです」

「では、遺書にはどういう……」

「待ってください」

滝沢が片手を上げて大野の質問を遮り、「そんなことをどうして刑事さんたちに話す必要があるんですか?」と抗議するように言った。

「失礼しました」

と、大野が軽く頭を下げた。「参考までに伺おうと思っただけですので、話したくなかったら結構です」

　滝沢は怒ったような顔をしたまま黙っていた。

「それでは宮之原さんの話に戻ります」

　と、大野が何事もなかったかのように言い、「二〇一五年の四月、宮之原さんが北九州拘置所から益城刑務所へ所長として転勤されたのは当然ご存じですね」

「ええ」

　と、滝沢がうなずいた。怒りを解いたのか、元の顔に戻っていた。

「そして翌年、熊本地震に遭遇して崩れてきた壁の下敷きになり、怪我はたいしたことがなかったものの、しばらくしてから三カ月ほど休職されたことはいかがでしょう？」

「知っています」

「病名についてはどのように？」

「ＰＴＳＤだと聞きましたが、違うんですか？」

「私たちもそのように聞いていますが、滝沢さんはどなたから？」

「誰といって特定の人ではありません。自分は福岡中央拘置所へ異動した後だったんですが、同じ矯正管区内にいれば、そうした噂は自然に耳に入ってきます」

「宮之原さんは元の職場に復帰した後、数カ月で埼玉県の所沢刑務所へ異動されたそうですね？」

「そのようですね」

「病気で三カ月も休んでいたとなれば、降格はしなかったとしても現状維持が普通だと思うんですが、宮之原さんは九州を離れて首都圏の、それも益城刑務所より規模の大きな刑務所の所長に栄転されているわけですね。その点、滝沢さんはどう思われましたか？」

「どうとは……？」

「その栄転の裏には、当時法務省の事務次官だった鷲尾氏の力が働いていたのではないかという噂があったそうですが、それはご存じですか？」

「ええ、まあ……」

「そうした噂を耳にされ、どう思われたかと……？」

「特にどうとも思いません。私には関係のない話ですから」

滝沢はそこで一度言葉を切ると、「それより、私にそんなことを訊いて何になるんですか？　鷲尾検事長が殺された事件に何か関係があるんですか？」と逆に問い返した。

「関係があるかないかはわかりません」

と、大野が答えた。「ですが、鷲尾氏と宮之原さんの関係は大いに気になるんです。それで、少しでもそれに関係した情報が得られればと思い、滝沢さんにも会っていただいたんです」

「そうですか。そういうことでしたら、私は何の力にもなれそうにないですし、これから行かなければならないところがあるので、そろそろ失礼させてください」

滝沢が時計を見て、言った。

「お仕事ですか？」

「ええ」

「失礼ですが、現在はどういうお仕事を？」

「探偵です」

滝沢が唇に自嘲するような笑みをにじませた。

「お姉さんへの電話では、友達と会社をやるという話だったのでは……？」

「そのつもりだったんですが、手違いがあってうまくいかなかったんです」

滝沢はもう一度時計を見て、「失礼します」と腰を浮かした。

「それじゃ、念のために住所を教えていただけませんか」

と、大野が引き止めた。

「私の住所ですか？」

滝沢が中腰のまま、訝しげな顔を向けた。

「ええ」

「私がどこに住んでいようと、関係ないでしょう。だいたい、そちらは電話番号を知っているわけですし」

「どうしてもまた連絡を取りたい事情が生じたときのためにお願いします。もしかしたら電話が通じない場合もあるかと思いますので」

「そんなことはないと思いますがね」

滝沢が顔をしかめた。どうすべきか考えているようだ。単に警察に住所を言いたくないだけなのか、それとも知られたくない事情があるのか……。

「ご迷惑はかけませんから、念のためにお願いします」

大野が押すと、滝沢が態度を決めたらしく、

「わかりました」

と答え、〈西東京市田無町二丁目△－××、新栄ハイツ三〇三〉という所番地を告げた。

「西東京と言うと、西武新宿線の沿線ですよね」

「そうですが……それがどうかしたんですか？」

滝沢が意味がわからないといった顔で訊き返した。

「滝沢さんは、宮之原さんも西武新宿線の沿線に住んでおられるのをご存じじゃないですか？」

「えっ、宮之原部長が？　知りませんよ、そんなこと」

「そうですか」

「私が宮之原部長の住所など知るわけがないでしょう」

「わかりました」

「じゃ、失礼しますが、いいですか?」

「結構です」

今日はどうもありがとうございました、と大野が礼を言ったので、明日香も一緒に頭を下げた。

滝沢が立ち上がり、出口へ向かった。

彼の姿が店の外へ出て行くのを待って、

「どう思った?」

と、大野が明日香に目を戻した。

「宮之原さんが東村山に住んでいるのを知っていたんじゃないか、と思ったんですが……」

明日香は感じたとおりを述べた。

「俺も同じだ」

「それで、できれば私たちに住所を教えたくなかったんじゃないでしょうか」

「俺もそんなふうに感じた。だが、あまり強く拒否するとかえって怪しまれると思い、教えた……」

「でも、どうしてでしょう?　どうして滝沢氏は、宮之原さんの近くに住んでいる事実を私たちに知られたくなかったんでしょう?」

「その理由ははっきりしないが、二人が近くに住んでいたのは単なる偶然じゃないと思う」

「そうですよね。偶然なら、隠す必要がないはずですから」

「では、偶然じゃないとしたら、二人はなぜ同じ沿線の、それも二十分前後で行ける場所に住んでいる?」

「滝沢氏が九州から出てきて、宮之原さんの家がある東村山市の近くに住んだとしか考えられませんが」

答えながら、明日香は胸の鼓動が高まるのを感じた。

大野が「うん」とうなずき、

「その場合、彼が刑務官を辞めて上京した理由……友達と一緒に会社をやるためという話は出鱈目だった可能性が高い、ということかな」

「そう思います。ただ、そう考えても、滝沢氏が何のために刑務官の職を捨てて上京し、宮之原さんの家の近くに住んだのか、その理由、目的は見当もつきません」

「うん……」

「滝沢氏の行動は、鷲尾検事長の殺された事件に関係しているんでしょうか?」

「今の段階では、はっきりしたことは言えないが、無関係ではないような気がし始めている」

「私も同じですが、関係を示す具体的なものが何もないため、どこからどう考えたらいいのかわかりません」

「いや、取っかかりはある」

「取っかかり……？」

「もし滝沢の行動が事件に関係しているとしたら、鷲尾検事長と宮之原の高校の後輩である森下裕次……滝沢の従弟の死が絡んでいるんじゃないかと思う。だから、ま、俺のこの想像が当たっていればだが、そこから調べていけば、何か出てくる可能性がある」

「そうか……！　で、具体的にどうしたらいいんでしょう？」

「森下裕次が自殺したときの事情を皮切りに、森下と滝沢の具体的な関わり、滝沢が刑務官を辞めて上京する前、彼に何か変わったことがなかったかどうか、といった点を調べてみようじゃないか」

「そうすれば、滝沢氏に今度の行動を促したものが何か、見えてくるかもしれない？」

「今のところ、期待半分だが」

「わかりました」

明日香は応えながら、胸の昂(たかぶ)りを覚えていた。

滝沢に会う前は……いや、会ってからも、大野が住所を尋ねるまでは、このようなかたちで彼が捜査の対象として登場してこようとは想像していなかったのだった。

まだ、具体的なものは何も見えないし、はっきりしない。果たして滝沢が事件に関わっているのかどうかさえも。だが、新たに浮かび上がったこの線を進んで行けば、どこかで事件の核心に通じているような、明日香はそんな気がした。

2

杉本明日香と大野が滝沢に会ったのと同じ三月二十八日の夕刻——。

平岡と長谷川はN県堀田市にある三橋法律事務所を訪れていた。

事務所の所長で堀田事件弁護団の代表でもある三橋昌和と弁護団事務局員の須永英典に話を聞くため、面会を申し入れてあったのだ。

ただ、平岡たちが事務所に着く少し前、N地裁へ行っている三橋から帰りが遅れるという連絡が入ったとかで、今、四畳半ほどの広さしかない応接間のローテーブルを挟んで平岡たちの前に掛けているのは須永だけだった。

平岡たちは、鷲尾が検事だったときに関わった事件に関係して、鷲尾殺しの動機のある者として、赤江修一の長男・水島肇と、長女のひとみに夢中だと聞いた須永について調べた。が、鷲尾が殺された晩、肇は午後八時前後に東中野のアパートの入口で住人に目撃されていた事実が判明し、また須永は仙台に出張していたことが確認されたため、二人とも容疑者候補から外れた。

だから、平岡たちが今日、三橋法律事務所を訪ねたのは須永を疑ってのことではない。彼と堀田事件に関して調べているとき、二年前の東西新聞にちょっと気になる署名入りの記事を見つけたので、それに関して事情を聴こうと思ったのである。

記事が載っていたのは二〇一七年三月八日の朝刊で、内容は〈堀田事件の再審請求を行っていた堀田事件弁護団宛に、事件の真犯人を名乗る人物から三通の手書きの手紙が届いた〉というものだった。

北九州市で投函された一通目は二〇一四年の五月に、宗像市で投函された二通目は二〇一五年の六月に、福岡市で投函された三通目は二〇一六年の三月に、とほぼ一年ごとの間を置いて。

そして二通目の手紙には、堀田事件の真犯人である自分のものだという毛髪が同封されており、その毛髪と堀田事件の被害者に付着していた犯人のものと思われる血液を使ってＤＮＡ鑑定をすれば、両者が同一であることが証明されるはずだ、と書かれていたのだという。

もし手紙の内容が事実で、毛髪が本当に犯人のものなら、堀田事件には死刑になった赤江修一ではない犯人がいたわけであり、赤江は無実だったことが明らかになる。

そのため、弁護団は半信半疑ながらも、二通目の手紙が届いた時点で、もし毛髪が本当に犯人のもので手紙の内容が事実なら……と思い、手紙に書かれているとおりのＤＮＡ鑑定ができないかと模索したらしい。

しかし、被害者に付着していた血液は、警察が最初の鑑定ですべて使い切ってしまっており、再鑑定は不可能だったのだという。

三通目の手紙が届いたのはそれから九カ月経った翌年の三月。それは前の二通とは少し趣が違っており、この手紙を含めた三通の手紙を書いたのは実は堀田事件の犯人ではなく、犯人の意を受けた者だ、と書かれていた。そして、犯人とは、別の殺人事件「Ｎ事件」で死刑の判決を受け、上訴中に自殺した男「Ｔ・Ｓ」だ、と。

新聞には、Ｎ事件、Ｔ・Ｓとイニシャルで表記されていたが、手紙にはフルネームが記されていたらしい。

三通目の手紙は、前の二通を書いた者とは別の人間が書いた可能性も考えられた。つまり、別人が二通の手紙の文字を真似て書いた、という可能性である。そこで記者（荒木啓介）が、もしかしたら当人ではないかと考えた男に会って質したが、否定された――。

というわけで、三通が同一人によって書かれたにせよ、前の二通と最後の一通が別の人間によって書かれたにせよ、本人が名乗り出ないかぎり、手紙を書いた人物を特定するのは難しかった。そのため、堀田事件弁護団は、赤江修一の冤罪を証明する手段として、手紙に同封されていた毛髪の活用を断念せざるをえなかったのだという。

この新聞記事は、いっときネットや一部の週刊誌で取り上げられたらしいものの、手紙に書かれていることが事実だと裏付けるものがないため、じきに話題にならなくなり、誰かの悪戯だろうということで忘れられてしまったらしい。

だが、平岡たちは、その記事を読み、手紙が三通とも福岡県内で投函されている事実と、Ｔ・Ｓが死刑判決を受けて上訴中に自殺したという点に引っかかった。

なぜなら、宮崎まで行って、宮之原と同期任官の刑務官で、北九州拘置所の元統括矯正処遇官だった岸正幸に会ってきた大野と杉本明日香の報告を聞いていたからだ。

大野たちによると、宮之原が北九州拘置所の総務部長だった二〇一四年の春、一審、二審とも死刑の判決を受けて最高裁に上告中だった男が首を吊って自殺し、それから三カ月して、男が自殺した夜に勤務していた森下裕次という三十一歳の刑務官も自殺したのだ、という。

平岡たちは、新聞に載っていたＴ・Ｓは大野の話した〝一、二審と死刑判決を受けて上告中だった男〟ではないか、と考えた。いや、手紙の消印が福岡県内だったという点と、一通目の手紙が堀田事件弁護団宛に届いたのが二〇一四年の五月だったという時間的な符合から、両者は同一人である可能性が非常に高い、と。

そこで、早速津山と盛永に話し、二〇一四年の春に北九州拘置所で起きた被収容者の自殺事件について福岡県警に照会してほしいと頼んだ。

福岡県警からの回答は一昨日届き、それによって、自殺したのは一九九九年に宮崎県延岡市で起きた殺人事件の犯人として地裁、高裁で死刑判決を受けて上告中だった島淵透（享年五十一歳）であることが判明。同時に、島淵が殺人の罪に問われていた事件は通称「延岡事件」と呼ばれていたこともわかり、東西新聞に載っていた「T・S」は島淵透、「N事件」は延岡事件であることが確定的になった。

ただ、北九州拘置所に宮之原が勤務していたとき、同所で自殺した島淵透がT・Sだとわかっても、そのことが鷲尾の殺された事件に関係あるのかないのか、もしあったとしてもどう関係しているのか、は想像がつかなかったが……。

いずれにしても、記事を書いた東西新聞の荒木という記者か堀田事件弁護団の弁護士に会って話を聞く必要がある。

平岡たちはそう考え、一度は容疑者候補に入れた須永という男に会ってみたいと思っていたこともあり、まずは堀田事件弁護団の事務局に連絡を取り、今日の訪問の約束を取り付けたのだった。

須永は身長が百六十三、四センチの小太りの男だった。経歴を調べると、弁護士としては異色で、音楽大学を卒業していた。体付き同様に顔も丸く、一見柔和な印象だが、時々目に強い光が宿り、油断のならない相手であることを窺わせた。

　用件を電話で簡単に話しておいたからだろう、紙コップのコーヒーを運んできた中年の女性が去ると、

「警察は、堀田事件弁護団に届いた手紙が、鷲尾検事長の殺された事件にどう関係しているとお考えなんでしょう？」

　と、警戒するような目をして相手の方から訊いてきた。

「まだ関係があるかどうかはわからないのですが、できれば手紙を見せていただき、参考までに何点か伺いたいと思ったんです」

　と、平岡は答えた。

　まだ関係があるかどうかはわからない、というのは嘘ではない。が、わざわざ堀田事件弁護団を訪ねた理由は、一通目の手紙が投函された頃、鷲尾と親しくしていた高校の後輩、宮之原佑がＴ・Ｓの自殺した北九州拘置所に勤務していたからだ、ということは故意に伏せた。

「私だけの判断で手紙を見せるわけにはいきませんが、私の答えられることはお答えします。お知りになりたいのはどんな点でしょう？」

「初めに確認したいのですが、新聞に載っていたＴ・Ｓは島淵透、Ｎ事件は島淵の犯行だと言われている延岡事件のことでしょうか？」

「うーん……」

と、須永が返答を躊躇する様子を見せた。

「我々の捜査している事件に関係しているという明確な事実が出てこないかぎり、外部に漏らすことはありません。ですから、教えてほしいんです」

「わかりました。どうせ調べてその結論を得られたのでしょうから」

「では……？」

「刑事さんたちの想像されたとおりです」

「須永さんたちがその想像に行き着かれたのは三通目の手紙が届いてからですか？」

「いえ、それより前です。二通目の手紙に、自分はある別の事件の犯人として死刑になる確率が非常に高いと書かれていたからです。もしそれが事実なら、差出人は九州で起きた殺人事件で死刑の判決を受けた可能性が高いのではないかと思って調べ、島淵透と延岡事件に行き着いたのです」

「しかし、一通目と二通目の手紙は堀田事件の犯人の手によるものであるかのように書かれていたにもかかわらず、そのとき島淵透はすでに死亡していたはずですが……」

「ええ。島淵は一通目の手紙が届く二カ月前に死亡していました。ですから、手紙は彼の身近にいた者が書いたのではないか、と考えたのです。だいたい、島淵が自分で書いた手紙なら、拘置所から発信されていなければおかしいのに、検印がありませんでしたし」

「手紙が島淵の書いたものではないとなると、そこに書かれた内容が事実かどうかを確かめるため、当然、本当の記述人……差出人についても調べられたと思いますが……？」

「ええ、まあ」

「それで、特定できたのですか？」

「島淵が収容されていた北九州拘置所の刑務官の誰かではないかとまでは考えたのですが、特定までは無理でした」

　答えた須永の目の中を一瞬小さな影がよぎった。

　それを見て、肝腎（かんじん）の点を隠しているなと平岡は直感した。赤江修一が無実だと証明しようとしている須永たちにとって、手紙の内容の信憑性（しんぴょうせい）は非常に重要な問題だったはずである。とすれば、本当の記述人を突き止められないかと手を尽くし、特定の人物を割り出していたのではないだろうか。

「特定までは無理だったというのは、そうではないかと思われる人物を突き止めたものの本人に否定された？」

　平岡の変化球に須永がちょっと戸惑ったような表情をした。

「どうなんでしょう？」

「確かに、もしかしたらこの人ではないかというところまでは推測しました。ですが、本人には当たっていません」

　本当だろうか。特定する一歩手前まで行き、引き下がるだろうか。

「どうしてでしょう？　どうして、本人に当たって確かめようとされなかったんですか？」

「その人は亡くなっていたので、会うわけにはいかなかったんです。その代わり、その人の書いたものを手に入れて、手紙の筆跡と照合しようとしました。ですが、荒木記者が力を尽くしてくれたにもかかわらず、手に入らなかったんです」

「亡くなっていた？　もしかしたら、それは森下という刑務官では？」

平岡は胸が高鳴り出すのを感じた。

平岡と長谷川は堀田事件弁護団を訪ねようとした時点で、大野と杉本明日香から九州で得た情報についてあらためて詳しく聞いた。その話の中に、島淵の死に責任を感じて自殺したという刑務官の名が出てきたのだ。しかも、その刑務官は鷲尾、宮之原と同じ博多中央高校の出身で、二人の柔道部の後輩だという。

平岡が森下という名を出したからだろう、須永の目にびっくりしたような色が浮かんだ。

「そうなんですね？」

須永が無言でうなずいた。

「しかし、森下という刑務官は島淵の死後、三月ほどして亡くなったと聞きました。そうなると、一通目の手紙は出せても、二通目、三通目は出せなかったはずですが、それはどのように考えられたんでしょう？」

「一通目は自分で出し、二通目は親しい知人に投函を頼んでおいたのではないか、と考えました」

「その場合、荒木記者が記事の中で言っていたように、三通目は別の人間が書いて出した？」

「その可能性が高いと考えましたが、当否はわかりません」

「三通目を書いたと思われる人物に荒木記者が質しても、否定されたからですね」

「そうです」

「それは、もしかしたら森下刑務官の従兄の滝沢という刑務官じゃありませんか？」

須永がまた、ちょっと驚いたような顔をした。

「滝沢さんはその後退官されたそうなので、現在は刑務官じゃありませんが……」

そのことは、平岡たちも大野と明日香から聞いていた。退官した後上京した滝沢に、今日二人が会う予定であることも。

「手紙の一通目と二通目を書いたのが森下刑務官だったとすれば、彼が二通目の投函を頼んだ相手も滝沢という従兄だったんですかね？」

「そうかもしれませんが、従兄だとしつこく詮索(せんさく)されると考え、あまり詮索しないで自分の言うとおりにしてくれる別の人間に頼んだ可能性もあります」

「そうした人物に心当たりがおありのようですが、どなたですか？」

「当時、北九州支局にいた荒木さんが調べてくれたのですが、森下さんと結婚するはずだった田久保菜々さんという女性ではないかということでした。その人は現在、シングルマザーとして森下さんの子どもを育てているそうです」

「荒木さんはその田久保さんという人に会って話を聞いたんでしょうか?」

「いえ、そこまではしていません。ただ、そのこととは別に、さっきちょっと言ったように、荒木さんは田久保さんと森下さんのご両親から、森下さんの筆跡がわかるものを手に入れようとしてくれたんですが……」

「でも、それは叶わなかったわけですね」

「ええ」

「どうしてでしょう?」

「滝沢さんが裏で手を回していたからのようです」

「滝沢さんはどうしてそんな邪魔をしたんですかね?」

「死刑判決が出てすでに刑を執行された被告人が、実は無実だった——こんな内容の手紙を刑務官が書いていたとなれば、その刑務官が死亡した後だったとしても、大問題になります。ですから、田久保さんや森下さんの遺族に辛い思いをさせないように気を回したのではないか、と思われます」

「なるほど」

と、平岡はうなずいた。

が、その後で、もし三通目の手紙を書いたのが滝沢だったとしたらそれは変じゃないか、と気づいた。

滝沢が、もしそうした理由で手紙の件をできるだけ表に出さずに収めようとしたのだとしたら、前の二通を書いた者と同一人が書いたように装って三通目の手紙を書き、堀田事件弁護団に送った行為は矛盾する。

平岡がそう言うと、

「確かにそうですね」

と、須永が考えるような顔をしてうなずいた。

「三通目の手紙を書いたのが滝沢さんではないかと推測されたとき、そのことをどう考えられたんでしょう？」

「正直、その点は深く考えなかったんですが……ただ、今考えても、三通目の手紙を書いたのは滝沢さんしかいないように思えるんです」

「なぜでしょう？」

「森下さんの近くにいた人で一通目と二通目の手紙のことを知っているのは、森下さんの筆跡との相似について質すために荒木さんがコピーを見せた滝沢さんだけだからです。それと手紙の文面です。一、二通目の手紙の文字に似せて書かれた三通目の手紙からは、前の二通の手紙を書いた人の思いを無駄に終わらせたくないという強い意思が感じられたんです」

「前の二通の手紙を書いた人の思いというのは、手紙に同封した毛髪を活用して死刑になった赤江さんの冤罪を晴らしてほしいという……？」

「そうです」

「そうすると、滝沢さんの中には、手紙の件をできるだけ表に出さずに済ませたいという気持ちと、森下さんの採った行動を無駄に終わらせたくないという気持ち、この二つの気持ちが同時に存在していたということでしょうか？」

「ええ」

なるほど、と平岡はうなずいた。それなら十分ありうるだろうし、そう考えれば滝沢の採った行動も理解できる。

滝沢が鷲尾の殺された事件に関係しているかどうかは、わからない。が、多少気になる存在として浮かび上がったことは確かだった。本部へ帰ったら、大野と明日香の得た滝沢に関する情報と照らし合わせる必要があるだろう。

平岡はそう思いながら、

「ところで、須永さんは、北九州拘置所で森下さんや滝沢さんの上司だった宮之原佑という人をご存じですか？」

と、質問を進めた。

「ミヤノハラさんですか？」

須永が怪訝な顔をして訊き返した。

「お宮の宮に芥川竜之介の之、それに原っぱの原と書きます。島淵が自殺したとき、北九州拘置所の総務部長でした」

「知りませんが、その人が何かしたんですか？」

「何かをしたというわけではないのですが、鷲尾検事長と同じ高校の出身で、柔道部の後輩だったため、検事長とかなり親しくされていたようなんです。また、歳は離れていますが、その二人は森下さんの先輩でもあったので、もしかしたら荒木さんから何か話を聞いていないか、と思ったんです」

「いえ、聞いていません」

と、須永が首を横に振った。平岡の質問の狙いがわからないからか、まだ訝るような目をしている。

「それにしても、森下さんは鷲尾検事長の高校の後輩だったんですか……！」

須永があらためて驚いたようにつぶやいた。

「赤江さんを起訴したのは鷲尾さんだそうですね」

「そうです」

須永が表情を硬く引き締めた。

「とすると、須永さんたちは、鷲尾さんが殺された件については複雑な思いを抱いておられるでしょうね？」

「そんな婉曲な訊き方をしなくてもいいですよ」

須永が口元を歪めて皮肉っぽく笑った。「正直に言いましょう。私は鷲尾さんが殺されたことにまったく同情していません。自業自得だと思っています。一人の無実の人間を強引に犯罪者に仕立て上げ、その命を奪ったんですから。ですが、誤解しないでください。私は……私の仲間も同様ですが、絶対に殺人など犯しません。なぜなら、私たちの目的は報復ではなく、赤江さんの冤罪を晴らすことだからです。危険を冒して鷲尾さんの命を奪ったところで、赤江さんの無実を証明するのには何の役にも立ちませんから」

「須永さんのお気持ちと考えはよくわかりました。ただ、鷲尾さんが無実の人間を強引に犯罪者に仕立て上げ、その命を奪った、というのは言い過ぎじゃないでしょうか」

自分たちの捜査に関係はなかったが、平岡はつい義憤を感じて言った。須永の言は弁護側の一方的な見方ではないのか。

「ちっとも言い過ぎじゃありません」

と、須永が平岡に強い視線を向けて、きっぱりと言い切った。「まさにそのとおりだったんですから」

「でも、死刑の判決を下したのは裁判官たちで、鷲尾さんは証拠をそろえて起訴しただけでしょう」

「もちろん、裁判官にも大きな責任があります。ですが、それ以上に鷲尾さんたちがそろえた証拠なるものが問題なんです。特に有罪の決め手にされたＤＮＡ型鑑定に。今、ここでこれ以上刑事さんと言い合っても何にもならないのでやめておきますが、もし私の言っていることが言い過ぎだと思われるのでしたら、私たちの作ったブックレットを読んでみてください。帰りに差し上げますから」

「わかりました」

と、平岡は引いた。すっきりしない気持ちが残ったが、事件に関係のない問題にこだわっていても時間の無駄だからだ。

「それから、これも刑事さんたちの調べている事件とは関係のないことだと思いますが、私が〝鷲尾さんの死にまったく同情していないだけでなく、自業自得だと思っている〟と言ったのには、彼が決定的な証拠が何一つなかったにもかかわらず強引に赤江さんを起訴した、という事実の他にもう一つ別の理由もあるんです」

「もう一つ別の理由？　どういう理由でしょう？」

平岡は興味を引かれて訊いた。

「赤江さんは死刑の判決が確定してから、わずか二年で刑が執行されているのをご存じですか？」

「二年で？　いえ、知りません」

と、平岡はちょっと驚いて首を横に振った。

死刑は、法律（刑事訴訟法）の上では刑の確定から六カ月以内に執行するように定められている。が、きちんと調べたわけではないが、ここ三、四十年、法律どおりに執行された例などないように思う。ほとんどの場合、五年以上だし、十年以上経ってからの執行も珍しくなかったのではないか。

「早いでしょう……早すぎるでしょう？」

「ま、そうかもしれませんね」

「因みに、死刑の確定から執行までの平均期間は、一九九〇年代は九年、二〇〇〇年から二〇〇九年までは五年九カ月、二〇一〇年代は七年五カ月です。ですから、この赤江さんの死刑の執行には、赤江さんの上告を棄却した最高裁の元判事まで、『あれには驚いた。順番からしてなぜあんなに早かったのか』と後で首をかしげているんです」

「そうですか」

「もちろん、中にはその期間が三年以下の場合もないではありません。ですが、それらのほとんどは冤罪の可能性がほぼゼロの事件です。しかるに、赤江さんは取り調べ段階から一貫して無罪を主張し、最高裁で死刑が確定するや、再審で必ず自分の無実を明らかにするつもりだし明らかになるだろうと言っていたんです。そして、弁護団は再審の準備を進めていたんです。それなのに、法務省は当然それを知りながら、再審の申し立てから逃れるかのように早々に死刑を執行したんです」

被疑者（被告人）が一貫して無罪を主張したからといって無実とはかぎらない。それは刑事である平岡らのよく知るところだが、それを言ったところで何にもならないので、黙っていた。

それより平岡が今気になっているのは、〝鷲尾の死を自業自得だと思っているのには、彼が赤江修一を起訴したからというだけでなくもう一つ別の理由もある〟と須永が言った点だった。

それは、赤江が再審請求する前に法務省が早々に死刑の執行を決めた、という主張に符合しているらしいが、たとえその主張が正しかったとしても――平岡はそうは思わないが――、鷲尾個人を恨むのは筋違いではないか、と思った。平岡の記憶によれば、赤江の死刑が執行された二〇〇八年頃、鷲尾は確か法務省の刑事局総務課長だった。平岡は中央省庁の職制について詳しくは知らないが、刑事局総務課長というのは刑事局の中で局長に次ぐポストらしい。だからといって、その意思で特定の個人の死刑執行を早めるなんてできるわけがない。

平岡がそう言うと、

「その点、私は刑事さんとは別の考えを持っていますが、それを言っても詮無いことなので、やめておきます。ま、自業自得云々というのは私の個人的な思いだというようにご理解ください」

と、須永が話を収めた。

平岡は、須永の考えがちょっと気にならないではなかったが、これ以上こだわっても何も生まれそうにないので、「わかりました」と引き、質問を終えた。

第六章　深層

２０１７年秋

1

まだ厳しい残暑が続いていた九月七日（木曜日）の夜、須永は二年前の夏、荒木と初めて顔を合わせた中洲の居酒屋で荒木と滝沢に会った。二年前は鈴川翔太に荒木を紹介されたのだが、今回は荒木が滝沢との仲立ちをしてくれたのだ。

滝沢が須永と会うのを了承した条件は〝同席者は荒木だけで録音しない〟ということだったので、今夜は鈴川の顔はない。

須永が滝沢に直接会って話したいと思ったのは、一度は諦めかけた堀田事件弁護団に届いた三通の手紙の差出人をどうしても特定したい、特定しなければならない、と思ったからである。

須永は先々月の末、ほぼ二年ぶりに目白の東南大学に川口教授を訪ねた。そして、Ｎ地裁に対する再審開始請求が去年の秋に棄却され、現在、東京高裁で即時抗告審の最中であることを説明し、送られてきた毛髪のミトコンドリアＤＮＡ鑑定をしてもらえないか、とあらためて懇願した。

川口教授は、初めは前と同じように、毛髪の主が特定されないかぎり鑑定するわけにはいかないと言っていたが、最後は、「毛髪を送ってきた人間がはっきりし、毛髪の主もかなりの確率で想像がつけば、その時点でもう一度考えなおしてもよい」というところまで譲歩した。

須永は教授を訪ねた甲斐があったと喜びながらも、依然、目の前にはこれまで通りの壁が立ち塞がっているのを意識せざるをえなかった。

これまで、荒木は須永に協力してできるかぎりの手を尽くしてくれていた。それでも、毛髪を送ってきたのが森下裕次だと特定するには至っていないのである。

須永は川口教授を訪ねたことを荒木に報告し、どうしたらいいかと相談した。

すると荒木が、須永が直接滝沢に会って説得してみたらどうか、と言い出した。三通目の手紙を書いて送ってきたのが滝沢なら、彼も毛髪の有効な活用を願っているはずだから、須永が面と向かって事情を訴えれば態度を変えるかもしれない、と。

その後、荒木が粘り強く滝沢と交渉を続けてくれた結果、話を聞くだけなら会ってもよいという返事をやっと引き出し、今日、須永は荒木と一緒に飛行機で福岡へ来たのである。

須永と荒木が待つブースに店員に案内されてきた滝沢は、髪を短く刈った精悍な顔立ちの男だった。身長はそれほど高くないが、ポロシャツの下の肩のあたりが盛り上がっている。年齢は須永と同じぐらいか……一つ二つ上だろうか。荒木によると、一昨年の暮れに北九州拘置所から異動になり、現在は福岡中央拘置所に勤務しているのだという。

須永と荒木は立ち上がって迎え、荒木が滝沢に須永を、須永に滝沢を紹介した。

須永は名刺を出したが、滝沢は名乗っただけだった。

滝沢がテーブルを挟んで前に腰を下ろすのを待って、荒木が希望の飲み物を訊いた。須永も滝沢に合わせると、荒木が店員を呼び、ナッツの盛り合わせや刺身と一緒に麦焼酎のお湯割りを三人分注文した。

「今日はせっかくのお休みのところ、時間を割いていただいて、感謝します」

と、須永があらためて礼を言うと、滝沢が愛想なく「いや」と短く答えた。

別に不機嫌というわけではなさそうだが、どことなく用心するような硬い表情をしていた。

ただ、こちらの目的がわかっていながら会うのを了承したのだから、と須永はそこに希望を見る。

「私どもが滝沢さんにお目にかかりたいと思った事情については、荒木さんからお聞き及びのことと思いますが……」

と、早速本題に入った。

滝沢は何も答えない。

「堀田事件弁護団宛に届いた三通の手紙に関して、どうしても滝沢さんにお願いしたいことがあったものですから……」

「私は荒木さんに、話を聞くだけならと伝えたはずですが」

滝沢が須永の言葉を遮った。

「ええ、承知しています」

と、須永は引き取り、「ですから、赤江修一さんの無実を明らかにするために再審請求をしている私たちが直面している問題について、これからじっくりと話を聞いていただくつもりです。そのうえで、もし私たちのやっていることに共感されましたら、滝沢さんのお力を貸していただきたいんです」

「荒木さんと何度か話しているように、私が力になれるようなことなどないと思いますがね」

「わかりました。これからする私の話を聞いても同じ結論だとおっしゃるのでしたら、残念ですが、諦めます」

須永は今夜が正念場だと思っていたので、簡単に諦める気はなかったが、ここはひとまず引いた。

「それじゃ、早速お話しします。ご存じのことと重なるかもしれませんが、聞いていただけますか」

「もちろんです。だいたい、私は堀田事件についてほとんど何も知りませんし」

須永は堀田事件の概要から話し始め……麦焼酎のお湯割りがきたところで三人で軽く乾杯し、赤江さんがどのような経緯で逮捕され、刑事と検事のどのような不当な取り調べを受けて起訴されたか、をまず話した。次いで、桐生事件の再審請求審でその誤りが証明された「ＭＣＴ１１８型」によるＤＮＡ型鑑定の結果を最大の根拠に、Ｎ地裁で赤江さんに死刑の判決が下された経緯について説明した。

滝沢は時々焼酎のグラスに口をつけながら、ほとんど表情を変えずに黙って話を聞いていた。

だが、須永が、控訴と上告が棄却されて判決が確定してからわずか二年と十数日で死刑が執行された、と言ったときだけ、眉(まゆ)をぴくりと動かした。

「死刑の執行は、二〇〇八年の十月二十七日でした」

須永は続けた。「一方、桐生事件のＤＮＡ型の再鑑定が決まったのは同年の十二月二十三日です。その日付を見ると、わずかの差で死刑の執行の方が早くなっていますが、実は十月半ばに、検察は桐生事件のＤＮＡ型の再鑑定を認める意見書を裁判所に出しており、そのとき法務省もＭＣＴ１１８型鑑定に誤りがある可能性を知っていたのは明らかです。

つまり、法務省は、桐生事件の菅井利夫さんが無実なら赤江さんも無実である可能性が高いと知りながら、赤江さんの死刑を決行し、赤江さんの命を奪った、ということです」

滝沢が息を呑むのがわかった。

須永はそれを見て、

「この事実を、現役の刑務官である滝沢さんはどのように思われますか？」

と、問うた。

「もし須永さんの言われたとおりなら、もちろんひどいと思います」

と、滝沢が答えた。浅黒い精悍な顔が心持ち青ざめているように見えた。

「そうですか」

「私は事実をねじ曲げたり誇張したりしていません。ありのままをお話ししています」

「滝沢さんは現在、死刑が行われる可能性がある福岡中央拘置所に勤務しておられるわけですが、もし死刑の執行役を命じられたらどうされますか？　命令に従いますか、それとも拒否されますか？」

「刑務官でいるかぎり、拒否する道などあるわけないでしょう」

滝沢の声に怒気がにじんだ。

「失礼しました」

と、須永は軽く頭を下げ、「つまり、従われるということですね」

「もちろんです」

「では、もうひとつ失礼を承知でお尋ねしますが、そうして死刑を執行し、その後で、もしその受刑者が無実である可能性が高いとわかったら、どう思われますか?」

「そんな仮定の話には答えられない」

滝沢が強い調子で答え、「だいたい、私はあんたの質問に答えに来たんじゃない。話が終わったのなら帰るが……」と立ち上がる素振りを見せた。

「いいえ、まだ終わっていません。ですから、もうしばらくお付き合いください」

と、須永は慌てて制した。

滝沢も本気で帰る気はなかったのだろう、

「わかった」

と答えて、腰を落ち着けた。

滝沢がちょっと怒ったような態度を見せたものの、須永はここまでのところはまあまあうまく運んだのではないかと考えていた。

だから、あとは予定していたとおり、再審請求の説明に話を進め、赤江さんの無実の罪を晴らすためには滝沢の協力がどうしても必要なのだと訴えるしかない。

「では、ここからは肝腎(かんじん)の再審請求の話に移らせてもらいます」

須永は言うと、再審の扉がどんなに堅く困難な扉であるかを強調した後、堀田事件の再審請求審について説明した。

赤江さんの妻、君子さんがN地裁に再審開始の請求をしたのは、七年前の二〇一〇年六月であること。その後、裁判所と検察と再審請求者の弁護人、三者による再審請求審——裁判所が再審を開くかどうかを決めるための審理——において、須永たち弁護人は証拠開示の申し立てをすると同時に、赤江さんの無実を示すいくつかの新証拠を提出してきたこと。それにもかかわらず、昨年の十月、N地裁が請求を棄却したため、弁護団は直ちに東京高裁へ即時抗告を申し立て、

「現在は、新たな証拠を提出すべく努めているところなんです」

と、須永は説明を締めくくった。

「なるほど、経過はよくわかりました」

と、滝沢が真剣な顔をしてうなずいた。

「そこで、肝腎の新たな証拠ですが……」

と、須永は話を進めた。「それはすでに私たちの手元にあります。ただ、手元にありながら、有効に活用できていないんです」

須永に向けられた滝沢の目は、須永が何を言おうとしているのかわかっていることを示していた。

「滝沢さんもご存じのように、それは真犯人と思われる島淵透の毛髪です」

須永は続けた。「弁護団宛の手紙には、被害者の衣類に付着していた血痕とその毛髪のＤＮＡ型鑑定をすればいい、と書かれていました。ですが、残念ながらそれは物理的に不可能でした。捜査段階で鑑定をした科学警察研究所の技官が……まったく常識以前の話ですが、試料をすべて使い切ってしまっていたからです。私たちは困りましたが、捨てる神あれば拾う神あり……何とか毛髪を活用する方法はないかと考えていたとき、警察が東南大医学部教授の川口敬之先生に依頼して行っていたミトコンドリアＤＮＡ鑑定という方法に思い当たったのです」

「ミトコンドリアＤＮＡ……？」

突然、聞き慣れない言葉が飛び出したからだろう、滝沢が怪訝な顔をしてつぶやいた。

「核を持った生物の細胞にはミトコンドリアという小器官が存在していて、独自のＤＮＡを持っているのだそうですが、それはご存じですか？」

いや、と滝沢が小さく首を横に振った。

「私も今回初めて知ったのですが、一言で言うと、そのミトコンドリアのＤＮＡを利用した鑑定方法が、ミトコンドリアＤＮＡ鑑定なのだそうです」

「そうですか」

「さっきは説明を省きましたが、実は、一九九三年、赤江さんに対する任意捜査の段階で警察はＭＣＴ１１８型による鑑定の他に、そのミトコンドリアＤＮＡ鑑定を含めて三通りの鑑定を行っていたんです。ＭＣＴ１１８型による鑑定だけでは証拠として弱いのがわかっていたからでしょう。ですが、彼らの思惑は外れ、それら三つの鑑定では、どこからも赤江さんのＤＮＡ型は検出されなかったんです」

須永はそこで一拍の間を置き、

「さて、ここで本筋に戻ります」

と、続けた。「ところが、そのミトコンドリアＤＮＡ鑑定では、被害者に付着した血痕から、被害者のとも赤江さんのとも違うＤＮＡ型が検出されていたんです」

「それは……」

滝沢が唾を呑み、「もしかしたら犯人のものかもしれない……！」

「そのとおりです。ですから、もし当時の鑑定方法と同じかそれに近い方法で、送られてきた毛髪のミトコンドリアＤＮＡ鑑定ができれば、その毛髪の主こそ犯人である可能性が高いことを証明できるかもしれないのです」

だが、川口教授を訪ねてお願いしても、どこの誰のものかはっきりしない毛髪を使って鑑定するわけにはいかないと断られたのだ、と須永は説明を締めくくり、

「そのため、私たちはどうしても毛髪の主を突き止める必要があるんです」

と、話の核心に戻った。「私たちが川口教授にミトコンドリアＤＮＡ鑑定をしていただくためには、最低限、手紙の送り主を明らかにし、毛髪が島淵のものである可能性が非常

に高いことを先生に納得していただく以外にないんです。そしてそれには、滝沢さんのお力を借りるしか方法がないんです」

「そう言われても、私にわかることはすでに荒木さんに話していますし……」

「滝沢さん」

と、須永は滝沢の目を見つめ、彼の言葉を遮った。「このままでは、せっかくあの手紙を書いて送ってくれた人の思いは遂げられずに終わってしまいます。その人はきっと迷い苦しみながら、考えに考えた末にあの手紙を書き、私たち弁護団宛に送ってくれたんだと思いますが、その勇気ある決断は無駄になってしまうんです。滝沢さんはそれでもいいんですか？」

「そりゃ、私も手紙の意図が実現されたらいいとは思いますよ。ですが、私に何ができると言うんですか？」

「簡単です。前に荒木さんを通してお願いしたように、あの手紙……一通目と二通目は森下裕次さんが書いたものだと証言し、森下さんの直筆の葉書か何かを貸してくだされればいいんです」

「私は、手紙の字は裕次の書いたものではない、と言ったはずです」

滝沢がちょっと顔を強張らせた。

「では、滝沢さんに一つお尋ねしますが、あの手紙を私たちに送ってくれた人は、どうしてパソコンを使わず、手書きにしたとお考えですか?」

「手紙を書くとき、いつも手書きにしていたからじゃないですか」

「普通の手紙なら、そういうことだったかもしれません。ですが、あの手紙は普通の手紙じゃありません。差出人の山川夏夫というのは明らかに偽名ですし、もちろん住所も書いてありません。それは、手紙を書いた人は自分の身元を特定されないようにしたのだと思いますが、いかがでしょう?」

「そうかもしれません」

「ところが、そうして偽名を使いながら、一方で非常に特徴のある手書きの文字で本文をしたためているんです。矛盾していると思いませんか?」

「そう言われれば、ま、そうですね」

滝沢が惚けた。

「なぜでしょう? 今や、文書を書くときパソコンを使う人が多いし、パソコンはどこにでもあるのに、どうしてわざわざ手書きにしたんでしょう? どうして、差出人を突き止められるおそれというか……可能性のある自筆という証拠を残したんでしょう?」

「そんなこと、私にはわかりませんよ」

「答えは一つしかないように思えるんですが……」

滝沢が須永から微妙に視線を逸らした。

「あの手書きの文字は、手紙を書いた人の覚悟を示しているとしか考えられません」

須永が断定しても、滝沢は何も応えない。

それを見て、彼にも森下の意図がわかっているのだ、と須永は確信した。

「手紙を書いた人は、差出人がわからないままでは、もしかしたら自分の送った手紙と毛髪を私たち堀田事件弁護団が活用できないかもしれない、と危惧したんじゃないでしょうか。そのため、敢えて手紙を手書きの文字でしたため、いざとなったら私たちが差出人を突き止められるようにしたんじゃないでしょうか。その場合、自分の氏名や素性が明らかになってもやむをえない、と覚悟を決めて。いかがですか？　あの手紙を見て、滝沢さんもそう思いませんか」

「そう言われればそうかもしれませんが、私にはやはりわかりません」

「いや、あなたはわかっているはずです。森下さんの人となりをよくご存じのあなたには、森下さんの葛藤と決断の様子が、私たち以上によく……手に取るように、わかっているはずです」

「何を勝手な……」

「滝沢さん」

と、須永は、抗議の口調ながらいまひとつ迫力がない滝沢の言葉を遮った。「あなたは本当にこのままでいいんですか？　覚悟を決めてあの手紙を書き、命を絶った森下さんの思いが生かされなくてもいいんですか？　仕方がないと考えておられるんですか？」

　滝沢は何も答えない。

「滝沢さん、お願いします。本当のことを教えてください」

　須永は頭を下げた。

「それは何度も言っているとおりです」

「現役の刑務官であるあなたの立場もわかりますが……」

「あんたに何がわかる！」

　滝沢が突然顔を赤くし、声を荒らげた。

「すみません、気に障ったら謝ります」

「いや、私がどうなろうと、そんなことはどうでもいいんだ。私の立場などは問題じゃない。ただ、私が自己保身から嘘をついていると思われたら心外なだけだ」

「滝沢さんは、森下さんのご家族や恋人に累が及ぶのを恐れて、本当のことを話せないでおられる……」

「勝手な想像で話を進めないでくれ」

「すみません。でも、もし……ということで考えてみてください。滝沢さんがもし森下さんのご家族や恋人に累が及ぶのを恐れておられるのだとしたら、森下さんの心の内を想像してみてください。森下さんはそのことも考えた上で、手紙を自らの手で書く決断をしたんだと思うんです。無実の罪で死刑になった赤江さんと赤江さんのご家族の無念さに思いを馳せて」

「…………」

「先ほども申し上げたように、死刑が執行されたのは、判決が確定してからわずか二年と十数日後です。それがかなり特異な例であることは、刑務官の滝沢さんなら私などよりよくご存じでしょう」

「ええ、まあ……」

「しかも、それは、菅井さんの無実が証明される二カ月前です。私たちは、そこにある一人の男の意思が働いていたのではないか、と考えています」

「どういう意味でしょう？」

滝沢が理解できないという顔をした。

「その男が赤江さんの死刑の執行を早めたのではないか、ということです」

「そんな人がいるんですか？」

「います」

「いったい誰ですか？」

「無実の赤江さんを起訴し、強引に有罪に持っていった男です」

「赤江さんを起訴したということは検察官だと思いますが、検察官に刑の執行の時期まで左右することはできないはずですが……」

「そうですね」

「とすると、その人は検事から法務省の役人になった……？」

「そのとおりです」

「しかし、いくら法務省に移って偉くなったとしても、個人の意思で特定の死刑囚の刑の執行時期を早くしたり遅くしたりはできないでしょう」

「私たちもずっとそう考えてきました。ですが、赤江さんの場合、あまりにもおかしいので、調べてみると、その男がいろいろ工作して執行を早めた可能性が高いように思われるんです」

「本当ですか！」

滝沢が半ば叫ぶように言った。

「証拠はありません。ですから、公(おおやけ)にそうした発言をすることはできませんが、私たちは、いくつかの状況証拠から、その可能性が高いのではないか、と考えています」

「須永さんの言われたことが当たっていたと仮定して、その男はどうして赤江さんの死刑の執行を早める工作をしたんですか？　その動機は何ですか？」

滝沢の食らいつくような目は、今は純粋にその問題にとらえられていることを示していた。

「先ほどお話ししたように、桐生事件で菅井さん有罪の最大の証拠とされ、堀田事件でも赤江さん有罪の決め手になったＤＮＡ型鑑定……ＭＣＴ１１８型鑑定の結果が誤りである可能性が高くなったからです。赤江さんも菅井さんのように再審請求をし、その結果、死刑判決が誤りだったということになれば、判決を下した裁判官とともに、その男も世間から批判と非難の集中砲火を浴びるでしょう。そして、それまでの順調過ぎるほどの出世コースから転落するのは必至です」

滝沢は無言。まるで逃れようのない恐怖に直面しているかのように顔が白く強張っていた。

「では、それを阻止するにはどうしたらいいでしょうか？」

須永は続けた。「早く刑を執行して赤江さんの口を永久に封じてしまうこと……そうして、事件に完全に決着をつけてしまうことしかありません」

「死刑を執行したとしても、事件に完全に決着をつけるわけにはいかないと思いますが……」

「もちろんそのとおりです。現に、奥様が赤江さんに代わって再審請求され、私たちは闘っているわけですし。ですが、その男は決着をつけられると読んだんだと思います。というのは、被疑者の死刑が執行された後、再審請求された例は極めて稀(まれ)で、現行の刑事訴訟法が施行されて来年で七十年になりますが、堀田事件の前には一件あったきりですから」

「そうなんですか……！」

「ええ」

「有名な帝銀事件は違うんですか？」

「違います。帝銀事件は、死刑囚の平沢さんは獄中で病死されたのであって、死刑を執行されたわけではありません。名張ぶどう酒事件の奥西さんの場合も同じです。また、帝銀事件にしても名張ぶどう酒事件にしても、再審請求は平沢さんと奥西さんが生きているとき、ご本人がされており、ご本人が亡くなってからは、それまでずっとお二人を支え、支援してきた方たちが引き継いだんです」

「そうですか」

「とにかく、その男は死刑制度を利用して赤江さんの命を奪い、赤江さん本人が無罪、無実を叫べないようにしてしまえば、周りが多少騒いだとしても安全だと考えたんですよ」

　荒木が須永の援護射撃をした。「何しろ、DNA型鑑定に用いられた試料は科警研の技官によって完全に使い果たされてしまい……僕は故意に処分されたんじゃないかと疑っていますが、再鑑定できなくなっていたんですから」

「ところが、そこに、真犯人のものだという毛髪が私たちのもとに送られてきたわけです」

　と、須永はまた話を引き取った。「もしそれが本物なら、まさに天の助けでした。再鑑定はできなくても、先ほど説明した川口教授によるミトコンドリアＤＮＡ鑑定の結果が残っているからです。被害者の衣類から採取した血液から、誰かわからない第三者のＤＮＡ型が検出された、という結果です」

滝沢が生唾を呑み込むのがわかった。

「ですから――」

と、須永は滝沢の顔を凝視しながら言葉を継いだ。「川口教授にお願いして、もしその毛髪のミトコンドリアＤＮＡ鑑定をしていただけたら、そして毛髪が本当に真犯人のものなら、そのＤＮＡ型は二十四年前に検出された〝第三者のＤＮＡ型〟に一致している可能性が高いんです」

須永は言葉を切ったが、滝沢は口を開かなかった。

「しかし、ここに大きな壁が立ちはだかっています。川口教授は、どこの誰が送ってきたのかもわからない、いわば得体の知れない毛髪の鑑定はできない、と言われるからです。ですから、繰り返しになりますが、川口教授に鑑定していただくためには、毛髪を送ってきた人間をはっきりさせ、そのうえで、毛髪が別の事件で死刑判決を受けていた島淵透のものである可能性が高いことを納得していただく必要があるのです」

滝沢は相変わらず無言だったが、話に強く引き込まれているのはわかった。

「このままでは、凶悪犯罪人の汚名を着せられて殺された赤江さんの無念を晴らすことができません」

須永は焼酎をひと嘗めして続けた。「また、赤江さんには奥さん、娘さん、息子さんの三人の家族がいますが、三人はこれからもずっと……死ぬまで、殺人者の妻、子というレッテルを貼られて生きていかなければなりません。ところが、無実の罪で赤江さんの命を奪い、家族に塗炭の苦しみを強いている張本人はというと、何ら罪に問われることなく、大手を振って、出世街道をまっしぐらに突き進んでいるんです。こんな理不尽なことが許されていいと思いますか？」

「その張本人というのは、もしかしたら先々月、法務省の事務次官から東京高検の検事長になった鷲尾さんですか？」

滝沢が肯定する代わりに訊いた。

調べればすぐにわかることだし、須永は隠す気もなかったので、「そうです」と認めた。

「赤江さんを起訴した検事は鷲尾検事長だったんですか……」

滝沢が何かを考えているような目を宙にやってつぶやいた。

「滝沢さんは、鷲尾淳夫についてよくご存じなんですか？」

「よくなんて知りません。名前と九州出身だということぐらいです」

「それは森下さんから？」

「裕次にも聞いたかもしれませんが、福岡管区の刑務官ならたいていの者は知っていると思います」

「そうですか。で、どう思われますか？　無実の人間を死に追いやった男が検察・法務官僚のエースなどと言われている現状について？」

「起訴はともかく、刑の執行を早めたという須永さんの話がもし事実だとしたら、許せませんね」

滝沢が真剣な顔で応じた。

「先ほども言ったように、証拠はありません。ただ、繰り返しになりますが、私は事実である可能性が高いと考えています」

「拘置所に勤務していながら、死刑執行がどのようにして決められるのか、私は何も知らないんですが、それはどのようになっているんですか？」

「その過程、手続きは一応明らかになっていますが、詳細は私にもわかりません。ただ、裁判所で死刑の判決が確定するのと同時にそれは始まります。形式的には、死刑が確定した事件を管轄する高等検察庁の検事長か、あるいは一審で死刑の判決を受けて控訴せずに刑が確定した場合は地方検察庁の検事正が、当該死刑囚の死刑執行を法務大臣に上申する、ということになります。大臣に……といっても、実際に上申書が提出されるのは法務省刑事局に対してです」

「死刑執行の上申書を受け取った法務省は、その後どうするんでしょう？」

滝沢が興味深げな顔を向けた。

「刑事局総務課が当該死刑囚の公判記録などを取り寄せ、捜査や事実認定に瑕疵(かし)がないかどうかなどを調べます。その実務に当たるのは刑事局付きの検事の一人で、それを総括するのは総務課担当の参事官です。

こうして調べた結果、それらの過程に瑕疵がなく、再審請求や恩赦、病気などによる執行停止の事由もない場合は、『死刑執行起案書』が作成されます」

「もし、それらの点に何らかの問題があると判断された場合は……?」

「局議が開かれて検討され、それでも問題が残る場合は起案書は作成されません。死刑執行の手続きはひとまずここで休止となり、当該死刑囚の死刑執行は先送りされます」

「なるほど」

「とにかく、今はそうした過程を経て、『死刑執行起案書』が作成されたとします」

須永は説明を進めた。「そうすると、その起案書は、刑事局総務課長と刑事局長による決裁を受けた後、刑事局から拘置所を管轄する矯正局に、次いで恩赦を担当する保護局に送られます。そして、矯正局では参事官、保安課長、総務課長、矯正局長の順に、保護局でも参事官、恩赦課長、総務課長、保護局長の順に決裁され、起案書は刑事局へ戻されます」

「刑事局へ戻ってきた起案書はどうなるんですか?」

「刑事局長によって矯正局、保護局の決裁に間違いのないことが確認されると、『死刑執行命令書』と名前を変えられ、法務大臣官房へ送られます。大臣官房では、秘書課付き検事、秘書課長、官房長の決裁を経て、大臣に決裁を仰ぎます。そして、大臣が死刑執行を認める判を押した後、最後に事務次官が決裁し、法務省の最終決定ということになります。

その後、命令書は死刑執行を上申してきた検察庁の長に送られ、検察庁から当該死刑囚が収容されている拘置所へ伝えられるわけです。そうなると、五日以内に刑を執行しなければならないことはご存じだと思いますが……？」

「ええ」

と、滝沢が硬い表情でうなずいた。

決めるのは刑務官に見えないところで行われても、いざ執行となれば、刑務官の仕事になるからであろうか。

「以上が、死刑執行が決められるまでの手続きですが、何か疑問がございますか？」

須永は滝沢の顔に視線を留めて訊いた。

「手続きについての疑問はありません。ですが、肝腎な点が解せないんですが」

と、滝沢が言った。

「どこでしょう？」

「須永さんは、鷲尾検事長が赤江さんの刑の執行を意図的に早めたと言われましたが、そんなことが可能だったか、という点です。今伺ったところによれば、一人の死刑囚について刑の執行が決まるまでの過程、手続きは半端じゃありませんね。死刑執行起案書を作るのに直接タッチするのは担当の検事と参事官の二人でも、作成された起案書はその後十人以上の人間によって目を通され、決裁されているわけですから。それなのに……当時、鷲尾検事長が就いておられたポストは知りませんが、どういうポストにおられたのであれ、個人がそれら複数の人の判断をコントロールできたとは到底思えないのですが」

「当時、鷲尾は刑事局総務課の課長だったのですが、起案書さえ問題がないように作られていれば、その点はさほど難しくなかったはずです。そして鷲尾にとって、そうした死刑執行起案書を作るのは可能だったと考えられるんです」

滝沢がよくわからないといった顔をした。

「刑事局には参事官が五人いるんですが、そのとき死刑執行起案書の作成にタッチした総務課担当の参事官は、かつて鷲尾が札幌高検にいたときの部下なんです。こう言えば、もうおわかりいただけるんじゃないでしょうか」

「公判記録などを精査していた検事が、たとえ捜査の過程などに瑕（きず）を見つけたとしても、鷲尾検事長の意を受けた参事官に否定されたら、自分の考えを押し通すのは難しかった……?」

「そのとおりです。つまり、刑事局の総務課長だった鷲尾にとっては、配下の参事官と検事をして自分の意思、判断を反映させた死刑執行起案書を作らせることはそれほど難しくなかった、と考えられるんです。そして起案書が作られた後は、鷲尾自身が刑事局長に巧く説明して判を押させれば、ほとんど終わりだったはずです。決裁をする頭数の多さは一見判断の公正さ、厳密さを追求しているように見えますが、責任を分散して一人一人の心理的負担を軽くしているにすぎません。ですから、よほどの事情か問題がないかぎり、矯正局、保護局から起案書にクレームが付くことはなかったと思われます。起案書が『死刑執行命令書』に名前を変えて大臣官房に送られてからも同様でしょう。証拠はありませんが、私は以上のように考えています」

「なるほど。須永さんの説明を聞いて、鷲尾検事長がその気になれば、赤江さんの刑の執行を早めることができたかもしれない、ということはわかりました」

と、滝沢が言った。「ところで、それに関連して一つ伺いたいんですが、死刑囚を収容している拘置所は、法務省の求めがあれば、死刑囚現況調査表という書類を提出しなければならないのをご存じですか?」

「話を聞いたことがある、という程度でしたら……」

「その調査表には、当該死刑囚の心身の健康状態や再審請求に関する件、支援者や支援団体の動きなどを詳しく記入する欄があるのですが、そこに書かれた内容は、刑の執行を決めるのに考慮されないのでしょうか?」

「されると思います。私の想像ですが、調査表は、起案書が矯正局に回ってきた段階で、死刑執行に問題がないかどうかを判断する参考にされるはずです」

「そうすると、赤江さんの場合はどうなんでしょう？　調査表には刑の執行を停止させなければならないような事情は記載されていなかったということでしょうか？」

「そのへんはよくわかりませんが、たとえ再審請求の意思のあることなどが記されていたとしても、まだそれがなされていないということで、問題なしの判断が下されたんじゃないでしょうか。矯正局としては、一応クレームを付けたかもしれませんが、刑事局の説明に折れて。先ほどは触れませんでしたが、実は、刑事局長も鷲尾の考えていることがわかっていながら黙認した可能性が高いんです。なぜなら、赤江さんの有罪の決め手になったＭＣＴ１１８型が精度の低い問題のあるＤＮＡ型鑑定方法であり、再審請求が出されている桐生事件の有罪判決がひっくり返るかもしれない、そしてそうなったら死刑が確定した堀田事件に波及して大変なことになる、という情報は当然彼も共有していたはずだからです。そうした事情もあって、さしたる抵抗もなく、事は鷲尾の思惑どおりに進んだのではないか、と私は考えています」

「なるほど」

と、滝沢が何かを真剣に考えているような顔をしてうなずいた。「そうした思惑から、一人の無辜の人間の命が奪われた可能性があるわけですか」

「残念ながら、私の考えが正しいという証拠はありませんし、それを証明する手段もありませんが……」

滝沢は何も応えなかった。

「ですが、赤江さんの無実なら証明できる道が残されているんです」

須永は力を込めて続けた。「私たちのもとに送られてきた真犯人のものだという毛髪を、川口教授にミトコンドリアＤＮＡ鑑定してもらえれば、赤江さんの冤罪を晴らすことができるかもしれないんです。ですから、滝沢さん、お願いです。赤江さんの汚名を雪ぎ、真実を明らかにするために、力を貸していただけませんか」

須永は滝沢の目を見つめて懇願した。

「力を貸せと言われても……」

滝沢が須永から視線を外した。

「繰り返しますが、このままでは、殺された赤江さんは永久に凶悪な殺人犯人として記録されることになるんです」

須永は滝沢の言葉を遮って力を込めた。「そして、ご家族は死ぬまで殺人犯の妻、娘、息子というレッテルを貼られて生きていかなければならないんです。それは、手紙をくれた森下さんの意思にも反することです。森下さんがさんざん考え悩んだ末に執った行為を無駄にすることです。滝沢さんはそれでもいいんですか？」

「何度も言っているでしょう。手紙の文字は裕次の書いたものではない、と」

「確かに三通目は違います。あなたが書いたものですから」

「そんなこと、弁護士さんが証拠もなしに断定していいんですか？」

滝沢が目に怒りと反発の色をにじませた。

が、須永はそれを無視し、

「まだそんなことを言っているということは、滝沢さん、あなたは亡くなった森下さんの意思……今や森下さんの生前の志、遺志と言った方が適切かもしれませんが、そうした彼の思いはどうでもいいと考えておられるわけですか？」

須永の反攻が予想外だったのか、滝沢が言葉に詰まったような顔をした。

「滝沢さん、どうか、あれらの手紙を書いたときの森下さんの気持ちを想像してみてください。お願いします」

滝沢は何も応えない。

「森下さんは死を覚悟してあれら二通の手紙を書いたに違いありません。だからこそ、パソコンを使わず、敢えて自らの手で書いたのだと思います。自分が死んだ後、島淵の毛髪を同封した二通目の手紙が私たちのもとに届き、赤江さんの冤罪を晴らすためにどうしても手紙の差出人を明らかにする必要が生じたら、自分が書いたのだということを証明できるように。そして、今まさにその事態に至っているんです」

滝沢はなおも無言。真剣に考えているようだ。

「滝沢さん……」

「……仮に……仮にあの手紙を書いたのが森下裕次だとわかったとしても……」

と、滝沢がやっと口を開いた。「同封されていた毛髪が島淵透のものだという証明にはならないはずですよね？」

須永は、滝沢がようやく同じ土俵に上ってきたのを感じ、もう一歩だと思い、

「ええ、そうですね」

と、明るい声で応じた。

「としたら、それで、ミトコンドリアＤＮＡ鑑定というのが行われ、そのＤＮＡ型がたとえ二十四年前の鑑定のときの第三者のＤＮＡ型に一致したとしても、堀田事件の真犯人が島淵だとは言えないんじゃないですか」

「島淵だとは言えなくても、犯人が毛髪の主である可能性が極めて高いとは言えると思いますが、いかがでしょう？」

「それはそのとおりだと思いますが、真犯人を特定できずに再審を開かせ、赤江さんの無罪判決を勝ち取れますか？」

「できると考えています。川口教授にミトコンドリアＤＮＡ鑑定をお願いするためには、毛髪の主が延岡事件の犯人である島淵である可能性が高いことを説明し、納得していただ

く必要があります。ですが、裁判官に対しては、真犯人を名指しする義務はありませんから」

「そうですか」

とうなずいて、滝沢が黙り込んだ。その怖いような顔からは、彼の内で激しい葛藤が続いている様子が伝わってきた。

須永はしばし待ってから、

「滝沢さん、お願いします」

と、呼びかけた。「おわかりいただけたら、私たちに力を貸してくれませんか」

「もし……もしですよ」

と、滝沢が須永に強い視線を向けてきた。「もし私がここで、手紙の文字が裕次の字に似ていると言ったとして、それだけじゃ、川口教授は納得されないでしょう」

「ですから、葉書でも何でもいいですから、森下さんが手書きされたものを貸してほしいんです」

「そんなものはないですね」

森下の遺書ならあるではないか、と須永は思ったが、そこに触れたら反発されそうなので、

「それじゃ、森下さんのご両親に事情を説明し、借りてきていただけませんか」

「そんなことはできない！」

と、滝沢が声を荒らげた。「二人とも息子を失った悲しみからようやく立ち直り、平穏な生活を取り戻したばかりなのに、そんな話をしたらまた逆戻りしてしまう」

滝沢は、二通の手紙は森下裕次の書いたものであることを事実上認めたのだった。

「滝沢さんが森下さんのご両親の心を乱して苦しませるようなことはしたくない、というお気持ちはよくわかります。ですが、このままでは、森下さんの遺志は生かされずに終わってしまう可能性が高いんです。もしご両親が息子さんの遺志を知れば、それはけっしてお二人の本意ではないはずです」

滝沢は苦悩している。必死に考え、迷っている――。須永はあと一押しだと思った。あと一押しで、滝沢は決断するにちがいない。

では、どこをどう押したらいいいか？

いや、もう余計なことは言わない方がいいだろう。

須永はそう考えを変えた。

そして荒木とふたり、黙って滝沢の決断を待っていると、

「実は、森下裕次には、彼が死んでから生まれた子どもがいます」

滝沢がおもむろに口を開いた。「二歳半になる男の子です。その子は現在、裕次と結婚するはずだった女性と二人で暮らしています。私がなぜこんな話をするかというと、私が

須永さんたちの求めに応じて裕次の書いたノートを渡し、証言することは、当然ながらその子どもと女性にも無関係ではないからです。須永さんから聞いた事情をその女性に話せば、彼女は裕次の望んだようにしてほしいと言うにちがいありません。裕次の両親にしても、説得すれば、たぶん同じように言うでしょう。ですが、私としては、たとえ裕次の遺志に反してでも、現に生きている彼らのことを第一に考えたいんです。四人は隣人の名前も知らない都会に住んでいるわけではありません。生まれたときから田舎の小さな街に暮らしています。そんな彼らに肩身の狭い思いをさせたくないんです。というわけで、正直、私は今迷っています。どうするのが最善か、考えています。ですから、結論を出すまで、もうしばらく時間をくれませんか」

須永は〈諾〉の返事を予想していたので、残念な答えだった。

だが、滝沢は、手紙は森下裕次が書いたものだと認め、その上でもうしばらく考えたいと言っているのだった。

受け入れざるをえない。

須永は承知したと答え、どれぐらい待ったらいいのかと質した。

「一週間ください。来週の木曜日までには必ず返事をします」

と、滝沢が答えた。

「わかりました」

「それじゃ、話が済んだら、私はこれで失礼したいのですが……」

「全然飲んでいないでしょう。よろしかったら、少し飲んでいきませんか？」

「いえ、これからちょっと行くところがありますので」

「そうですか」

須永は引き止めなかった。これ以上自分たちと一緒にいるのが苦痛なのだろうと思ったからだ。

「それでは……」

と、滝沢が腰を浮かせた。

須永も荒木とともに立ち上がり、

「お忙しいところ、今夜は本当にありがとうございました」

と礼を言った。

滝沢がブースから出て、出口の方へ歩いて行った。

その姿を見送った後、再び腰を下ろすと、これでよかったのだろうか、という不安が須永の胸をよぎった。今夜中に〈諾〉の返事をもらうまで粘るべきだったのだろうか……。

荒木の考えを訊いてみると、

「これで十分だったと僕は思いますね」

と、彼が答えた。「なにしろ、手紙を書いたのが森下さんだと認めさせたんですから。

これは決定的です」

「ですが、一週間後、滝沢さんが証言を拒否する返事をしてきたら……?」

「そのときはそのときですよ。僕の感触では、彼には森下さんの遺志を無視することはできないと思いますが、もしそうした返事がきたら、彼がウンと言うまで粘りましょう。僕も及ばずながら力になりますから」

「ありがとう。荒木さんのおかげで胸のもやもやが晴れました」

「そりゃよかった」

「今夜は本当にありがとうございました。滝沢さんと会う段取りを付けていただいただけでなく、一緒に九州まで来ていただいて……」

「そんなことはいいんです。僕も半分は仕事ですから。それより、その話はしばし忘れて飲みましょう」

と、荒木が笑いかけた。「せっかく博多まで来て中洲にいるんですから」

2

滝沢は須永と荒木を残して居酒屋を出ると、来たときとは逆の方へ百二、三十メートル歩き、那珂(なか)川の河畔に設けられた遊歩道に出た。

川を渡って四、五百メートルも行けば九州一の繁華街、天神だったが、今夜の彼には無縁だった。

今はただ考えたかった。

そのため、須永たちには行くところがあると言って店を出てきたのである。

ここ博多の中洲は、那珂川と博多川——長さが一キロほどしかない那珂川の分流——に囲まれた、文字通り〝川の中の洲〟である。地図で見るとナメクジのような形をしており、那珂川の方の川沿いには遊歩道が整備されている。

対岸の様々な明かりを映して揺れる川面を左に見ながら歩き出すと、涼しい風が頬を撫でた。

九月に入ってからも毎日三十度を超える蒸し暑い日が続いていたので、水の上を渡ってくる夜風が心地好い。

その涼を求めてだろうか、遊歩道を行き交う人は少なくなかったし、川縁の手すりに寄りかかってお喋りをしたりスマートフォンを突いたりしている人が結構いたが、滝沢の歩みと思考の妨げにはならなかった。

滝沢にとっての一番の問題は、もちろん須永たち堀田事件弁護団の求めに応じるかどうかだった。彼らのもとに届いた山川夏夫名義の手紙——一通目と二通目——が裕次の筆跡であることを証言し、叔父夫婦からあずかっている裕次のノートを彼らに貸し出すか否か、である。

堀田事件の再審請求審（即時抗告審）でその証言者になれば、以後、刑務官を続けていくことは無理だろう。が、滝沢にその点に関しての迷いはない。

須永や荒木には明かしていないが、裕次が宮之原に相談した結果、島淵が堀田事件弁護団かN県警に宛てて書いた殺人を告白する手紙が発信されずに終わったのは間違いない、と考えている。だから、島淵が死んだ後、裕次は罪の意識に苛まれ、ああした手紙を書いて（一通目は自分で、二通目は菜々に頼んで）送り、自殺してしまったのだろう。

そうした裕次のことを考えれば、自分が刑務官の職を失うぐらい何でもなかった。須永が言ったように、裕次は命をかけてあれらの手紙を書き、島淵の毛髪を同封したのだろうから。

ただ、自分のことはどうでもいいとして、気がかりは菜々母子と叔父夫婦だった。

裕次の手紙と彼の送った島淵の毛髪によって赤江修一の冤罪が晴れれば、大きな反響を呼ぶのは間違いない。裕次の行為を支持し、賞賛する声が少なくないとは思うが、逆に批判し、彼の悪口を言う者も現れるにちがいない。いずれにせよ、四人はそうした騒ぎに無縁ではいられない。マスコミは彼らの存在を探り出して押しかけるだろうし、ネットにはあることないこと無責任な噂が飛び交うだろう。そうなれば、狭い地域社会に暮らしている四人は、これまで通りの生活を続けるのが困難になる。

そう考えると、滝沢は須永たちの求めに応じて〝証言者〟になることを躊躇してしまうのだった。

が、一方で、彼の中には、〈では、裕次の遺志を無視していいのか〉という思いがある。無罪を叫びながら死刑を執行されてしまった赤江修一に殺人犯の汚名を着せたままでいいのか、と自分を責める気持ちがある。おまえさえ決断すれば赤江修一の冤罪を晴らせる可能性が高いのに、何もせず、それでおまえはこれから平気で生きていけるのか——。

そうした葛藤と直接の関係はなかったものの、滝沢の胸の奥には須永から聞いた話が重く響いていた。

東京高検の現検事長、鷲尾淳夫は、担当検事として赤江修一を殺人罪で起訴しただけでなく、自分たちの捜査の誤りが明らかになるのを恐れ、彼の死刑執行を急いだ、という話である。

この話は須永たちが想像しているだけであって、事実であるという証拠はない。

とはいえ、赤江修一が冤罪だったとすれば、十分考えられることだった。

では、赤江は本当に無実だったのか。

島淵が真犯人であると示唆する裕次の手紙を信じるかぎり、そう考えて間違いない。

そして、滝沢は裕次を信じていた。また、裕次が獄中の島淵の書いた手紙を宮之原に見せて相談した結果、手紙の発信を取りやめた、という自分の推理も正しいだろう、と考えていた。

となると、鷲尾が赤江の死刑執行を早めたという話ともつながってくる。つまり、そうした事情があったから、鷲尾はどんなことをしてでも島淵の手紙を発信させるわけにはいかなかった、と考えられる。

宮之原は、鷲尾が赤江の死刑執行を早めたということまでは知らなかったかもしれない。が、赤江を起訴したのが鷲尾であったのは知っていただろう。とすれば、裕次に島淵の手紙を見せられ、手紙のとおりなら鷲尾にとって大変な事態になると考えた。そのため、取り敢えず誰にも話さないように裕次に釘を刺し、鷲尾に注進した――。

宮之原の報告を聞き、鷲尾は顔色を失ったにちがいない。

島淵が本当に堀田事件の犯人だとすれば、赤江は無実であり、彼に有罪の判決を下した裁判官はもとより、彼を取り調べた警察と検察も糾弾される。特に、問題のあるDNA型鑑定をもとに起訴した検事の鷲尾は世間から激しい批判の礫を浴びるだろう。

赤江の死刑が早々に執行された裏に鷲尾の企みがあったことまでは、誰も想像しないかもしれない。が、赤江本人が一貫して無実を主張し、再審請求を出すつもりでいたのに、判決の確定後わずか二年で死刑を執行されてしまったという事実に、多くの人が不審を抱くのは疑いない。そして、無実の人間を殺してしまった法務省に怒りの矛先を向け、やがて、赤江の死刑執行が鷲尾の主導で進められたらしいことを暴き出す可能性がある。そうなったら、鷲尾は日本中の世論を敵に回すことになり、もう出世どころではない。それまで順調に出世の階段を上ってきて、いよいよ頂点が見えてきたか……というとき、まさに死刑台の踏み板が外れるように、一気に奈落の底に転落するだろう。

そうならないようにするには、島淵の手紙を握りつぶし、表に出ないようにする以外にない。

そう考えた鷲尾は、宮之原に命じてそれをしたのだ、と滝沢は思った。

宮之原が裕次にどのように説明し、説得したのか、はわからない。が、死刑を執行された死刑囚が冤罪だったとなれば、日本の司法制度を崩壊させるような大事件になる、とでも言ったのではないか。そうさせないためには、島淵の告白を絶対に公にしてはならないのだ、と。もちろん、鷲尾の個人的な事情は隠して。

裕次は宮之原の話した事情に一応納得したのであろう。あるいは、気の弱い裕次のこと、疑問、不審を覚えながらも、自分を引き立ててくれる先輩に言葉を返すことができず、従ったのであろう。つまり、言われたとおり、島淵の手紙を握りつぶした。

しかし、裕次はすぐに自分のしたことを後悔し始めた。手紙に書かれていたように、堀田事件の犯人が本当に島淵なら、赤江修一は無実なのに、彼の冤罪を晴らす機会を奪ってしまったのだから。

といって、今更、宮之原に逆らうわけにはいかない。

こうして、ぐずぐずと自分を責めていると、島淵が自殺するという予想外の事態が発生し、裕次は第一発見者になった。

このとき、動転しながらも、裕次の頭には自分が島淵の代わりに手紙を書くという考えが閃いたのではないか。それ以外に赤江を冤罪から救い出す道はない、と。そして、島淵の証言がなくても、島淵が犯人であることを証明できるように、咄嗟に彼の毛髪を数本抜き取ったのではないか。

もちろんこれは滝沢の想像である。が、そう考えないと、裕次の手紙に島淵の毛髪が同封されていた事実の説明がつかないように思える。

以前は、島淵が堀田事件弁護団宛に手紙を書いて裕次に渡したとき、自分の髪の毛を別便で送るように頼んだのだろう、と想像した。が、今考えるとそれは不自然だった。自己の延命のために堀田事件の犯人だと名乗り出ようとした島淵には――これは間違いないだろう――、その時点では死ぬ気などさらさらなかったはずである。とすれば、危険を冒して髪の毛など送らなくても、弁護団が手紙を読んで自分に問い合わせてきたとき、いかようにも対応できたのだから。

島淵の突然の死に直面し、裕次は島淵に代わって堀田事件の真相を明かす手紙を書こうと考え、彼の毛髪を手に入れた――。

滝沢は思考のスタートラインに戻った。

だが、その時点の裕次には、具体的にどういう手紙を書くかという点までは念頭になかったのではないか、と思う。また、その後もしばらくは、自分の不注意から島淵を死なせてしまったという自責の念に苦しめられ、手紙のことなど考える余裕がなかったのではないか。

が、島淵が死んで一カ月ぐらい過ぎてからだろうか、裕次は手紙の内容、書き方を具体的に考え始めた。手紙を送ったのが自分だとわかったら刑務官を続けられなくなるし、両親や菜々に迷惑をかけるので、差出人は匿名にするつもりで。

そのとき、手紙を二回に分けて送り、二通目に島淵の毛髪を同封することにしたのは、いきなりそれを送ったのでは、差出人が自分だと特定される可能性が高いと考えたからだと思われる。

ただ、その時点で、二通目の手紙の投函を菜々に頼み、自殺するつもりでいたのかどうかはわからない。というか、たぶんそこまではまだ考えていなかったのではないか、と滝沢は思う。

また、子どもの頃からワープロで文字を書いてきた裕次は、初めは当然、手紙もパソコンで書こうと考えていたにちがいない。

ところが、それでは相手が信用せず、悪戯（いたずら）だと思われてしまう可能性が低くない、と気づいた。

そうなると、せっかく送った島淵の毛髪は活用されずに終わってしまい、何のために手紙を書いたのか、わからなくなる。

では、手紙は匿名ではなく、本名で出すべきか。裕次は迷い、悩んだだろう。が、自分が刑務官を辞める覚悟はあっても、両親と菜々のことを思い、宮之原をはじめとする上司たちの怒りを想像すると、その決断はつかなかった。

こうして裕次が手紙の件で考えあぐねていた頃、彼は菜々から妊娠を知らされた。菜々はもちろん裕次が喜んでくれるものと思って話したにちがいない。

だが、菜々によると、裕次は困惑したような、どこか悲しげに見える顔をして、堕ろしてほしいと言ったのだという。

菜々はショックだったし、少し怒りも覚えたが、そうした気持ちを抑え、できるだけ平静を保って、どうしてかと質した。

裕次は突然すぎて気持ちの整理がつかないのだと答えたが、菜々にはどうもそれだけではないように思えた。

裕次の態度はその後も変わらなかった。堕胎を希望する理由は〝親になる自信がないから〟に変わったものの、初めのときと同じように悲しげな顔をして、どうか僕の頼みをきいてほしい、と繰り返した。

菜々には裕次が理解できなかった。それまでたいがいのことは菜々の気持ちを第一に考えてくれたのに、なぜそれほど頑に堕ろしてくれと言い張るのか。二人の子どもがほしくないのかと訊いても、そんなことはないと言うのだが……。

菜々は怒って、それほど嫌なら私一人で産んで一人で育てるからあなたは勝手にして、と宣言した。婚約破棄とも取れる言葉だが、菜々の本心は、自分が悪かったと裕次が折れるのを期待したのだった。

しかし、裕次は「ごめん」と謝りはしたものの、初めの言葉は撤回しなかった。

菜々は裕次という人間がわからなくなり、彼の本当の気持ちを訊いてみてほしいと滝沢に電話してきた。

滝沢は裕次に会い、おまえはどうして子どもの中絶を望むのか、と訊いた。叔父と叔母だって孫ができたと聞けば大喜びするはずなのに、おまえはなぜ菜々に感謝し、一緒に喜ばないのか、と。

裕次は苦しそうに表情を曇らせ、自分にはそうする資格がないのだ、と答えた。

菜々に言ったという「親になる自信がない」というのならまだわからないではない。が、我が子の誕生を喜ぶ資格がないとはどういうことか？

滝沢が裕次に質すと、裕次はいっそう苦しげに顔を歪め、「自分には人の子の親になる資格がないのだ」と言い換えた。

――人の子の親になる資格がない。

滝沢は裕次の心の内がますますわからなくなり、自分にもわかるように説明してくれ、と言った。

しかし、裕次は、自分はそういう人間なのだと言うばかり。なぜそう決めつけるのかについての説明はなかった。

そのため、何が裕次にそう言わせているのか、結局、わからないままに終わった。

裕次が自殺した後、滝沢は知った。裕次が、島淵の手紙を握り潰したことを、さらには島淵を死なせてしまったことを、滝沢の想像していた以上に深刻に悩み、苦しんでいたらしい、と。だから、人の子の親になる資格云々という言葉もそれらの事情に関係していたらしいということまでは想像がついた。

とはいえ、その言葉を発したときの裕次の心の内は今でもよくわからない。

それはともかく、菜々から子どもができたと知らされた頃、裕次は堀田事件弁護団宛の手紙を本名で送るべきかどうかについて思い悩んでいたと思われる。

そして裕次は、妥協案とでも言ったらいい一つの方法を見つけたのではないか。

手紙に本名は書かないが、赤江の冤罪を晴らすためにどうしても送り主を特定する必要が生じた場合、それができるようにしておく、という方法である。

それが、手書きの文字で手紙を書くということだったのだ、と滝沢は思う。

裕次はそこまで考えて、あの二通の手紙を書き、送った。

それなのに、自分は裕次の決断を無駄にしてしまっていいのか、と滝沢は初めの問題に立ち返った。

このまま自分が何もしなかった場合、堀田事件の再審は開かれずに終わるかもしれない。それをもし将来、裕也が知ったらどう思うだろうか。彼は、父親が命をかけて貫こうとした〝正義〟を滝沢が踏みにじったと思い、憎むのではないだろうか。

自分が裕也や菜々に憎まれるだけならかまわない。が、同時にそれは、赤江の冤罪がそのままになり、彼の家族はその苦しみをずっと背負い続けることを意味する。

裕次はそれを想像したから、島淵の手紙を握り潰した自分を責め、島淵が真犯人であることを示唆した自筆の手紙を書き、そこに彼の毛髪を同封したのであろう。

それなのに……と、滝沢は堂々巡りの自問を繰り返した。自分は裕次の行動を無にしてしまっていいのか、と。自分が躊躇しているのは、本当に叔父夫婦と菜々母子に及ぼす影響のためだけなのか。本当は自分に降り掛かってくる不利益と面倒のためなのではないのか。そこから逃げようとしているのではないのか……。

違う、と滝沢は否定する。

断じて違う！

だが、それなら、結論はもう出ているではないか。

裕次の遺志を尊重する。

それしかない。

その結果、叔父夫婦と菜々母子に辛い思いをさせるのは滝沢としても辛いが、彼らもきっと滝沢の選択を理解し、賛同してくれるにちがいない。そして、叔父夫婦は息子の行動を、菜々は自分の愛した我が子の父親を、誇りに感じるだろう。

滝沢がようやく迷いに決着をつけ、そう思ったとき、

――それにしても、裕次はなぜ自殺したのだろうか？

という問いが脳裏をよぎった。

そんなことはさんざん考えて、わかっていたはずだった。

それなのに、これまでの自分の〝理解〟にふっと違和感が兆したのである。

裕次は、島淵の手紙を握り潰してしまったことを悔い、さらには彼を自殺させてしまったことに強い責任を感じていた。そして、島淵に代わって堀田事件弁護団宛に直筆の手紙を出そうと考えた。しかし、それをしたのが自分だとわかった場合、北九州拘置所中がひっくり返るような大騒動になり、自分は苛烈な糾問を受けるにちがいない（裏ではもちろん宮之原から激しく叱責されるだろう）。刑務官を辞めるのは覚悟の上でも、そうなったら両親や菜々をどんなに苦しめ、悲しませることになるか。そう思うと、手紙を出すか否かあらためて迷ったにちがいない。が、冤罪で死刑になった人の存在を知りながら目をつ

むり続けることはできない。裕次はそう決断し、愛する者への影響を最小限に抑えるため、二通目の手紙の投函を菜々に託した後、自らの命を絶った。

滝沢はこれまで、そう考えていた。

だが、今、そうした理由だけで裕次は自殺したのだろうか、とかすかな疑問を感じたのである。

それは、菜々が身籠もったとき、「自分は人の子の親になる資格がない」と裕次が言ったのを思い出したからかもしれない。

裕次のあの強い言葉――。

あの言葉が彼の自殺に関係なかっただろうか、と滝沢は自問した。

自分は生まれてくる子の親になる資格がないと裕次が思っているのに、菜々はどうしても産むと言って譲らない。としたら、裕次としては自分を消す以外になかったのではないか……。

しかし、そう考えてもわからない。

裕次はなぜ、それほど強く……自分の命と天秤にかけるぐらい強く、自分は親になれないと思ったのか。命を絶つぐらいなら、なぜその理由を菜々にきちんと説明しなかったのか。理由を聞いて納得すれば、菜々だってそれでも産むとは言わなかっただろう。

だが、裕次は自分の思っていることを菜々に話さなかった。話さなかっただけではない。

菜々には、親になる「資格がない」とは言わず、「自信がない」という言い方で誤魔化した（たぶん誤魔化したのだと思う）。

そこから想像されるのは、裕次にとって、その理由は自分の命と引き替えても話せないものだった、ということになろうか。

しかし、そんな理由が果たして裕次にあったのかと考えても、見当がつかない。自分は想像をふくらませ過ぎてしまったのかもしれない、とも滝沢は思う。親になる資格がないという裕次の言葉と彼の自殺は関係がないのに、自分は強引に結び付けてしまったのだろうか。

滝沢がさらに自問を繰り返していると、いつの間にか遊歩道の終わりまで来ていた。正面は小さな公園になっていて、トイレらしい建物とベンチがあるが、人の姿はない。

その公園が中洲の西の外れだった。

滝沢は来たときの中洲川端（なかすかわばた）駅に戻りたかったので、左手の橋を渡らず、公園の手前を回って博多川通りに移った。

駅はそこを三、四百メートル東へ戻って博多川に架かった橋を渡るとすぐである。

博多川は、那珂川に比べると幅が三分の一ほどしかなく、川縁（かわべり）に遊歩道もない。が、反対側に建っているビルの下に申し訳程度の歩道が付いていたし、人も車もあまり通らないので、考えながら歩くのに支障はなかった。

——自分は親になる資格がない。

また裕次の言葉が浮かぶ。

気になる言葉だった。裕次が自殺したこととはたとえ関係がなかったとしても。

裕次はどうしてあんな言葉を口にしたのだろうか。

いくら考えてもわからない。

縦長の中洲を横に貫いている四車線の広い道路にぶつかった。

滝沢は少し右へ回るようにして横断歩道を渡った。

同じ博多川通りでも、大きな道路を一本隔てただけで、様相が一変。こちらは車道の両側に小綺麗（こぎれい）な歩道が設けられていた。

滝沢は川縁の歩道へ移り、歩みを進めた。

少し行って、車両は通れない木製の橋の袂（たもと）を過ぎると、前方にコンクリート製の別の橋が見えてきた。

中洲川端駅へ行くにはその橋を渡るのである。

とにかく、須永には明日にでも返事をしよう、と思った。二通の手紙は裕次が書いたものに間違いないことを認め、叔父から借りた裕次のノートを送るから、と。

決めたからには一日でも早いほうがいいだろう。

と思ったとき、滝沢の脳裏にまた〝なぜ〟〝どうして〟という疑問詞が浮かんできた。

裕次はなぜ自殺したのだろうか？　裕次はどうして自分は人の親になる資格がないと言ったのだろうか？

滝沢には、やはり、その言葉と裕次の自殺の間に関係がなかったとは思えない。としたら……。

考える。

依然、答えは出てこない。

滝沢は諦めるように首を横に振った。

その直後だった。

頭の中を電流のようなものが走り、彼は息を呑んだ。

足が止まる。

「ま、まさか！」

思わず声を漏らしていた。

まさか、まさか……。

滝沢は手足の先が冷たくなるのを感じた。

よく考えなければならない、と思う。落ち着いて検討しなければならない。果たしてそんなことがありうるかどうか。

が、そう考えると、裕次の手紙に島淵の毛髪が同封されていた事実も、よりすっきりと説明できる。

滝沢は深呼吸してから再び歩き出した。

すぐに橋の袂に出た。

彼はそこでもう一度足を止めた。

続きは官舎へ帰ってから考えるべきか、それとも、もうしばらくこのまま歩きながら考えるべきか。

ちょっと迷ったが、彼はすぐに決断し、橋ではなく横断歩道を渡った。歩きながら考え続けるために。

捜査Ⅵ　2019年

1

鶴川駅前で滝沢に会った六日後の四月三日――。

朝の捜査会議が終わると、杉本明日香と大野は山手線の内回り電車で高田馬場まで行き、一旦駅を出て公衆電話を探し、大野が宮之原の知人を装って彼の自宅に電話した。

今日は宮之原が新宿の警備会社に出勤する水曜日。十時を回り、すでに彼は家を出ているはずだが、念のために不在を確認し、同時に妻の早苗が在宅しているかどうかを調べたのだ。

予想したとおり、宮之原は出勤し、早苗は家にいた。

明日香たちはこれから東村山の宮之原家を訪ねる。そして、近くへ来たついでにちょっと寄らせてもらったと早苗に言い、滝沢について彼女の知っていることがあれば聞き出すつもりだった。

先週、滝沢に会った後、明日香と大野は、何らかのかたちで滝沢が事件に絡んでいるのではないかと考えた。そして、この想像が当たっていれば、滝沢は宮之原に会っているにちがいない、と。

だが、宮之原に質しても、もし彼と滝沢が事件に関係していた場合、否認される可能性が高い。

では、どうしたらいいか？

上京して宮之原の近くに住んだ滝沢なら、宮之原の自宅を訪ねているかもしれない、明日香たちはそう考え、宮之原の不在のときに彼の家を訪ねてみることにしたのである。

これまで捜査対象者に入れていなかった滝沢に目を向けたとき、明日香たちは、森下裕次が自殺したときの事情について福岡県警に照会するとともに、宮崎の岸正幸に連絡を取り、滝沢と森下の関係についてあらためて話を聞いた。さらに、岸に紹介された、北九州拘置所時代の彼の部下だという原島亘――今は刑務官を辞め、郷里の別府で家業の温泉旅館を営（いとな）んでいた――にも電話をかけ、尋ねてみた。

しかし、どこからも、事件に関係していそうな情報は得られなかった。

福岡県警の回答は森下の自殺に関して不審を抱かせるような点はないというものだったし、岸も原島も、滝沢と森下が仲の良い従兄弟同士だったという以上のことはわからない、と言ったからだ。

明日香たちは、滝沢が刑務官を辞めて上京する直前、一年ほどの間に何か変わった点が見られなかったかどうかについても探った。福岡県警に捜査の協力を要請し、福岡中央拘置所で滝沢の上司や同僚だった者に当たってもらったのだ。が、滝沢は付き合いが悪く、飲み会などにも全然顔を出さなかったとかで、彼の私生活については何もわからないし、どうして刑務官を辞めたのかも知らない、とみな答えたらしい。

明日香たちはこの前と同じ停留所でバスを降り、そのまま少し進んで左の枝道へ入った。東京といっても、この辺りは、住宅の建ち並んだ間にところどころ畑が残っていた。この前訪ねたときは桜の花の咲く前だったが、それからわずか半月の間に、畑の縁(へり)に生えた草が一段と緑の色を濃くし、勢いがついたように見えた。

五、六分歩いて、宮之原家の前に立つと、明日香がインターホンを鳴らした。

もし早苗が不在だったら、しばらく近くをぶらぶらして、昼近くにもう一度訪ねるつもりだったのだが、大野の電話に出た後で彼女は出かけなかったらしい。

応答した彼女に、明日香は先日伺った警察の者だと名乗り、近くへ来たついでにちょっと寄らせてもらったのだが宮之原は在宅か、と問うた。

早苗が偽電話の大野の声を覚えているとも思えないが、これからの遣り取りはすべて明日香がすることになっていた。

当然ながら、今日は夫は出勤しているのでいない、と彼女が答えた。

「それでしたら、奥様でも結構ですので、十分ほどお話を聞かせていただけませんか」

「私に？　どういうことでしょうか？」

早苗が、訝るような、不安げな声で訊き返した。

「ほんの参考までに、ある人についてちょっと教えていただきたいんです」

「ある人とは……」

「ここではお話ししにくいので、中へ入れていただけないでしょうか」

「あ、す、すみません」

と、早苗が慌てて謝り、「それじゃ、今すぐに鍵を開けますので……」

彼女はインターホンを切ると、明日香たちが錠の掛かっていない門扉を開けて玄関まで進む前に、中からドアを開けて出てきた。

ストレッチか美容体操でもしていたのか、上は臙脂のティーシャツに薄手の白いパーカー、下は黒のレギンスといった格好だった。

この前、応接室へ茶を運んできたときより少しスマートになったような感じがするのは、その服装のせいかもしれない。

「どうぞお入りください」

言われ、明日香たちは玄関へ入った。

彼女はさらに上がるように促したが、

「すぐ済みますので、ここで結構です」

と、明日香は応えた。

早苗が、明日香たちの前の上がりがまちに膝を折り、

「で、私にお聞きになりたいある人というのは何という方でしょうか？」

と、顔を上げた。

「奥様は、ご主人が以前、北九州拘置所に勤務されていたときの部下だった滝沢正樹という人をご存じありませんか？」

明日香は正面から尋ねた。

「滝沢さんなら存じ上げています」

と、早苗がまったくためらった様子を見せずに答えた。

明日香は、自分たちの求めていた答えがあまりにもあっさり手に入ったことに驚き、思わず大野の顔を窺った。

しかし、大野はいつもの間が抜けたようなポーカーフェース。

「それは、お会いになったことがあるということですね？」

と、明日香は質問を継いだ。

「はい」

「いつ、どこで会われたんでしょう？」

「何度かお会いしていますが、最初にお目にかかったのは去年の夏でした。夜、突然、家に訪ねてこられたんです」

「突然ということは、ご主人も滝沢さんが訪ねてくることをご存じなかった？」

「はい。初めにインターホンで応対した私が、滝沢さんという方だと言うと、主人もびっくりした顔をしていました。……あ、ただ、後で主人に訊くと、しばらく前に新宿で偶然出会ったとき田無に住んでいると聞き、それならすぐだから遊びに来いと言ってあったんだそうです」

滝沢の西東京市の住所は田無が最寄り駅だった。

「ご主人は奥様に、滝沢さんとの関係についてどのように話されたんですか？」

「北九州拘置所に勤務していたとき、目をかけてやっていた部下だと……。それで、滝沢さんの方も何かと主人を頼りにし、慕っていたのだそうです」

相手が森下裕次なら、岸から聞いていた話に合致する。が、滝沢が宮之原と特別な関係にあったなどという話は、滝沢本人からも誰からも聞いていない。というより、滝沢によれば、宮之原とはほとんど言葉を交わしたこともないという話だったのだ。

「奥様は滝沢さんに何度か会っていると言われましたが、やはり滝沢さんがお宅を訪ねてきたときに？」

「そうです。昨年は月に一度ぐらいは私の好きな太宰府名物の梅ヶ枝餅などを持って訪ねてこられました」

「かなり頻繁な感じですが、それはご主人に何か用事があったんでしょうか？」

「いえ、特に用事というほどのものはなかったように思います。いつも、ご機嫌伺いに参上しましたと言っていましたし、食事を勧めても遠慮され、主人と一時間ほど話しただけで帰られましたから」

「奥様から見て、滝沢さんはどのような方ですか？」

「あ、あの、滝沢さんが何かされたんでしょうか？」

早苗がふっと表情を強張らせ、明日香たちに不安げな視線を向けた。

「いえ、滝沢さんが何かしたというわけではないんです。ちょっと参考までにお尋ねしているだけです」

明日香はできるだけ軽い調子で答えた。

「そうですか……」

と、早苗が引き下がった。納得した顔ではないが、しつこく訊くわけにはいかないからだろう。

「で、今お尋ねした件ですが、奥様から見て、滝沢さんはどのような方でしょう？」

「気さくで楽しい方です。主人と話しているところへ私がお茶を運んで行くと、一緒にいかがですかと誘ってくれるので、何度かお話に加わらせていただきました。……あ、加わるといっても、そうしたとき、主人はむっつりとした顔をして聞いているだけでしたので、滝沢さんと私の二人だけで九州の思い出話に盛り上がっていたんですが」

「ご主人がむっつりされていたということは、ご主人は滝沢さんの訪問を歓迎されていなかった？」

「いえ、そんなことはありません……ないと思います。主人は元々無口で面白みのない人間なんです」

　早苗がちょっと慌てたように言ったが、明日香は少し引っかかった。

が、これ以上追及しても本当のところはわからないだろうと思い、「そうですか」と収め、

「ところで、滝沢さんは、どうして刑務官を辞めて上京したのか、奥様に話されましたか？」

　と、質問を進めた。

「どうしてもそうしなければならない事情があったからだ、と言われました」

「具体的には……？」

「わかりません。他人から見たらつまらない事情ですよと笑って話してくれませんでした

から」

「ご主人なら聞いているんじゃありませんか?」

「さあ……」

と、早苗が首をかしげ、「ただ、私もそう思って後で尋ねると、『そんなことは知らん。だいたい他人の個人的な問題に首を突っ込むな』と叱られました」

刑務官という安定した職を捨て、どうしても東京へ出てこなければならなかった事情——。

滝沢にそんなものが本当にあったという証拠はない。

とはいえ、そんな思わせぶりな嘘をつくぐらいなら、自分たちに言ったように、友達と会社をやるつもりだったがうまくいかなかったと言えば済んだはずである。

と考えると、その言葉は事実であり、宮之原も承知しているような、明日香はそんな気がした。

しかし、それは考えても簡単に答えが出てくる問題ではないので、

「先ほど、滝沢さんは昨年、月に一度ぐらいはこちらに伺っていたと言われましたが、今年に入ってからはどうなんでしょう?」

と、質問を変えた。

「年が明けて一週間ほどした頃、一度いらしただけです」

「そうすると、もう三カ月近く見えていないことになりますが、何か理由でも……？」

「さあ、わかりません」

「ご主人とは外で会われているんでしょうか？」

「それはないと思います。二、三週間前だったと思いますが、このところ滝沢さんが見えないけどどうしているのかしらと私が話しかけても、連絡がないから俺も知らん、きっと忙しいんだろう、って言っていましたから」

宮之原が妻にそう答えたからといって、事実とはかぎらない。彼と滝沢が外で会っていた可能性はある。

が、たとえ宮之原が妻に黙って自宅以外の場所で滝沢と会っていたとしても、それが何なのか、とも思う。

宮之原は妻に、滝沢は北九州拘置所時代に親しくしていた部下だと虚偽の説明をした。また、滝沢は明日香たちに、刑務官を辞めて上京した理由について嘘をつき（証拠はないがたぶん嘘だろう）、何度も宮之原宅を訪ねていたにもかかわらず、彼の家が東村山にあるなんて知らなかった、と惚けた。

そうした点は大いに引っかかるが、だからといって、滝沢と宮之原の二人が鷲尾の殺された事件に関係していたとは言えない。

明日香たちは早苗に礼を述べ、宮之原家の玄関を出た。

門扉を閉めて歩き出すや、大野が足を速めた。

わけがわからず、明日香も続く。

と、最初の角を曲がったところで大野が不意に足を止め、二カ所に電話をかけた。

が、どちらも相手がつかまらなかったらしく、顔からスマートフォンを離し、

「滝沢と宮之原にかけたんだが、滝沢は留守電になっていて、宮之原は話し中だった」

と、言った。

そのときには、明日香も大野の意図が読めたので、

「先を越されたということでしょうか?」

と、訊いた。

「滝沢の場合は仕事中で切っていたのかもしれないが、宮之原が通話中だったのはたぶんそうだろう」

歩き出しながら大野が答えた。

つまり、それは、明日香たちが玄関を出て行くや、早苗が夫の宮之原に電話をかけ、この前の刑事たちが来て滝沢についていろいろ訊いていったと話しているだろう、ということだった。

「でも、夫が帰宅してから話せば済むのに、宮之原の奥さんはなぜわざわざ職場に電話したんでしょう?」

「普通の主婦にとって、刑事が夫を訪ねてきたというのはかなり気になる出来事のはずだ。一刻も早く知らせないではいられないだろう」

「そうか、そうですね」

と、明日香はうなずき、「そうなると、妻の話を聞いた宮之原がすぐに滝沢に連絡を取り、口裏を合わせる……？」

「そう考えて、こちらが先に滝沢と話し、俺たちに嘘をついた点を糾そうと思ったんだが……」

「まだ間に合いませんか？」

明日香はちょっと足を止め、大野を見上げた。

「宮之原の電話が奥さんと話していたのではなかった、ということとならな」

「たとえ電話の相手が奥さんだったとしても、宮之原より先に滝沢と連絡が取れれば……」

「それは無理だろう」

大野が言って、再び歩き出した。「俺たちが留守電に伝言を入れておいても滝沢はかけてこない。一方、宮之原がメールするか伝言を入れておけば、滝沢はすぐに連絡を取る。そして、新たな口裏合わせをするはずだ」

「新たな……ということは、滝沢が私たちに宮之原と会っているのを隠したのも二人で話し合っての上だったわけですね」

「そうとしか考えられない。もし宮之原と口裏を合わせていなければ、俺たちが宮之原に当たればばれてしまう」

「そうですね。ただ、そこまで考えた二人も、私たちが宮之原の奥さんを直撃するとまでは予想しなかった……」

「ああ」

「宮之原が奥さんに、自分と滝沢がかつて親しい上司と部下だったかのように話していたのも、滝沢と示し合わせての作り話だったんでしょうか？」

「そうだと思う」

「ということは、宮之原と交わったことなどほとんどないという先日の滝沢の話……あれは事実だったと考えられるわけですね」

「うん。岸さんも原島さんも、宮之原が森下と親しかったと言いながら、森下の従兄の滝沢とも交友があったとは一言も言っていない。そのことから考えても、たぶん間違いないだろう」

「それにしても、宮之原と滝沢の間にいったい何があったんでしょうね？　元々は親しくなかったと思われる二人を結び付けたのは亡くなった森下裕次じゃないかとは思うんですが……ただ、そう考えても、具体的な点は想像がつきません」

「俺にもわからない。問題を解く鍵は森下……というか森下の死だと思い、ずっと考えているんだが」

明日香たちは、バス通りの三、四十メートル手前まで来た。

すると、左手からちょうどバスがやってくるところだった。

それを見て大野が、

「ま、その問題は後でゆっくり考えることにして、とにかく乗ろう」

言って足を速めたので、明日香も続いた。

その後、二人は久米川から終点の新宿まで行き、宮之原の勤め先を訪ねた。

2

津山は、いつものように本駒込署の署長らと並んで演壇下の長机に陣取っていた。

そのため、こちらを向いて掛けている捜査員たちの顔がよく見えるが、盛永の司会で捜査会議が始まったときは、それらはどれも薄汚れてくすみ、疲れ切っているように見えた。早く休みたいのに、無理して目を開き、半ば惰性で話を聞いているように感じられた。

理由は、滝沢のアパートを張り込んでいた大野と杉本明日香が戻ってくるのを待っていたために、会議の開始が十時過ぎと、予定より大幅に遅れたせいもあるだろう。が、それだけではないことを津山は経験から知っている。事件発生から二十日以上経つのにいまだに有力な容疑者が浮かばず、捜査がはかばかしい進展を見せていないからだ。

しかし、会議の開始からしばらく経ち、大野と杉本明日香の報告が始まると、捜査員たちの表情に少しずつ変化が表れ始めた。顔に張りが戻り、目に光がよみがえったように感じられた。

大野は、自分たちの捜査の目的だけを簡単に話して明日香にバトンタッチ。明日香は今、東村山の宮之原佑宅を訪ねて彼の妻、早苗に会ったときの報告を終え、東村山から新宿へ出て、宮之原が役員をしている警備保障会社を訪ねたときのことに話を進めたところだった。

「私たちが滝沢との関係を尋ねると、案の定、宮之原は、私たちが早苗から聞いたとおりの話をしました。私たちが宮之原宅を辞した後、早苗が彼に電話し、私たちの訪問について報告したからであるのは間違いありません。北九州拘置所に勤務していたとき目をかけてやっていた部下の一人だ、と言ったんです。そういう旧知の間柄だったので、新宿で偶然出会ったとき、同じ西武線沿線の田無に住んでいると聞き、それなら遊びに来いと誘い、時々訪ねてくるようになったのだそうです」

明日香が続けた。「もちろん、これは宮之原の作り話です。宮之原が北九州拘置所に勤めていた頃の部下である岸氏や原島氏の話から考えても、宮之原と滝沢が気安くそうした会話を交わす仲だったとは思えません。

では、宮之原はどうしてそうした作り話を妻にし、私たちにもしたのでしょうか？

それは、滝沢との本当の関係を明かせないからだとしか考えられません。

滝沢もしかりです。

一週間前に会ったときの彼は、頻繁に宮之原の家を訪ねていたことなどおくびにも出さなかっただけでなく、宮之原の住まいが東村山にあるのさえ知らなかった、と言いました。北九州拘置所に勤めていたときにもほとんど交わりのなかった彼の住まいなど、自分が知るわけがないだろう、と。

ところが、今夜……何度電話しても通じなかったので、彼の住んでいる田無のアパートに張り込んでいたんですが……やっとつかまえて質すと、一転して、宮之原の家を訪問していた事実を認めました。そして、先日はいろいろ訊かれるのが面倒だったのでつい嘘をついてしまったが、実際は北九州拘置所に勤めていたときから宮之原とは結構親しくしていたのだ、と言い訳したのです。宮之原の高校の後輩である従弟の森下裕次と三人で時々会い、酒を飲んだりしていたのだ、と。

滝沢のアパートを出た後、私たちは念には念を入れて、岸氏と原島氏に電話し、宮之原と滝沢はこれこれこう言っているが事実か、と質しました。すると二人は、言葉こそ多少違いましたが、本当かと反問し、宮之原たちがどうしてそんな話をしたのか見当もつかない、と言われました。

というわけで、私たちの考えたとおり、宮之原と滝沢は嘘の話をでっち上げ、妻や私たちに対して口裏合わせをしていたことがはっきりしました」

杉本明日香がここで言葉を切り、一息入れた。

が、彼女はすぐにただ……と続けた。

「ただ、宮之原と滝沢が示し合わせて嘘をついていたとしても、二人が友好的な関係にあるとはかぎりません。むしろ、二人は敵対する関係にあるのに、他人に知られては困る不都合な事情を隠すために口裏を合わせている可能性が高い、と私たちは考えました。もう少し具体的に言うと、滝沢が宮之原の何らかの弱みを握り、それをネタに脅しているのではないか、と。

それは、滝沢が刑務官を辞めて東京へ出てくるまで、二人の間にまったく交わりがなかったらしいのに、滝沢はかなりの頻度で宮之原宅を訪れ、宮之原もそれを受け入れていた事実から推測されます。

今のところ、宮之原の弱みがどういうものなのかはわかりません。ですが、前に報告したように、宮之原と滝沢が北九州拘置所に勤務していたとき、滝沢の従弟の森下刑務官が自殺しています。森下刑務官は鷲尾検事長と宮之原と同じ博多中央高校の出身で、二人の柔道部の後輩だったことから、宮之原に目をかけられていました。そうした事情から、滝沢の握っていた宮之原の弱みは、森下刑務官あるいは彼の死に関係した何かではないか、と私たちは考えています」

報告が終わったらしく、明日香は手帳から目を上げ、意見を求めるように、津山や盛永の方へ上気した顔を向けた。

津山は「なるほど」とそれに応え、

「で、きみたちが考えたとおり、滝沢が宮之原の何らかの弱みを握って脅していたとして、それが鷲尾検事長の殺された事件にどう関わってくるのかね？」

と、肝腎な点を質した。

「具体的な点はまだわかりません」

と、明日香が答えた。「ただ、これまでは、事件当夜、鷲尾検事長が篠原美優の部屋へ行く予定であるのを事前に知っていたか知り得た可能性のある人物として判明していたのは、篠原美優と宮之原の二人だけでした。ですが、滝沢が宮之原を脅して自由に操れたと考えれば、ここにもう一人、その条件を満たしている人物が登場したことになります」

「宮之原から、鷲尾検事長の行動予定を聞き出した、というわけだな」

「そうです」

これまでの調べでは、事件当夜、向ヶ丘レジデンスから一歩も外へ出ていない篠原美優が鷲尾検事長を殺せなかったことは百パーセント確実であり、宮之原にも（妻の証言ながらほぼ疑いない）アリバイがあった。それに、宮之原は鷲尾との関係から大きな恩恵を受けてきた半生であり、彼に鷲尾を殺す動機があったとはおよそ考えられない。そのため津山たちは、篠原美優の件を隠していた彼に不審を抱き、何かあるのではないかと怪しみながらも、鷲尾を殺した犯人ではありえないだろう、と考えてきた。

ところが、大野と杉本明日香の捜査によって、宮之原は滝沢に握られていた弱みの内容によっては彼に鷲尾の予定を教えたかもしれない、という状況が生まれたのである。

「その場合、実行犯は滝沢で、宮之原は彼の共犯または協力者、ということになるかと思います」

明日香が続けた。

「うむ」

「ただ、以上はそうだったかもしれない可能性があるというだけで、たとえそのとおりだったとしても、具体的な点はまだ何ひとつ解明されておりません」

「問題は、滝沢が宮之原を脅したネタ、そして彼の犯行の動機だな」

「はい」

「地方の一刑務官だった男が、どうして検察庁のナンバー2(ツー)を殺したのか、か……」

まだ決まったわけではないが、もしそうだったとしたら、今度の事件の構造はいったいどうなっているのだろう、と津山は恐怖に似た緊張を覚えた。

その後、十五分ほど質疑応答があり、最後に津山が立って、今後の捜査について以下のような指示を出した。

①滝沢に犯行が可能だったかどうかをはっきりさせるため、鷲尾が殺された晩、彼がどこで何をしていたかを調べる。

②滝沢の犯行動機、宮之原を脅していたネタを解明するため、森下刑務官が自殺した前後の事情と、宮之原、森下刑務官、滝沢の関わりについてあらためて調べる。

③鷲尾を殺したのが滝沢だったと仮定して、凶器の入手経路、処分方法などを再検討し、その発見に努める。

２０１８年春

第七章　上京

1

早苗は、隣の布団から聞こえてきた夫の呻(うめ)くような声に目を覚ました。

顔と身体をそちらへ向け、

「あなた？」

と、軽く問いかけてみるが、夫は何も応えない。

夫は二、三日前の夜も同じように魘(うな)されていたので、早苗はちょっと気になったが、起こすまでのことはないだろうと思い、身体を仰向けに戻して目を閉じた。

しかし、なかなかうまく眠りに戻れないでいると、夫が「ううっ、ううっ！」とさっきより一段と苦しげな声を上げた。

早苗は上体を起こし、布団の上に座った。

枕元の小さな灯りを点け、

「あなた、あなた……」

と、夫の肩を軽く揺すりながら、相手を驚かせないように声を抑えて呼びかけた。

すると呻き声が収まり、夫が目を開けて、訝るような視線を早苗に向けた。

「汗をびっしょりかいて、ひどく魘されていたみたいだけど、大丈夫？」

「うん？　あ、そう、大丈夫だ」

と、夫がやっと何が起きたのかを理解したらしい顔をした。

所沢刑務所の所長官舎である。

官舎にはセミダブルのベッドが二台配された夫婦用の寝室があるのだが、夫がベッド嫌いのため、早苗たちは和室に布団を敷いて寝ていた。

「このままだと風邪をひいてしまうから、タオル持ってくるわね」

早苗は立ち上がると、洗面所の棚から乾いたバスタオルとフェイスタオルを取ってきた。

夫は大きなショックを受けた後のような、半ば放心したような顔をして、布団の上にあぐらをかいていた。

早苗はフェイスタオルを夫に渡し、自分は夫の後ろに回って、バスタオルで首筋や背中を拭いてやりながら、

「またいつもの夢を見たの？」

と、訊いた。

「まあね」

と、夫が曖昧に答えた。

「去年の秋、やっとみんなで集まったときには、もうすっかり良くなって、信一も遥菜も安心していたのに……」

昨年は、夫の転勤や長男の信一の転職などが続き、夫の快気祝いがなかなかできないでいた。それが、十月も半ばを過ぎてやっと実現し、早苗は喜んでいたのである。

ところが、それから二カ月もしない十二月の初め、早苗は深夜、夫の苦しげな声に眠りを破られた。一年近く忘れていた経験だったが、その後はまた以前のように、魘される夫の声で時々目を覚ますようになったのだった。

二年前（二〇一六年）の四月、夫は九州の益城刑務所の所長をしていたとき、熊本地震に遭遇した。官舎で寝ていて、崩れてきた壁の下敷きになり、九死に一生を得たのである。早苗は母親の介護もあって東京東村山の家へ帰ってきていたから、広い所長官舎に一人でいたときの出来事だった。幸い、怪我は半月ほどで良くなったものの、そのときの、いくら呼んでも誰も助けに来ない恐怖の記憶は夫の心に強く刻み込まれたらしい。数カ月した頃から、壁や天井が突然崩れてきて下敷きになる夢を見るだけでなく、昼にも幻聴、幻覚に襲われるようになった。医師による最終診断は外傷後ストレス障害（ＰＴＳＤ）。過去の出来事が再び起こっているかのように感じて強い心理的な苦痛に襲われる不安障害の一種だというが、そうした発作はいつ起きるか予測がつかず、やがて夫は仕事を続けるのが困難になった。そのため、休職して東京の自宅へ帰り、治療に専念した。九州から遠く離れて、庭いじりなどをしてのんびり過ごしたことが功を奏したのだろう、夫は徐々に恐ろしい夢や幻覚を見ることが少なくなり、三カ月の休職期間が過ぎた十一月の半ば近く、職場に復帰。その後は病状が特に悪化することもなく、翌年の春（昨二〇一七年四月）に現在の所沢刑務所へ異動し、夏が過ぎる頃には、医師から処方された薬を飲むのも忘れるぐらいに回復していた。

　だから早苗は、もうこれであとは自然に完治に向かっていくのだろうと思い、ほっとしていたのである。

　ところが、師走に入って間もない頃から、夫はまた夜中に魘されたり、黄昏(たそがれ)時に突然誰もいない薄闇(うすやみ)に向かって意味のわからない言葉を叫んだりするようになったのだ。

　そんなとき、どうしたのかと早苗が尋ねると、「あいつが来る、あいつがまた俺を殺しに来る」などと言い、そこでハッと我に返ったような顔に戻り、「今、俺は変なことを言ったか？」と訊き返した。そして、早苗がなおもいろいろ尋ねようとすると、「何でもない、何でもないから俺を一人にしてくれ」と脅えたような顔をして懇願した。

　早苗は、病気が再発したのは確実のように思えた。そして、夫の身を案じる一方で、それにしても、どうして今になって……と気になった。

初めは見当がつかなかったが、しばらくして、夫の様子がおかしくなったのは、もしかしたら山川という人からの手紙が届くようになってからではないか、と思い当たった。

それは普通の白い定型封筒に入っており、封筒の裏には「福岡県　山川夏夫」と書かれているだけで、詳しい住所は記されていなかった。最初に届いたのは去年の十一月初め。他の郵便物などと一緒に夫の机の上に置いておいたので、手紙を見たときの夫の反応はわからない。ただ、それから現在（二月初め）の三カ月余りの間に、同じ差出人による同じ体裁の封書が五、六通届いていた。

暮れに三通目か四通目が届いたとき、早苗は、山川夏夫さんというのはどういう人かと尋ねた。すると夫は、以前面倒をみてやった部下で、仕事上の問題で行き詰まってアドバイスを求めてきているのだ、と答えた。

元の上司に相談するのに住所をきちんと書かないなんてちょっと変だと思ったものの、「自分勝手で少し変わった奴なんだ」と夫が言ったので、そのときはそれ以上は気にとめなかった。

だが、年が明けて、もしかしたら夫の病気が再発したのにはその手紙が関係しているのではないかと思い始めると、早苗は気になり、思い切って夫に質してみた。

早苗の想像に、夫は見当違いもはなはだしいと笑って否定した。山川夏夫は自分が益城刑務所の所長になる前の部下だし、病気とはまったく関係ない、という。

早苗は「そう」と応えて引き下がったものの、納得したわけではない。夫の笑いが作り物めいて感じられたこともあって、むしろ疑念はふくらみ、夫は自分に何か隠しているのではないかと思った。

もしそうだとしたら、夫は何を隠しているのだろうか。山川という人の手紙にはどういうことが書かれていたのだろうか。

早苗は、どうしても手紙を読んでみたくなり、悪いこととは知りながら、夫が勤めに出ているとき、彼の書斎を捜してみた。

しかし、机の引き出しだけでなく、書棚や机の上に積んである書類袋の中なども丹念に調べたが、例の封書はどこからも出てこなかった。

その結果に、早苗はそれまでの疑念や不安とは少し違う、暗闇で得体の知れないものをつかんでしまったような薄気味悪さにも似た不安を感じた。

これまでは、手紙にどういうことが書かれていて、（自分の想像どおりなら）それがどうして夫の病気を再発させたのか、その点を知りたいという気持ちが強かった。夫の身を心配しながらも、早苗は半ばは好奇心から手紙を読んでみたいと思っていた。

しかし、書斎には山川という人からきた手紙は一通もなかった。

処分してしまった可能性もゼロではないが、早苗は、自分が捜すかもしれないと考えた夫が家から持ち出して所長室のロッカーにでも隠した可能性が高い、と思った。

では、夫はなぜそんなことをしたのか、なぜそこまでして、手紙を早苗の目に触れさせまいとしたのか。

手紙には、早苗に知られたくない事柄が書かれていたからにちがいない。

具体的にどんなことが書かれていたのかは想像がつかなかったが、早苗はそう考え、これまでの不安とは次元の違う気がかりを覚えたのである。

それから一カ月半余り、早苗はずっと手紙の内容と、夫が採ったと見られる行動が気にかかっていた。年が明けた後も山川夏夫名の手紙は二通きたが、翌日には夫の書斎からなくなっていたからだ。

しかし、夫の留守中に手紙を捜した事実に触れずにその件を質すのは難しい。

そのため、早苗は何度か切り出そうとしながら、ずるずると今日まできてしまったのだった。

――これでいいのか？

と、早苗は夫の汗を拭いてやりながら思った。このまま、夫の病気を再発させたものの正体を知らないでいていいのか？

自分がそれを知ったからといって、何ができるかはわからない。何もできないかもしれない。

が、何らかの力になれる可能性はある。夫の苦しみを少しは軽減させてやれるかもしれない。

どちらにしても、まずは事実を知りたかった。そのうえで、夫と一緒にどうしたらいいのかを考えたい。

早苗はそう思った。そして、こんな夜中に……と一瞬躊躇したものの、今を除いたらまた切り出せなくなってしまうかもしれないと思い、意を決して言った。

「あなたの夢、やっぱりあの山川夏夫という人の手紙が関係しているんじゃないの？」

夫がびくんと小さく肩を震わせ、

「突然、また何を言うんだい？」

と、咎める目を早苗に向けた。

が、早苗はひるまずに夫の顔を見返し、

「そうなんでしょう？」

「違う、違う」

と、夫が顔の前で手を振った。

「本当のことを話して」

「それは前に話したとおりだよ」

「じゃ、これまでにきた手紙、どれか一通でいいから、私に見せてくださらない？」

「昔の部下が仕事の相談をしてきた手紙なんか、おまえが読んで何になる」

「何にもならないだろうけど、あなたの言うとおりのことが書かれていたら、安心できるでしょう」

「安心て、おまえはいったい何を心配しているんだ？」

「何かわからないけど、心配なのよ。あの手紙がくるようになってから、治ったと思っていたあなたの病気がまたぶり返したように思えて」

「手紙と病気は関係ないって、前に言っただろう。俺の言うことが信じられないのか」

「信じたいけど、それ以上に心配なのよ」

「手紙は家にはない」

「どこにあるの？」

「所長室だ。仕事の合間にパソコンで返事を書き、送ってやったので、そのまま机の中に入れてある」

「じゃ、明日帰ってくるとき、持ってきて見せてくれない」

「考えておく」

「どうして考えなきゃいけないの？　あなたの言うとおりなら、私に見せたって何の問題もないはずでしょう」

「そうでもない。手紙は山川が俺に宛てた私信だ。俺以外の者が読むとは考えていないので、外部には出したくない微妙な事柄にも触れている」

「微妙な事柄ってどんなこと？」

「嘘（うそ）だわ。あなたは私に手紙を見せたくないからそんなことを言っているんでしょう」

「そう思うんなら、勝手に思っていればいいさ」

夫がタオルを置いて早苗を押しのけ、布団の中に戻ろうとした。

「待ってよ。まだ話してるんだから」

早苗は夫の腕を取った。

「俺はもう話すことなんてない。寒くなったから、寝させてくれ」

夫が早苗の手を払い、横になった。

「じゃ、どうしても手紙は見せてくださらないの？」

「考えておくと言っただろう」

「じゃ、見せてくれるかもしれないのね」

「ああ」

「なら、あなたが嘘をついていると言ったのは謝るわ。ぜひ私を安心させてね」

これ以上夫と言い合っても無駄だと思って早苗は言ったが、本心はほとんど期待していなかった。

「わかった。わかったから、おまえも寝め」

夫は言うと、枕元の灯りを消し、掛け布団を顔の上まで引き上げた。

早苗は暗闇の中に座ったまま、夫の病気を再発させたのは山川という人の手紙にちがいない、という思いを強くしていた。

もしこの想像が外れていたら、夫が自分に手紙を見せられない理由があるとは思えないからだ。夫は「考えておく」と言ったが、あれはその場逃れの言葉に過ぎないだろう。

それにしても、手紙にはどういうことが書かれているのだろう、と早苗はあらためて気になった。すでに同じ体裁の手紙が何通も送られてきているが、そこには毎回違ったことが書かれているのだろうか。それとも、夫の恐怖の記憶を呼び起こすような同じ内容か同じ言葉が書かれているのだろうか。

それと、ずっと引っかかっているのは山川夏夫という人についてである。夫は元部下だと言ったが、実在の人物なのか、偽名なのかもわからない。

どちらにしても、夫がその手紙を読んでPTSDが再発したのだとすれば、それは悪意を含んだものにちがいない。

山川夏夫あるいはそう名乗る手紙の差出人は、夫とどのような関わりのあった人なのだろうか。夫が九死に一生を得た熊本地震とどこで関わっているのだろうか。

わからないことだらけだったが、夫が話してくれないかぎり、早苗には突き止める術がない。

知らなくても、手紙がこなくなり、夫の病気が回復するなら、それはそれでいいと思う。また平穏な日常に戻るなら。

しかし、そうなるという保証はどこにもなかった。

早苗があれこれ考えていると、

「おい、まだ寝ないのか。早く寝め」

と、夫が布団から顔を出して言った。「おまえがそこで起きていたんじゃ、俺だって眠れない」

早苗は我に返り、「はい」と答えて自分の布団に戻り、横になった。

眠れないまま、夫の邪魔をしないようにじっと身体を硬くしていた。

夫もなかなか眠れないらしく、しばらく寝返りを繰り返していたが、いつの間にか軽い鼾（いびき）をかき始めた。

早苗はそれを聞きながら、いつまでも答えの出ない自問を繰り返していた。

それから数日、手紙を見せてくれるかどうか考えておくと言った夫は、そんなことは忘れたように何も言わなかった。

早苗もあまり期待していなかったので、黙っていたが、それでも夫が帰宅するたびに、もしかしたら……と夫の顔色を窺った。

夫に何の反応も見られないまま一週間余りが過ぎたとき、「福岡県　山川夏夫」から今年になって三通目の手紙がきた。

郵便受けから取り出した束の中にその手紙を見つけたとき、早苗は心臓のあたりを強く引き絞られるような緊張を覚えた。次いで鼓動が速まり、息苦しくなった。

この手紙にはどういうことが書かれているのだろうか。

読んでみたい。

夜、夫が帰ったとき、直接手紙を渡し、見せてくれと頼もうか。

が、適当な理由を付けて夫に拒否されたら、話はそこで終わりになる。

そして、そうなる可能性が高いように早苗には思えた。

これまでにきた手紙が夫の書斎に一通もなかったのは、夫が自分の目から隠したのだ、と早苗は疑っていた。

いや、間違いない、と今では思う。

とすれば、手紙を見せるかどうか考えておくといった夫の言葉はその場かぎりのものにちがいなく、夫がこの新しい手紙を自分に読ませることはけっしてないだろう。

では、どうしたらいいか？

手紙を読むのを諦めるしかないのか。

そう思いながら、早苗の頭には別の考えが影のように浮遊していた。

この手紙を開封して読み、また元のように封をしておくのである。

蒸気を弱く当てながら注意深くやれば、気づかれないように開封できる、と何かで読んだような記憶があったからだ。

もし開封がうまくいかず、夫に気づかれたら、叱責されるぐらいでは済まないかもしれない。激しく罵倒されるかもしれない。それでも、手紙を読んで、夫の病気が手紙のせいではなかったらしいと安心できれば、かまわない。

では、手紙の内容がもし逆で、病気の再発を促すようなものであったなら、どうしたらいいのか？

どういうことが書かれているのか、予想がつかないため、早苗にはその対処の仕方も想像がつかなかった。

早苗は迷った末、どんな理由があっても手紙の盗み見などはしてはいけないことなのだと自分に言い聞かせ、夫宛の他の郵便物と一緒に手紙を書斎の机の上に置いてきた。

しかし、その後は、家事をしていても買い物に出かけても、手紙が気になって仕方がなかった。

このままでいいのか、と早苗はまた迷い始めた。今ならまだ間に合うが、夫がいつ帰ってくるかわからない夕方になってからでは遅い……。

午後三時過ぎ、早苗は遂に決断し、まずピンセットと薄刃のカッターを用意した。それから、夫の書斎へ行って手紙を取ってくると、ヤカンにお湯を沸かし、作業を開始した。お湯は一度沸騰したところで火を弱め、ヤカンの口から出てくる蒸気に封筒の糊付け部分をかざし（蒸気が当たりすぎないように注意して）、糊が溶けたと思われるところでピンセットとカッターの刃を使い、慎重に封を剝がしていった。

作業は十分足らずで終わった。

作業に集中している間は封筒の中身のことをほとんど考えなかったが、どこにもキズや皺を作ることなく無事に封を剝がし終えると、一気に本来の目的が意識にせり上がってきた。

早苗は緊張に震える指で中身を取り出し、開いた。

それは一枚のＡ４サイズのコピー用紙で、その中央にはワープロで打たれたと思われる文字で、次のように書かれていた。

人殺し！

天知る、地知る、俺も知る。

逃げられると思うなよ。

2

来週からゴールデンウィークが始まるという四月二十四日（火曜日）――。

午前十一時少し前、須永はＪＲ鹿児島本線の教育大前という駅で降りた。羽田から福岡空港へ飛び、空港からは地下鉄で博多まで行き、博多で鹿児島本線の快速電車に乗り換えたのである。

空港からの所要時間は、乗り換え時間を含めて一時間十分ほどだった。

ホームは切り通しの間にあり、駅舎は線路を跨いでいる陸橋の上にあった。

須永は自動改札を出ると、大学のある方とは反対の南側へ陸橋を渡った。

コンビニの他にレストランが数軒あるだけで、他に商店は見当たらない。

須永は調べてきた地図に従い、コンビニの手前の細い道を左へ入った。

片側に駐輪場が設けられた、線路に沿った切り通しの上の道である。

朝、堀田市を出てきて羽田で飛行機に乗ったときは晴れていたが、こちらは曇り空。が、さすがＮや東京より暖かく、コートを着ているとすぐに汗ばんできた。

ここ宗像市は、福岡市と北九州市のほぼ中間に位置していた。鹿児島本線が通っているところは海からだいぶ離れているが、それでも十キロも北へ行けば玄界灘である。

目的の家は、線路沿いの道をしばらく行って右へ入り、四、五分歩くとすぐに見つかった。

こんもりとした小山を背にした、生け垣に囲まれた大きな屋敷だ。

入口には、手製の郵便受けが釘で打ちつけられた古い木の門柱が立っているだけで、扉は付いていない。

門の内側は何もないがらんとした庭で、その一番奥に、裏山を背負うように古い平屋が建っていた。

須永は、門柱にはめこまれた「森下」の表札をもう一度確認してから、バックパックを背中から下ろした。それを右手に提げ、庭へ入った。

軽乗用車が停め置かれている横を通って玄関へ近づいて行くと、ガラスの引き戸が中から音を立てて開けられ、黄色い開襟(かいきん)シャツを着たサンダル履きの男が出てきた。

歳は六十代の半ばぐらいだろうか。

黒いコートを着て、黒い大きな鞄を提げた見慣れない男が庭に入って来るのを見て、何かの勧誘かセールスでもあろうと思ったのかもしれない。

こちらが何か言い出せばハナから撥(は)ねつけるつもりのような硬い表情をしていた。

須永はその場に足を止め、

「私はN県で弁護士をしている須永英典という者ですが、こちらは森下様のお宅でしょうか？」

と、まず確認した。

弁護士と聞いたせいか、「ああ」と答えた男の顔に訝るような警戒するような色が浮かんだ。

森下裕次は大柄な男だと聞いていたが、彼の父親だと思われる無精髭（ぶしょうひげ）を生やした目の前の男は、小柄な須永より五、六センチ高いだけだった。

「失礼ですが、滝沢正樹さんの叔父さんでいらっしゃいますか？」

「そうだが、あんた、正樹とはどげな関係かね？」

「私は滝沢さんに依頼ごとをして、ずっと連絡を取り合ってきた者です」

正確には、こちらから一方的に電話していただけだったが……。

「正樹ん知り合いの弁護士しゃんが、なしてうちに……？」

「先月末から滝沢さんと連絡が取れなくなってしまったんです。それで、叔父さんなら新しい住所や電話をご存じではないかと思い、突然失礼とは思ったのですが、伺わせていただきました」

「正樹とわしん関係やこん家ん住所ば、なして……？」

「以前、一度ここに伺ったことがある東西新聞の荒木という記者を覚えておられませんか？」

「名前は忘れたが、東西新聞ん記者なら覚えておる。死んだ息子ん書いた手紙かノートんごたるもんがあったら見しぇてくれて言うてきたけん、そげなものはなかて言うて追い返した」

「その荒木記者から伺いました」

と、須永は言った。できれば荒木の名を出さない方がいいだろうと思ってきたが、嘘はつきたくない。

滝沢が携帯電話を替えたらしく、連絡が取れなくなって一週間ほどした今月初め、須永が荒木に相談すると、荒木が福岡支局の知り合い記者に頼んで滝沢の勤め先である福岡中央拘置所に当たってくれた。その結果、滝沢が三月末日づけで刑務官を辞めた事実はわかったが、退官して官舎を出た後の彼の消息は誰も知らないという。

荒木は、北九州拘置所時代の滝沢の同僚の何人かにも電話で尋ねてみた。が、滝沢は誰にも自分の転身を知らせていなかったらしく、彼の新しい連絡先を知っている者はいなかった。

滝沢の両親か兄弟姉妹なら知っているかもしれないが、荒木は彼らがどこに住んでいるのか（あるいはどこにもいないのか）、知らない。としたら、あとは、前に一度訪ねたことのある森下裕次の父親――滝沢の叔父――に問い合わせるしかない。

荒木はそう考え、福岡支局の知人に頼めば叔父の家の電話番号は調べられるが、どうしたらいいか、と須永の考えを訊いてきた。

——ただ、前の因縁がある僕はもちろんのこと、須永さんが電話して尋ねたところで、彼がすんなりと教えてくれるとは思えませんが……。

——確かに。見も知らない弁護士が電話して甥の連絡先を教えてくれと言っても、怪しむだけで、十中八九教えてくれないでしょうね。

と、須永は応じた。

——じゃ、どうしたらいいと思いますか?

——無駄かもしれませんが、とにかく直接訪ねてお願いしてみます。

——九州まで行って?

——ええ。

——どういう理由で滝沢氏を捜しているると説明するんですか?

——頼み事をしていると話します。話の成り行きによっては森下裕次さんの名前を出さざるをえないかも知れませんが、とにかく誠心誠意、当たるつもりです。

というわけで、須永は今日、九州まで来たのだった。

須永が荒木とともに中洲の居酒屋で滝沢と会ったのは今から八カ月近く前、去年の九月である。

そのとき、須永は滝沢に、川口教授のミトコンドリアＤＮＡ鑑定について説明し、堀田事件の再審を開かせるためには最低限、島淵の毛髪を送ってきた人物を明らかにする必要があるのだ、と話した。そして、赤江修一の冤罪を晴らすためにどうか力を貸してほしい、手紙の文字が森下裕次の書いたものに間違いないことを示す証拠を提供し、証言してほしい、と懇願した。

すると、それまでずっと手紙の文字は森下裕次のものではないと言い続けてきた滝沢が初めて軟化した態度を見せた。事実上、手紙の差出人が森下裕次であることを認め、一週間待ってくれたら必ず返事をする、と応えた。

滝沢が一足先に居酒屋を出て行った後、須永はこれでやっと送られてきた毛髪のミトコンドリアDNA鑑定ができそうだと思った。再審へ向かって一つの山を越したのを感じ、これまで力になってくれた荒木に感謝した。荒木も同様の感触を得たらしく、一緒に喜んでくれた。

ところが、一週間後、滝沢から届いた返事は期待を裏切るものだった。

滝沢は、その後いろいろ考えたが、森下の書いたものを提供することも証人になることもできない、と須永の要請を断ってきたのである。

須永は当然理由を質し、考え直してくれないか、と頼んだ。

――理由は私の個人的な事情なので言えません。申し訳ありませんが、よく考えた上の結論なので、どうかご理解ください。

と、滝沢が丁寧な口調で言った。

――あなたは、森下さんの遺志を踏みにじるんですか？　無実の罪を着せられて殺された赤江さんを見放し、冤罪をでっち上げて彼を処刑した者たちを赦すんですか？　あなたはそれで平気なんですか？

電話の向こうからは何の言葉も返ってこない。

――先日は、赤江さんの怒りと無念さをあなたにも理解していただけたと思ったのですが、それは私たちの手前勝手な思い込みだったんですか？

やはり、そうだとも違うとも滝沢は答えなかった。

――滝沢さん、お願いです、もう一度よく考えてください。そして、私たちに力を貸してください。

――申し訳ないが、何度考えても結論は同じです。

――では、その結論を出した理由を教えてください。あなたが森下さんの遺志を踏みにじるような結論を出すには相当な理由があったはずでしょう。

――それはできない。

――どうしても？

――ええ。これは私個人の問題なので、他人に明かす気はありません。

と、滝沢がはっきりと拒否した。

彼が須永たちに非協力の態度を決めた……というか、そのように態度を変えた理由を須永は是非とも知りたかった。理由がわかれば、それをまたひっくり返す方策が見つかるかもしれないからだ。

しかし、滝沢という人間についてほとんど何も知らないと言っても過言ではない須永には、それを推理するための材料がなかった。

わかっているのは、一週間前、自分と荒木と話した後、滝沢は考えを変えたらしい、ということだけである。

この七日の間に、彼に考えを変えさせる何かが起きたのだろうか。それとも、彼がそれまで気づかなかった何かに新たに気づいたのだろうか。

いずれにしても、須永はこのまま諦める気はなかった。今度こそ再審を開かせるための決定的な証拠が手に入るかもしれないと期待していただけに、落胆も大きかったが、まだ望みが完全に絶たれたわけではない。滝沢は一度は須永たちの求めに応じ、証人になろうとしたのだ。それは間違いないと思う。ならば、今後も滝沢から目を離さないでいれば、彼の考えをまた変えさせるきっかけ、あるいは変えさせるための〝鍵〟をつかめる可能性がある。

そう考え、荒木の力も借りて滝沢の動静に目を配り、時々電話して懇願を続けてきた。

滝沢の返事はいつも変わらなかったが、意外にも彼はあまりうるさがらずに話だけは聞いてくれた。どうやら、彼は須永たちの意に沿えないことに負い目を感じているようだった。
その感触に、〝滝沢はまだ迷い、葛藤（かっとう）しているらしい〟と思い、須永は意を強くした。滝沢の判断を支配しているものさえ探り出せれば、彼の考えをまた変えられる可能性が十分ある、と思った。

ところが、そうした須永の望みを半ば断ち切るようなことが起きた。

先月の末、滝沢の携帯電話がかからなくなったので、どうしたのかと思い、荒木の協力を得て調べると、滝沢が三月いっぱいで刑務官を辞めた事実がわかったのだ。それも、元同僚や知人に新しい住所や電話番号を知らせることなく。

滝沢はなぜ刑務官を辞めたのか、と須永は引っかかった。退官する直前に電話を替え、いったいどこへ行ったのか。誰にも連絡先を告げず、何をしようとしているのか……。

もしかしたら、彼の行動は須永たちの要請を断ったことにどこかで関係しているのではないだろうか。

そう思うと、須永は気になり、何としてでも滝沢の新しい連絡先を知りたいと思い、滝沢の実家はどこにあるのだろうかと荒木に尋ねた。

すると荒木が、実家はわからないが、前に訪ねた叔父夫婦――森下裕次の両親――の家ならわかる、と言ったのである。

「じゃ、あんたも、息子ん書いた手紙やノートば捜しとう仲間なんか？」

と、森下裕次の父親が目に怒りの色をにじませた。ここの住所をどうして知ったのかという彼の問いに、須永が荒木の名を出したからである。

「仲間という言い方が適切かどうかはわかりませんが、できたら裕次さんの筆跡がわかるものを手に入れてもらえないかと荒木記者に頼んだのは私です」

と、須永は正直に答えた。

「なら、帰っちくれ。わしはあんたと話す気はなか」

森下の父親が言うと、もう用は済んだとばかりに踵を返そうとした。

「待ってください」

と、須永は一歩前へ踏み出し、呼びかけた。「私は今、どうしても滝沢さんと連絡を取りたいんです」

「そげなこと、わしん知ったことやなか。だいたい、わしは正樹ん居所も新しゅう替わった電話も知らん」

「本当ですか？」

「すらごと言うてなんになる」

「では、先月、滝沢さんが刑務官を辞められたことは？」

「そりゃ知っとうばってん……なんかなし、もう帰っちくれ」

森下の父親が半身の姿勢のまま、須永の方へ手の甲を向けて振った。

「お願いです。どうか十分だけ……十分間だけ、時間をいただけませんか？」

ここで追い返されたのでは九州まで来た甲斐がないので、須永は必死の態で頼んだ。

「あんた、今日、Nから来たんか？」

森下の父親が須永に向き直った。

「はい」

「わざわざわしに会いに？」

「はい、そうです」

「わかった。そいや、とにかく十分間だけ付き合うてやろう。あんたん知りたかことにはなんも答えられんて思うばってん……」

「ありがとうございます」

と、須永は腰を折って頭を下げ、「では早速ですが、滝沢さんが刑務官を辞められたこと、本人が知らせてきたんでしょうか？」と質問を継いだ。

「いや、正樹ん姉から聞いた。四月に入って間ものう、正樹から電話があったげな」

「お姉さんはどこに住んでおられるんですか？」

「ここから北へ一キロほど行ったところだ。姉弟ん両親はしゅでに亡くなり、姉夫婦が実家ば継いどう」

「では、お姉さんを訪ねれば、滝沢さんの連絡先もわかりますね」

須永は思わず心持ち声を高めた。

だが、森下の父親は「いや」と首を横に振り、

「それが無理なんや」

と、答えた。

「無理……？」

須永は無精髭が伸びた相手の顔を見つめた。

「ああ。正樹は、友達と一緒に会社ばやるため、刑務官ば辞めて東京へ来るち言うただけなんやそうや」

「東京へ行かれると……」

事実なら、意外だった。

「うん」

「お姉さんも、東京のどこかは聞いていないわけですね？」

「ああ。詳しゅう訊こうとすると、今急ぎようけんて言い、新しい住まいなどは落ち着いたら知らしぇるけん心配しぇんごとち言うて電話ば切ってしもうたげな」

「それから半月以上経っていると思いますが、その後、連絡はないんですか？」

「なか。姉も心配しとうし、わしも気にかけとうちゃけど……。前に正樹から聞いとった

携帯にかけたっちゃ通じんのや」

その点は須永たちと同じだった。

「お姉さんにかけてきた電話の番号は電話機に記録されていると思うんですが？」

「かかってきたんな家ん古か電話やったけん、そげな機能はついとらんらしい」

となると、滝沢の方から姉なり叔父なりに次の電話がかかってくるまでは、彼に連絡を取る方法はないのだろうか。滝沢の叔父に話を聞くことさえできれば……と考えてきただけに、予想外であり、残念でもあった。

それにしても、滝沢はどうして東京へ行ったのだろう、と須永は思う。いや、そもそも東京へ行くという話は本当なのだろうか。友達と会社をやるためという話は事実なのだろうか。

滝沢が姉に告げたという話に須永が引っかかっていると、

「ところで、話ばちごうばってん、あんたらはなして裕次ん筆跡がわかるもんば手に入れたがっとったんかね？」

森下の父親が訊いた。

須永は、成り行きによってはそちらへ話を持って行き、森下裕次の手書きの手帳でも借りられないかと考えてきたので、まさに渡りに舟だった。

「滝沢さんから事情を聞いておられないんですね」

「ああ。ただ、新聞記者が来る少し前に正樹が訪ねてきて、裕次ん部屋に残っとうノートなどば借って行ってよかか言うけん、そげなものばどうするんかと訊くと、ちょっと調べたかことがあるちゅう話やった。また、裕次ん手書きん文字が残っとう手帳やノートば貸してほしかて言うてくる者がおるかもしれんが、もし来たら断ってくれちゅうことやった」

「どういうことを調べたいのか、滝沢さんは説明されなかったわけですね」

「正樹はいずれきちんと説明すると言うたが、わしは正樹んこつば信用しとったけん、どげんでんよかった」

「では、何も尋ねずに……?」

「ああ。裕次ん部屋へ行って好きなごとせれ、て言うた。おまえん役に立つなら裕次も喜ぶやろうけん、何でん必要なもんな持っち行け、と」

「裕次さんが亡くなった後、部屋はそのままにされていたんですか」

「そう」

今もそうやけど……と森下の父親がちょっと目を下に向け、つぶやいた。

なるほど、と須永は納得した。滝沢は、もしかしたら荒木が森下の実家を訪ねるかもしれないと考え、森下の書いた文字が残っているノートなどを事前に持ち出していたらしい。

「ま、そげなわけで、荒木ちゅう新聞記者が訪ねてきたとき、具体的な事情はわからんばってん、正樹はこん男たちから裕次ば守ろうとしたんばいて思い、追い返したんや」

「そうですか……」

「だが、あんたは悪か人じゃなしゃそうだし、あんたがあん記者の仲間やと聞いて、あんたらが裕次に対して悪意ば持っとうごとは思えんくなった」

「ええ、もちろん私たちは裕次さんに悪意など持っていません」

と、須永はここぞとばかりに強調した。「というより、私は裕次さんに感謝しているんです」

「裕次に感謝……？」

「そうです。私はＮ県で起きた堀田事件という殺人事件の弁護団に所属している者なのですが……ああ、これが名刺です」

と、須永は森下の父親に近づいて行き、提げていたバックパックを足下に置いて名刺を差し出した。

森下の父親は拒否しないで受け取った。

「堀田事件というのは、赤江修一さんという人が犯人として逮捕され、すでに死刑が執行されてしまった事件なんですが、冤罪の可能性が非常に高いため、現在、私たちは再審請求をしているんです」

「そげな事件やあんたと、裕次はどげん関係があるんかね？」

「裕次さんが……まだ筆跡鑑定したわけではないので、裕次さんと確定したわけではないのですが、私どもの弁護団に二通の手紙をくださったんです」

「裕次があんたらに手紙！　当然、自殺する前やなあ？」

「いえ、一通はそうですが、二通目は亡くなった約一年後です。あとの手紙はもちろんどなたかに頼んでおいて投函してもらったのでしょう」

「誰かちゅうんな正樹かね？」

「滝沢さんと話したかぎりではどうも違うようですから、裕次さんが結婚されることになっていた方じゃないかと思われます」

「うむ、嫁か……」

森下の父親が納得したようにつぶやき、「で、あんたが裕次に感謝ちゅうんな？」と話を戻した。

「それらの手紙は堀田事件の真犯人について教えてくれていただけでなく、二通目の手紙には、その真犯人のものと思われる髪の毛が同封されていたんです」

「裕次に、なしてそげんこつがでけたんかね？」

「刑務官をされていたからなのは間違いありません。手紙にはそうした事情は一切書かれていませんが、別の事件の被告人として北九州拘置所に入っていた真犯人が裕次さんに告白したのではないか、と私たちは想像しています」

「なるほど。あんたん説明はわかったが、ただ、肝腎(かんじん)な手紙ば裕次が書いたちゅう証拠はなかわけばい」

「はい、ありません。ですが、滝沢さんも……初めは頭から否定していたのに、去年の秋、博多でお会いしたときは、手紙は裕次さんが書かれたものだとほぼ認めておられたんです。そして、私たちのための証人になってくださる寸前まで話が進んでいました。ところが、その後、事情が変わったので証人にはなれないと言い出され、それでも……と私どもが諦めずにお願いを続けていたところ、この春、電話が通じなくなってしまい、刑務官も辞められたと知ったんです」

「そいで、正樹ん連絡先ば知りたかちゅうことやったんか」

「はい。何とか滝沢さんに連絡を取る方法はないでしょうか？」

「あれば、とっくに連絡しとう」

「話は違いますが、滝沢さんが借り出されたという裕次さんのノートなどは、返されたんでしょうか？」

もし返されていれば借りられないかと思い、須永は言った。

だが、森下の父親はちょっと用心するような、怪しむような目で須永を見やり、「いや、まだだ」と少し硬い声で答えた。

「失礼ですが、滝沢さんが借りていったものの他に……」

森下裕次の手書きの文字が残っている書面はないかと須永が訊こうとすると、

「そん話ば持ち出すなら帰ってもらおう」

森下の父親が遮った。「あんたらん事情は一応わかったが、正樹ば差し置いてあんたらに関わるつもりはなか」

「失礼しました」

と、須永は慌てて謝った。相手を怒らせては元も子もないからだ。

森下の父親が「うむ」と仏頂面でうなずいた。

「それじゃ、この後、もし滝沢さんの連絡先がわかったら、教えていただけないでしょうか」

「正樹ん事情もあるやろうけん、そりゃ請け合えんな」

「こちらから時々連絡を入れさせていただきますので、お願いします」

「うちん電話もわからんのに、どげんして連絡するんかね」

「電話番号を教えていただけませんか」

「教える気はなか」

森下の父親が間髪を容れずに言った。

須永が困り、他の道はないかと考えていると、

「ただ、もし正樹と連絡が取れたら、あんたが捜しとったことは伝えておくばい」

森下の父親が少し表情をやわらげた。

「そうですか。それじゃ、よろしくお願いします」

と、須永は頭を下げた。

相手の言葉以上のことを頼んでも無駄だろうと思ったからだ。

須永は時間を割いてくれたことの礼を述べ、バックパックを取って歩き出した。

庭の外れまで来て振り向くと、森下の父親がまだ立って見送っていた。

須永は黙礼し、門を出た。

バックパックを背負い、来たときの道を駅へ向かって歩きながら、滝沢は本当に友達と会社をやるために東京へ行ったのだろうか、と思う。刑務官を退職しているので、東京へ行ったのは事実かもしれない。が、友達と会社をやるためというのは眉唾(まゆつば)のような気がする。

といって、もし刑務官よりも条件の良い別の仕事に就くためだったのなら、姉にそう話していそうなものである。

それなのにどんな仕事なのかも言わず、友達と会社云々(うんぬん)といった曖昧な話をし、その後連絡を寄越さない。

こうした事実から推論すると、上京の目的は転職ではなかった可能性が高いように思われた。

では、滝沢は何のために東京へ行ったのだろうか。新しい職に就くためでなかったとしたら、彼はいったい何をしに上京したのだろうか。

具体的にはまったく想像がつかなかった。が、須永は、証人になってほしいという自分たちの要請を――一度は引き受けるつもりになっていたと思われるのに――断った事実と、どこかで関係しているような、そんな気がした。

いずれにしても、そこから先は考えようがないまま駅に着いた。

博多へ出て、友人の鈴川を呼び出して一時間ほどお喋（しゃべ）りをし、新幹線でその日のうちに堀田市へ帰った。

捜査Ⅶ

2019年

1

田無のアパートに張り込んで滝沢に話を聞いた翌々日（四月五日の金曜日）、明日香と大野は午後二時半に池袋駅東口の喫茶店で再び滝沢に会った。

昨日何度電話しても通じず、また自宅に張り込むしかないかと諦めかけたときやっと電話が繋がり、今日の午後三時に池袋へ来るなら三十分間会ってもよい、という返事を取り付けたのだ。

今日、滝沢に会う目的は、鷲尾が殺された先月十二日の晩、彼がどこにいたか、を質すことである。

一昨日の調べで、滝沢が宮之原を脅してその晩の鷲尾の予定を聞き出していた可能性が生まれた。つまり、鷲尾を春木神社に待ち受けて襲った犯人は滝沢だ、という可能性である。

だが、滝沢を鷲尾殺しの犯人と考えた場合、彼と鷲尾との関係や犯行動機など、わからない点が多すぎた。宮之原を脅していたらしいと考えても、そのネタもはっきりしない。そのため、容疑者と呼ぶには少し早いが、一方に、刑務官を辞めて上京したことや、宮之原と口裏を合わせて嘘をついているとしか考えられないことなど、気になる点も少なくない。

そこで、とにかく滝沢に犯行が可能だったか否かをまずはっきりさせることにしたのである。

滝沢が腰を下ろすのを待って、明日香が時間を割いてくれたことの礼を述べると、

「挨拶(あいさつ)は結構ですから、用件を聞かせてください」

と、滝沢が無愛想にその言葉を遮った。「電話で言ったように、三十分しか時間が取れませんので」

彼は約束の時間より五、六分遅れて店に入ってくると、途中でウェイトレスにコーヒーを注文し、明日香たちのいるテーブルに真っ直ぐ歩いてきたのだ。

「それでは単刀直入に伺いますが、先月……三月十二日の夜九時頃、どこにいたかを教えてくれませんか」

と、大野がストレートに肝腎の質問をぶつけた。

時間が限られているからか、今日は自分で尋問する気のようだ。

「この前は宮之原さんとの関わりについて訊いてきたと思ったら、今度はアリバイ調べですか」

滝沢が目にかすかな笑みをにじませて応じた。「鷲尾検事長のような偉い人と私は何の関係もないですけどね」

「参考までに、話を聞いた方全員に伺っていることですので、お願いします」

大野が事務的な口調で言った。

「どうしても答えろと言うんなら答えますけど、ただ、三週間以上も前の夜どこにいたかと突然訊かれても、はっきりしないかもしれませんね」

滝沢が笑みを引っ込めた。

「スマートフォンか手帳でスケジュールを管理されているんじゃないんですか？」

「管理なんて、とんでもない。だいたいの予定をスマホのカレンダーに書き入れているだけです。仕事柄、臨機応変にあっちへ行きこっちへ行きしなければならない場合が少なくないので、細かなスケジュールなんて立てようがないですから」

「では、細かなスケジュールは書いてなくても、そのカレンダーを見れば……」

「ええ、どこでどうしていたか、だいたいはわかります」

と、滝沢が大野の言葉を引き取った。

「じゃ、見ていただけますか」

「もちろんそのつもりです」

滝沢は答えると、運ばれてきたコーヒーをブラックで一口啜ってから、ポケットからスマートフォンを取り出した。そして、明日香たちを無視するように二分ほど操作していたが、先月のカレンダーが出たらしく、顔を上げ、

「三月十二日の夜はずっと立川に行ってましたね」

と、言った。

「お仕事で？」

「そうです。手帳には〝夕方から立川市砂川町六丁目にあるマンション『グランドメゾン光』張り込み〟と書いてあります。それで思い出したんですが、その日は夕方四時頃から暗くなるまでは近くを適当に行ったり来たりしながら……そして暗くなってから十一時近くまでは、道路の反対側にある植木畑の中に身を隠し、マンションの入口を見張っていましたよ」

「一人でですか？」

「いや、益岡隆という相棒と二人です。二百メートルほど離れた空き地に軽のレンタカーを停め、二人で交替しながら、そのマンションにNという男が入って行くのを写真に撮

ろうとしていたんです」

「写真は撮れたんですか？」

「残念ながら、その晩はNが現れなかったので撮れませんでした」

「夕方から十一時近くまで、一度も砂川から離れなかった？」

「ええ。日が沈むと結構寒くなったので、夜は益岡と三十分ごとに交替していたし、離れる時間などありません」

「それは、益岡さんに尋ねればはっきりしますね」

「と思いますよ。彼が覚えているか、何かに記録していればですが」

「益岡さんの電話番号を教えていただけますか」

「いいですよ。それじゃ、言いますから書き取ってください」

滝沢は言うと、スマートフォンの電話帳を開き、０９０で始まる携帯電話の番号を読み上げた。

明日香はそれを書き取り、復唱して間違っていないことを確認した。

「あ、言っときますが、ただその電話が今も通じるかどうかは保証のかぎりじゃありませんよ」

滝沢がにやにやして付け加えた。

「どうしてですか？」

と、大野が硬い声で訊いた。

「益岡は十日ばかり前、恐喝の容疑で指名手配され、逃げているからです」

「恐喝を働いた場所はわかりますか？」

「杉並（すぎなみ）区永福（えいふく）町のアパートです。好きだった女の亭主を脅したんです」

と、滝沢が答えた。

彼を解放した後、明日香たちもすぐに喫茶店を出て車の通らない路地に入った。そして、大野に指示され、明日香が益岡隆の携帯に電話した。

しかし……というか案の定というか、電話は電源が切られており、通じなかった。

2

四月九日（火曜日）――。

津山が警視総監室のドアをノックして開けると、米原総監の掛けた大机の前に、堀内（ほりうち）副総監、島刑事部長、沢田捜査一課長が顔をそろえていた。

みな困惑したような、緊張した顔つきをしている。

「入りたまえ」

言われて津山が部屋へ入ると、米原も自分の席から立ってきて、堀内の横に腰を下ろした。

今朝、米原から津山に電話がかかってきたのは朝の捜査会議が始まって間もなくである。総監が自ら電話してくるなどということは初めてだったから、津山が少し驚いていると、今日発売になった「週刊春秋」を見たかという。

見ましたと答えると、米原はそれ以上は何も訊かず、その件で直接話を聞きたいので本庁へ来てくれ、と言った。

――いつなら来られる？

――九時半でしたら。

――それじゃ、十時に総監室へ来てくれ。

捜査本部のある本駒込署から桜田門（さくらだもん）の本庁までは、車で行っても地下鉄を乗り継いで行っても、三十分とはかからない。

そのため、津山はしばらく残って部下たちに今日の行動について指示を出してから議場を後にし、中庭に下りた。

こうして、待っていた管理官専用の車で警視庁まで来ると、自分の席がある六階の捜査一課には立ち寄らず、総監室や副総監室の並んでいる十一階までエレベーターで直行したのである。

津山は促されて、米原と堀内の前の席に腰を下ろした。

島と沢田は左右のソファに分かれて掛け、中央のテーブルには週刊春秋の最新号が置かれていた。


《死刑執行は意図的に早められたのか？

東京高検検事長殺害事件に新たな疑惑！》

という見出しが見開きの上半分に大きく躍っているページが開かれて。

「その記事が載るのをいつ知った？」

島刑事部長が週刊誌を鼻先で指し、津山に質した。

「昨夜です。捜査員の一人が知り合いの新聞記者から聞いてきました」

津山は、島から正面の米原総監の方へ目を戻しながら答えた。

「で、どうするつもりかね？」

「我々の捜査に直接関係している可能性は薄いのではないかと考えていますが、一応ネタ元については調べてみるつもりです」

「心当たりはあるのか？」

「いえ、それはまだ……。ただ、堀田事件弁護団の中では、ここに書かれているような見方が当たり前だったように思われます」

津山は、ネタ元につながっているのではないかと思われる事実に触れた。

「ここに書かれているような見方が堀田事件弁護団の中では当たり前?」

島がちょっと驚いたように甲高い声で訊き返すと、他の三人も一斉に興味を引かれたような目を津山に向けた。

そうだ、と津山は答えた。

週刊春秋には、堀田事件の赤江死刑囚は、判決の確定後わずか二年という異例の早さで刑が執行されたが、その裏には当時法務省の刑事局総務課長だった鷲尾淳夫の意思が働いていた可能性がある、と書かれているのである。そして、今度鷲尾が殺された事件には、そうした事情が絡んでいるのではないか、と。

「それはどうしてわかったのかね?」

島に代わって、今度は米原が訊いた。

「十日ほど前、弁護団の事務局員をしている須永という弁護士に当たった捜査員が、そういうニュアンスの話を聞いて参りました」

「赤江を起訴した鷲尾検事長が、赤江が再審請求して無罪になるのを恐れ、死刑の執行を早めた、と?」

「はい」

須永に当たった平岡、長谷川の両刑事によれば、須永ははっきりとそう言ったわけではないらしい。が、彼がそう考えているのは間違いない、という話だった。そのとき須永は個人的な思いだとことわりながら、鷲尾が殺されたのは自業自得だと思っていると明言したのだという。

「しかし、堀田事件弁護団がそう考えているからといって、それが今度の事件に関係している可能性は高くない、きみはそう考えているわけだ？」

「そうです」

「じゃ、ネタ元についてはどうかね？　弁護団の誰かがネタ元だった可能性は？」

「その可能性も薄いと見ています」

「理由は？」

「現在、赤江の妻と堀田事件弁護団はＮ地裁に申し立てた再審請求を棄却され、東京高裁に即時抗告していますが、週刊誌でこうした報道がなされても、彼らを利するものは何もないからです」

「ないかね？」

「ないと思います。ここに書かれていることはあくまでも〝そうした可能性がある〟といったいわば想像にすぎず、赤江の無実を証明しようとしている彼らにとっては何の役にも立ちませんから」

「そうか……」

「それに」

　と、津山は続けた。「堀田事件弁護団あるいはその中の誰かが鷲尾検事長に関わるこうした疑惑を世間に知らせたかったのなら、もっとずっと前に流していた可能性が高いと思われます」

「なるほど」

　と、米原がうなずき、「じゃ、ネタ元が堀田事件弁護団ではなかったとして、きみはどう考えているのかね？　わざわざ弁護団の名を出したからには、何か理由があってのことだと思うが」

「はい。ネタ元は堀田事件弁護団ではないと思うと申し上げましたが、それは直接の……という意味であって、間接的にはやはり弁護団がネタ元ではなかったか、と思ったからです」

「つまり、うちの捜査員が須永という弁護士から話を聞いたのと同じように、弁護団の誰かから話を聞いた人間……誰かが週刊誌にリークした？」

「はい」

「で、それを調べるにはどうしたらいい？」

「前に須永弁護士から話を聞いた二人の捜査員に、もう一度須永弁護士に当たらせます。須永弁護士は赤江修一の長女の婚約者で、弁護団の中で再審の実現に向けてもっとも熱心に活動している人物ですから、彼に会って話を聞けば、何らかの情報が得られるのではないかと考えています」

「そうか」

「実は、二人の捜査員は須永弁護士に会うために、今朝、会議が始まる前に堀田市へ向かいました。ですから、遅くとも昼前には第一報が届くはずです」

「わかった。じゃ、リークしたのがどこの誰か、ある程度想像がついたら、すぐに知らせてくれ。法務省と検察庁が神経質になっているのでな」

どうやら、それが朝から幹部たちが首をそろえているところに自分が呼ばれた理由らしい、と津山は思った。

彼は最後に、宮之原佑と滝沢正樹の名を出して、二人が犯行に関わっている可能性が高い事情を説明し、総監室を後にした。

帰りはエレベーターを六階で降り、捜査一課の大部屋に顔を出した。

理事官の岩井警視正がいたので、彼と五分ほど話をしてから自分の席へ行き、机の上に積まれていた書類や郵便物をぱらぱらと点検した後、部屋を出た。

鷲尾が殺された春木神社は本駒込署へ帰る道、本郷（ほんごう）通りから数百メートル逸（そ）れているだけなので、久しぶりに現場に立ってみようと思い、運転の警官にそう告げた。

平岡からの電話が入ったのは、日比谷交差点で左折し、都道４０３号線を北上して聖橋を渡っているときだった。

津山が出ると、

「須永は滝沢に話していました」

と、平岡が興奮気味に言った。

自分たちの疑っている本命の名がいきなり飛び出したので、津山も驚き、

「君たちが聞いたのと同じ話を滝沢にも？」

と、言わずもがなのことを確認した。

「我々に話したのよりずっと詳しく、具体的に話したそうです」

「それはいつだろう？」

「一昨年……二〇一七年の九月だそうです」

「ということは、滝沢が刑務官を辞めるおよそ半年前か……」

滝沢は昨年の三月に刑務官を退官し、その翌月に上京している。

「須永はどうして滝沢にそんなことを話したのかね？」

津山は質問を継いだ。

「堀田事件の再審を開かせ、赤江の冤罪を晴らすためにぜひ力を貸してほしい、と頼むため……というか、そのときそう懇請したのだそうです」

「須永たちのところに届いていた、自分が堀田事件の犯人だと名乗る手紙……犯人のものだという毛髪が同封されていた例の手紙が、森下裕次の書いたものに間違いない、と証言することとです。須永たちは、実はその前にも二度、当時東西新聞の北九州支局にいた荒木記者に頼み、滝沢に接触していたんです」

「確か、須永たちは手紙の写しを滝沢に見せ、森下の字かどうかの判断を求めたところ、滝沢は違うと言った、という話じゃなかったかね」

「そうです。その後、滝沢の言葉を疑った須永たちは、森下の筆跡がわかるものを彼の両親か婚約者から借りようとしたんですが、滝沢が邪魔したらしく、手に入りませんでした」

そこまでは津山も聞いていたので、「うん」と応え、

「それじゃ、滝沢に力を貸してくれと言っても、無駄だろう」

「そうなんですが、須永は一昨年の秋、今度こそ何としても滝沢を説得して協力を仰ごうと、東京本社に転勤になっていた荒木記者と一緒に博多まで行ったのだそうです」

「三度目の正直に期待したか……」

「そうです。前に、滝沢の協力を得るのが難しいとわかってから、須永たちは当然いろいろ別の手を模索したそうなんですが、どうしても滝沢に証言してもらって、手紙に同封さ

れていた毛髪を利用するしかない、というところに立ち戻ったのだ、という話でした。それだけに須永たちにはもう後がなく、滝沢に自分たちの事情を事細かに訴えて懇請したようです。そのとき、鷲尾さんは赤江を起訴しただけでなく、意図的に死刑の執行を早めた可能性が高い、といった話もしたのだそうです」

「なるほど」

聞きたかった事情がわかったので、津山はうなずいた。

都道403号線から本郷通りに移った車は、本郷三丁目の交差点を通過したところだった。間もなく東大の正門前を通り、少し先の農学部の前を越したところで、右へ入るのである。

「それで、滝沢の返事は結局どうなったのかね？」

想像はついたが、津山は一応確認した。

「やはりノーだったそうです」

と、平岡が津山の想像したとおりの答えを口にした。

「そうか」

「あ、ですが、須永の話では、滝沢の様子、反応は非常に好意的で、これまで荒木から聞いていたのとはずいぶん違っているように感じた、ということでした。須永の話も、異議を唱えることなく真剣な様子で聞いていたそうですし……。そのため、返事は一週間待ってくれと言われたが、今度こそ承諾の電話がくるにちがいないと思っていたのだそうです」

「ほう。それは、どういうことになるんだろう？」

津山はちょっと興味を覚えた。「須永の観測が誤っていたか、あるいは、彼の話を聞いているときの滝沢は要請に応じて証人になるつもりでいたが、彼らと別れてから思い直したか、どちらかだと思うが……」

「ええ」

「きみは、どちらだと思っているのかね？」

「私は、後者の可能性が高いんじゃないかと考えています」

平岡が答えたとき、車は右のウインカーを点滅させてスピードをゆるめた。

「理由は？」

「滝沢は須永にも荒木にも負い目や義理があるわけではなさそうです。とすれば、前と同じように須永の要請を断るつもりなら、初めからそのように対応していたはずで、須永が観測を誤るような可能性は低いと考えるからです」

「なるほど」

と、津山もそのとおりだろうと思い、うなずいた。

信号が青に変わり、車は右折した。

「ですから、多少引っかかるのは、須永たちの要請に応えて一度は証人になってもいいという考えに傾いていた滝沢が、どうして考えを変えたのか、という点です。それが鷲尾さんの殺された事件に関係しているとも思えませんが、ちょっと気になります」

「うむ」

「滝沢が自分たちと別れた後で考えを変えたのではないかという認識は、須永も同じで、滝沢に断られた後ずっとその点を考えているが、いまだに答えが見つからないのだそうです」

平岡が続けた。

「須永が滝沢に話したという、鷲尾さんが赤江の死刑の執行を意図的に早めたという推測が関係している可能性はどうかね?」

「私もその点が気になり、須永に質してみたんですが、彼の答えはその可能性は薄いんじゃないかというものでした。理由は、滝沢が須永たちの求めに応じて手紙の差出人が森下だと証言し、その結果赤江の無実が証明されたとしても、世間の批判、非難は鷲尾検事長に向かっていくだけで、滝沢自身はもとより森下の両親と恋人には何の影響もないはずだから、ということでした」

「そうか……」

「この須永の話を聞いて、私も一度はそのとおりかもしれないと思ったんですが……」

平岡が続けたとき、車が春木神社の鳥居の前に着いた。

「ちょっと、すまん」

津山は平岡に断り、スマートフォンの送話口を手でおさえた。

彼の指示を仰ぐように振り向いた運転の警官に、外で待つように言ってから、

「続けてくれ」

と、平岡との電話に戻った。

「須永の話を聞いて、一度はもっともかもしれないと思ったんですが……」

と、平岡が話を戻した。「須永の頭には、当然ながら、滝沢が鷲尾検事長を殺した犯人かもしれないといった疑いは微塵もないわけです。ですが、我々は今、その疑いを抱いています。そこであらためて考えてみると、そのとき滝沢が須永から聞いた話が彼の行動に影響を与えなかったとは思えないんです」

「滝沢は、須永の話を聞いて鷲尾さんを殺そうと考えたため、証言をするどころではなくなった、ということか？」

「結論を言うと、そういうことになります。ただ、そこへ行く前に、〝なぜそう考えたのか〟という、解明しなければならない大きな問題が横たわっていますが」

「それには、鷲尾さんと宮之原の高校の後輩だという滝沢の従弟、森下が自殺した事情が関係していないだろうか」

「私と長谷川も堀田駅まで歩きながら、その可能性を考えました。そこに鷲尾検事長と宮之原が関係していて、滝沢はそれを探り出したのではないか、と」

「それはどういう事情だろう？」

「警視は、三、四年前、高裁で死刑の判決を受けて上告中だった男が、自分は別の殺人も犯しているという手紙を書いて、その事件が起きた県の警察本部宛に送った、というニュースを見た覚えがありませんか？」

平岡が唐突に言った。

「あるような、ないような……」

津山は首をかしげた。

「私も長谷川と話していてだんだん思い出したんですが、島根県出雲市で押し入った家の家族三人を殺した強盗殺人事件の犯人で、広島拘置所に入っていた男です。その男が弁護士にも相談せず、自分は同じ島根県の大田市でも若い女性を殺して現金を奪い、被害者を山の中に埋めた、と言ってきたんです。自分はもう死刑が決まったようなものだから、自分が死ぬ前にどうかその女性を土の下から出してやってほしい、と」

「そこまで聞いたら、思い出したよ。男の手紙に書かれた内容に符合するような女性が行方不明になっていたので、島根県警が死体を埋めたという場所へ男を同行し、付近を何カ所か掘ると、女性の遺体が出てきた……」

「そうです。その後、男は間もなく病死してしまったので、真意ははっきりしませんが、極悪非道なヤツで、他人のことを思いやるような人間ではないので、死刑の執行を引き延ばそうとしたのではないかと言われた話です」

「うん」

「で、なぜ突然こんな話をしたかと言いますと、森下の死の三カ月ほど前に自殺した島淵透も、N県警か堀田事件弁護団に宛てて、この男と同じような手紙を出そうとしていたんじゃないか、と思ったからなんです」

平岡の話が本筋に戻った。

「やはり、死刑の執行を引き延ばすために、自分が堀田事件の真犯人だと書いて……？」

「そうです。ところが、その手紙をあずかった森下が宮之原に相談したため、宮之原が驚いて鷲尾検事長に報告し、検事長と宮之原が森下に島淵を説得させ……このへんの事情、経緯は具体的にはわかりませんが、手紙を出すのをやめさせたんじゃないでしょうか」

「島淵の手紙を握り潰したか」

「ええ」

「その後、島淵が自殺してしまったため、森下は自分のせいだと苦しみ、刑務官の職を賭して、島淵に成り代わって堀田事件弁護団宛の手紙を書き、やはり自ら命を絶った……」

「可能性はどうでしょうか？」

「十分ありうるな」

「それで滝沢ですが……彼は須永から、鷲尾検事長が赤江の死刑執行を早めたという話を聞いた後、森下の自殺の裏にあったそうした事情を探り出した、そして、もしこのとおりなら、従弟は鷲尾検事長と宮之原に利用され、殺されたようなものだと思い、二人に対する激しい怒りを覚えると同時に復讐を考え始めた……こんなふうに想像してみたんですが」

「なるほど」

「この想像が当たっていた場合、滝沢が須永の話を聞いてから刑務官を辞めて上京するまでの半年間は、自分の推理が正しいかどうかを検証し、同時に決意を固めるための期間だったのではないか、と思われます」

「昨年の春、滝沢はそうして上京すると、宮之原に接近して脅し、鷲尾さんの予定を探り出して殺した……」

「はい」

「十分考えられるが、ただ、いまひとつ動機が弱いような気もするな。仲の良かった従弟が鷲尾さんと宮之原に殺されたと思って怒りを感じたとしても、職を擲って上京し、殺人を犯すだろうか。捕まれば、たとえ死刑は免れたとしても、一生が台無しになるぞ」

「ということは滝沢は犯人ではない……？」

「いや、そうは言っていない。今きみと話し合ったように、多くの事情が彼が犯人であってもおかしくないことを示している」

「では……?」

「俺たちはまだ、何か重要な事実というか……ファクターというか、そんなものを見落としているような気がするんだ」

「それが、彼の犯行動機にも関係しているわけですね」

「ま、俺の想像だが……」

「いずれにしても、前途多難ですね」

平岡のこれまでの張りのある声が少し疲れたような声に変わった。「滝沢の犯行を示す直接的な証拠……例えば彼の指紋や体液のついた凶器のナイフでも見つかれば別ですが、彼が宮之原を脅して鷲尾検事長の予定を聞き出し、検事長を殺害した、というのもいわば私たちの想像であって、証拠は何一つないわけですから」

「確かにそのとおりだが、徐々にいろいろな事実、事情がわかってきている。だから、悲観するには当たらない」

「そうですね」

「ま、この続きは本部へ帰ってからゆっくり検討することにして、今日きみたちに須永を訪ねてもらった件はどうなったのかね、週刊春秋にリークした人間について何かつかめたかね？」

　津山は話を変えた。

「あ、すみません。須永が鷲尾検事長のことを滝沢にも話していたと聞いて、もしかしたら事件に関係しているのではないかと思ったものですから、つい、そちらの話が先になってしまいました」

　平岡が「すみません」ともう一度謝ってから、

「残念ながら、リークについては何もつかめませんでした」

と、言った。「須永によれば、彼が問題の話をしたのは赤江の家族や荒木記者など非常にかぎられた相手だけで、その中には週刊誌にリークしそうな人はいないということでした。私たちと滝沢は、たまたま成り行きから話した例外なんだそうです」

「滝沢がリークした可能性はどうなんだろう？」

　津山は、初めに滝沢の名を聞いたときから考えていた疑いを口にした。

「滝沢ですか。須永はそうした疑いをまったく抱いていないようでしたが……そうか！　ありえない話じゃありませんね」

　途中から平岡が強い声を出した。

「きみもそう思うか？」

「はい。滝沢にはリークしても何のメリットもない、と須永は考えているようでしたが、滝沢が鷲尾検事長を殺した犯人なら、事情が違ってきます。自分の行動を正当化するために、〝この男は殺されて当然のことをしたのだ〟と世間に向かって言いたかったのかもしれません」

「うん」

「とはいっても、彼は週刊春秋の記者に顔はもとより名前も明かしていないでしょうから、ネタ元が彼だと突き止めるのは難しいと思いますが……」

「それはかまわん。検察庁から何か言ってきたらしく、上が気にしているから一応調べてもらったが、捜査に関わってこないかぎりこの件はもう打ち切りだ」

「わかりました」

「じゃ、電話を切るぞ。俺は今、春木神社の前に来ているんだが、これから少し境内を歩いてから帰る」

津山が平岡に言って車を降りると、鳥居の石柱に片側の肩をあずけてスマートフォンを見ていた警官が慌てて飛んできた。

3

津山はもうしばらくここで待っているように警官に言い、鳥居をくぐって神社の境内へ入って行った。

鷲尾の殺されていた現場に立つのはこれで数回目になるが、一人で来たのは初めてだった。

三十メートルほど白っぽい地面の参道を進み、小さなお堂の前まで行く。

庭は狭いが、お堂と庭の周りには、樹齢を感じさせる椎や杉が鬱蒼とした森を作っていた。

神社は南側と北側の道路を結ぶ近道になっているため、通り抜ける人が少なくないらしいが、今は誰も入ってこない。広い通りから離れているからだろう、車の音はほとんど聞こえなかった。午前中という時間帯のせいなのか、遊んでいる子どももなく、静かだ。

先月十二日の夜、鷲尾はこのお堂の前の庭に倒れていたのだった。

捜査が始まり、防犯カメラの調べから、犯人が鷲尾を尾行していた可能性は薄いと判断されたとき、津山たちは、犯人は神社の境内に鷲尾を待ち受けていた可能性が高いと考えた。鷲尾を殺害した後は、道路に設置された防犯カメラのレンズを巧みに逃れて逃走したのであろう、と。

初めは、たまたま境内で出会った強盗に襲われた場合も考えられた。が、刃物で刺された後、ロープで首を絞められていたことが判明し、その可能性は消えていた。

神社の境内で鷲尾を待ち受けていたとなれば、犯人は当然、彼がそこをよく通ることを知っていた者である。

そう考えたとき、条件に合うのは鷲尾が訪ねようとしていた相手である篠原美優と、美優を鷲尾に紹介し、部屋まで借りてやった宮之原だった。

しかし、美優には完璧なアリバイがあったし、鷲尾との親密な関係によって多大な恩恵を受けてきた宮之原には――アリバイは妻の証言によるものにすぎなかったが――鷲尾を殺す動機が見当たらなかった。

とはいっても、津山たちは、美優との関わりを隠していた宮之原に対しては、疑いを解いたわけではない。他にもまだ隠していることがあるのではないかと疑い、調べを進めた。

すると、かつて宮之原が総務部長を務めていた北九州拘置所において、高裁で死刑判決を受けて上告中だった島淵透と、看守として彼に接していた森下刑務官が相次いで自殺している事実が判明。その二人の死が鷲尾の殺された事件に関係している可能性が生まれ、容疑者として森下の従兄で同拘置所の刑務官だった滝沢正樹が浮かんできた。そして現在、津山たちは、滝沢が宮之原を脅して彼から事件当日の鷲尾の予定を聞き出し、春木神社に待ち受けて襲ったのではないか、と考えていた。

しかし、それはまだ津山たちの推理にすぎない。証拠は何一つなかった。また、滝沢が宮之原を脅していたといっても、その具体的な内容は不明だった。だから、この推理がたとえ的を射ていたとしても、彼を逮捕するまでには、これからいくつもの山を越えなければならないだろう。

津山はお堂の前を離れて、森の中の小道へ入った。日の当たっていた地面と違い、樹木の下は少しひんやりとしていた。

彼はゆっくりと歩を運びながら、滝沢がどうして鷲尾の殺害を決意するに至ったのかについてあらためて考察を進めた。

まず、滝沢が犯人であるかぎり、動機は従弟の森下裕次の自殺した事情に関係していたのは間違いない、と思う。

では、森下の自殺した事情とはいかなるものだったのだろうか？

それは、森下が自殺する前、島淵が堀田事件の犯人だと匂わせた手紙を堀田事件弁護団に送っている事実から見て、平岡たちの考えたとおりでほぼ間違いないだろう。つまり、森下は、自分が堀田事件の犯人だと告白した島淵の手紙を鷲尾と宮之原の意を受けて握り潰した……その罪の意識と自責の念に耐えられず、自殺した島淵に代わって手紙を書き、自らも命を絶った、というわけである。

森下が自殺した後、滝沢はそう考えながらも、鷲尾と宮之原によって森下が死を決意せざるをえなくなるほど追い詰められたとは想像できなかった。森下の死は彼自身の弱さのせいだと思っていた。

ところが、滝沢は須永に会い、鷲尾が赤江修一を堀田事件の犯人として起訴しただけでなく、彼の死刑の執行を意図的に早めた可能性があると聞いた。

もしそれが事実なら、森下の自殺の事情も変わってくる。

鷲尾にとって、島淵の手紙は絶対に表に出してはならなかったはずであり、森下が鷲尾と宮之原から受けた指示も、拒否するのが難しい〝先輩の命令〟だった――。

ここで滝沢は初めて、森下は鷲尾と宮之原によって殺されたも同然だ、と思い至った。同時に、二人に対して激しい怒りを覚え……。

と、そこまで考えて、津山は新たな疑問にぶつかった。

鷲尾にとって、島淵の手紙が絶対に公にできないものだとしたら、宮之原と森下を使って投函を差し止めさせても、島淵が弁護士か誰かに相談したり、第二、第三の手紙を書いたらどうするつもりだったのだろうか。

そうしたことは、あってはならない、いや、いや、いや、あってはならないはずである。

では、森下を使って島淵に働きかけ、強く説得させたか。

だが、島淵が説得に応じればいいが、それでも応じなかった場合は……。

胸の動悸が高まり、津山は息苦しさを覚えた。

そう、島淵は〝実に都合よく〟死んでいるのである。

島淵の手紙を森下が握り潰したのがいつかははっきりしない。が、島淵の死んだのが森下より三カ月ほど前らしいから、鷲尾と宮之原にとって、これ以上にないタイミングのよい死だったと見ていいだろう。

福岡県警によれば、島淵の死は自殺に間違いない、という。誰が犯人であっても独房にいた彼を自殺に見せかけて殺すのは不可能だという話だった。森下にもそれはできなかっただろうか。

が、その晩、同僚と交替で巡回していて島淵の遺体を「発見した」森下にもそれはできなかっただろうか。

津山の動悸がさらに高まった。

もし、と彼は思う。もしその気になって準備すれば、他の者はいざ知らず、森下にだけは可能だったのではないだろうか。

福岡県警はそれは無理だと判断したらしい。だが、そこには、森下の真面目な人柄や、彼には島淵を殺す動機などまったく考えられないという上司や同僚の証言が作用していたのは間違いない。また、福岡県警は森下の交友関係や金銭関係についても調べたはずだが、どこをどう突いても、彼には島淵を殺して得になるようなものは見つからなかった。

そうした事情、経緯もあって、自殺の動機がいまひとつすっきりしなかったものの、「島淵は自ら命を絶った」と結論したのではないだろうか。

とにかく、本部へ帰ったら、もう一度福岡県警に問い合わせてみよう、と津山は思った。

相手は不快に感じるだろうが、当時の福岡県警の判断は当然であって、そこにケチをつけるつもりは毛頭ないということを強調し、丁寧に事情を説明すれば、きっとわかってくれるにちがいない。

福岡県警の対応がどうあれ、津山の中ではもう結論が出ていた。そして、おそらく滝沢も同じ結論に達したのではないか、と考えていた。

――島淵の死は自殺でなく、森下が殺した。

と考えると、森下が島淵に代わって堀田事件弁護団宛に手紙を書き、自殺した事情もより明快に説明できる。森下は、単に島淵の手紙を握り潰したことの自責の念から自殺したわけではない。鷲尾と宮之原によって断れない状況に追い込まれた結果だったとはいえ、自らの手で島淵を殺してしまったために、強い罪の意識を感じ、苦悩の末に自ら命を絶った、そう考えた方がよりすっきりする。

島淵を殺すという鷲尾の意思は、森下にどのように伝えられたのかはわからない。宮之原を介したものだったのか、それとも鷲尾が九州まで出向いて宮之原と一緒に説得したのか。いずれにせよ、堀田事件に関わる鷲尾の個人的な問題はおくびにも出さず、《もし死刑を執行された者の判決が誤りだったとなれば、死刑制度が崩壊し、日本の刑事司法の根幹を揺るがす大事件になる。だから、これは赤江や島淵といった個人の問題ではなく、日本という国のため、国家のためなのだ》といった詭弁(きべん)を弄(ろう)し、一方で高校柔道部の先輩、後輩という上下関係を巧みに利用して、森下を断れない状況に追い込んでいったのではないだろうか。

その具体的な内容を知るには、宮之原の口から聞き出す以外にないが、彼をどう攻めるかは後で考えることにしよう、と津山は思った。

今は、それよりも滝沢について考えるのが先だったからだ。自分と同じ結論に達したと思われる滝沢が、「従弟を殺した」鷲尾と宮之原に対して激しい怒りと憎しみを覚えたにしても、そこからどうして鷲尾の殺人まで進んだのか——。

仲の良かった従弟の復讐のためとはいえ、滝沢はなぜ公務員という安定した職を擲ち、破滅する危険が小さくない殺人者になるという道を選択したのか。その点をまず明らかにしなければならない。

つまり、滝沢にそうした行動を採らせた動機の解明である。

今後、滝沢が鷲尾を襲った直接的な証拠が見つかればいい。だが、それが見つからなかった場合、たとえ鷲尾の殺された晩のアリバイがなかったとしても、犯行の動機がはっきりしないでは彼を追い詰めるのは難しい。

それからもう一点、はっきりさせなければならないのは、滝沢の到達した結論は彼の推理にすぎなかったはずなのに、どうして宮之原に鷲尾を裏切らせることができたのか、という点である。

滝沢が自分の推理をぶつけて宮之原を脅したのは間違いないと思われるが、証拠がないのでは、撥ねつけられて終わりになったはずであろう。

ところが、彼は宮之原から鷲尾の行動予定を聞き出しているのだ（滝沢が犯人であるかぎり、そうとしか考えられない）。

いったいどうやったら滝沢にそれが可能だったのか。

その点を突き止めないでは、滝沢はもとより宮之原の口を割らせるのも難しいだろう。

津山は時計を見た。

車を降りて境内に入って歩き出してから四十分ほど過ぎていた。

その間に神社に入ってきた人は四人。七十代と見られる夫婦らしい男女と、あとは若い男と女が一人ずつで、みな北から南へ、あるいは逆に通り抜けて行っただけだった。

津山は車へ戻るため、一旦森からお堂の前に出た。

これ以上考えていても問題の答えは出てきそうもなかったからだ。

これから捜査本部へ帰れば、平岡たちも前後して帰ってくるだろうから、彼らと話せば問題を解決する糸口がつかめるかもしれない。

津山はそう思いながら、入ってきたときの鳥居を抜け、警官の待つ車に近づいた。

2018年夏

第八章　接触

1

八、九階建てと思われるあまり大きくないビルの入口から宮之原佑が出てきた。ビルには、昇竜旭警備保障株式会社という、彼が役員をしている会社が入っている。

宮之原は薄い水色の半袖シャツにノーネクタイ。夏物の麻綿混紡らしい上着は腕に抱えていた。

滝沢が知っている北九州拘置所時代の宮之原は赤ら顔で恰幅がよく、自信に満ちあふれていたのに、今は痩せて顔色が悪く、十ぐらいは年取ったように見えた。もっとも、滝沢が宮之原を直接目にするのは三年半ぶりぐらいでも、探偵が報告書に付けてきた写真では何度も見ていたから、彼の変貌ぶりに特に驚きはなかったが……。

日が沈んで一時間以上経つのに、気温は一向に下がる気配がなかった。風がないので、湿気を含んだねっとりとした空気が大勢の人が行き交う狭い通りを満たし、じっとしているだけで顔や首筋から汗が噴き出してきた。

七月も十日を過ぎたが、まだ梅雨明け宣言は出ていない。

宮之原はビルを出ると、すぐ前の居酒屋の店先に立っている滝沢には目もくれず、新宿通りの方へ向かって歩き出した。

その宮之原の前に滝沢はさっと身体を移動し、進路を塞いだ。

滝沢は宮之原の帰りを待ち受けるためにここに立ったときは、どうせ西武新宿駅へ向かうのだろうから取り敢えず後をつけて途中のどこかで声をかけよう、と考えていた。が、あまりにも人が多いので、歩き出してからでは声をかける機会を失してしまうおそれがあると思い直したのだ。

宮之原がむっとしたような顔をして足を止め、咎める目を滝沢に向けた。

「宮之原さん、宮之原さんですよね？　お久しぶりでございます」

と、滝沢はいかにも快活な調子で言った。

「宮之原ですが、どなた様でしょう？」

と、今度は宮之原が怪しむような表情をした。

かつての部下とはいえ、ほとんど口をきいたこともない男など記憶にないようだ。

「以前、北九州拘置所の処遇部にいた滝沢正樹です」

「滝沢……？」

「森下裕次なら覚えておられるでしょう。森下の従兄です」

宮之原の顔に今度は確実に反応が表れた。驚いたような、警戒するような……。

「私のことはともかく、森下裕次のことは思い出されましたか？」

「うん、まあ……」

「いくら手前勝手なあなたでも、自分が死に追いやった後輩を忘れるわけがありませんよね」

宮之原の青白い顔が見るみる赤らみ、怒りのこもった目で滝沢を睨みつけた。

「貴様、私に因縁を付けるつもりか」

「因縁なんて、そんな気は毛頭ありません。事実を言ったまでです」

滝沢は相手の目から視線を逸らさず、さらりと言った。

「貴様、いったい……」

宮之原が言いかけたとき、話しながら歩いてきた学生風の男たちの一人が彼の腕にぶつかり、

「あ、すみません」

と謝った後、「ま、こんなところに立ってられたんじゃ邪魔なんだけどな」と言いながら去って行った。

それを見送って、

「確かにここにいたんでは邪魔なので、近くの適当な店にでも入りませんか？」

滝沢が誘うと、

「あんたとこれ以上話す気はない」

宮之原が拒絶した。

「そうですか。それじゃ、私の知っていることを公にしていいんですね」

「ど、どういうことだ？」

「現在、東京高検検事長になっている鷲尾淳夫とあんたは人殺しだということですよ」

滝沢は核心をぶつけた。

驚きのためだろう、宮之原は一瞬言葉を失ったようだったが、

「そうか」

と、独り言のようにつぶやいた。「あの手紙は貴様だったのか……」

「あの手紙って何です、何の手紙です？」

滝沢は惚けて訊いた。

「うん？」

宮之原は自分の発言の意味に気づいたらしく、「いや、何でもない。あんたに関係なければいい」

「関係ありますよ。そう、あの手紙を出したのは私です」

「き、貴様……！」

宮之原の顔に怒りの色がふくらんだ。「あんな悪質な悪戯をして、ただで済むと思っていたら……」

「どうぞ、警察へでもどこへでも届けてください。望むところです」

宮之原が言葉に詰まったような顔をした。

「だいたい、今までどうして届け出なかったんです？」

滝沢は言葉を継いだ。「それは、あの手紙に書かれたことが事実だからでしょう」

「事実であるわけがない！」

「否定したって無駄です。私は、鷲尾とあんたが北九州拘置所に収監されていた島淵透を殺したことを知っているんですから。もちろん証拠だってあります」

「あんたの絵空事なのに、証拠なんてあるわけがないだろう」

「あるんですよ。鷲尾とあんたの奸計を知っているもう一人の人間の遺書という立派な証拠がね」

宮之原が生唾を呑み込むのがわかった。

もう一人の……という言葉によって、滝沢が島淵殺しの真相をつかんでいるのがわかったからだろう。

もちろん、裕次のそんな遺書はない。

ただ、滝沢は、必要なら宮之原に見せるため、裕次の筆跡を真似て書いた偽物を用意していた。

鷲尾と宮之原が裕次を使って島淵を殺させたのは間違いない、と確信したからである。

昨年の九月、滝沢は中洲の居酒屋で須永と荒木に会い、鷲尾は赤江を起訴しただけでなく、赤江の死刑の執行を意図的に早めた可能性がある、と聞いた。そして彼らと別れた後、那珂川沿いの道を歩きながら考えた。裕次はなぜあれほど苦しんでいたのか、なぜ堀田事件弁護団宛に島淵が犯人だと暗示する手書きの手紙を送ったのか、なぜ「自分は人の子の親になる資格がない」と言ったのか、そしてなぜ自ら命を絶ったのか……と。そのとき、裕次は鷲尾と宮之原によって島淵を殺さざるをえないところに追い込まれ、殺したのだ、と思い至った。そう考えると、裕次が島淵の毛髪を手に入れた事情を含め、これまでいまひとつすっきりしなかった事柄が明快になることに気づいた。

とはいっても、それはまだ推理であって、証拠はない。

では、その証拠を手に入れるにはどうしたらいいか？

滝沢はいろいろ考えた末、宮之原に手紙を出すことを思いついた。

宮之原が熊本地震に遭遇してＰＴＳＤを患ったと聞き、もしかしたらそれは地震のときの記憶だけでなく、人殺しの記憶が影響していたのではないか、と考えたからだ。地震で死にそうになったのがきっかけで、裕次に島淵を殺させ、その裕次を自殺に追い込んだ記憶があらためて強く蘇り、その罪の意識に（あるいは二人の幻影に）脅えていたのではないか、と。

もしこの想像が当たっていたら、殺人を告発する匿名の手紙を送れば、宮之原は必ずそれなりの反応を示すにちがいない。

滝沢はそう考えて、昨年の秋から今年の冬にかけて《人殺し！　天知る、地知る、俺も知る。逃げられると思うなよ》とだけ書いた山川夏夫名の手紙を複数回宮之原に送り、手紙が着いた頃、探偵を使って彼の動きを監視した。すると、手紙が警察に届けられた形跡はなく、彼が神経内科へ通院し始めたのがわかった。また、それより少し遅れて、〈宮之原はＰＴＳＤが再発したらしく、定年まで一年を残して三月末で退官するらしい〉という話が伝わってきた。

直接的な証拠ではないものの、それらの状況証拠によって、滝沢は自分の推理、想像に間違いないと確信。鷲尾と宮之原に対する復讐を決意し、やはり三月末で刑務官を辞め、上京したのである。

その手始めが、今実行している宮之原への接触であった。

「あるわけがない！　そんなもの、あるわけがない」

宮之原が半ば叫ぶように言った。

「どうしてそう言えるんです？」

滝沢は殊更に平静な調子で訊いた。

彼はつい今し方まで、喫茶店か公園のようなところにでも移動して話そうと考えていた。が、今はここでもかまわないと思った。時々肩や腕にぶつかってくる通行人さえ無視すれば、むしろこの喧噪の中の方が他人の耳を気にしないで宮之原を追及できる。

「もちろん、鷲尾さんも私も島淵を殺してなんかいないからだ」

宮之原が虚勢を張っているのは、落ち着きなく揺れ動く目を見ればわかった。

「それじゃ、森下裕次の遺書を公表してもいいんですね？」

「かまわないが……ただ、その前にあんたの目的を聞かせてくれ。あんたの目的は何なんだ？」

宮之原は目的次第では買収できると考えたのだろうか。

「鷲尾とあんたの奸計を暴いて……と言いたいところだが、本当はあんたなんかどうでもいい。私の目的は、鷲尾の犯した大罪を明らかにし、彼に公正な裁きを下すことだ」

滝沢は、宮之原のやったことは免罪しているような言い方をした。これから宮之原を巧く操って〝計画〟を成功させるためには、彼の気持ちを鷲尾から離反させる必要があったからだ。

宮之原がかすかに安堵の気持ちが混じったような複雑な表情をした。

「鷲尾が何をしたかは、あんたならよくわかっているだろう」

「鷲尾さんがいったい何を……」

「まだ目が覚めないのか！」

滝沢は一喝した。

もちろん、これも演技である。

「あんたはこれまで、鷲尾のおかげで出世してきたかもしれない。だが、そのために、殺人者になるという高い高い代償を払った。だから、あんたはもう鷲尾に恩義も負い目も感じる必要がないんだよ」

宮之原は滝沢の真意を探るような目をして黙っている。

「もし鷲尾と関わらなければ、あんたはほどほどにしか出世できなかったかもしれない。その代わり、あんな手紙に脅えることなく、平和で安らかな第二の人生を送っていたはずだろう」

滝沢は続けた。「それなのに、鷲尾が行った、日本の死刑制度を内側から崩壊させるという前代未聞の犯罪を隠蔽しようと、森下裕次に島淵を殺させたために、これから死ぬまで、罪の意識と二人の亡霊に脅えて暮らしていかなければならなくなった」

彼はここで一度言葉を切ると、

「もちろん、あんたが払わなければならない負債はそれだけじゃない」と、声を強めた。「もしこのままなら、私は、鷲尾の罪と一緒にあんたの罪も暴く。そうなれば、あんたも、一片の同情の余地もない殺人犯人として鷲尾と共に地獄の底に落ちるだろう」

恐怖に見開かれた宮之原の目。彼は声もなく滝沢を見つめている。額には玉の汗が浮かんでいるが、それは暑さのせいばかりではないにちがいない。

「なお、参考までに言っておくと、真相を録音したCDと森下の遺書は銀行の貸金庫にあずけ、万一私が死ぬか行方不明になったときは公表してくれるよう友人に頼んである。だから、私と別れた後、鷲尾と連絡を取り、密かに私を消そうとしても無駄だからな」

滝沢は最後に相手の逃げ道を断ち、同時に我が身に保険をかけた。

宮之原はなおも無言。

「どうする？　あくまでも私の言うことなど絵空事だと言って撥ねつけ、シラを切り続けるか。それともここで決断して、奥さんやお子さんが殺人者の妻、殺人者の子と指弾されないようにするか。どちらを選ぶ？」

その選択は、宮之原にとって、今後の人生のすべてを決めると言っても過言ではないはずだった。それだけに、彼は今、必死になって考え、逡巡、葛藤しているにちがいない。

滝沢はそう想像しながらも、宮之原の結論は一つしかないはずだと考えていた。

声をかけずに待っていると、やがて宮之原が縋（すが）るような視線を向け、

「……どうしたら、いいんだ？」

絞り出すような声で言った。

第一の関門を無事に通過した瞬間だった。

宮之原に気づかれないように滝沢は小さく息を吐き、

「家族を守る道を選ぶのか？」

と、確認した。

「ああ」

と、宮之原が目を逸らして認めた。

「それなら簡単だ。今後、私の言うとおりにすればいい」

「具体的には……？」

「取り敢えず、数日後、私があんたの家を訪問する。そうしたら、偶然街で出会った、昔面倒をみた部下だと奥さんに紹介してくれ。もちろん、私も話を合わせる」

「その後は？」

「時々あんたの家を訪ねて、指示する」

「私はいったい何を……」

「慌てなくても徐々にわかる」

どういう自分の役割を想像したのか、宮之原が脅えたような目をした。

滝沢は最後に携帯電話の番号を聞き、宮之原を放免した。

2

須永のもとに滝沢から電話があったのは、八月も今日で終わりという金曜日の夜、九時過ぎだった。

須永がアパートへ帰ってシャワーを浴び、缶ビールを開けて、買ってきた総菜と寿司の夕食を摂ろうとしていたときである。

知らない番号からの着信なので、誰だろうと思いながら出ると、

「須永さんですか？　滝沢です」

と、相手が言った。

須永はびっくりして、

「は、はい、須永ですが、あ、あの滝沢さんですか？」

と、何とも間抜けな応対をした。

「ええ、あの滝沢です」

と、相手が笑いを含んだ声で答えた。

「す、すみません。あまりにも意外だったものですから」

「ご迷惑ですか？」

「とんでもない！　何とかして滝沢さんに連絡を取る方法がないかとずっと考えていたんです」

「須永さんが私を捜していると叔父から聞いたものですから」

「ああ、そうだったんですか。ありがとうございます」

九州の宗像市に森下裕次の父親である滝沢の叔父を訪ねたのは四月の下旬だから、もう四カ月も前になる。そのとき、森下の父親は、滝沢が姉に電話してきて連絡先がわかったらあんたが捜していると伝えておく、と言った。が、森下の父親がたとえ言葉どおりにしてくれたとしても、滝沢の方から電話してくるとは予想していなかった。

「で、わざわざ電話をくださったということは、私のお願いを……」

聞いてくれる気になったのか、と言おうとした須永の言葉を、

「ちょっと待ってください」

滝沢が途中で遮った。「早とちりされては困ります」

須永の胸にふくらんだ希望が一気に萎んだ。

「なんだ、違うんですか……」

つい、つぶやいてしまう。

「すみません。余計な期待をさせてしまったようで」

「いえ」

「私はただ、私を捜していると聞いたのに黙っていたら悪いかと思い、一応、連絡先だけは知らせておこうと……」

「そうですか、ありがとうございます」

須永は取り敢えず礼を言い、「東京へ行くと言っていたと森下さんに伺いましたが、東京にお住まいですか？」

「そうですが、電話番号さえわかれば、住所は必要ないでしょう。それじゃ、そういうわけですので……」

「あ、ちょっと待ってください」

須永は慌てて呼び止めた。せっかく相手から電話がかかってきたのに、この機会を逃す手はない。

「もう一度話を聞いてくれませんか？」

「何度聞いても同じです。私の返事は決まっていますから」

「それでもかまいません」

かまわなくないが、須永は言った。

「それじゃ、話を聞くだけなら……」

「ありがとうございます」

須永はもう一度礼を言い、では、早速……と話し出した。

「前にもお話ししたように、一昨年の秋、N地裁で再審請求を棄却され、私たちは東京高裁に即時抗告し、現在、即時抗告審を闘っています。その審理の終了するのは来年の夏頃ではないかと思われますが、私たちとしてはできるだけ早く、島淵のものと思われる毛髪についてミトコンドリアDNA鑑定をしたい、と考えています。というのは、私たちが鑑定をお願いしようとしている川口教授がご高齢なため、もし先生に万一のことが起きるか、先生が研究生活から身を引いてしまった場合、先生によるDNA鑑定は不可能になるからです」

「川口教授ではない別の人が、教授と同じ方法で鑑定したのでは駄目なんですか？」

と、滝沢が訊いた。

「私も詳しいことは知りませんが、同じミトコンドリアDNA鑑定といっても、当然ながら、鑑定人によって具体的なやり方は違うらしいんです。ですから、川口先生でなければ二十五年前と同じDNA型が検出されないかもしれませんし、たとえ検出されても、裁判官が、鑑定の条件が違うという理由でそれを赤江さん以外の犯人が存在することの証拠として採用しないおそれがあります。そのため、私たちはできるだけ二十五年前に近い条件、近い方法で川口先生に鑑定していただく必要があるんです」

「同じではなく、近い条件、方法ですか」

「二十五年前と同じ条件、同じ方法で鑑定していただければもちろん申し分ないのですが、二十年以上も前と今とでは機器や試薬も違っているため、それは無理だという話でした。ただ、先生なら、以前の条件、方法にかなり近づけることができる、というお話でもあったんです」

「そうですか」

「というようなわけで、私たちはできるかぎり早い時期に、何としても滝沢さんに証人になっていただきたいと……」

「須永さん、蒸し返すのはやめましょう」

と、滝沢が須永の話を遮った。「私が余計なことを訊いたのが悪かったのですが、話が済んだのなら電話を切りますが、いいですね?」

「わかりました。それでは、時々連絡を差し上げますので……」

「いえ、連絡は不要です。もし必要が生じたら、私の方から電話しますから」

「そうですか」

それじゃ……と言って、滝沢が電話を切った。

須永はしばしスマートフォンを手にしたまま考えていた。滝沢はどうしてわざわざ電話してきたのだろう、と。

須永が自分を捜していると聞いたのに黙っていたら悪いと思ったから、と彼は言ったが、本当だろうか。いまひとつしっくりこない。須永の頼みを前向きに考え直す気になったのならわかるが、その気はないようだったし。

須永はちょっと首を振り、

――滝沢は不要だと言ったが、しばらくしたら電話してみよう。

そう思い、気の抜けたビールを飲んで食事に戻った。

捜査Ⅷ

２０１９年

1

杉本明日香と大野が、杉並東署が益岡隆の身柄を確保したと知ったのは、二人が池袋で滝沢に会った十日後、四月十五日（月曜日）の夕方だった。

明日香たちは滝沢から聞いた益岡の電話が通じないとわかると、杉並東署に事情を話し、益岡を逮捕したら連絡してくれるようにと頼んでおいた。その連絡が捜査本部に届き、外に出ていた明日香たちに盛永が知らせてきたのである。

盛永によると、益岡はこれ以上逃げ切れないと観念して杉並東署に出頭したのだという。

電話を受けた大野の話を聞き、明日香はこれで滝沢のアリバイの有無をはっきりさせられるにちがいないと思うと、かすかに胸の昂り（たかぶ）りを感じた。

明日香たちは駒込（こまごめ）駅の改札を出て歩き出したばかりだったので、すぐに踵（きびす）を返し、山手線、中央線と乗り継いで高円寺まで行き、杉並東署を訪ねた。

留置場の接見室へ出てきた益岡は、五十を二つ三つ越していると思われる小太りの男だった。動きはもっさりしていたが、面会者が刑事と聞いていたからか、目には脅えているような、警戒するような光があった。

が、明日香たちが滝沢のことを調べているらしいとわかると、すーっと緊張が退いたような表情になった。

明日香は早速、先月中旬、夕方から夜にかけて滝沢と二人で立川市砂川町にある「グランドメゾン光」というマンションを見張っていたことがあるか、と訊いた。

マンションの名前は忘れたが、立川のマンションならある、と益岡が答えた。

「時間は何時から何時頃まででしょう？」

「まだ日が残っている頃から十一時頃までだったかな……」

「ずっと滝沢さんと二人で？」

「適当に交替はしたけど、近くに駐めた車からは離れなかった」

「滝沢さんが一人で車にいたのは、一番長いときで何時間ぐらいですか？」

「何時間なんていないよ。三、四十分ごとに交替したから」

ここまでは滝沢の話したとおりだった。

「その日はウィークデーだったはずですが、日にちか曜日はわかりますか？」

曜日がわかれば、日にちを特定できる可能性が高い。

「日にちか曜日ですか……」

益岡が首をひねって、しばし考えているようだったが、「土、日じゃなかったとは思うけど、それ以上は覚えていませんね」と明日香に目を戻した。

「その頃使っていたスマートフォンはどうしましたか？」

「出頭して取り調べを受ける前、他の持ち物と一緒に刑事さんに渡しました」

「そのスマホのカレンダーに毎日の予定を書き入れていたとか……？」

「俺はカレンダーとかスケジュール表とか、そうした七面倒くさいものは使ったことがないんです」

益岡の返答に、明日香が相談するように大野を見ると、

「じゃ、その日かその日の前後に起きた出来事で、何か印象に残っていることはないかね？」

と、大野がすぐに質問を継いだ。

「覚えてないですね」

益岡が考えてみるでもなく、答えた。

「そう素っ気なく言わず、よく考えてみてくれないか」

「考えたって……」

と、益岡が不満げな顔で言いかけた言葉を切り、「ああ、思い出しました」と少し高い声を出した。

彼のどんよりと濁った目に初めて光が宿った。

「その日ではないんですが、翌日、休暇を取ってお袋のところへ行ったんです」

と、益岡が続けた。

「お袋さんのところ？」

大野が説明を促した。

「今年八十四になるお袋が茨城県守谷にある特養に入っているんです。認知症が進んでいて、俺のこともよくわからないんですが、それでも行けば喜ぶので、一月か二月に一度は面会に行って、昼飯を食べる介助をしてくるんです」

「その日が何日かはわかる？」

「いや、日にちは覚えていません。でも、立川の張り込みから深夜の零時過ぎにアパートへ帰った翌日だったのは確かなので、そちらで特養に問い合わせてみてください。先月俺が行ったのは一度だけで、面会者ノートに名前と訪問日時が書いてありますから」

明日香たちは了解した。益岡が母親を訪ねた日がわかれば、彼が滝沢と張り込みをしていたのはその前日である。だから、益岡の母親訪問が十三日なら、滝沢のアリバイは成立し、もしそれが十三日でなかったなら、滝沢は嘘をついたことになる。

「ありがとう。それじゃ、早速問い合わせてみるので、お袋さんの入っている特養の名前を教えてくれないか」

大野が言うと、益岡が突然顔色を青ざめさせ、

「お、俺が留置場に入っていることは言わないでくれますか」

と、言った。

「もちろん言わない。我々はあんたのことを調べているわけではなく、あんたが前の日に一緒にいた人間のことを調べているのだ、ときちんと説明するよ。だから、その点は安心していい」

「そうですか」

益岡がほっとしたように表情をゆるめ、「あじさい苑と言います」と母親の入所している特別養護老人ホームの名前を告げた。

明日香たちは益岡との面会を終えると、番号案内であじさい苑の電話番号を調べ、杉並東署の電話を借りて明日香がかけた。署の電話を借りたのは、こちらが間違いなく警察官であることを相手が調べられるようにしたのである。

明日香は電話に出た女性に簡単に事情を説明し、益岡が先月訪問した日を知りたいのだ

と告げた。

　と、女性は戸惑ったような声で「ちょっとお待ちください」と応じ、送話口を塞いで誰かと話しているようだったが、三、四十秒して電話に戻り、

「責任者と相談しますので一度切らせていただいていいでしょうか？」

と、訊いた。

　明日香は了解し、杉並東署の代表番号を告げて、もし不審に思われたら番号案内で確認してもらいたいと言った。

　電話は五、六分してかかってきた。

　明日香が出ると、相手は事務長を名乗る男に代わっていて、益岡さんなら三月十三日の水曜日十一時二十分にお母さんの面会に見えています、と言った。

　滝沢と二人で砂川のマンションを見張っていたのがその前夜だったという益岡の話に嘘はなさそうだったし、彼が記憶違いをしている可能性も低かった。

　とすれば、鷲尾が文京区千駄木の神社境内で殺された晩、滝沢は立川にいたのがほぼ確実であり、彼には犯行が不可能だったと結論せざるを得なかった。

　つまり、滝沢は少なくとも直接鷲尾を殺した犯人ではない――。

　これまで、自分たちは滝沢が宮之原を脅して鷲尾の行動予定を聞き出し、春木神社に待ち受けて襲った、と考えてきた。が、それがないとしたら、鷲尾を襲って殺した犯人はい

ったい誰だろうか。

明日香は、自分たちの推理が振り出しに戻ってしまったのを感じた。困惑しながら、大野に事務長の話を伝えると、大野は明日香の電話の受け答えを聞いていてわかっていたのだろう、

「そうか」

と、一言硬い声で答えた。

2

肩から下げたバッグの中でスマートフォンの振動が電話の受信を伝えてきた。

バスが久米川駅前に着き、明日香が大野に続いて降りようとしていたときである。

その日——十七日（水曜日）——明日香たちは二週間前と同様に、宮之原の出勤した日を狙(ねら)って妻の早苗を訪ねたのだった。

といっても、前回は滝沢についての情報を得るためだが、今回の目的は違う。先月十二日の晩、宮之原が八時半に帰宅したというのが事実かどうか、あらためて早苗に質すためである。

明日香たちは一昨日、あじさい苑の事務長と電話で話した後、念のために再度益岡を尋

問し、次いで滝沢が勤めている探偵社を訪ねて話を聞いた。それにより、益岡には滝沢のために嘘をつく理由が考えられず、益岡が滝沢に弱みを握られて脅されるか買収されたといった可能性も極めて薄い、と判断した。つまり、滝沢のアリバイに疑問の余地はなく、事実と見て間違いない、と。

そうなると、〈滝沢が宮之原を脅して鷲尾の予定を聞き出し、殺害した〉というこれまで考えてきた事件の筋書は誤りということになり、あとは、

①滝沢に脅された宮之原が殺したか、
②宮之原でも滝沢でもない第三の人物が殺したか、

しかない。

が、その晩に開かれた捜査会議では、宮之原と滝沢に関係のない犯人がいたとは考え難く、②の可能性はかなり低いのではないか、という意見が捜査員たちの大勢だった。

となれば、残るは①だけである。

ただ、そこには、鷲尾にさんざん世話になった宮之原に、自らの手で恩人の胸にナイフを突き立て、首にロープを巻いて絞めることができるか、という疑問があった。また、妻の証言とはいえ、宮之原には犯行時刻に自宅にいたというアリバイもあった。

のだった。

だから、明日香たちは、滝沢にどんなに脅されても、宮之原にできたのはぎりぎり鷲尾の予定を教えることまでではないか、ずっとそう考え、殺人の実行者は滝沢だと見ていたのだった。

ところが、滝沢には犯行が不可能だったと判明したのだ。

となると、宮之原のアリバイは虚偽だったとしか考えられない。

そこで明日香たちは、滝沢がどのようにして宮之原を自分の手足のごとく操ったのか（どうしたら操れたのか）の解明はひとまず措いて、彼のアリバイを崩すため、今日早苗を訪ねたのである。

早苗に会う前の明日香たちは、前回の早苗の証言は、夫に頼まれるままに、あまり重く考えずに口裏を合わせたのだろう、と考えていた。だから、それほど厳しく責めずとも彼女は事実を話すにちがいない、と。

が、早苗の対応は予想したのとは違っていた。明日香と大野が硬軟取り混ぜて説得し、追及しても、自分は嘘なんかついていないと譲らず、前に話したとおり、夫が帰宅したのは八時半頃で、その後はずっと一緒にいた、と頑強に言い張った。

そのため、明日香と大野は打つ手に窮し、もう一度よく考えて出直すためにバスで久米川駅まで戻った。そして、降りようとしたとき、バッグの中のスマートフォンが電話の受信を知らせてきたのである。

明日香はバスを降りてから、スマホを取り出した。

電話の受信画面を見ると、記憶にない番号からである。
二、三歩進んで歩道の端に寄り、「はい」と応答した。
と、声の感じから二、三十代と思われる女性が、

「あの、本駒込警察署の杉本明日香さんでしょうか？」

どこかおどおどした調子で言った。

明日香は、誰がどういう用件でかけてきたのかわからないまま、

「はい、そうですが、どなたでしょうか？」

と、訊き返した。

「あの……私、宮之原佑の娘のオギワラハルナと申しますが……」

「ああ、宮之原さんのお嬢さんですか。宮之原さんなら存じ上げていますが、お嬢さんが私にどういうご用でしょう？」

「たった今、フラワーサロンさんから連絡があって、先月、私が母に贈った花のことで杉本刑事さんが調べておられるので電話するように、と……」

「フラワーサロンさん？」

「お花のギフト専門店です。ネットの」

相手は、明日香が訊き返したことが理解できないといった感じで言った。

「そこからあなたがお母さんに贈られた花について、私が調べていると?」

明日香には、わけがわからない。

「はい、前川さんという男の方でした」

「私はフラワーサロンというお店も前川という人も知らないのですが……」

「えっ、本当ですか?」

オギワラハルナが驚いた声を出した。

「もちろん本当です」

「でも、私、嘘なんか……」

「ええ、信じています。ですから、その前川という人がオギワラさんに具体的に何て言ったのか、説明していただけませんか」

「先月、母の誕生日に私が贈ったお花が配達の途中で盗難に遭い、そのことで杉本刑事さんが調べておられるので、私から連絡をとるようにと言われ、電話番号を教えてくれたんです」

「あなたの贈った花が盗難に遭ったということは、あなたの指定した日時にお母さんに届かなかったんですか?」

「いえ、そんなことありません。お花は至急別のものを用意して届けたとかで……。ですから、前川さんの電話を受けるまで、私も盗難の話など知らなかったんです」

「わかりました。もしかしたら、私の同僚が調べている件で、その同僚が私の電話番号を前川さんに教えたのかもしれません。これから同僚に確かめてみますが、いずれにしても、オギワラさんに迷惑が及ぶような事件じゃないと思いますので、ご心配なさらないでください」

明日香は話を収めた。

「そうですか。よろしくお願いします」

と、オギワラハルナも応えたが、その声はどこかまだ不安そうだったし、腑に落ちなげだった。

腑に落ちないのは明日香も同様だった。

彼女の名を出し、その電話番号を教えて、連絡しろと言った前川という男の目的は、いったい何なのか――。

悪戯と考えても納得できないし、まったく想像がつかない。

明日香が電話を切って、オギワラハルナとの遣り取りと自分の感じた不審、疑問を大野に報告すると、

「うーん」

と唸(うな)ったきり、何も言わなくなった。

前川という男の行為をどう考えたらいいのか、大野にもわからないのだろう。

明日香も彼の思考の邪魔をしないように考え続けたが、答えは出てこない。

大野が不意に明日香に目を向け、「おい」と呼びかけたのは二、三分してからだった。

「はい？」

と、明日香は彼を見返した。

「すぐにオギワラハルナに電話するんだ」

「電話して何を……？」

「先月十二日の実家に関することなら何でもいい、彼女の知っているかぎりの情報を聞き出せ。もしかしたら、宮之原と早苗が口裏合わせをしている証拠が見つかる可能性がある」

なるほど、そうか、と明日香は合点したが、ただ、オギワラハルナに具体的にどういう質問をしたらいいのか、わからない。

そのため、スマートフォンを取り出したものの、発信できないでいると、

「母親の早苗から彼女に、花が届いたという礼の電話ぐらいいっているだろう。そこを話の糸口にして、宮之原と早苗はいつもどういう誕生祝いをしているのかといったことから訊いてみたらどうだ」

「ありがとうございます。やってみます」

明日香は大野に礼を言うと、着信履歴にあるハルナの番号にかけた。

すぐに本人が出て、相手が明日香だとわかると、訝るような調子で、

「まだ何かあるんでしょうか？」

と、訊いた。

「いえ、そうじゃないんです。オギワラさんから電話をいただいたついでに、ちょっとお尋ねしようと思ったことがあって」

「どういうことでしょうか？」

「先月十二日、お母さんから、お花が無事に届いたという電話はあったんですね？」

「はい」

「それで、オギワラさんは、自分は行かれないからと？」

「いえ、そんなことはわかっていたことなので、別に取り立ててそうした話はしませんでした」

「わかっていたということは、前に話してあった……？」

「いえ、わざわざ話さなくても、いつもそうだからです」

「いつも、そう？」

「うちは、私と弟が中学生ぐらいになってからは、家族みんなで誰かのお誕生祝いをするといった習慣はなかったんです。父は転勤が多く、私と弟は高校に入ると祖父母の家や寮で暮らしていましたし」

ハルナがそこまで話して、なぜこんなことを訊くのかと不審に感じたらしく、

「あの、父か母が何か……？」

と、不安げな声を出した。

「いえ、お父さんとお母さんに直接の関係はないんですが、お父さんの知人のことでちょっと調べているものですから。申し訳ありませんが、ご協力ください」

明日香は、ハルナを騙してすまないと思いながら、嘘をついた。自分たちの想像どおりなら、ハルナには苛酷な結果が待っているが、その責任は宮之原に取ってもらう以外にない。

「それで話を戻しますと、先月のお母さんの誕生日には、お父さんとお母さんの二人だけでお祝いをされたわけですね」

明日香は話を進めた。

「特にお祝いというほどのことはしていないと思いますけど」

と、ハルナが答えた。

「お二人でいつもより上等のワインを飲み、食事をされたとか……」

「あ、そうなんですか」

「聞いていませんか？」

「ええ」

ハルナが答えてから、「そうすると、母は食事をしないで帰ってきたのかな……」と独り言のようにつぶやいた。

「えっ！　その晩、お母さんは出かけていたんですか？」

ハルナの言葉に明日香は飛びついた。胸が震えた。

そんな明日香の勢いがハルナには理解できないからだろう、

「はい」

と、ちょっと戸惑ったように答えた。

「どこに行かれたんでしょう？」

「女子大時代のクラス会です」

「誕生日なのに出席された？」

「ええ。母はどうしようかと一応父に相談したら、誕生日だからって特に何かするわけじゃないんだから出たらいいじゃないか、と言われたようです。お花が届いたと私に電話があったのは二時ちょっと過ぎでしたけど、もう二時間ほどしたら家(うち)を出ると話していました」

「クラス会がどこで開かれたのか、ご存じですか？」

「新宿のKホテルと言っていたと思います」

東村山の宮之原の自宅から新宿のKホテルまで、約一時間半。とすると、クラス会が六時に開会したとして、終わったのは八時半から九時頃。二次会に出ないで帰ったとしても、帰宅したのは十時を過ぎていたはずである。

　ということは、宮之原が帰宅したと言っている八時半に早苗が自宅にいたということはありえない。

「どうもありがとうございました。とても参考になりました」

　明日香は礼を言った。

「あの、やはり、母が何か……？」

「いえ、お母さんに直接の関係はありません。それは先ほども言ったとおりです」

「そうですか……」

　ハルナはなおも不安げだ。

　明日香は胸が痛んだが、虚偽の証言をした方が悪いのだと自分に言い聞かせ、個人的な感情には目をつぶった。

「とはいっても、警察が自分のことをオギワラさんに尋ねていたと知ったら、お母さんは不快に感じ、無用な心配をされるかもしれません。ですから、私が今日オギワラさんと話したことはお父さんとお母さんには黙っていていただけませんか。いずれ近いうちに、お二人にはこちらからきちんとお話ししますから」

　二人にはきちんと話す——。

それは嘘ではない。

ハルナがわかりましたと答えるのを待って、明日香はもう一度礼を述べ、電話を終えた。

大野にも、明日香の様子から彼女が何をつかんだのか想像がついたのだろう、

「大野さんの狙いどおりでした」

と明日香が伝えると、珍しく上気したような顔で、「そうか！」と応えた。

明日香は早苗のクラス会の話を報告しながら、これでいよいよ……と思うと、気持ちが昂るのを感じた。ただ、一方で脳裏に一つの疑問が浮かび、彼女はずっとそれが気になっていた。

フラワーサロンの店員を装ってオギワラハルナに電話した「前川」という男は、いったい誰だろうか。男はどういう意図からハルナに電話したのだろうか……。

3

平岡と長谷川が案内された役員応接室で五分ほど待っていると、緊張しきった様子の宮之原佑が現れた。

平岡が宮之原と直接顔を合わせるのは、事件の直後に鷲尾家で会って以来だから二度目である。

大野と杉本明日香が宮之原の娘、オギワラハルナから思いがけない情報を得た翌々日、十九日金曜日午前十一時――。

平岡たちは、今、東村山の宮之原家で早苗と対面している大野たちと連携して、宮之原が役員をしている新宿の警備保障会社を訪ねたのである。

宮之原は全身に警戒の鎧をまといながら、予告なしに勤務先を訪ねてきたのが何度か会っている大野と明日香でないためか、その表情の奥には訝るような色が覗いていた。

それでも、平岡たちが立ち上がって「突然お邪魔して申し訳ありません」と挨拶すると、

「ま、お掛けください」

一見、鷹揚な素振りで応えた。

それから自分も前に腰を下ろし、

「私に何か尋ねたいというお話ですが、私は、知っていることはすべて大野刑事さんたちに話しています」

平岡が話を切り出す前に自分から口を切った。「それ以上、私から何を聞きたいと言われるんでしょう？」

「他でもありません。鷲尾さんが殺害された先月十二日の夜九時頃、どこにおられたのか、伺いたいんです」

平岡も前置きなしに本題に入った。

「それは、事件の翌日、刑事さんに訊かれて話したじゃないですか」

「もう一度伺いたいんです」

「何度訊かれても同じですよ。東村山の自宅にいたんです。八時半頃家へ帰って風呂に入った後、妻と二人で簡単に妻の誕生祝いをし、その後は適当に新聞やテレビを見て、十二時少し過ぎには布団に入って寝みました」

「訂正されるところはありませんか？」

「ありません。今の話は、大野刑事さんたちが妻に当たり、間違いないことを確かめられているはずです」

「実は、今回、奥さんはあれは間違いだったと訂正されたんです」

「今回？」

と、宮之原が目を剝いた。「何を馬鹿な……。妻がそんなことを言うわけがない。あんたは私を騙すつもりか」

「騙すなんて、とんでもない」

と、平岡は顔の前で手を振った。

「じゃ、いったい……」

「少し前、大野と杉本の二人が東村山のお宅を訪ね、奥さんに話を聞いたんです」

その結果が、新宿まで来て待っていた平岡と長谷川のもとに届いたのだ。それを聞いたから、平岡たちは宮之原を任意同行すべく、勤務先に彼を襲ったのである。

当然ながら、早苗も、進んで前言を取り消したわけではない。

大野と明日香は、オギワラハルナから早苗のクラス会の情報を得た後、早苗の出身大学を調べ、彼女と同じクラスだった者を突き止めた。そして、先月十二日の晩、新宿のKホテルで確かにクラス会が開かれたこと、早苗は二次会が散会した十時近くまで旧友たちと一緒にいたこと、を調べ上げた。

その上で、今日宮之原家を訪ねたため、早苗も、その晩夫が帰宅したとき家にいなかった事実を認めざるをえなかったのだ。

が、彼女はそれを認めながらも、自分が帰宅したとき夫はすでに食事も入浴も済ませており、八時半頃に帰ったというのは間違いないはずだ、と主張した。

それでは、なぜ初めからそう話さず、自分が家にいた八時半頃夫が帰り、それからずっと一緒にいたと嘘をついたのか、と大野と明日香が追及した。

夫がそうしてくれと言ったからだ、と早苗は答えた。鷲尾さんが殺された事件に自分は関係ないが、アリバイがないというだけで疑われたら面倒だから、警察に訊かれたらそのように答えてくれ、と夫に頼まれたのだという。

ただ、夫に頼まれたからといって、自分は無条件に言われたとおりにしたわけではない、夫を信じていたからだ、と早苗は強調した。一見豪放に見えても本当は気の小さい夫に、殺人などという大それたことができるわけがない。ましてや、相手は夫がもっとも尊敬し、世話になってきた高校の先輩である。夫が所長にまで出世できたのは偏（ひとえ）に鷲尾の引きがあったからであり、それは夫が一番よく知っている。そんな大恩人の命を奪うなんて、天地がひっくり返ってもありえない。

　自分は今でもそう信じているし、そのときもそう思ったから、夫に頼まれたとおりにしたのだ、と早苗は言ったのだという。

　奥さんは大野、杉本両刑事に対し前の証言を取り消したのだ、と平岡が言うと、

「それなら、妻に訊いてみる」

　宮之原が言って、ポケットからスマートフォンを取り出した。

　が、彼が自宅の電話か早苗の携帯電話を呼び出す前に、

「電話されても無駄ですよ」

　平岡は告げた。

「ど、どういう意味です？」

　宮之原がスマホから顔を上げた。怒った声ながらも、視点の定まらない目は明らかにうろたえていた。

「奥様は自宅におられませんし、スマートフォンは大野刑事たちがあずかって電源を切っ

てあるからです」

「あんたらは妻に何をしたんだ?」

宮之原が声を荒らげた。

「手荒なことは一切していませんから、ご安心ください。もう一度あらためて話を伺うため、大野、杉本両刑事と一緒に自宅を出て本駒込署の捜査本部へ向かっているところです。もちろん奥様の同意のうえです」

「妻が警察へ……?」

「というわけで、あなたにもこれから捜査本部までご同行いただき、今あなたの言われたことと奥様が訂正されたこと、どちらが事実なのかをあらためて検証させていただきたいんです」

「嫌だと言ったら?」

「いずれ逮捕状を持って伺いますので、社員たちのいる前で拘束し、連行することになるかと思います」

平岡は脅した。

虚偽のアリバイを主張していたとわかり、宮之原が鷲尾を殺害した可能性は非常に高くなった。とはいえ、彼の犯行を裏付ける証拠がないため、現段階での強制捜査は難しかったが……。

宮之原にはそれがわかっているのだろう、

「逮捕状？　いったい、私が何をしたと言うんです？」

と、強気に出た。「たまたま鷲尾さんの殺されたときの所在をはっきりさせられないからといって、あんたらは私が鷲尾さんを殺したと考えているのか？」

「所在をはっきりさせられない？　ということは、先月十二日、八時半に帰宅して奥さんとずっと一緒にいたというのは嘘だった、と認められるわけですね」

とにかく平岡は一歩ずつ前へ進むことにした。

「八時半に帰ったのは事実だ。ただ、妻がまだ帰っていなかったので、それから妻が帰ってくるまでは一人でいた」

「その話が事実だと証明するものはありますか？」

「そんなものはない。いつどこにいたかをはっきりさせられるようにして暮らしているわけじゃないんだから、なくたって不思議はないだろう」

「だったら、なぜ初めからそう言わなかったんです？」

「妻も大野刑事たちに話したと思うが、疑われたら面倒だからだ」

「おかしいですね。鷲尾さんが殺されたからといって、あの時点であなたを疑う者など誰一人いなかったはずなのに」

宮之原は鷲尾のおかげで刑務官として実力以上の出世をした。だから、彼にとって鷲尾は大恩人であり、間違ってもその命を奪うわけがない。

それは、二人の関係を知る者たちから話を聞いた警察の認識でもあった。

「それとも、それは我々の調べが甘かったからで、あなたには疑われておかしくないような事情があったんですか？」

「ない。そんなもの、あるわけがない」

「だったら、奥さんまで巻き込んで嘘の話を作り、偽アリバイを主張したのはどう考えてもおかしいでしょう」

「今考えればそうかもしれない。だが、そのときは疑われたら面倒だなという気持ちが先に立ち、つい妻に口裏を合わせるように頼んでしまったんだ」

「宮之原さん、あなたは警察を甘く見ているようですね。当時は、確かに鷲尾さんと親しかったあなたを我々はほとんど疑わなかった。だが、その後、あんたが鷲尾さんのために、元部下の金末聡を使って向ヶ丘レジデンスに篠原美優の部屋を借りてやったことをつかんでからは違う」

平岡は宮之原を睨めつけ、語調を強めた。「あの晩鷲尾さんがどこへ行こうとしていたのか知らなかったとあんたの言っていたのが嘘だ、とわかったからだ。それからは、あんたと鷲尾さんの間には表からは見えない何かがあると睨んで、我々は調べを進めた。そして、あんたが北九州拘置所の総務部長だったとき、鷲尾さんと共謀して……あんたは鷲尾さんに頼まれて断れなかったのかもしれないが、何をしたか、つかんだんですよ」

「鷲尾さんと私がいったい何をしたというんだ？」

宮之原は反問したが、目には不安げな影が色濃かった。

「それを、本部へ行って、あんたの口から聞きたいんです」

「私は、警察で話さなければならないようなことなど何もしてない」

「それならそれで、私たちのつかんだことが誤りだと具体的に指摘してもらいたい」

「そんな気はないと言ったら？」

「私たちに何度も嘘をついたあんたには、その義務があるはずだ」

「義務？　そんなもの、あるわけがないだろう」

「では、どうしても同行を拒否される？」

「当然だ」

「そうなると、あんたに頼まれて嘘をついた奥さんだけがその責めを負うことになりますが、それでいいんですね？」

早苗を人質に取るようなことはしたくないが、やむをえない。

「つ、妻に何をする気だ？」

宮之原の顔が引きつった。

「嘘をつかれた事情をもう一度詳しく伺うだけですよ」

平岡は殊更に穏やかな調子で答えた。「ですが、当然見えると思っていたあんたが来ないとわかり、奥さんはさぞかし心細いでしょうね」

宮之原は何も言わない。

苦しげな顔をしてしばし考えているようだったが、

「わかった。それじゃ、行くだけは行こう」

と、同行に同意した。

4

平岡たちは、それから宮之原を本駒込署へ同行し、大野と杉本明日香と交替で、夜八時過ぎまで尋問を続けた。捜査本部がこれまでに手に入れた情報や突き止めた事実、それらから組み立てた《事件の構図》をぶつけ、責め立てた。

が、いかんせん、証拠がない。

島淵が自分こそ堀田事件の犯人だと書いた手紙にしても、森下を使って島淵を自殺に見せかけて殺したことにしても、その事実に気づいた滝沢が、従弟の仇をとるべく宮之原に接近したことにしても、そして、滝沢に脅され、鷲尾を春木神社に待ち受けて殺害したことにしても……。

それは致命的だった。

これまで宮之原を守っていたアリバイの壁が崩れたことで、厳しく追及すれば落とせるにちがいないと平岡たちは考えたのだが、甘かった。宮之原は「たまたまアリバイがなかったからといって、私が鷲尾さんを殺害するなんて、太陽が西から昇ったってありえない！」といかにも呆れたように言い、もしそれでも私がやったというのなら証拠を見せてもらいたい、と居直った。

というわけで、平岡たちは、これは長い闘いになりそうだなと話し合い、その日は八時を十五分ほど過ぎたところで尋問を打ち切った。

平岡は長谷川を宮之原のもとに残して取調室を出ると、津山と盛永のいる部屋へ行き、大野、杉本明日香とともに経過を報告。その後――早苗は夕方、自宅へ送り届けてあったから――長谷川と一緒に宮之原を東村山まで送った。

彼らの乗った車の後には別の覆面パトカーが続き、そこに乗っていた戸山、谷川の両刑事は、平岡と長谷川が本部へ帰った後も宮之原家の玄関が見通せる場所に残った。

逃亡のおそれはないだろうと思ったが、万一の場合を考えての監視である。

その晩は久しぶりに自宅へ帰って寝た平岡は、翌朝、枕元に置いておいたスマートフォンの呼び出し音で起こされた。

反射的に時刻を見ると、六時十二分。

発信者は、本駒込署の柔道場に泊まったはずの長谷川だった。

ということは、何か緊急事態が発生したのだろうか。

平岡は一気に半覚醒（かくせい）の状態から引きずり出され、上体を起こした。

「もしもし……」

と応答するや、「部長！」という長谷川の緊張した声が耳に飛び込んできた。

「何だ、何かあったのか？」

平岡の脳裏を、もしかしたら宮之原が逃亡したのでは……という思いが掠（かす）めた。

しかし、それは違った。

「宮之原が死にました」

と、長谷川が言った。「朝、浴室で首を吊っていたのを奥さんが見つけたのだそうです。たった今、戸山さんから本部に電話が入りました」

5

宮之原佑の死の翌々日、二十二日――。

明日香と大野は、朝の捜査会議が終わった後、宮之原家に来ていた。

解剖の済んだ宮之原の遺体は昨日自宅へ帰っていたが、明日香たちの訪問はそれとは関係がない。

宮之原が死んだ後、早苗から借りた彼のスマートフォンと携帯電話会社を調べたところ、本駒込署での事情聴取を終えて平岡たちに送られて帰宅した晩、つまり自殺する前夜の十一時過ぎ、滝沢から彼のもとに電話がかかり、十七分ほど話している事実が判明した。

宮之原が自殺したと聞いたとき、前日彼を取り調べた明日香や平岡たちは、〈なぜ？〉と首をひねった。宮之原は、警察に自分を追い詰めるだけの証拠がないのを知って、最後は余裕の色を見せていたからだ。

そこにもたらされたのが、〝宮之原が自殺する前夜、滝沢から電話がかかっていた〟という事実である。鷲尾が殺される前後に、滝沢と宮之原が頻繁に電話で交信していた事実も同時に判明したし、宮之原が死亡する前夜のその電話が彼の自殺に関係している可能性は極めて高い、と睨んだ。

そこで今日、その電話がかかってきたときの様子や話していた内容について早苗が何か気づくか耳にしていないかと思い、宮之原家を訪ねたのである。

早苗から事情を聴く前、明日香たちは宮之原の遺体に焼香させてほしいと申し出た。

早苗は、夫と自分が嘘のアリバイを主張していたことを知っているからだろう、悔しげな表情をしながらも応じたが、長男と長女は、父親が自殺したのは警察のせいだと非難し、明日香たちの焼香を拒否した。

明日香たちにももちろん言い分があった。特に厳しい取り調べをしたわけでもなく、もし潔白なら自殺に逃げる必要などまったくなかったはずだからだ。が、敢えて反論しないでいると、早苗が取りなし、遺体が安置された部屋に案内してくれた。

明日香たちは祭壇の前に座って焼香し、両手を合わせてから（明日香は頭の中で恨み言を言わなかった代わり、祈りの言葉も唱えなかった）、後ろに待っていた早苗の方に向き直り、話を聞いた。

まず大野が、亡くなる前の晩の十一時過ぎ、宮之原のスマートフォンにどこかから電話がかかってこなかったかと尋ねると、早苗がほんの一瞬、記憶を探るような表情をしたが、

「ええ、かかってきました」

と、すぐに答えた。

肝腎（かんじん）な点はこれからだが、とにかく第一関門を無事に通過したのだった。

「誰からの電話だったかわかりますか？」

時間からいって滝沢からの電話だったのは間違いないが、大野が早苗の認識を問うた。

「さあ、そこまではわかりません」

と、早苗が答えた。

「ご主人が電話に出たとき、奥さんは近くにおられたんでしょうか？」

「いえ、主人が居間のソファで話しているとき、風呂から出てきた私が後ろを通りがかったんです」

「そのときのご主人の様子と耳に入った言葉があったら、教えてくれませんか」

「何だか怒っているようでした。私が入って行ったとき、『約束したじゃないか！』と怒鳴るように言ったのを覚えています」

「その後は？」

「相手の方が約束なんかしていないと応えたのか、『今更そんな嘘をつくのか。あんたが確約してくれたから、私は……』主人はだいたいそんなふうに言いかけたところで私に気づき、ハッとしたように口を噤んでしまいました。そして、私に出て行くように手振りで指示したんです」

「それで、奥さんはそのとおりにされた？」

「はい」

「そうすると、その後、ご主人がどんな話をしたのかはわからない？」

「わかりません。居間を出て行ってからも気になって、耳を澄ましていたんですが、主人は声を低めてしまいましたし」

「では、時間はどうでしょう？　奥さんが居間を出て行かれてから、ご主人はどれぐらい話していたようでしたか？」

「かなり長い時間だったので、少なくとも十分以上は……あ、いえ、十五、六分は話していたんじゃないかと思います」

「その具体的な時間は、どこから出てきたんでしょう?」

「私が風呂から上がったときが十一時十分でした。そして、主人の電話が終わったらしいと思って時計を見たら十一時半になるところだったんです。その間に私は居間へ行って出てきたんですが、その時間が精々四、五分ではなかったかと思われるからです」

つまり、早苗は、自分が居間から出てきたのは、十一時十四、五分頃ではないかと言っているのだった。

それから十一時半までなら、確かに十五、六分になる。

電話会社で調べた滝沢と宮之原のそのときの通話時間は、十一時十二分二十四秒から二十九分四十五秒まで十七分二十一秒間。

それと照合しても、早苗の記憶はかなり正確だった可能性が高い。

とすると、宮之原が滝沢に対して「約束したじゃないか!」と怒鳴るように言ったのは、二人が話し始めて間もない頃だったと考えられる。

それから十五、六分間、二人はどういう話をしたのだろうか。

それを知っているのは今や滝沢しかいない。

その話し合いの中で、宮之原は滝沢に引導を渡された可能性が高いが、その内容は不明である。

だいたい、宮之原には、島淵殺しはもとより鷲尾を殺したという証拠もない。それなのに——滝沢にどう言われようと——なぜ急に自ら命を絶ったのか。

それを考えるヒントが、宮之原が電話で言ったという「約束したじゃないか！」「今更そんな嘘をつくのか。あんたが確約してくれたから、私は……」という言葉だと思うが、何を約束したのかがわからないではどうにもならない。

「ご主人の電話が終わった後、奥さんはどうされましたか？」

大野が質問を継いだ。

「居間へ行き、誰からかかってきた電話か尋ねました。でも、主人はおまえの知らない人だと言っただけで教えてくれなかったんです」

と、早苗が答えた。

「そのときのご主人の様子について伺いたいんですが、電話がかかってくる前と比べて変わったところが見られましたか？」

「はい。顔は真っ青で、暗い目をして、非常に深刻そうな表情をしておりました。それで私は、電話の人と何か揉め事でもあったのではないかと思い、いろいろ尋ねたのですが、たいしたことじゃないからおまえは心配しなくてよいと言うだけで、何も答えてくれなかったんです」

「その前、警察から帰ったときはどんな様子だったんですか？」

「そのときも青い顔をして緊張している様子でしたが、お風呂に入って軽くビールを飲んでいるうちにいつもの主人に戻り、鷲尾さんが殺された事件に自分は関係ないし、もちろん証拠もないから、心配は要らない、と言っていたんです」

「実は、その晩、ご主人が話していた電話の相手は滝沢氏だったんですが、そう聞いて何か思い当たることはありませんか？」

「えっ、滝沢さんだったんですか！」

早苗が驚いたような顔をし、「そうだとしたら、主人はなぜ知らない人だなどと嘘をついたんでしょう？」

「もちろん私たちにもわかりません」

と、大野が答えたが、明日香たちにはおおよその想像はついている。

ただ、想像はついていても、宮之原が妻に嘘をついた奥にある核心部分と、滝沢が電話で宮之原に〝何を言ったのか〟という点はわからなかった。

明日香たちは早苗に礼を言って宮之原家を辞去し、大野が本部に報告を入れてからバスに乗った。

盛永警部から大野に電話がかかってきたのは、明日香たちが久米川駅で新宿行きの急行に乗って十五分ほどしたときである。

鷲尾を殺した凶器と思われるナイフとロープが見つかったので、高田馬場に着いたら戸塚南警察署へ行くように、と指示してきたのだ。

まさに急転直下の展開だった。


戸塚南署は、高田馬場駅から歩いて十分ほどの西早稲田にあった。

明日香と大野が受付で名を言って四階の刑事課のフロアへ上がって行くと、小会議室といった感じの部屋に、たった今着いたばかりだという平岡と長谷川が戸塚南署の刑事課員らと待っていた。

問題の物が置かれた長テーブルの向こうとこちらに、みな立ったままである。

大野と明日香が待たせたことを詫びると、テーブルの奥にいた頭の禿げた五十年配の男が、刑事課長の渋井と名乗り、

「それじゃ早速だが、これがリュックとその中身だ」

と、いきなり本題に入った。

テーブルにアルミシートが敷かれ、その上には中型の黒いリュック、黒のウインドブレーカー、黒い革手袋、麻とナイロンの混紡らしい太さ一・二、三センチのロープ、それに血液と思われるどす黒い汚れがこびりついている刃渡り十三、四センチ、全長二十四、五センチのアウトドア用ナイフが載っていた。

「コインロッカーの管理をしているユー・エス・エスさんから、利用可能期限を過ぎた荷物の中に、血らしいものが付いたナイフの入ったリュックがあった、という通報を受けたとき、うちの課員の一人が、もしかしたら鷲尾検事長を刺した凶器ではないか、と言い出した」

渋井課長が説明を継いだ。「もちろん、そちらの本部から凶器に関する手配書が回ってきていたからだ。それで、とにかくユー・エス・エスさんに問題のリュックを持ってきてもらい、中身を調べてみた。ナイフはウインドブレーカーでぐるぐる巻きにされていたので、開いて取り出したが、素手では触れていない。どこかに衣類の繊維や髪の毛が付着していたとしても、外には落としていないはずだ。ただ、うちが調べる前に、ユー・エス・エスさんもリュックの中身を一度全部外に出して調べたそうだから、そこで微少なものが紛失した可能性はないではない。

いずれにしても、そのナイフと、一緒にリュックに入っていたロープが検事長殺害に使われた凶器かどうかはまだはっきりしないが、あとはそちらで付着している血液などを鑑定し、調べてもらいたい」

渋井課長はそこで一度言葉を切ると、次はリュックがどういう経緯でここにあるかの説明に移った。

それによると、リュックが見つかったのは、本日の正午過ぎ。高田馬場駅から二百メートルほど離れた裏通りにあるコインロッカーの中だという。

そこは、飲食店の裏側の軒下に設けられた、全部で二十四個のロッカーしかない小規模の施設で、専用の外灯もなければ、防犯カメラも設置されていない。ただ、その分料金が安く、しかも駅構内にあるコインロッカーの利用可能期限がほとんど三日であるのに対し、二日も長い五日。つまり、あずけた日を入れて五日までの間なら、いつでも——あずけたときは一日分の料金しか払っていないので、超過した日数分の料金を払わなければならないが——荷物を取り出せるのだという。

では、五日を過ぎたら、荷物はどうなるのか。

管理会社のユー・エス・エスが別の場所へ移し、最長三十日間保管するが、その前に、中に生ものや、爆発や引火の恐れのあるものなどがないかどうか、中身を調べる。

今日、その段階で、リュックに入っていた血らしきものの付いたナイフが見つかり、警察に届けられたのだという。

そこから逆算すると、黒いリュックがコインロッカーに入れられたのは、今日二十二日の五日前、四月十七日だったことになる。

鷲尾が殺されたのは先月の十二日だから、一カ月以上も経っている。

だから、犯行後、犯人が逃げる途中で入れたままのものだとは考えられない。

ということは、今、目の前にあるナイフとロープは鷲尾を殺した凶器ではないのだろうか。

もちろん、その可能性もゼロではないが、ナイフとロープがそろっていたという符合を考えると、やはり明日香たちの捜していた凶器である可能性が高い。

また、高田馬場なら、宮之原が東村山の自宅へ帰る経路にあたっている。犯行現場からある程度離れた、公園の公衆トイレのような場所で、犯行時に着ていたウインドブレーカーを脱ぎ、それでナイフをくるんでロープと一緒にリュックに入れ、高田馬場まで来た、と考えれば、辻褄(つじつま)が合う。そして、リュックを自宅へ持ち帰るのは危険なので、後で取り出して処分するつもりで、前もって調べておいた防犯カメラの付いていないコインロッカーに入れた――。

しかし、その場合、宮之原は五日前の今月十七日まで、何度も――五日間という期限内に一回ずつ――ロッカーを開けて精算し、鍵を掛け直していたことになる。

明日香たちが早苗を追及して宮之原のアリバイを崩し、同時に平岡たちが宮之原を本部へ同行したのが先週の金曜日、十九日。そして、宮之原が自宅で首を吊って死亡したのが翌二十日である。

だから、十七日なら、宮之原はまだ自由の身だし、ロッカーの鍵の掛け直しが可能だった。ところが、昨日二十一日までに、彼はもう一度鍵を開けて掛け直さなければならなかったのに、十九日に警察の監視下に置かれたため、それができなくなった。

そう考えれば、リュックは、犯行直後に宮之原がコインロッカーに入れたものだった可能性はある。

だが、明日香は、その可能性は低いのではないかと考えていた。

ナイフとロープが犯行に使われた凶器なら、犯人の心理として、その証拠になる危険な品を一カ月以上もコインロッカーに——何度も精算し直す手間をかけて——保管しておくだろうか。犯行の晩は、取り敢えず帰り道にあるコインロッカーに隠したとしても、最初の期限が来る五日以内に取り出し、処分した可能性が高い。ナイフは、現場から離れた水量がたっぷりある川にでも捨て、ウインドブレーカーとロープは適当に切って家庭ゴミに混ぜるか、山の中に穴を掘って埋めてしまえばいいのだから。

では、今日見つかったナイフとロープが鷲尾殺しに使われた凶器だったとして、それらが高田馬場にあるコインロッカーから出てきたのは、どうしてか？

宮之原以外の誰かが意図的にそうなるように仕組んだ可能性が高い、と明日香は思う。

——誰か？

明日香の頭に浮かんでいるのはもちろん滝沢だった。

宮之原が自殺した前夜、滝沢から彼に電話がかかっていたと知ったとき、明日香と大野は、宮之原だけでなく自分たちも滝沢に手玉に取られているのではないかと思い、愕然（がくぜん）とした。

というのは、自分たちが宮之原のアリバイを崩し、彼を容疑者として本格的に取り調べるきっかけになったオギワラハルナの電話――あれも滝沢が仕組んだにちがいない、と気づいたからだ。

そうして、今日、早苗に話を聞くと、宮之原は死の前夜の電話で、「約束したじゃないか！」「今更そんな嘘をつくのか。あんたが確約してくれたから、私は……」といった言葉を滝沢に対して投げつけていたという。

あの言葉の中の「約束」が、宮之原に代わっての凶器の処分だったと考えると、すべてが繫がる。

宮之原は、自分がコインロッカーに入れた凶器の処分を滝沢が「確約」してくれたと信じていた。つまり、警察は自分が鷲尾を殺した証拠を手に入れることはできない、と考えていた。そのため、平岡や明日香たちに追及されても強気でいられた。

だが、それは滝沢の策略であって、彼は初めから《宮之原の犯行の証拠》が警察の手に渡るようにするつもりでいた。

ただ、宮之原がそのことを知るのは、警察が《証拠》を手に入れ、彼を逮捕してからでは遅い。それでは宮之原の自由が制限され、彼を自殺に追い込めないからだ。滝沢としては、自分のアリバイが成立し、逆に宮之原のアリバイが崩れた後で、しかも宮之原がまだ警察に捕らわれる前に、彼にそれを知らせる必要があった。

滝沢は、まさに計画どおりのタイミングで宮之原にその通告をし、生きて殺人犯として逮捕されるか、それともその前に自分で始末をつけるか、という二つの選択肢を突きつけたのだ。もし前者を選べば、妻や子は宮之原が生きているかぎり辛く苦しい日々を生きなければならなくなるが、一方、後者を選べば、いっとき世間から冷たい目で見られても、事件の記憶は急速に風化していく、〈さあ、どちらを選ぶ？〉と言って。

もちろん、宮之原が前者を選び、滝沢に脅された事実を洗いざらい警察にぶちまける可能性もあった。自分は従犯だと強調して。

もしそうなれば、滝沢も殺人教唆の罪——正犯と同じ刑——に問われるおそれがあっただろう。

が、滝沢には、たとえ警察に取り調べられても、〝鷲尾殺しに関わった証拠はどこにも残していないので逃げ切れる〟という自信があったのではないか。

いや、その前に、彼は、宮之原が自分との関わりを明かすことはないと確信していた可能性が高い。もし明かせば、〈自分は、あんたが鷲尾と共謀して、森下裕次を使って島淵を殺させた事実を明らかにする〉と脅して。そうなれば、あんたは大恩人である鷲尾の前代未聞の犯罪を白日の下に晒すことになるが、それでもいいのか、と。

宮之原が滝沢に脅されたとぶちまけた場合のリスクはそれにとどまらない。鷲尾に加えて島淵も殺したことが明らかになれば、死刑になる可能性が低くない。

渋井刑事課長の説明が終わるのを待って、明日香と大野は平岡たちと話し合い、二手に分かれた。

平岡と長谷川は、ナイフやロープ、ウインドブレーカーを早急に鑑識へ回すため、それらをリュックに収めて本部へ持ち帰り、明日香と大野は新宿にあるユー・エス・エス社へ向かった。

明日香たちは、ユー・エス・エス社ではコインロッカーからリュックを取り出したという四十年配の男に会って事情を聴き、その後、彼の案内でロッカーが設置されている現場へ行ってみた。

しかし、渋井課長の説明以外には、ロッカーから半径約百メートル以内のどこにも防犯カメラが設置されていないということがわかっただけだった。

6

ゴールデンウィークも過ぎた五月八日の午後、津山は警視総監室に来ていた。

前にここへ来たのは四月九日だから、およそ一カ月ぶりである。

テーブルを間にして前と左右のソファに掛けているのは、米原、堀内の正・副警視総監、島刑事部長、沢田捜査一課長と、前回の顔ぶれと同じだ。

津山が着くとすでに全員がそろっていて、「ご苦労だったね」と米原が労い(ねぎら)の言葉をかけてきたが、津山の心中は複雑だった。

今日の昼前、容疑者死亡で書類を検察庁へ送り、《東京高検検事長殺人事件》の警察における捜査は終了した。

容疑者の宮之原佑が先月二十日に自殺してしまったからである。

捜査一課長の沢田だけは津山のわだかまりがわかっているからだろう、硬い表情をしていたが、他の三人は逆にどこかすっきりとしたような顔をしていた。

宮之原が死んだ二日後、高田馬場のコインロッカーから出てきたリュックには、ウインドブレーカーにくるまれた血の付いたアウトドアナイフが入っており、ウインドブレーカーには数本の毛髪が付着していた。

それらのＤＮＡ鑑定の結果、血は鷲尾淳夫のもの、毛髪は宮之原佑のもの、と判明した。またその後、リュックに入っていたナイフと同型のアウトドアナイフを宮之原が今年の一月に通販で購入していた事実も明らかになった。

それにより、鷲尾を殺した犯人は宮之原佑であることがほぼ確実になった。

だが、リュックをコインロッカーに入れたのが宮之原だったとすると、それをそのままにして自殺した、というのは不可解である。そもそも、自分の犯行を示す証拠の品を一カ月以上も処分しないで置いておいた、というのは不自然だった。

と考えると、それをしたのは宮之原ではなく、彼を脅していたと思われる滝沢にちがいない、と津山たちは推断した。

しかし、滝沢は非常に巧妙に行動してきたらしく、証拠がなかった。彼は、宮之原とは電話でしょっちゅう話していたし、時々は自宅を訪ねてもいたが、脅していたなんてとんでもない、そう言って事件との関係を否認した。

津山たちは、宮之原が鷲尾を殺した動機は、二人が森下刑務官を使って島淵透を殺したことに起因していると考えている。宮之原はその事実をネタに滝沢に脅され、やむをえず大恩ある鷲尾を殺害したのだろう、と。

が、森下が島淵を殺したという証拠がないうえ、宮之原がその点に一切触れずに死んでしまったため、そこから滝沢を問い詰めることもできずにいた。

つまり、津山たちは、重要な容疑者を死なせてしまったため、真相の究明を不可能にしてしまったのだった。

まだ宮之原の犯行を裏付ける証拠がなかったにもかかわらず、彼が自殺したのは、予想外であった。部下たちも誰一人として、あの段階で宮之原が自殺しようとは考えていなかったようだった。とはいえ、指揮官の津山としては、心のどこかに油断があったのではないかと思い、自分の甘さを恥じるとともに強い責任を感じていた。

ところが、米原総監をはじめとする最高幹部たちの思いは違うようだ。沢田課長から伝わってきた情報によると、彼らは逆にほっと胸を撫で下ろしているらしい。

その理由はわかっている。津山たちが宮之原を厳しく追及し、宮之原が事件の裏に隠されていた真相——鷲尾と宮之原が森下を使って島淵の口を封じたこと、ひいては、鷲尾が赤江修一の死刑執行を意図的に早めたこと——を明かした場合、大事になるからだ。

宮之原が自供したからといって、それを公にするかどうかは別問題である。捜査の前線にいる津山たちが記者会見をして発表しようとしても、米原たち幹部は、鷲尾が赤江修一の死刑執行を意図的に早めた点については、証拠があるわけではないのだから触れないように、と釘を刺した可能性が高い。法務省と検察庁からの直接、間接の働きかけを受けて。

しかし、宮之原が生きているかぎり、真実を隠し通せるものではない。いずれ裁判が始まるし、マスコミは様々な角度から事件の〝深層〟を探り出し、報じるだろう。

そうなったら、法務省と検察庁は日本中から批判と非難の集中砲火を浴び、死刑制度の存続さえ危うくなる。

ところが、宮之原が何も語らずに死んでしまったため、法務省と検察庁はその責めから逃れ、米原たちは何ひとつ行動することなく、彼らに恩を売ったかたちになったのだった。

容疑者が死んでしまったからには、警察から検察庁に送られた書類に何が書かれていようと、その内容が表に出ることはない。もちろん死者が起訴されることもない。それでも、ネットや週刊誌などは様々なかたちで事件を取り上げ、その中には核心を突いた推理、論評もあるかもしれない。とはいっても、滝沢が語らないかぎり――彼は口が裂けても語らないだろう――、証拠はどこにもないはずだから、じきに人々の記憶から薄れ、消えていくだろう。

津山は、島刑事部長に促されて、これまでの経過をあらためて説明した。

米原たちが一番気にしていたのは、津山が想像していたとおり、鷲尾が赤江修一の死刑執行を意図的に早めたというのは事実か否か、という点だった。須永弁護士たちの、さらには津山たちの想像にすぎないのではないか、というのである。

今更、証拠を見つけるのは困難だし、想像ではないかと言われれば、そうだと答えざるをえない。

だが、その想像には大きな根拠がある。もしそれが事実ではなかったとなると、〝宮之原が滝沢に脅されて鷲尾を殺した〟という事件の核心が崩れてしまい、〝宮之原には鷲尾を殺す動機も、自殺する動機もなかった〟ということになってしまう。

だから、宮之原が鷲尾殺しの犯人であるかぎり――凶器のナイフ等の証拠からこれは疑いないだろう――、〈宮之原は、鷲尾と共謀してあるいは鷲尾の意を受けて、森下を使って島淵を殺させた〉のであり、〈どうしても島淵の口を封じなければならなかった鷲尾は、になるのだ。

津山がそう話すと、

「そうか、わかった」

と、米原が重々しい口調で応じ、他のメンバーも硬い顔でうなずいた。

みな一様に深刻げな表情だが、それは必ずしも彼らの胸の内を映したものではないのではないか、と津山は勘ぐった。

もっと意地悪な見方をすれば、米原などはできれば祝杯でも挙げたい気分でいるのではないか、と思った。なぜなら、本来なら、重要事件の容疑者を自殺させてしまったというのは警察の大きな失点であるはずなのに、それによって、法務省と検察庁に大きな恩を売り、同時に彼らの弱みを握ったのだから。

一方、実際に捜査に携わった津山は、そうした気分にはとてもなれない。今回の結果は返すがえすも残念であり、指揮官として部下たちに対して責任を感じた。

宮之原という事件の全体を知る人物を、何も話さないうちに死なせてしまったため、自分たちの推理の正しさを事実と証言によって明らかにできなかっただけではない。裏で宮之原を操った滝沢の罪を問うことも不可能になってしまったのだ。

これは、すべて滝沢の読みどおりの展開だったのだろう。宮之原は自分に脅されていた事実をけっして話さない、滝沢はそう確信していたのだと津山は思う。宮之原にとって、それを話すことは、鷲尾とともに森下を使って島淵を殺した事実を告白するに等しい、だから、そうするぐらいなら彼は自分の命を絶つにちがいない、と。

その件とは違うが、事件が滝沢の描いた筋書に従ったものだとすると、鷲尾がナイフとロープという二つの凶器で殺されていた事実も、前に考えたのとは違う解釈が成り立つことに気づいた。

事件直後、津山たちは〈犯人はなぜ二種類の凶器を用意したのか?〉と多少不審に思いながらも、それは刃物で刺した後、相手が助けを呼んだりしないうちに首を絞め、確実に息の根を止めてしまおうとしたのだろう、と想像した。

だが、今は、ロープは絞首刑の象徴ではなかったか、と津山は考えている。滝沢は宮之原に鷲尾を絞殺させることにより、自分の手を直接汚すことなく赤江、島淵、森下の命を奪った鷲尾の〝死刑執行〟を暗示したのではないか、と。

以上は津山の個人的な想像なので、誰にも……部下たちにも話していない。が、滝沢が敢えて二種類の凶器を用意して宮之原に鷲尾を襲わせた理由としては、こちらの方が正しいような気がしている。

ただ、そうした推測の正否はともかく、津山にはどうしてもわからない点が一つあった。

犯行の動機である。

兄弟のように仲の良かった従弟を殺人者にした挙げ句、自殺に追い込んだ鷲尾と宮之原。彼らがどんなに憎かったとしても、一歩間違えば人生のすべてを失うかもしれない犯罪計画を立て、大きな時間と金とエネルギーを割いて、滝沢はなぜ、それを実行に移したのか——。

いくら考えても、その動機がわからないというか、納得がいかなかった。

滝沢を強く促した何かがあったはずだとは思うが、それを明らかにすることはたぶん叶わないだろう。

そう考えると、津山は悔しかったが、どうすることもできない。

彼は説明を終えると、

「長い間、ご苦労だった。しばらくはゆっくり休みたまえ」

という米原の言葉に送られ、警視総監室を出た。

終章　証人

2020年初春

須永は顔だけ洗うと、パジャマ姿でダイニングルームへ行き、テーブルの上に置かれていた朝刊を手に取った。

一面のトップは新型コロナウイルスの新しい感染者が二十一人出たというニュースだった。

このウイルスは感染力が非常に強く、中国の武漢(ぶかん)では患者が病院の外まで溢(あふ)れ、死者が道路のそこここに横たわっているらしい。

今後、日本でも同様のパンデミックが起きるのだろうか。

須永は、そんな不安が胸に萌(きざ)すのを覚えながらも、半分はどこか対岸の火事を見ているような思いで、社会面を開いた。

そこも、感染経路などを報じる新型コロナ関連の見出しが目立ったが、ほぼ中央に目当てのニュースが載っていた。

東京高裁が堀田事件の再審開始を決定したというニュースである。

その大きな見出しを見て、須永は万感胸に迫るものを感じ、思わず台所で朝食の準備をしている妻の名を呼んだ。

ひとみがガスレンジの火を止め、満面の笑みを浮かべて台所から出てきた。

「もう見たのかな……」

須永が目顔で新聞を指しながら訊くと、

「はい、起きて一番に」

と、ひとみが答えた。

「当然か」

「すぐにあなたに知らせようと思ったんだけど、もうわかっていたことだし、あなた、とても気持ちよさそうに眠ってらしたから」

「半分は起きていたんだけどね」

「ごめんなさい」

「いや、そんなことはどうでもいいんだが、こうして新聞に大きく載ったのを見ると、あらためて本当に決まったんだなと思い、つい感激してしまって」

「あなたはとても頑張ってくださったから。長い間、本当にご苦労さまでした」

ひとみが真剣な顔をして頭を下げた。

「べつに僕だけが頑張ったわけじゃない。ここまで来られたのは、赤江さんの無実を信じてくれた人たち、みんなの力だよ」

「それはそうだけど……」

「ただ、昨日も言ったように、検察側が最高裁に特別抗告するのはほぼ間違いない。だから、まだ手放しで喜んでいるわけにはいかないんだ」

「再審開始はまだ確定したわけじゃないということね？」

「そう。……あ、ただ、今言ったことと矛盾するようだけど、僕は特別抗告審でも必ず勝てると信じている」

最終的にそうなり、再審開始が決定すれば、被告人が死刑を執行された事件では初めてのケースとなる。それだけに、日本の司法制度、死刑制度を揺るがす〝大事件〟になるのは必至だった。

いや、問題はそれにとどまらない。赤江さんを起訴したのは鷲尾淳夫だったからだ。鷲尾が赤江さんの刑の執行を意図的に早めた疑いが、週刊誌やネットであらためて取り沙汰されるにちがいない。

荒木記者によれば、堀田事件の真犯人と考えられる島淵が、鷲尾と宮之原に操られた滝沢の従弟、森下刑務官によって殺された、その森下刑務官が良心の呵責に耐えきれなくなって自殺したため、滝沢が従弟の復讐を目的に宮之原に近づき、彼を脅して鷲尾を殺させた。警察はそう考えていた節があるという。

　ところが、宮之原が何も語らずに自殺してしまったから、警察は事件の真相に迫れなくなり、滝沢を見逃さざるをえなくなった。そのため、一線の刑事たちは悔しがっているが、上層部はむしろほっとしているのではないか――。

　それはともかく、東京高裁がどうして検察側の主張を退け、再審開始の決定を出したのかというと、須永たち弁護団が提出した犯人のものと思われる毛髪について川口教授がミトコンドリアDNA鑑定をしてくれた結果である。そのDNA型が、被害者の衣服に付着していた血液と同じDNA型であることが判明し、それによって、赤江さん以外の人間――毛髪の主――が犯人である可能性が高くなったのだ。

　新聞には詳しい経緯は載っていないが、毛髪のミトコンドリアDNA鑑定が行われたのは、滝沢が即時抗告審で弁護側の証人になり、森下の筆跡のわかるノートを提供してくれたからであるのは言うまでもない。

　ずっと証言を拒み続けていた滝沢がそれを承諾したのは、宮之原が自殺し、東京高検検事長殺人事件の捜査が終了して一月余り経った昨年の五月末だった。

　滝沢から須永に突然電話がかかり、まだミトコンドリアDNA鑑定は有効かと訊くので、須永がもちろんだと答えると、証人になってもよい、と言ったのである。

　須永は初め半信半疑だった。またぬか喜びに終わるのではないかと用心した。と、滝沢にはそんな須永の心の内がわかったのだろう、前に期待を裏切ったことを詫び、今度こそ間違いない、と言った。

須永の脳裏に、一昨年の夏、やはり突然滝沢から電話がかかってきた夜のことが浮かんだ。そのとき滝沢は、〝須永が自分を捜していると聞いたのに黙っていたら悪いと思ったから〟と言ったのだが、須永はいまひとつ腑に落ちなかった。そんな理由でわざわざ電話してくるだろうか、と。が、今、その疑問が解けたような気がしたのである。滝沢の中にはずっと、いつか須永たちの求めに応じてもいいという考えがあり、そのため、即時抗告審の進行状況をそれとなく探ろうとあの電話をかけてきたのではないか……。

堀田事件弁護団に届いた森下の二通の手紙に続けて、滝沢は森下の文字を真似て「三通目の手紙」を書き、送ってきた。そこからは、赤江さんの冤罪を晴らそうとした森下の決意を無駄に終わらせまいとする意思がはっきりと読み取れた。そのことを考えると、自分の想像は当たらずといえども遠からずではないか、と須永は思った。

「最高裁にいっても勝てるだろうという考えは、もちろんミトコンドリアDNA鑑定の結果があるからね」

と、ひとみが言った。

そうだ、と須永はうなずいた。

「証言してくださった滝沢さんに関しては、宮之原さんを脅していたんじゃないかとか、いろいろ言われているみたいだけど、本当のところはどうなのかしら？」

「僕にもわからない」

須永は、荒木に聞いた話は敢えてしなかった。滝沢を恩人だと思っているひとみが知る必要のないことだからだ。

「滝沢さんとは、今でも連絡を取り合っているの？」

「いや、一応新しい電話番号は聞いているけど、彼が九州へ行ってからは一度も話していない」

去年の秋、滝沢は東京を引き払って郷里の福岡へ帰ることにしたからと電話してきた。須永が滝沢と言葉を交わしたのはそれが最後だった。

「じゃ、今何をされているのか、わからない？」

「うん」

「そうか……」

ひとみがちょっと感慨深げにうなずいてから、「あ、そうだ、昨夜話すのを忘れていたけど、お祖母ちゃん、熱が下がって、おかゆを食べられるようになったんですって」と話を替えた。

「そうか、それは良かったね」

三、四日前、祖母がインフルエンザにかかったと聞いて、ひとみが心配していたので、須永もほっとした。

ひとみの祖母は去年の夏、須永たちが結婚する少し前、老人ホームに入居した。須永たちは結婚したら同居するつもりでいたのだが、祖母はひとみに負担をかけたくなかったらしい。ひとみには内緒で、半年ほど前から、祖父の遺族年金だけで暮らせる介護付き有料老人ホームを肇に探させていたのだった。

「だから、外をお散歩できるようになったら、私一度行ってくるわね」

祖母は、時々訪ねて行くひとみやひとみの母親と、ホームの近くを車椅子で散歩するのを楽しみにしているのだ。

「時間の都合がついたら僕も行くよ」

「ううん、あなたは無理しなくていいわ」

「無理はしないけど」

「でも、一緒に行けたら、私、嬉しいわ。それに、お祖母ちゃんは私と同じように面食いだから、あなたの顔を見たら、とっても喜ぶし……」

ひとみが、目に悪戯っぽい笑みを浮かべて須永を見つめた。

本書を書くに当たり、『死刑執行された冤罪・飯塚事件』（飯塚事件弁護団編　現代人文社）、『殺人犯はそこにいる』（清水潔著　新潮社）、『孤高の法医学者が暴いた足利事件の真実』（梶山天著　金曜日）、『刑務官』（坂本敏夫著　新潮社）、『元刑務官が明かす死刑のすべて』（坂本敏夫著　文藝春秋）、『絞首刑』（青木理著　講談社）、『死刑はこうして執行される』（村野薫著　講談社）、『DNA鑑定は魔法の切札か』（本田克也著　現代人文社）他、多くの書籍、新聞、インターネットのホームページ等を参考にさせていただきました。お断りするとともにお礼申し上げます。

著者

解　説

郷原　宏

いい小説とは何か？

昔からたくさんの作家がこの設問に答えてきました。たとえば国民作家吉川英治は、あるインタビューのなかで「いい小説とは、面白くて為になる小説です」と答えています。この「為になる」には、すぐに何かの役に立ったり利益になったりすること（だけ）ではなく、人生の指針といいますか、人間としての成長に欠かせない心の糧といったニュアンスが含まれているように思います。『鳴門秘帖』から『私本太平記』にいたる彼の作品自体が、何よりも雄弁にそのことを物語っているといっていいでしょう。

『父帰る』『忠直卿行状記』の作家菊池寛は、「文芸は実人生の地理歴史である」と言いました。ここにいう文芸とは小説と戯曲のことですが、これらの文芸には人間が生きてきた地理と歴史、つまり人生の経験や知恵がぎっしりと詰まっている。だから、あなたは文芸書をたくさん読んでいれば、人生の道を踏み外すことはありませんよという、いかにも出版社文藝春秋の創立者らしい読書のすすめです。これはもちろん、文芸には実人生に拮抗するだけのリアリティーがなければなりませんよという、若い作家に対する戒めのことばでもあったのです。

『樅ノ木は残った』『青べか物語』の作家山本周五郎は、こんな名言を吐いています。「文学には純文学もなければ不純文学もない。大衆小説もなければ小衆小説もない。ただ面白い小説とつまらない小説があるだけだ。面白い小説こそ、よい文学である」

これは大衆小説、すなわち今日のエンタテインメント文芸が純文学の下位にあると思われていた時代の文壇常識に対する反発のことばです。彼はその言のとおり、大方の純文学よりも面白くてしかも質の高い小説をたくさん残しました。

社会派推理小説の始祖、松本清張の口癖は「小説は面白くなければ小説じゃない」でした。ご存知のように、彼は『或る「小倉日記」伝』で芥川賞を受賞してデビューしましたが、その後はもっぱら時代小説、推理小説など、どちらかといえば直木賞系の作品を書きつづけました。山本周五郎の場合と同じく、彼の前には純文学と大衆小説の垣根は存在しなかったのです。

不肖この私もまた「小説は面白くなければ小説じゃない」「面白い小説こそ、よい文学である」と信じて疑いません。ですから、ある作品を誉めたつもりで「これは単なる推理小説ではない」などと書く無神経な評論家が嫌いです。この世に「単なる推理小説」などというものは存在しない。ただ面白い推理小説とつまらない推理小説があるだけです。そして面白い推理小説はそのままで「よい小説」であり、「すぐれた文学」なのです。

前置きが長くなってしまいました。それというのも、本書の著者深谷忠記氏が、以上の どの小説観に照らしても、すぐれて面白いエンタテインメントの書き手であることを知ってほしかったからです。もっとも、すでに本書を手にしているあなたにこんなことをいうのは釈迦に説法、余計なお節介だったかもしれませんね。

深谷氏が昭和六十一年（一九八六）に黒江壮&笹谷美緒シリーズの第一作『信州・奥多摩殺人ライン』を引っさげて颯爽と日本のミステリー・シーンに登場してから、今年（二〇二三）で三十七年になります。三十七年といえば、その年に生まれた赤ん坊が壮年になり、壮年が老年になる長い歳月です。歳々年々人同じからず。その間に人も変われば社会も変わりました。日本のミステリー史に限ってみても、社会派、新社会派、冒険小説、ハードボイルド、トラベル・ミステリー、新本格の時代をへて、いまは警察小説の黄金時代を迎えています。

この変動の時代のなかで、深谷氏はつねに国産ミステリーの最前線にあって、面白くてしかも質の高いミステリーを書きつづけてきました。その作品群はいまや「深谷ミステリー山脈」と呼ぶにふさわしい偉容を呈しています。

その山脈の主峰を形成しているのは、衆目の見るところ、前記の壮&美緒シリーズでしょう。このシリーズは平成三十一年（二〇一九）刊行の『ＡＩには殺せない　東京～出雲殺人ライン』で四十作に達し、いまや深谷ミステリーの、というより日本の本格ミステリーを代表するシリーズのひとつになりました。

とはいえ、深谷氏はシリーズ物だけを書いてきたわけではありません。壮＆美緒シリーズ、宇津木冬彦シリーズのほかにも、『落ちこぼれ探偵塾――偏差値殺人事件』（一八八二）、『ハムレットの内申書』（一九八三）といった教育テーマの作品があり、『０・０９６逆転の殺人』（一九八六）、『一万分の一ミリの殺人』（一九八七）といったノン・シリーズの秀作もあります。シリーズ物が連山だとすれば、これらの単発物はさしずめ独立峰ということになるでしょう。

独立峰のなかで忘れてならないのは、今世紀に入ってからほぼ年一作のペースで徳間書店からハードカバーの上製単行本として刊行されるようになった一連の長編です。『審判』（二〇〇五）、『毒』（二〇〇六）、『傷』（二〇〇七）『悲劇もしくは喜劇』（二〇〇八、のちに『偽証』と改題）、『殺人者』（二〇〇九）、『評決』（二〇一〇）、『無罪』（二〇一一）、『共犯』（二〇一二）とつづくこれらの作品群は、いずれも日本の刑事司法の不備や歪みを衝いた広義のリーガル・サスペンスですが、その重厚な作風とタイムリーな問題提起が軽薄な風潮に飽きた読者の心をとらえ、その年のベストミステリー・ランキングの上位を占めるようになりました。

本書『執行』は、その上製単行本による「独立峰」シリーズの一巻として、令和三年（二〇二一）八月に徳間書店から書き下ろし刊行されました。このシリーズの例に洩れず、本書もまた険阻な山道が複雑に入り組んでいて、軽装登山者の安易な登攀を拒みますが、それだけに読み終えて頂上に立ったときの達成感は何物にも代え難いという名峰中の名峰です。

東京・千駄木の神社の境内で男性の遺体が発見されるところから、この恐ろしい物語は幕を開けます。まもなく被害者は東京高検検事長、鷲尾淳夫と判明し、本駒込署に捜査本部が置かれます。鷲尾は次期検事総長を約束された司法界の大物ですから、捜査本部には警視総監も顔を見せ、百人を超す大捜査体制が敷かれますが、被害者はなぜその場所に来たか、彼がその時刻にそこにいることを知っていたのは誰かという、基礎的な謎さえ解明されないまま、捜査は早くも暗礁に乗り上げます。

この事件の五年ほど前、北九州市若松区にある北九州拘置所に勤務する滝沢刑務官は、同僚の森下裕次のために頭を痛めていました。裕次は滝沢より二つ年下の従弟ですが、実は滝沢が少年時代から密かに心を寄せてきた同性の恋人でもあります。

その裕次の夜間勤務中に、一審、二審で死刑判決を受けたあと最高裁に上告中の囚人島淵透が独居房で首つり自殺し、裕次が第一発見者になりました。福岡県警の調査で島淵の死に事件性はないものとされましたが、裕次はその責任を感じたらしく深刻なうつ状態になり、やがて自ら命を断ってしまいます。あとには妊娠中の恋人菜々などに宛てた三通の遺書が遺されていました。その日から滝沢の苦悩の日々が始まります。

一方、東京に隣接するN県堀田市で起きた幼女殺人事件の容疑者として逮捕された赤江修一は、一貫して無実を主張しつづけたにもかかわらず一審で死刑判決を受け、控訴、上告ともに棄却されて刑が確定します。そしてわずか二年後に異例の刑が執行されました。

それから六年後、赤江に代わって再審請求をつづける「堀田事件」弁護団あてに、この事件の真犯人を名乗る「山川夏夫」名義の手紙が届きます。さらにその一年後に届いた二通目の手紙には、犯人のものだという毛髪が封入されていました。もしそれが本物なら、再審請求への有力な決め手になります。弁護団の若手弁護士須永英典は、この手紙の差出人を突き止めるべく鋭意調査を開始します。

東京・千駄木の検事長殺人事件、北九州市の拘置所における囚人の自殺、そして首都圏で起きた過去の事件の再審問題。一見無関係に思われる三つの事件が時空を超えて一点に収斂（しゅうれん）するとき、そこに日本の刑事司法の根幹を揺るがす恐ろしい真相が浮かび上がるのですが、ここでこれ以上、物語の内容に立ち入るのはミステリー読者の「知らされない権利」を侵害することになるでしょう。

しかし、最後にこれだけは申し上げておかなければなりません。この物語を読み終えたとき、あなたは日本ミステリーの最高峰の山頂に立つ登山家の至福を味わうことになるでしょう。

二〇二三年十一月

この作品は2021年8月徳間書店より刊行されました。
なお、本作品はフィクションであり実在の個人・団体などとは一切関係がありません。

徳間文庫

執行（しっこう）

2023年12月15日 初刷

著者 深谷忠記（ふかやただき）
発行者 小宮英行
発行所 株式会社徳間書店
東京都品川区上大崎三－一－一
目黒セントラルスクエア 〒141－8202
電話 編集〇三（五四〇三）四三四九
販売〇四九（二九三）五五二一
振替 〇〇一四〇－〇－四四三九二
印刷
製本 大日本印刷株式会社

ISBN978-4-19-894907-5 （乱丁、落丁本はお取りかえいたします）

徳間文庫の好評既刊

偽証

深谷忠記

一人息子を育てながら、九年かけて弁護士になった村地佐和子（むらちさわこ）。だが仕事は失敗続きで前途多難。そんな彼女に弁護の依頼が。被告の大学生・石崎文彦（いしざきふみひこ）は恋心を抱くタイ人ホステスのリャンを助けようと、売春を強要していた元締めのタイ人女性を殺害した。しかし法廷で文彦は供述を覆（くつがえ）し、リャンは佐和子の思惑（おもわく）と異なる証言をする。二転三転する裁判の行方は？　傑作法廷推理。